Prosa Nostra

68

Enrique Álvarez

Marta, Marta

La Discreta
Prosa Nostra

Primera edición: 2022

Coordinación editorial: Luis Junco
Realización de cubierta: Tamarán Junco
Diseño de la colección: Tamarán Junco
Maquetación: Tamarán Junco

ISBN: 978-84-18130-11-3
Depósito legal: M-1925-2022

Ediciones de La Discreta, S.L.
C/ Arroyo de los Sauces 14, 3.º, 2
28430 Alpedrete (Madrid)
Tel. 91 8515083; 625555882
www.ladiscreta.com
e-mail: administracion@ladiscreta.com

Impreso en Imprenta Kadmos, S.C.L.; España / Printed in Spain

Marta, Marta

A Rosa, mi mujer

PRIMERA PARTE

I

–Don Dionisio, me gustaría mucho conocer su opinión, si es que la tiene, sobre el teólogo Hans Küng.

La pregunta rompía por completo el protocolo, más aún, era atrevida, no tanto por su objeto como por el hecho de que parecía formulada con la intención de retener abusivamente al señor obispo, de robarle un tiempo del que, a buen seguro, no andaría nada sobrado.

Los dos hombres acababan de sentarse en el despacho del consejero de cultura, tras pasar un buen rato de pie, conversando informalmente. El acto había transcurrido con más brevedad de la esperada. Habían firmado un convenio en presencia de los periodistas, que habían sido pocos y escasamente curiosos: nadie preguntó nada y todos se esfumaron de la sala en un santiamén. También la acompañante de don Dionisio, una pelirroja embarazada, quizá también periodista, había tenido que irse sin dilación, dejando solo al señor obispo, el cual, persona cortés y de una serenidad ciertamente evangélica, sin duda consideró obligatorio permanecer allí unos instantes más departiendo con el consejero, que tan generoso se había mostrado en la tramitación de aquel convenio.

Pero, pensando que tal vez se hallaba algo cansado -era ya casi la una del mediodía-, el consejero le invitó a tomar asiento en uno de los confidentes de la mesa de su despacho mientras iba en busca de un obsequio que tenía para él, un ejemplar de la última edición del Beato de Liébana, que había presentado a los medios hacía dos semanas. Reapareció en seguida con el lujoso libro y, después de un par de comentarios acerca de su valor y características, le lanzó por sorpresa la pregunta sobre Hans Küng, como si llevara tiempo esperando la ocasión para satisfacer una vieja curiosidad personal.

El obispo reaccionó con una simple sonrisa, franca y abierta, un tanto paternal pero también algo enigmática, porque parecía no encontrar otra forma de respuesta.

–Porque usted habrá tenido que leer mucho a ese teólogo –supuso el consejero, que no ocultaba su admiración por el prelado, ya muy visible durante el acto de la firma ante los periodistas.

–Sí que lo he leído –respondió al fin–, lo leí a conciencia, claro, pero hace ya tiempo, en su momento, diríamos. Es un gran teólogo, no hay duda... ¿Le interesa a usted, le gusta?

El consejero sabía que don Dionisio Arias era un obispo de gran talla intelectual, y que representaba la línea más moderna y tolerante de la Iglesia española, pero le fatigó en aquel instante ignorar qué imagen tendría de él (si es que tenía alguna), no poder saber hasta qué punto Su Ilustrísima estaba informado de la clase de hombre que él era, en cuanto responsable de la cultura de la región.

–Me parece un teólogo formidable –contestó– y me apena mucho que este papa lo haya condenado. Terminé de leer su *¿Existe Dios?* hace unos días y es un libro prodigioso.

–Ya... –se limitó a decir don Dionisio haciendo una leve mueca que al consejero volvió a parecerle señal como de cansancio.

–Si me permite la pregunta, ¿usted está de acuerdo con esa condena papal?

Antes de responder, el señor obispo se despojó de sus gruesas gafas ahumadas y se frotó un momento los ojos, lo que corroboraba la impresión anterior.

–No, no estoy de acuerdo, pero tampoco sé si hay una condena en sentido estricto. No he podido estudiar muy de cerca el asunto. Ahora, lo que me asombra es toparme a un político que se preocupe por cuestiones de teología.

Y subrayó la respuesta con una bella sonrisa. El consejero se sintió halagadísimo. Era verdad: la inmensa mayoría de los políticos de aquí y de allá eran unos catetos. Él representaba la excepción.

–La incultura de nuestros políticos es un tópico, pero muy cierto y real. A mí francamente me daría vergüenza aceptar un cargo como el que tengo sin sentir que la historia, la filosofía, la literatura, y hasta la teología o la música, son mis mayores intereses. Además, fui seminarista, llegué hasta segundo de teología.

Don Dionisio repitió su "ya" y su mueca vaga, entre el asentimiento y el cansancio (o tal vez el aburrimiento).

–Don Dionisio, igual le estoy entreteniendo demasiado, me estoy pasando tres pueblos, ¿no?

–Nada, en absoluto –contestó el hombre poniéndose en pie–, aunque un poco tarde sí que se me hace, pero yo encantado de conocer a un político tan... atípico.

–Y yo de tratar con un obispo tan igualmente atípico... ¿o le ofende que le diga esto?

–Por qué me iba a ofender, amigo Marcos... En realidad todos somos de alguna manera atípicos.

–Pero todavía no me ha dicho si le gusta o no Hans Küng, si recomienda su lectura a un católico, siendo como es tan crítico con el papa Wojtyla.

–No, sinceramente no se la recomiendo, pero no por esa razón ni por lo que usted se pueda imaginar. Creo que otro día se lo explicaré mejor. Otro día, con más calma.

Y don Dionisio, que, aunque hombre corpulento y de aspecto severo, tenía una voz, una sonrisa y unos modales en extremo dulces, hizo ahora un ademán extrañamente duro.

–Ah, vaya... pues esperaré con gran interés esa explicación.

–Y muchas gracias por este obsequio –dijo el obispo al estrecharse las manos.

–De Beato de Liébana y del obispo Elipando también tenemos que hablar otro día, don Dionisio.

–Cómo no, Marcos.

Pero al verlo irse ya, el consejero tuvo la sospecho de que aquel hombre se había burlado sutilmente de él. Quizá, al ser un obispo tan entregado a las obras de caridad, según era fama, despreciaba la historia eclesiástica y más aún los bizantinismos teológicos.

Se quedó solo en su despacho. Luego se dirigió a la ventana y vio ya salir a la calle a don Dionisio. Fue sorprendente: no llevaba el libro que acababa de regalarle. ¿Qué habría hecho de él? Porque era demasiado voluminoso para guardarlo en algún bolsillo de la ropa. Y más sorprendente aún: se había quitado el solideo. Había acudido al acto de la firma con un traje de seglar gris, pero no faltaba la cruz pectoral sobre la camisa negra ni el casquete púrpura que adornaba su cráneo. La cruz no pudo ver si subsistía o no, pero, cosa asombrosa, su hermosa y abundante cabellera blanca lucía ahora sin ornamento de ninguna clase.

Marcos Lera, consejero de cultura del gobierno autónomo, lamentó en aquel momento no poder ejercer su profesión de periodista -era redactor de *El País*, en excedencia- para poder escribir un reportaje sobre aquel curioso jerarca de la Iglesia. Le había impresionado lo bastante como para desplazar por completo su vanidad, la satisfacción de haber podido estar a su altura intelectual.

Unos instantes después, muy inquieto, tomó su teléfono móvil y marcó un número.

–Tamar, preciosa, ¿te pillo bien?

–Voy conduciendo. Voy a Pryca a hacer una compra. ¿Ha pasado algo?

–No ha pasado nada. Que me aburre la política. Que se me hace largo el día hasta que llega la hora de verte.

–Pues lo tienes muy fácil, dimite.

–Creí que la política activa me iba a dar vidilla, pero ahora mismo me ahoga. Es un muermo. Lo que me pide el cuerpo es leer y escribir. Y estar contigo.

–Dimite, te he dicho. ¿Qué quieres?

–¿Sabes con quién acabo de estar? Con el obispazo, qué personaje... Hemos firmado un convenio y nos hemos hecho una foto juntos.

–Con la Iglesia hemos topado, amigo Sancho.

–Un tipo muy singular este don Dionisio. Juraría que esconde más de un secreto. Le he regalado un Beato, casi diez mil pelas, y se lo ha debido de dar al primero que pasaba por la calle. ¿Sabes una cosa? Si tuviera tiempo y medios, me gustaría espiarlo.

–¿Nostalgia de la KGB? ¿O de la Inquisición?

–Nostalgia de mi oficio de periodista.

–Por tercera vez te lo digo: dimite.

–Dame un poco más de tiempo, cariño. Todavía tengo algo que hacer por la cultura de esta tierra. Y por ti.

–Mucho cuidado con lo que dices. Piensa que igual hay alguien que está grabándote. A ver si te vas a convertir en el espía espiado.

–Me daría igual. ¿Tú crees que yo tengo miedo a que alguien husmee en mi vida? Ni lo más mínimo. Tamar, esta noche quería pedirte un favor. ¿Puedo?

–¿Qué favor?

–Que vengas con falda. Larga o corta, me da lo mismo. Sólo esta noche.

–Pero, tío, no me seas casposo... Además, tengo una mala noticia para ti.

–Ya, ya sé: que te ha venido el mes.

–Marcos, por Dios, esa lengua... Que te van a pillar por el móvil. ¡Que hay antenas por todas partes!

–Ay, Tamar, mi vida. Eres la mujer diez, pero tienes un leve defectillo: propendes un poco a la paranoia.

Se cortó la comunicación en aquel punto, y el consejero ya no pudo reanudarla. Su secretaria le avisó por el teléfono interior de que tenía esperando desde hacía veinte minutos a los representantes de una gran empresa de redes digitales.

II

No había mujeres en la cena. Emma, la anfitriona, tenía un catarro con fiebre y, aunque había ayudado a su marido en los preparativos, ya estaba acostada cuando llegaron los invitados. Susa, la de Mario, no podía faltar a su clase de yoga, que acababa a las diez y media. Y Natalia dijo que sin Susa ella no pintaba nada, y además aquel día también tendría que trabajar en su academia hasta muy tarde.

Los tres amigos llevaban más de un año sin cenar juntos. La grave enfermedad de Arsenio había suspendido aquellas veladas que solían organizarse cada mes desde tiempo inmemorial, unas veces con sus mujeres, más a menudo los tres hombres solos. Ahora Arsenio había terminado el tratamiento de quimio y radio, se notaba fuerte, incluso había cogido ya el alta en el instituto, y decidió invitar a casa a Mario y a Paco.

Pero aquella noche de viernes de principios de octubre había un cuarto hombre, algo más joven que ellos, Tobías, un abogado que era amigo particular de Arsenio y que nunca había formado parte del grupo. Su aparición inesperada -para Paco y para Mario- fue bien acogida por éste, que siempre se alegraba de contar con algún contertulio adicional, porque era quien más brillaba en las reuniones y así se granjearía un nuevo admirador de su ingenio.

La tarde había cerrado con aguacero y temporal y la calefacción estaba al máximo. Era un piso alto de una casa como una torre con envidiables vistas a la bahía, pero no tenía buen aislamiento, por lo que esa tarde habían renunciado a poner la mesa en el mirador del salón.

Mario y Paco apenas conocían a Tobías Illán. El mismo Arsenio se lo había mencionado muy pocas veces. El abogado era un tipo trajeado, pequeño, de pelo rubio teñido y mirada aguda y como atisbante. Sus ademanes eran cordiales, lisonjeros, pero se diría que un tanto irónicos. Daba la impresión de que su amistad con Arsenio se había labrado con motivo de la enfermedad de éste, y tal vez ya poseía muchos más conocimientos de la vida de ellos que a la inversa. En realidad, sólo sabían que era abogado -ni siquiera si tenía bufete propio- y que estaba soltero. El tipo era, en todo caso, algo enigmático.

No hubo preámbulos de ninguna clase. En cuanto llegó él, se sentaron a la mesa, en la que ya estaban servidos los entremeses fríos, y comenzó la cena. Así se complacía a Mario, que detestaba la costumbre de tomar aperitivos y de "comer antes de comer", máxime siendo un ágape íntimo. Pero tampoco hubo preámbulos en la conversación: desde el primer minuto se abordó el tema principal, que era la muerte, la probable muerte del anfitrión. Arsenio confesaba que, a pesar de encontrarse tan bien desde principios del verano, seguía habiendo un cincuenta por ciento de posibilidades de que el cáncer reapareciese. Y lo asumía con dolor, con toda la pena del mundo, sobre todo por tener que despedirse de Emma y de Coleta (su hija), pero con tanta fortaleza que estaba orgulloso de su estoicismo. Y aquella noche parecía ciertamente un hombre feliz, o al menos dinámico como nunca, atento a todos los detalles, capaz de hacer de buen anfitrión y a la vez de suplir a su diligente esposa, que era de esperar estuviese durmiendo sin escuchar nada. También para complacer a Mario, había puesto en el equipo musical una sinfonía de Elgar, que ambientaba a la par que entorpecía un poco la conversación.

Mario no cesaba de admirar y alabar la actitud de su amigo, aunque la achacaba a su fondo cristiano, a su esperanza en la otra vida, que él no compartía en absoluto. Esperanza, que no fe, puntualizó el propio Mario. "Un islote de esperanza en un mar de dudas". Como tampoco él había hablado nunca particularmente con Tobías, consideró oportuno exponerle su postura ante el problema. No es que no creyera en la otra vida, es que estaba seguro de que no existía tal cosa. Así como la posibilidad de un Dios creador, un Gran Arquitecto del Universo, jamás sería del todo descartable, la de que hubiese un más allá, alguna supervivencia del alma *post mortem*, resultaba definitivamente irreal, una vulgar fábula. Y lo decía con una certeza tan tajante que hacía sonreír al invitado nuevo. Parecía esa clase de certeza que sólo puede provenir de la experiencia propia. Era como si Mario hubiese muerto ya una vez y hubiese regresado para certificar que no había nada de nada.

Al verlo sonreír, Paco pensó que el tipo más bien debería estar serio, porque quien no conociera lo suficiente a Mario Bulnes debería escandalizarse de que en presencia de un hombre enfrentado a un cáncer se manifestara en términos tan poco delicados sobre la cuestión del más allá. Pero quizá aquel fino caballero ya estaba bien informado de las peculiaridades del amigo Mario. O quizá, después de todo, Mario, que tanto aspiraba a la fama, había conquistado ya alguna y era conocido en más círculos de lo que se pensaba como el tipo brillante, original y provocativo que sin duda era.

Y antes de preguntarle a él directamente por sus creencias sobre la cuestión, Mario siguió exponiéndole su postura. Según él, la vida lo es todo y la muerte no es nada. La muerte sólo existe para los demás, mientras la vemos y vivimos. Pero al morirme yo, todo deja de existir: también mi propia muerte. Por tanto morir no es nada, y sólo existe el vivir. Pero vivir mejor no es vivir más cantidad sino más calidad. Lo cual significa profundizar en lo que se vive; sobre todo, no preocuparse del tiempo ni del acabamiento. "Así que lo que debe hacer Arsenio –dijo mirando a su amigo canceroso–, bueno, Arsenio y Paco y yo –rectificó–, no es pensar en los días que le quedan, que nos quedan, da igual un año que cien, sino pensar en los días presentes y más aún en los pasados. La memoria: en la memoria estaba la clave para él. La vivencia y la revivencia. Su ejemplo era Proust. Citó una frase suya: "Quizá la resurrección del alma después de la muerte sea concebible como un fenómeno de la memoria". Vivir es revivir. Quien no revive, malvive, pierde la vida. "¿Y tú qué opinas, eres creyente?", le preguntó al fin a Tobías.

El caballero falsamente rubio volvió a sonreír, pero quizá con menos admiración que ironía, aunque le contestó que tenía razón, que estaba de acuerdo, si bien él creía en algo, en algo más. Y pareció como que pedía tiempo para poder exponer con comodidad sus convicciones. Pero entonces intervino Arsenio. "Tal vez nazcamos otra vez. Yo creo que la conciencia humana no puede desaparecer. Eternos no seremos, pero tan efímeros tampoco. Tal vez, al morir, nuestro yo, no sabemos cómo, se busque un nuevo cuerpo en que aposentarse. Por supuesto que las religiones hindúes consideran un gran mal la reencarnación, admito que lo sea, pero lo necesario es que haya renacimiento, que nuestro yo empiece otra vez a vivir y a sufrir. A sufrir y a gozar… Y ahora disculpadme un segundo, que ha pitado el horno".

Y se levantó para ir a la cocina, momento que fue aprovechado por Mario para alabar de nuevo la actitud y la entereza del anfitrión, y para felicitarse por aquella reunión sin mujeres, porque con ellas hubiera sido imposible una conversación de ese calibre. "Cierto, las mujeres son más profundas que los hombres, pero por lo general detestan hablar de temas graves y transcendentales", corroboró Tobías, que acto seguido también pidió permiso para bajar al portal a fumarse un cigarrillo.

"Qué hablará éste de mujeres si no conoce mujer", dijo Mario cuando ya Arsenio volvía de la cocina. Arsenio lo miró moviendo la cabeza, como diciéndole "tú qué coño sabrás", pero de hecho no lo dijo. El pescado estaba listo. Paco, que había apurado ya su segunda copa de verdejo, se ofreció a ayudarle en el servicio. El anfitrión no quiso que se levantara de la mesa y aprovechó para hablarles sobre Tobías Illán. Era hermano de una compañera muy querida de su instituto, por quien lo había conocido hacía un año o poco más. Durante largo tiempo Tobías había trabajado como un negro en un bufete prestigioso de Madrid, pero un buen día se saturó de esa vida y decidió volver a su ciudad natal a reunirse con su familia, o mejor, a ayudarla en lo posible, aunque vivía solo. Aún no había montado bufete propio. Simplemente colaboraba con el de un antiguo amigo y compañero. No era nada ambicioso, pese a su gran competencia profesional, como que había dado clase en la Universidad Autónoma. Era un hombre altruista, además de muy sabio y verdaderamente libre. "A su manera, un tipo singular, como lo sois todos mis amigos", resumió Arsenio.

Cuando volvió Tobías, a poco de reanudada la cena, durante la partición del machote, al hombre altruista comenzó a sonarle el teléfono portátil que llevaba en el bolsillo de la americana. Mario hizo una mueca discreta de detestación, pero a Paco no le sorprendió lo más mínimo; le encajaba perfectamente que un tipo como ese se abonara con toda diligencia a cualquier avance tecnológico. Tobías pidió disculpas, pero contestó a la llamada sin levantarse de la mesa, aunque la despachó rápido y a base de monosílabos. Y como si hubiera leído el pensamiento de sus dos comensales, de inmediato empezó a defender las ventajas del artilugio, sobre todo cuando se tienen familiares en situación de precariedad, como era su caso (una madre anciana). Pero Mario, fiel a sí mismo, no transigió: para él se trataba de un invento particularmente estúpido, tanto o más que el de los "pecés" u ordenadores de uso doméstico, y él nunca pasaría por el aro. El anfitrión miró entonces a Paco, como invitándolo a pronunciarse. "Natalia ya tiene su telefonillo", dijo él, que consideró más interesante confesar la postura de su mujer que la suya propia. "Y Emma lo va a comprar cualquier día", dijo Arsenio como quien echa leña al fuego. "Pues a Susa que no se lo ocurra porque me divorcio, y a la inversa, claro", rio Mario.

–La verdad es que el telefonillo tiene ventajas evidentes –insistió Tobías–. Hay quien dice que para las relaciones personales va a ser el mayor avance del siglo. Pero como todos los avances, lo que importa es usarlos bien, que nunca dejen de ser más que una herramienta útil.

–Ni útil ni leches –trinó Mario–, es un juguetaco más, una moda que ha pegado fuerte, como otras tantas, y que pronto dejará paso a la siguiente. Todo es así, a mí me ofende. Cada día somos más una sociedad de gente infantilizada y vergonzosamente dócil a los reclamos del consumismo.

Y ante la mezcla de respeto y admiración, aun con su tinte de ironía, que Illán manifestaba ante la postura de Mario, éste comenzó a hacer uno de sus alardes de narcisismo autobiográfico con enumeración de diversos episodios de su infancia y juventud, perfectamente datados, en que había exhibido una precoz resistencia al virus del borreguismo y de la sumisión social, desde el vasallaje impuesto por los juguetacos que de la noche a la mañana causaban universal furor, a las modas del pensamiento político, gustos musicales y estilo indumentario, para concluir con su inmunidad total al embobamiento de la informática, que bajo su inocente apariencia de herramienta última del progreso, era seguro que iba a volverse dentro de poco contra el ser humano y condenarlo definitivamente a la esclavitud.

Lejos de escandalizarse, Tobías pareció cada vez más divertido con las provocaciones de Mario, quien por su parte se sentía en su salsa, de manera que el anfitrión disfrutaba mucho, porque aquella reunión que él se había arriesgado a organizar transcurría con evidente éxito, y de eso se trataba a fin de cuentas: de darle una alegría a Arsenio. Y hubo un momento en que él mismo llegó a acaparar el uso de la palabra durante largo rato, con el beneplácito de Mario, para contarle a Tobías la historia de su amistad con los dos comensales allí presentes, y salieron a relucir las proezas y rasgos extraordinarios de Paco Varga, raro políglota, y de Mario Bulnes, rarísimo erudito y crítico musical, sin mencionarse ninguna de sus sombras, al menos de las graves. Porque aquella era una noche para el optimismo y la esperanza.

Pero la velada terminó pronto y de manera un tanto brusca al percatarse los tres invitados de que a Arsenio, tras su larga parrafada, le había entrado mucha fatiga, y decidieron obligarle a que se acostara ya, aun con la mesa a medio levantar.

El aguacero seguía arreciendo cuando los tres hombres bajaron al portal. Por suerte, Tobías había traído su coche y lo tenía aparcado a tiro de piedra. No le extrañó saber que ninguno de los dos amigos conducía. Aunque Mario vivía a escasos metros de allí, montó también en el coche y evitó mojarse demasiado. Tobías y él vivían más lejos, casi en el otro extremo de la ciudad. Cuando se quedaron solos, Tobías dijo: “Tipo extraordinario este Mario, todo un carácter”. Él sólo contestó: “Y su mujer, que lo soporta”. Acaso por el tono en que lo dijo, Tobías pareció algo corrido y no supo qué añadir. Cambió de tema. “Creo que Arsenio ha disfrutado mucho esta noche, se lo merece”. “Esperemos que dentro de un mes podamos reunirnos de nuevo los cuatro", dijo él en un esfuerzo por parecer más cordial". "Mi apartamento es muy pequeño, pero si me dejáis que os invite, os llevo yo a un buen restaurante", ofreció Tobías. "Lo que pasa es que la próxima cena tendrá que ser con mujeres", replicó él. "No es probable que yo para entonces la tenga", y fue la primera humorada del hombre soltero en toda la noche. "Puedes ir sin ella, o también podemos invitar a alguna amiga de las nuestras, soltera o separada, para que todo cuadre". Y Tobías rio como si acabara de escuchar un buen chiste. Conducía bien, con soltura y seguridad pese a la cortina de agua y la tortuosidad de las callejas del barrio en que circulaban.

Llegaron al punto en que Paco le pidió detenerse ya. El conductor le preguntó si no se planteaba sacar el carné alguna vez y comprar coche.

–Ya lo tuve –dijo él–, pero hace un par de años tuve un accidente y me lo quitaron.

–Vaya, qué fatalidad, ¿por cuánto tiempo? –contestó Tobías.

Pero Paco tuvo la certeza de que ya sabía esa historia.

–Me he castigado a mí mismo a no conducir nunca más –añadió por toda información, y le tendió la mano escuetamente antes de apearse.

Aún no eran más que las doce y veinte de la noche cuando Paco entró en casa; Natalia no estaba. El sobrino, Chele, que envuelto en una manta veía una película de extraterrestres en el televisor, le dijo que acababa de pasar al otro piso. Paco se limitó a hacerle un ademán desde la misma puerta del salón y se fue directamente al baño sin que el chico le devolviera el saludo. Luego se acostó. Tenía ganas de beber algo, pero prefirió apagar la luz y entregarse ya al sueño aprovechando el frescor de la noche.

Como una hora después, se hallaba desvelado totalmente y tampoco había rastro de Natalia. Sin embargo, el programa de televisión había concluido y el apartamento estaba en silencio absoluto. A menudo Natalia se quedaba a estudiar o a trabajar en la salita hasta altas horas de la madrugada, pero esta vez había decidido pasar la noche en el piso de su hermano; quizá tuvieran algo interesante que tratar. Desde que el sobrino vivía con ellos, eran más frecuentes aquellos trasiegos de un piso a otro. Quizá, por alguna razón que se le escapaba, Natalia había decidido dejarlo solo toda la noche. Pero él deseaba que ella hubiera entrado en su habitación a decírselo al menos, a preguntarle cómo había ido la cena, qué tal estaba Arsenio. Ya no lo haría. Tal vez no lo juzgó necesario. Natalia hablaba muy a menudo con Arsenio, le tenía enorme afecto. El mismo gran afecto que le había tomado en seguida a Chele, que no era sobrino carnal de ella sino de él.

Hacía un año justo que Chele se había venido del País Vasco a vivir con ellos. Ocupaba el cuarto de su hijo David, que estudiaba ingeniería informática en Massachusetts. Cuando se instaló en su casa, Natalia le dejó ese cuarto, que había empezado a utilizar ella, y volvió a dormir con Paco en la habitación matrimonial, aunque las noches de calor solía quedarse en el sofá de la salita, o en el pequeño cuarto que hacía las veces de trastero y depósito de libros. O se iba al piso de Julián, su hermano. Natalia dormía poco; solía acostarse después que él y se levantaba mucho antes, pero dormía de un tirón y apenas conocía el insomnio. Según decía, no iba a la cama a pensar ni a rumiar sus preocupaciones; sólo a dormir, y rara vez soñaba o al menos no recordaba los sueños.

Pasadas las dos de la mañana, Paco se levantó. La lluvia había cesado, pero no el vendaval. En vano buscó una botella de orujo en la cocina y en la salita; a veces a Natalia le regalaban botellas y las conservaba un tiempo. Pero aquella noche no había ni vino para guisar en la nevera, ni una mala cerveza en toda la casa. En la cena había bebido apenas tres vasos de verdejo, con la única consecuencia de habérsele desatado un deseo ya incontenible de tomar algo de mayor graduación. Hacía mucho tiempo que ni a Arsenio ni a Mario parecía preocuparles ese problema suyo, como si lo creyesen totalmente superado.

Oyó toser a Chele y fue la señal. Se vistió, salió al descansillo y aproximó el oído a la puerta del apartamento de su cuñado. Le pareció seguro que Natalia estaría durmiendo en él, aunque no hallaba el motivo de haberlo hecho precisamente aquella noche, en que el frío repentino parecía invitar a dormir en compañía.

Ya en la calle, se dirigió pugnando contra el viento hasta un pub de Tetuán frecuentado por colombianos, que, si no recordaba mal, solía permanecer abierto al menos hasta las tres de la madrugada. Lo estaba cuando llegó, pero al entrar se dio cuenta en seguida de que el negocio se había convertido en puticlub. El local era un pequeño antro medianamente oscuro que olía a humedad y a estufa de butano. Sonaba la voz de Carlos Vives, el rey del vallenato. Dos o tres hombres hablaban de pisos y de locales con las chicas de la barra. Pidió un mai tai que bebió a pequeños sorbos, y al instante pensó que no necesitaba beber más y que debía volverse a casa.

Pagó sin mirar ni decir una palabra a la mulata de sujetador azul que le había servido, y de inmediato volvió a la calle. La lluvia arreciaba de nuevo y no llevaba paraguas. Decidió regresar al pub. El segundo mai tai lo bebió con un ansia violenta.

III

A las doce y cinco de la noche, cuando ya había cerrado el libro, apagado la luz y empezaba a conciliar el sueño, sonó el timbre de la puerta. Julián Bedia, vicario de la diócesis, adivinó fácilmente que era su hermana. Tenía un modo peculiar de llamar, una doble pulsación que empleaba casi infaliblemente. Natalia no vendría a molestarle a esas horas de no ser por causa seria, de modo que se incorporó con toda rapidez, se calzó las zapatillas y salió a abrir.

Era ella, en efecto, con una bata nueva de terciopelo sobre el pijama, y un semblante más pesaroso y compungido que asustado.

–Ay, Julián, siento en el alma darte esta lata, pero vengo a pedirte un favor muy grande. Es por Mireia. Me acaba de llamar la pobre desde la calle. Se ha tenido que ir de casa por culpa de esa mala bestia de su padre. Quiero pedirte que la dejes dormir aquí esta noche, sólo esta noche. La he mandado venir para acá.

–Vaya por Dios –dijo Julián haciendo un gesto de pesar que a él mismo le pareció mimético al de su hermana. Luego la condujo a la salita y los dos se sentaron en el canapé. No era la primera vez que sucedía aquello. Julián estaba al corriente de las difíciles circunstancias familiares de Mireia, la empleada que Natalia y Paco tenían en la academia de su propiedad; pero nunca se había llegado a semejante extremo.

–El crío está algo cogido –se justificó ella–; si no, le hubiera mandado venir a él. Me pareció cruel hacerlo.

–Claro –dijo Julián y, aunque lo entendía, se sintió incapaz de añadir nada más. Los dos pisos eran igualmente pequeños. El de Natalia, aparte de la habitación matrimonial, sólo tenía un dormitorio, el que ocupaba el sobrino, porque el otro hacía las veces de trastero, y en el salón pensaban instalar un sofá-cama, pero iban retrasando la compra.

–Vuélvete a la cama, no te preocupes, yo la abro cuando llegue, no haremos ningún ruido ni te molestaremos más.

–No, mujer, espero yo también, qué menos…

Mireia se merecía aquel pequeño sacrificio, no ya por tratarse de una gran trabajadora, sino porque tenía unas virtudes personales extraordinarias. Pero, aunque no las tuviera, era una joven en situación de grave necesidad, una víctima colateral de la violencia machista -su padre la odiaba y maltrataba por haber salido siempre en defensa de su madre-, y cualquier hombre cabal estaba obligado a comprometerse por ella.

–No creo que tarde mucho, la pobre. Me llamó desde la cafetería de un hotel. Salió tan despavorida que se dejó el móvil en casa. No lo llevaba en el bolso, lo tenía cargando. Qué mala bestia ese hombre. Hace falta tener mala entraña para tratar así a una hija como Mireia.

–Tiene que estar enfermo –dijo él, porque sólo la patología mental explicaba esa clase de conductas–, un tipo más digno de lástima que otra cosa.

No tardó en sonar el timbre. Julián tuvo tiempo de ir a ponerse su vieja bata de paño sobre el pijama, antes de que

Mireia apareciera por la puerta con un paraguas casi destrozado. Era una joven de baja estatura y de notable belleza morena, no perjudicada, sino al contrario, por la expresión llorosa y angustiada de su rostro ni por las zapatillas deportivas algo zarrapastrosas que traía puestas.

Al abrazarla, Natalia se echó a sollozar, pero no la dejó explayarse sobre el suceso. Su prioridad era tranquilizarla y que se sintiese cómoda. Contar los pormenores de lo que había pasado quizá fuera en aquel momento peor para ella. Julián también la abrazó y le ofreció de inmediato algo de beber o comer. Ella sólo aceptó un vaso de agua; pero estaba demasiado excitada y Natalia se empeñó y consiguió que tomase un Lexatín. La muchacha no se hartaba de darles las gracias; realmente, por encima de su horror familiar, parecía algo cohibida por la presencia de él, y Julián comprendió que debía dejarlas solas y volver a la cama. Y así lo hizo, no sin antes pedirle con solemnidad que se considerase en su casa, que durmiera cuanto quisiese y que, aunque él madrugaría mucho, haría todo lo posible por no molestarla lo más mínimo.

Cuando se acostó de nuevo, Julián se sintió completamente desvelado. Le esperaba una noche de insomnio. Por una parte, estaba compadecido de la chica y orgulloso de Natalia; por otra, presentía el inicio de complicaciones graves. Sin duda su obligación era ir a hablar al día siguiente con el padre de la joven, no debía tenerle ningún miedo, aunque ya la propia Natalia se lo había desaconsejado en ocasión anterior: ese hombre era un cafre y ni aun a él lo respetaría. Pero en esto, probablemente, Natalia exageraba. También había que tener en cuenta que Mireia estaba muy sola; no tenía novio ni amigas cercanas; su mundo era la academia, Natalia y poco más. Y Natalia tampoco le pagaba un salario que le permitiese vivir independiente en un apartamento. De ahí que se sintiera inclinada a resarcirla con tanta generosidad en circunstancias como ésta. Tal vez tendrían que acogerla en su casa de modo indefinido. Evidentemente, Mireia no podría quedarse con él más de una noche, pero Natalia mandaría pasar a Chele allí para que la chica se quedase con ella y su marido una temporada larga. Era algo que él tenía que asumir, que aquel sobrino acabaría instalándose con él: lo supo desde el día en que Natalia, hacía sólo unos meses, le contó que aquel huérfano se venía a vivir con ellos aprovechando que su propio hijo se marchaba a Estados Unidos. Lo asumiría, no había razón para no hacerlo, no había pretexto para negarse ahora. Por lo demás, el chico, Chele, era educado, y seguramente se vendría por las noches a dormir, nada más.

Julián estaba incómodo en la cama. Tan pronto sentía calor como frío. La noche era lúgubre, pero había olvidado apagar a tiempo el radiador eléctrico y la habitación se había caldeado en exceso. Ese radiador era un lujo del que debía deshacerse sin esperar más. Oyó toser a Mireia en la habitación contigua; Natalia ya se habría ido para su casa. Natalia no podía tener miedo a admitirla por una temporada consigo, pese a ser un peligro para Paco, cuya debilidad tardía por el sexo femenino parecía un hecho. ¿Por qué no sugerirle que le subieran algo el sueldo y que pudiera pagarse un apartamento decente (como sería lo lógico para una trabajadora que metía al día nueve o diez horas)? Pero acaso el negocio de la academia no marchase muy bien; él no podía saberlo, él nunca preguntaba ni Natalia se quejaba de la situación, aunque también era un hecho que la competencia de los nuevos centros de inglés le estaba haciendo daño.

Hacia las tres menos cuarto, Julián se levantó al váter. En el silencio de la noche le pareció oír que Mireia hablaba con alguien; quizá Natalia le había prestado su teléfono móvil, por lo que pudiera pasar. Pero no; en seguida se dio cuenta de que la propia Natalia estaba dentro de la habitación. Sin duda había decidido acompañarla toda la noche, pese a que la cama no era precisamente de matrimonio. Entonces se quedó conmovido de la extrema delicadeza de su hermana, e hizo el propósito de ser en lo sucesivo más comunicativo con ella, de abrirle su corazón y contarle aquellas cosas que tanto lo atormentaban últimamente.

Se despertó ya pasadas las siete. Con suma rapidez y esforzándose por hacer el menor ruido, se afeitó y duchó, se vistió, revisó su cartera y salió a la calle. No había amanecido aún, pero el aire de la madrugada parecía templado; el temporal quedaba ya lejos. Todas las mañanas del año don Julián Bedia iba a decir misa al convento de las Clarisas, del que era capellán, un papel que muy pronto concluiría porque apenas quedaban media docena de monjas decrépitas y el convento iba a cerrar en cualquier momento, tal vez antes de que él mismo fuera reclamado para otros destinos.

Rompió a caminar con su gran zancada, pero apenas hubo doblado la primera esquina comprendió que se le había hecho tarde, y además se notaba cansado, con mal cuerpo; no tenía más remedio que pedir un taxi, y volviendo al portal así lo hizo por el teléfono móvil, sacrificando el placer de su paseo matutino por la ciudad desierta. Le gustaba mucho hacer a pie aquel recorrido en la madrugada, sobre todo los sábados y domingos. Era su mejor momento del día, un lujo de casi media hora, el único rato de contemplación, de meditación tranquila, que le permitía su apretadísima agenda. Ni en los peores días del invierno renunciaba a él. Era el momento en que solían ocurrírsele las ideas más útiles para sus compromisos de la jornada, que luego anotaba en una libreta en el confesonario de la capilla durante los diez minutos previos a la misa.

El taxi tardó mucho en llegar, tenía muy tomada la garganta y se puso de mal humor. Estaba claro que había empezado el día con mal pie, un día que se le presentaba exigente para sus cuerdas vocales por la cantidad de reuniones que le esperaban (incluida la visita al padre de Mireia, que decidió no posponer), en ninguna de las cuales le sería permitido limitarse a escuchar:

En el confesonario del convento estaba esperándolo, para su sorpresa, Michel Penagos. La misa de ocho en el convento era abierta a los fieles. Solían acudir diez o doce, gente del barrio, y entre ella, infaliblemente, el bueno de Michel, un funcionario del Catastro de cuarenta y pocos años, persona de fe tan viva como infantil, con quien ya tenía casi una relación de amistad. Pero Michel nunca se confesaba los sábados ni los días de labor, sólo algún que otro domingo. Y al pronto le pareció una señal tenerlo arrodillado allí delante precisamente aquella mañana, después de lo sucedido la noche anterior; porque Michel, que llevaba a sus dos niños a la academia de inglés, veneraba a Natalia. En realidad estaba enamorado de ella, él lo sabía.

En las confesiones, Michel siempre le decía lo mismo, los mismos pecados, y a menudo con las mismas palabras: uno, no era desprendido sino apegado al dinero, no daba limosna más que en cuantías irrisorias; y dos, no podía refrenar su concupiscencia, se masturbaba al menos una vez al mes. Y Julián también le repetía lo mismo, los mismos consejos consoladores: que no se atormentase por ninguna de ambas cosas, que se trataba de imperfecciones leves. Bastante tenía él con ser un padre de familia separado, con un sueldo discreto, con una hipoteca a medio pagar de la que se aprovechaba su exesposa, y no estaba obligado cristianamente a hacer más donativos que lo dejasen en la indigencia, que ya era sabido que vivía sin lujos de ninguna clase. En cuanto a lo del sexo, que no se creyese un pervertido por incurrir de vez en cuando en esa acción; que tuviera en cuenta que él era joven, lleno de vida y con vocación de amar, y qué cosa más natural que su apetito sexual se excediese un poco; pero debía considerar también que él era una víctima inocente, la víctima del abandono de la persona que había amado; por tanto, sólo debía ofrecerse a Dios en su condición de víctima, ponerlo todo en sus manos, porque el día menos pensado, y por donde menos lo esperara, le iba a venir el gran remedio a su carencia afectiva.

Le aburría soltarle siempre ese discurso, pero no le quedaba otra solución. Gajes del oficio, ejercer la paciencia desde primera hora de la mañana. Después de todo, Michel Penagos, que había tenido la desgracia de casarse con una cabra loca, era un buen tipo y un padre ejemplar de sus dos hijos.

Esta madrugada, sin embargo, Michel no le habló de su lujuria ni de su tacañería. Le habló del demonio (él lo llamaba "el Bellaco", como el Cura de Ars). Tampoco era la primera vez que lo hacía, sólo que hoy venía muy asustado. Llevaba ya varias noches seguidas oyendo al Bellaco carcajearse de él en la habitación. Y no, claro que no se trataba de alucinaciones. Sus propios hijos, que dormían algunas noches con él, habían oído las carcajadas, le aseguró que era así...

Si Julián no hubiera estado tan afectado por el suceso de anoche, a buen seguro no habría podido evitar carcajearse él también allí mismo de su penitente, porque no quiso creer que estuviese empezando a sufrir algún trastorno mental.

–Tranquilo, Michel –le dijo con la dulzura que siempre sabía mostrar en el confesonario–, te estás obsesionando con el tema del demonio; es evidente que eso son proyecciones de tu cerebro, cosas que sólo están en tu cabeza.

–¿Pero cómo proyecciones de mi cerebro si ya le digo que las han oído mis hijos, si es constatable que hay alguien en mi propia casa que me está perturbando?

Julián pensó entonces que quizá debía ser un poco más duro con esta buena gente que tenía una vivencia tan desfasada o infantil de la religión.

–Nada, ¡el demonio fuera, Michel! –le amonestó–, el demonio es sólo un personaje de nuestra mitología, no le hagas caso, no puedes hacerle caso si eres un cristiano adulto, sólo estáis Dios y tú, tú y tus dificultades naturales, tú y tus debilidades humanas. ¡Por favor, Michel, no metas a ese fantasma grotesco en tu vida diaria, porque de lo contrario estarás perdido, amigo mío!

–Pero entonces, padre, ¿qué, es que ya no existe el demonio? ¿Acaso la Iglesia ha dejado de creer en él?

–No sabemos si existe o no, como no sabemos si existieron o existirán alguna vez los dragones o los unicornios, pero lo que un creyente serio debe tener en su cabeza es que el demonio únicamente es el símbolo de todo lo negativo y de nuestra propensión al mal, ¡prescinde del resto, por favor!

E impaciente, porque no debía castigar sus cuerdas vocales más de lo imprescindible, y porque además ya era la hora de pasar a la sacristía a prepararse para celebrar misa, abandonó de golpe el confesonario dejando a su buen penitente con la palabra en la boca.

IV

Tobías Illán acudía a su bufete todos lo días del año, aunque los sábados y domingos sólo para estudiar con mayor sosiego los asuntos difíciles. Aquella mañana, sin embargo, había citado de forma excepcional a una cliente, una joven mamá abandonada. Lo que no esperaba era encontrársela ya tan temprano, un poco después de las diez, aguardándolo allí de pie en el rellano de la escalera. Se llamaba Diana Serantes.

Tobías no había tenido tiempo todavía de redactar la carta que era el motivo de aquella cita (la joven había quedado en pasar a partir de las once), pero no se alteró. Hizo un simple gesto de asombro; ni siquiera le tendió la mano.

–Pero qué ha ocurrido, criatura. ¿Te has caído de la cama?

Diana se encogió de hombros y sonrió con su candidez característica. Era la segunda vez que la veía. La anterior había venido con su madre y con el cochecito de niño y su ocupante. La madre era una señora agresiva y desaseada. Le montaron una escena en el despacho porque no se ponían de acuerdo entre ellas. La hija sólo deseaba hacer la consulta legal; la madre exigía a toda costa poner ya la demanda contra el maromo. La madre no cesaba de insultar, al maromo y a la víctima. Y la víctima no cesaba de amenazar con irse de allí si no callaba la boca. Tobías les explicó lo que era una investigación de la paternidad, y lo que podía hacerse al respecto, pero tampoco se ponían de acuerdo en el objetivo. La madre quería dinero, sólo dinero: que "apoquinase". Y la hija quería escribir una carta, informar al maromo de "lo que había", un niño de cinco meses, porque estaba segura de que lo ignoraba totalmente (el hombre la había abandonado antes de saber ella misma de su embarazo).

A primera vista Diana le pareció un adefesio, por su cara chupada y sus gafotas enormes, pero a los dos minutos ya le resultó encantadora, con su cuerpecito de anguila, su pelvis bien torneada, y su modo de hablar y gesticular, de una ingenuidad desarmante.

Ahora estaba otra vez ahí, ella sola, con un chirriante minivestido de rayas, sonriéndole como si hubiera hecho una travesura por presentarse tan pronto.

–Pensaba tenerte la carta para esta mañana, como quedamos, pero no me has dado tiempo –le dijo Tobías, a la vez que abría la puerta y la invitaba a pasar directamente a su despachito.

–Si quiere, me marcho y vuelvo más tarde... cuando usted me diga.

La muchacha era conserje de instituto. Al verla en la primera visita, Tobías pensó que era deficiente psíquica, por lo que su caso podría tratarse en realidad de una agresión sexual, pero resultó que había aprobado una oposición y que incluso aspiraba a más, y eso la había llevado a matricularse en una academia de inglés, donde su desgracia le hizo toparse con el profesor equivocado, el mismo dueño, que la engatusó en poco tiempo, según su madre, a base de clases extra gratuitas.

–No, ya que estás aquí aprovecho para preguntarte alguna cosa más. Pero siéntate, Diana.

Ella obedeció en silencio y se acomodó con recato en la silla, pero el vestido franjinegro que traía era tan corto que no pudo evitar que Tobías le viera por un instante el color de la braga.

–¿Qué tal el niño? ¿Le das bien el pecho?

–Sí, sí, normal, bien.

Parecía mentira que una mujer que no tenía más que la piel sobre los huesos pudiese haber parido hacía sólo cinco meses, y ahora estar amamantando.

–Oye, Diana, dime una cosa. ¿Tú estás segura de que vale la pena escribir a ese hombre casado? ¿No piensas que tu madre tiene un poco de razón en que ese individuo no es más que un jeta y que por las buenas no habrá nada que hacer?

–A ver..., yo sé que ese hombre es bueno, y si sabe que yo he tenido un hijo de él, que no lo sabe, algo hará seguro.

–¿Seguro? ¿No pecarás de ilusa?

–Yo sólo sé que ese hombre es bueno.

El hombre quizá lo fuera, pero evidentemente esta joven era un alma de Dios. En sus veinte años de ejercicio profesional, Tobías nunca había visto un caso igual.

–Y otra cosa quiero preguntarte, Diana. Tú me has dicho que ese hombre decidió cortar su relación contigo justo unos días antes de saber tú que te había dejado embarazada. ¿Por qué no le llamaste entonces para informarle? ¿No es un poco raro que lo hagas ahora, tan a destiempo?

–A ver... yo, cuando él me dejó, me dio tanta rabia que sólo quise olvidarlo. Y hasta pensé en abortar para no quedarme con nada suyo, pero lo fui dejando dejando, y ahora me veo en éstas...

–¿En cuáles?

–Pues en querer que él lo sepa, y ver cómo reacciona.

–Ya, ya entiendo. Pero... ¿sabes lo que estoy pensando, Diana?

–¿Qué está pensando?

–Que mejor que una carta –le contestó para probarla– ¿por qué no una llamada de teléfono? O una carta tuya personal, de tu puño y letra, adjuntándole una foto del niño.

La muchacha se limitó a sonreír tímidamente y Tobías no supo cómo interpretarlo.

–¿O lo de la carta de abogado es para que tu madre te deje en paz?

Diana tampoco contestó.

–Vale, yo te la redacto sin problema. Cumplo ahora mismo lo prometido. Venga, dime el nombre y la dirección de ese hombre.

–Se llama Francisco Varga. Y la dirección de su casa, no la sé con seguridad, pero es el dueño de la Academia Étimo. Le llegará bien ahí.

Tobías no pudo reprimir un nuevo gesto de sorpresa. Era un golpe.

–No me diga que lo conoce usted... –y ahora la chica no le pareció tan inocente.

–Un poco, un poco sí. Más bien de oídas, pero no podría juzgar ahora.

–Ya le dijo mi madre que era un hombre conocido en la ciudad –y sonrió otra vez ruborizándose.

Tobías extrajo su cajetilla de tabaco y le ofreció. Ella no fumaba.

–Vale, Diana, no importa, no te preocupes, me pongo con esa carta inmediatamente. Si me dejas, en hora y media la tengo preparada. Vuelve por aquí a mitad de la mañana y la leemos. Si no te gusta la cambiamos. ¿Te parece bien? ¿Tienes teléfono móvil?

La chica asintió y le dio el número sin vacilar.

–Pues nada, te llamo yo luego.

Diana se puso ya en pie, como un resorte, y mientras le estrechaba la mano Tobías pudo admirar de nuevo el finísimo torneado de su pelvis.

Cuando terminó de fumar, el abogado encendió el ordenador, pero no escribió la carta todavía. Durante un largo rato, consultó la legislación por Internet (él no era especialista en Derecho de Familia: este caso desagradable de investigación de la paternidad se lo había endosado Lucio, el dueño del bufete), a la vez que hizo tiempo antes de llamar por teléfono a Arsenio. Sería preferible tratar del asunto en otra circunstancia, pero no pudo refrenarse.

Eran las diez y media cuando al fin consideró prudente marcar el número de su casa.

–Buenos días, profesor, ¿cómo estás? ¿Cómo te dejó la cena?

–Perfectamente, Tobi. Tenemos telepatía. En este mismo instante estaba pensando llamarte yo.

–Pues nada. Habla tú primero.

–No, iba sólo a preguntarte qué te pareció todo ayer.

–Todo bien –repitió–, y tus amigos, unos personajes... Pues yo te llamaba para... Verás, es un asunto confidencial, de mi despacho. Se trata precisamente de uno de tus amigos, Francisco Varga, el de la academia de idiomas.

–Sí, ¿qué le pasa a Paco?

–A él no le pasa nada, que yo sepa. Es un asunto muy íntimo. Quería contactar con él. Me imagino que es muy gran amigo tuyo.

–Tú lo has dicho, muy gran amigo mío. ¿Quieres su teléfono?

–No, no, antes de... permíteme una pregunta. Este hombre está casado, ¿no? ¿Está a bien con su mujer?

–¡Joder, Tobías! Yo sé que Paco es muy buen tipo y su mujer, Natalia, maravillosa. Ahora, si están a bien o no, *chi lo sa.* Te diría que sí, pero estas cuestiones son tan cambiantes últimamente, y tan precarias, que quién sabe.

–Si me das su número, ¿le puedo llamar de tu parte?

–Claro. Pero... ¿por qué no me largas algo? Ya sabes que yo soy una tumba, y nunca mejor dicho...

–Prefiero contártelo vis a vis, quedamos al vermú. ¿Y eso de la tumba a qué viene?

–No, nada, déjalo, un chiste malo. ¿No me irás a contar que Natalia ha puesto una demanda de divorcio al pobre Paco?

–¿El pobre Paco? O sea que te inspira lástima...

–Ninguna en absoluto. Pero lleva un tiempo, desde que lo despidieron del colegio, que anda el hombre de capa caída. En fin, ya veo que es secreto profesional y no vas a soltar prenda. Menudo pasiego estás hecho.

–Ten un poco de paciencia. Quedamos a tomar un marianito, o mejor, si quieres, comemos juntos, me toca invitar a mí. Esto no es para hablarlo por teléfono.

–Quedamos a comer, pero en mi casa, que Emma sigue con el trancazo.

–Voy a hablar con mis padres y te digo, pero si voy, ya llevo yo comida. Dame el teléfono de Paco.

–El fijo de su casa, aunque ahora no creo que lo pilles. Paco para muy poco en casa.

–Bueno, tengo todo el día para intentarlo.

–Espero que sea para bien. Te espero a comer, pero ni se te ocurra venir con la tartera bajo el brazo. Sería una horterada, y Emma no te lo perdonaría.

Tras colgar el teléfono, Tobías permaneció vacilante un largo rato. Comenzó a teclear una carta en el ordenador, pero la interrumpió. Llamó a su padre, y por el tono de voz adivinó al instante que no sería oportuno cancelar la comida con ellos. Marcó el número de la casa de Paco Varga, para colgar antes de dar tiempo a que contestaran. Fumó un cigarrillo más paseándose nervioso por el despacho. Descolgó de nuevo el teléfono, pero no llegó a marcar ningún número. Bajó a un bar cercano a tomar otro café y comprar una cajetilla de tabaco. Finalmente, volvió a llamar al móvil a la chica, que descolgó al punto, pero apenas era posible la conversación. Se oía llorar a un bebé y gritar a una persona en plena calle.

–Diana, perdona, quería pedirte que vinieras el lunes por lo de la carta, mejor el lunes. Te espero el lunes en mi despacho, ¿vale?

Hubo un jaleo de voces y Tobías no entendió la respuesta de la chiquilla, si es que la hubo.

–Diana, perdona, estoy pensando que es mejor esperar un poco a lo de la carta, ¿me oyes?

–¡Vale, gracias, el lunes me paso! –respondió ella con su ductilidad característica.

–Diana, otra cosa, ¿te importaría que hablara yo antes, personalmente, con ese señor?

Hubo nueva confusión de voces, como si la dichosa mamá (la abuela) se entrometiese en la conversación.

–Diana, ¿me oyes?

–¿Hablar usted con él? ¿Y qué le va a decir?

–Es delicado. Anda, si puedes, ven ahora por aquí, te recibo y te doy la carta. Pero prefiero que sea sin tu madre. Con el niño pero sin tu madre, ¿vale, Diana?

Otra vez el niño berreaba y ahora era Diana la que pegaba gritos. Colgó y espero un minuto sin saber qué hacer. Luego volvió a llamar a aquel móvil, pero se cortaba en seguida. La chiquilla debía de haberse quedado sin batería.

Tobías llamó entonces al fijo de Paco Varga. Dejó sonar la llamada más de un minuto. Era extraño que no hubiera nadie en aquella casa.

V

Hacia las once de la mañana el sol empezaba a brillar con fuerza. Michel Penagos, que volvía de un largo paseo desde la península de La Magdalena, se detuvo sudoroso ante el escaparate de la librería Estudio.

Michel era un tipo de aspecto huraño y tieso, de complexión atlética, siempre vestido de americana clásica. Un individuo ensimismado al que era fácil ver caminando velozmente por cualquier zona de la ciudad, como quien no tiene otro modo de quemar un exceso peligroso de energías; un gran solitario, aunque a veces iba acompañado de dos niños gemelos de hasta diez años, a los que no cesaba de instruir.

Si bien había iniciado una semana antes su mes de vacaciones, Michel no dejaba de acudir un buen rato cada mañana, incluso los sábados, a su oficina del Catastro a avanzar en el trabajo enorme de ordenar la maraña de planos del archivo que le había sido encomendado en mitad del verano. Pero hoy sentía demasiada agitación interior y prefirió pasear hasta el agotamiento. Varios asuntos le tenían inquieto, y era probable que todos ellos guardasen relación entre sí. Su visita a la Academia Étimo la tarde anterior a matricular a sus hijos en la clase de inglés y su conversación con Natalia Bedia, la aparición más que evidente del Bellaco la pasada noche, la brusquedad y sequedad de don Julián aquella mañana en la capilla de las Clarisas, y finalmente su resistencia a viajar a Tanos a comer con su madre y el caballero que vivía con ella. Lo último, con ser lo menos importante, era lo que más trabajaba su cabeza en aquellos momentos, porque su madre lo había llamado para invitarlo la noche anterior y él no sólo había rehusado ir sino que había recurrido a una mentira: le había dicho que le tocaba estar con Simón y Lino ese fin de semana. Y como ella le contestó que podía venirse con ellos, él replicó con otra mentira: "Tendría que pedirle permiso a Matilde y ya sabes tú...". Ni los niños le tocaban a él este sábado ni su exmujer le ponía mayores trabas para llevarlos donde quisiese, incluso si se trataba de días en que debían estar con ella.

La madre de Michel era viuda, pero se había arrimado cinco años atrás a un policía jubilado de Torrelavega, y desde entonces constituía un suplicio para él ir a visitarla, no tanto por lo pecaminoso de la situación (muy pecaminoso: el policía era un sujeto que ni siquiera estaba divorciado de su mujer) como por la personalidad del sujeto, siempre dado a burlarse de él y de su seriedad religiosa. Y el problema se agravaba porque su madre tampoco venía a la ciudad a visitarlo a él y a sus nietos, de modo que pasaban meses sin verse ni llamarse apenas por teléfono. En realidad, ella no venía porque no podía, estaba muy coja, de niña tuvo poliomielitis y con la edad sus piernas iban a peor. Había sido una mujer fuerte: en la adolescencia emigró con sus padres a Francia, donde vino a casarse con un chapista español que la maltrató durante doce años. Acabó huyendo de él para volver a España, y pudo sacar adelante al chiquillo, hasta pagarle sus estudios de delineante, con trabajos siempre eventuales de limpiadora. Una madre fuerte y buena, a la que él quería con fervor y gratitud, pero de la que se distanciaba irremediablemente; y como él mismo veía que la causa estribaba más en su propio orgullo (por no poder soportar el escarnio habitual de su padrastro) que en una postura de coherencia moral, se sentía especialmente torturado esa mañana, y le hubiera venido muy bien poder hablar un rato con don Julián después de su misa, tomarse un café con él, como solía hacer algunos sábados o domingos en que no había urgencias profesionales. Pero seguramente algo tenía que ver la extraña reacción de don Julián, aquella prisa, aquella brusquedad, con su visita *in extremis* de la tarde anterior a Étimo...

Así que tenía por delante todo un largo sábado para rumiar en soledad esa mezcla penosa de remordimientos y perplejidades (el domingo sería distinto, porque Matilde le permitía estar un buen rato con los niños para llevarlos a misa), y el problema se agravaba al tener averiado el coche y no poder hacerse una escapada a algún santuario de la región, como había sido su costumbre en tiempos mejores.

No veía, pues, otro remedio que comprarse un buen libro y sumergirse en su lectura el día entero. Así le llamó la atención el cartel anunciador de *El hereje*, lo último de Miguel Delibes, y ya casi estaba decidido a entrar, porque llevaba un tiempo oyendo elogios entusiastas de él, cuando alguien le palmeó la espalda.

–Dichosos los ojos, Michel.

Reconoció con sorpresa a su antiguo compañero y amigo Mario Bulnes. En efecto, hacía dos años, si no más, que no se veían, pese a que Mario trabajaba en la Delegación del Gobierno, a escasos metros de su oficina. Mario era un tipo grandote, de barba stendhaliana y aire intelectual, bohemio y desgreñado, aunque paradójicamente solía llevar corbata. Hubo una época en que los dos funcionarios tomaban juntos a menudo el café de media mañana, pero Michel se había ido distanciando de Bulnes por la misma razón por la que no podía soportar al individuo que cohabitaba con su madre.

–¿Qué tal, Mario, qué tal Susa? –pese a eso, Michel le estrechó las dos manos con calidez.

–Susa sin novedad –respondió el otro con un ademán displicente, como si tener mujer, y tenerla buena, fuera cosa sin importancia–. Pero qué raro verte a ti mirando escaparates.

–Estoy de vacaciones –dijo Michel, que no entendió si la última frase era o no irónica, porque él sí se consideraba un aficionado a los libros–. Estaba buscando alguna cosa para distraerme este fin de semana.

–No creo que en el escaparate encuentres nada, cada vez se edita más basura, mira –cortó Mario señalándole la primera línea de novedades.

–Hombre, algún libro bueno habrá, seguro que tú puedes recomendarme uno. Ese de Delibes he oído que es una maravilla. Narra cómo surgió el foco protestante de Valladolid y cómo lo aplastó el Santo Oficio.

–Nada, sólo una novela, una vil novela. Aquí ya sólo verás novelas. Ahora mismo las novelas lo invaden todo, son una plaga, había que prohibirlas.

–Las malas, las buenas por qué vas a prohibirlas. Aunque buenas no habrá muchas.

–Yo prohibiría de verdad la publicación de nuevas novelas, ¡pero de todas! Dejaría sólo las que ya existen. El resto, fuera. Que no se añadan más mentiras artificiales al cúmulo de mentiras naturales que ya produce la vida, que la gente lea sólo libros de crítica y de pensamiento. Y el escritor que necesite seguir inventando historias, que se las guarde para sí o para sus amigos. Se haría un bien enorme a la sociedad.

–Pero yo he oído decir a un crítico en la radio que esta novela es bastante fiel a los hechos históricos.

–¿Bastante fiel? Peor me lo pones. ¿Tú no has oído decir eso de que las peores mentiras son las medias verdades?

–Veo que sigues tan radical como siempre, Mario, y tan jocoso.

–No, no, te lo digo completamente en serio. Y también te digo que me alegra mucho verte. Si no tienes mayor prisa, déjame invitarte a un café.

A Michel no le apetecía. Prefería entrar por el libro y empezar a leerlo cuanto antes. No sentía afecto por aquel hombre estrafalario y nihilista (aunque buen profesional de la Administración, según tenía entendido) con el que tomó tantos cafés inútiles durante cinco o seis años.

–No, ahora no, muchas gracias –se excusó–, voy con prisa, he quedado. Otro día.

–¿Has quedado? No me digas que al fin tienes a alguien…

–No, no exactamente. Otro día te cuento.

–Estando de vacaciones, no tienes más que pasar la mañana que quieras por la Delegación y te invito. Tenemos que hablar de cosas. De verdad que me alegro, Michel…

–Yo también. Pasaré a verte cualquier día, prometido.

Pero, apenas lo vio alejarse con paso raudo, se arrepintió de haber rehusado el café y decidió rectificar. Después de todo, debía reconocer que Bulnes era un tipo con quien siempre podían entablarse conversaciones interesantes sobre cualquier asunto, por muy burlón e incrédulo que fuera. Debía proponerse ser más humilde y hallar en todo el lado positivo, como le había aconsejado tantas veces don Julián. Pero vaciló durante unos segundos, todavía pensando que una buena lectura (y la de Delibes lo parecía) era su única tabla de salvación, y cuando al fin se decidió y rompió de nuevo a andar tras su excompañero, por más que miró a derecha y a izquierda ya no quedaba ni rastro de él en toda la calle. Entonces se sintió más solo que nunca, desesperadamente solo, y no supo qué hacer, cómo escapar de aquel desierto enorme de aburrimiento que era su vida. Le pareció que no podía soportarlo más, que el diablo le estaba ganando la partida en toda regla, que estaba a punto de sucumbir a una oscura tentación.

Angustiado, decidió refugiarse unos minutos en la cercana iglesia de la Anunciación. Y apenas se hubo puesto de rodillas en el último banco, le vino a la memoria, como efecto de una clara inspiración, la idea consoladora que le había transmitido una vez, hacía ya tiempo, don Julián Bedia:

–Tú eres un pobre, y por tanto debes sentirte un predilecto de Dios. Porque los pobres no son solamente los que no tienen pan ni vestido ni techo. También los que carecen de compañía, los corazones solitarios, los que tienen hambre de amor humano y no encuentran a nadie ni nada para saciarla. Una miseria que te hace más querido por Dios.

Don Julián era un gran director espiritual, no podía dudarlo, pero ¿por qué a veces parecía no tomarle del todo en serio, por qué se negaba a reconocer que el demonio anduviese tentándolo tan abiertamente durante las noches?

VI

Ya era media mañana cuando le despertó una llamada de teléfono a la que no pudo ni quiso contestar. La claridad del día penetraba desde el pasillo en la alcoba matrimonial, cuya puerta habría dejado entreabierta Natalia sin él notarlo, hacía quizá escasos minutos. Estaba solo. En la casa reinaba un gran silencio, pautado por la suave vibración de la ventana a causa del viento. Sin duda, Natalia y Chele habían salido ya.

Paco Varga tardó un rato en darse cuenta de que era sábado, pero lo que no pudo recordar, por más esfuerzos que hizo, fue qué le había sucedido la noche anterior, la causa de que se hubiera quedado dormido hasta tan tarde, porque él rara vez retenía el sueño más allá de las nueve de la mañana. Lo último que recordaba es que había salido a tomarse una copa al pub de Tetuán. Recordaba haber estado cenando en casa de Arsenio -con Mario y otro hombre- y haber regresado a casa poco después de las doce, y haberse acostado en seguida, y al no tener ningún sueño haber salido nuevamente, a pesar de la lluvia, a aquel pub, que ya era en realidad un burdel, y haberse tomado despacio un mai tai. Pero de ahí no pasaba, desde ese primer mai tai no podía recordar nada más.

Paco se levantó de la cama. Se encontraba mal, pero curiosamente apenas tenía resaca; tampoco dolor de cabeza, y, sin embargo, lo más probable es que hubiera bebido varias copas seguidas y que la cogorza le hubiese producido esa amnesia. Pero era muy extraño. Él se había emborrachado pocas veces en su vida, y todas en la época universitaria. Bebía, sí, pero sabía hacerlo, se controlaba perfectamente. Algo anormal debía de haberle sucedido anoche en aquel antro, o fuera de él, para hallarse por la mañana en tal estado de aturdimiento.

Levantó la persiana pensando que tal vez se animaría a emprender su caminata de los sábados. Pero no iba a hacerlo, aunque lucía el sol, porque soplaba un sur agresivo. Fue a palpar la chaqueta que tenía colgada del galán -aún húmeda de lluvia- y comprobó que su cartera se hallaba en el bolsillo de costumbre, con su carnet de identidad, su tarjeta de crédito y su fajito de billetes de mil. Ninguna mengua significativa. Luego Paco se miró en el espejo del tocador. Su rostro tenía la aridez de siempre. Había que descartar que hubiese sufrido o recibido algún golpe. Quizá había intentado algo con alguna de las camareras, sin éxito. El segundo o el tercer mai tai le habría dejado grogui. Probablemente le habían puesto de patas en la calle con buenos modos. Seguramente, a fin de cuentas, aquella noche no había pasado nada del otro mundo. Nada, excepto que él era ya un hombre de cincuenta años y había hecho el ridículo en el puti-pub.

Un rato después, ya duchado y ante un vaso de café con leche, estaba dándole vueltas a la cena de la noche anterior. Había sido una velada poco agradable. No habían acudido las mujeres, ni Susa ni Natalia ni Emma. En cambio, había aparecido aquel tipo, Tobías... No le cayó nada bien y no sabría decir por qué. Se había comportado con elegancia y corrección en la mesa y en el coloquio. Se había levantado un par de veces con delicadeza para fumar fuera del piso. Y al final les había llevado en su coche hasta sus casas a Mario y a él, ahorrándoles el taxi o la mojadura. Sin embargo, no le había gustado ese individuo. Parecía tener un deseo anormal o una gran curiosidad por conocer a los dos amigos. Parecía haber en él algo femenino, una sensibilidad más propia de mujer que de hombre. Quizá fuera homosexual, se teñía el pelo de rubio. Pero no era por eso.

Le daba igual. Decidió no pensar más en aquella cena ni en sus amigos. Se alegraba de que Arsenio estuviese bien, pero no le hacía ilusión la posibilidad de reanudar sus tertulias periódicas, como tanto deseaban él y Mario. Debía pensar en Natalia y en el chico. Comenzó a preocuparle la posibilidad de que le hubiesen visto u oído regresar de madrugada en aquellas condiciones. ¿Cómo podría comprobarlo? Aparentemente, todo estaba en orden. La casa, y la cocina en particular, hecha un primor, como era norma en Natalia. Y el hecho de que ella y Chele estuvieran fuera a aquella hora también entraba dentro de lo habitual. Sin duda, habrían salido a hacer compras. Realmente, Natalia se estaba volcando con su sobrino; parecía empeñada en hacer de él otro modelo de joven, como el que había logrado con su propio hijo, David, como si quisiera compensarlo de la mala carga genética que sin duda arrastraba.

Chele era hijo de Fernanda, su hermana, fallecida ocho años atrás; el único que tuvo. Hasta el verano anterior, Chele había vivido en Guecho con su padre; supuesto padre, porque desde hacía algún tiempo era cosa sabida en la familia que Fernanda había tenido al niño con otro caballero. Pero el supuesto padre, León de nombre, aunque sospechara la infidelidad de su mujer, se había comportado siempre como un verdadero padre con la criatura, y aún más al quedar viudo. Fernanda murió de cáncer, y desde su funeral Paco apenas volvió a ver ni al cuñado ni al sobrino, pese a no existir gran distancia entre sus ciudades. Se había desentendido de ellos completamente, con el pretexto de que su hermano menor, Alejo, mantenía el contacto y nunca le transmitía noticias que le preocuparan: el huérfano estaba al parecer en buenas manos: una hermana soltera de su padre vivía ahora con ellos y se ocupaba de la casa y de la educación. Y así fueron pasando los años, hasta que una tarde de junio, hacía quince meses, Paco recibió una llamada de Alejo: León, su común cuñado, se iba a casar de nuevo y, como ahora ya tenía pruebas muy concluyentes de que el chico no era su hijo, había tomado la decisión de no seguir viviendo con él y de endosárselo a su familia materna, por supuesto haciéndose él cargo del "aspecto económico". La reacción de Alejo fue impecable: sin indignarse contra aquel hombre ni cuestionarle nada, y desdeñando absolutamente lo del dinero, le pidió que le enviara al chico lo antes posible: lo recibiría en su casa con los brazos abiertos. Paco aprobó encantado la reacción de su hermano, y juzgó natural que Chele le fuera destinado a él, porque vivía más cerca, en Bilbao, porque lo había tratado con regularidad, y porque en definitiva era un hombre que ganaba mucho. Pero, apenas colgó el teléfono, se dio cuenta de que había un problema no desdeñable: Alejo estaba divorciado -con dos hijas algo menores que Chele, que vivían con su exesposa- y llevaba una vida escasamente ordenada, por su exceso de trabajo y por su relación con otras mujeres. Quizá sería una nueva muestra de irresponsabilidad de la familia Varga permitir aquella salida. Se pasó tres días dándole vueltas al asunto antes de contarle la novedad a Natalia: Natalia, en cambio, tardó menos de tres horas en llamar ella misma a Alejo. No podía ser: el chico tenía que venirse a vivir con ellos. Ellos tenían un hogar como Dios manda y, aunque su casa no era grande, David se iba a Estados Unidos por cuatro años al menos y quedaría espacio de sobra. Era la mejor solución para el chico y para todos. Chele necesitaba una madre, y la madre podía ser ella, no la amiguita de turno de su cuñado. Su cuñado no fue capaz de negarlo. Accedió, lo mismo que León. Y para no ser menos que Alejo, también ella desdeñó el aspecto económico, aunque en su segunda conversación con ambos ya aceptó recibir una asignación anual para el coste de sus estudios.

Aquella conducta tan decidida y generosa de Natalia con un sobrino al que casi no conocía conmovió a Paco hasta el punto de hacerle creer que sería un estímulo providencial para su matrimonio cada vez más declinante. El cansancio, las frustraciones, las viejas heridas mutuas, acaso podrían sanar ahora con la llegada al hogar de aquel chiquillo imprevisto, que si para ella suponía un modo de llenar el vacío que le dejaba la prematura madurez de David y su partida a Estados Unidos, para él era la ilusión de recobrar una parte de su llorada hermana, aquella mujer tan especial y contradictoria de la que a pesar de todo siempre se había sentido muy orgulloso. Pero la ilusión no duró nada; en seguida vino a reproducirse el mismo desplazamiento, el mismo fracaso que en las relaciones con su hijo: Natalia se lo apropió por completo. Con su arrolladora iniciativa, con su pedagogía inteligente y sin tregua, en cuestión de semanas, o días, Chele era suyo, exclusivamente suyo, como lo fue siempre David; mientras que él, el tío carnal, quedaba como el trasto inútil, se lo haría ver así, como el hombre que había desperdiciado imperdonablemente los mejores años de su vida, y ahora sólo era ya un estorbo para ella, o algo peor.

Tenía que hacer algo. Durante mucho tiempo había pensado separarse de Natalia, pero si antes, cuando Chele no se había metido en sus vidas, la cosa se antojaba muy difícil, ahora resultaría imposible. ¿Qué iba a ser entonces del chico? ¿Y qué iba a ser de todo lo demás? Sus lazos con Natalia no podían romperse sin causar una catástrofe. Él se había casado, como tantos, con la mujer equivocada. Pero la suya era la más equivocada de todas, porque Natalia era la mujer perfecta, aunque no precisamente la perfecta casada de Fray Luis de León, tan sumisa y fiel al marido. Natalia era lo contrario de sumisa, era dominante en grado extremo. Y aunque parecía muy fiel, sólo lo era por el hecho de no pecar contra la castidad: también tenía dominada la lujuria y jamás se echaría un amante, ni siquiera con el pensamiento. Pero Natalia no le amaba, no amaba de verdad a nadie, acaso ni siquiera a su propio hijo. Natalia sólo amaba la perfección. Además, él era un hombre en el paro, sin viso alguno de encontrar otro colegio que pudiese contratarlo, y bastante que ella, cuando lo echaron de los Escolapios el pasado junio, no lo echara también de su propia casa.

Se puso a hojear un libro, una novela en rumano de Mircea Eliade que pensaba traducir al español (aunque ya hacía largo tiempo que no recibía ningún encargo de traducción), y se cansó pronto. Cada vez le costaba más leer en cualquiera de los seis idiomas extranjeros que había llegado a dominar. No sólo iba perdiendo mucha memoria sino también sensibilidad filológica. Parecía que el único motor vital que le quedaba era la ilusión de liberarse de Natalia y empezar una nueva vida con alguna otra mujer. Pero también era ya tarde para eso; necesitaría un golpe de suerte, una ayuda del azar que no estaba en el horizonte.

Pasadas las doce y media, cuando se percató de que no había ni una nube, salió a la calle. Picaba el sol, pero el viento era fuerte y no tenía las piernas para caminar mucho. Aun así, se fue acercando poco a poco hasta el centro de Santander. En ese momento empezó a acordarse mucho de Mancisidor, en verdad su mejor amigo, a quien no veía desde el mes de junio. Durante varios años, Mancisidor, maquinista jubilado de la Renfe, había sido su consuelo de las tardes, con quien tomaba diariamente una copa al salir de los Escolapios. Y quiso el destino que coincidiera su despido del colegio con la enfermedad de su amigo que lo tenía recluido desde entonces en el Sanatorio Santa Clotilde. Apenas había día en que no hiciera el propósito de subir a visitarlo, pero nunca reunía el valor suficiente para acercarse hasta aquel lugar.

Se detuvo en la Plaza Porticada; notaba demasiado las secuelas de la pasada noche en forma de malestar de estómago. Entró en la cafetería Lago, donde pudo hacerse con un periódico, y pidió una infusión de menta poleo. No le apetecía leer, pero necesitaba consumir el tiempo de alguna forma y empezó a pasar las hojas sobadas y sucias del diario. Más que aburridas, banales o efímeras, las noticias de la actualidad le resultaban hostiles, con tendencia a ofenderlo personalmente.

De pronto, alguien le palmeó la espalda:

–Hola, Paco.

Tenía a su lado al bueno de Michel Penagos, que sin duda llevaba rato observándolo en la barra. Apestaba a colonia barata. Michel era un hombre que se perfumaba mucho, lo cual no dejaba de resultar incongruente en alguien tan católico y tan piadoso. Claro que debía de hacerlo para contrarrestar el trabajo de sus glándulas sudoríparas, porque el hombre pateaba tanto las calles, por más calor que hiciese, que de poco debía de servirle la ducha matinal.

–Ayer por la tarde estuve en tu academia matriculando a mis hijos. Este año me pilla más lejos, porque mi exmujer se ha mudado a la zona de Cuatro Caminos, pero merece la pena.

Lo que merecía la pena era ver a Natalia por las tardes: Michel en realidad estaba embelesado con ella, lo adivinaba fácilmente, como adivinaba también lo que ahora estaría pasando por su cabeza: que él, Michel, valía mucho más que Paco. Que Paco tenía mala pinta, era canijo y deslucido, avejentado, degenerado, seguramente sabía que sus alumnos de los Escolapios lo llamaban La Corneja, mientras que de su propio físico estaba muy orgulloso. No había duda de que él era otra cosa, un tipo esbelto y atlético, de muy buena planta, y vestía con esmero, y se perfumaba, aunque sin lujo. Le estaba leyendo el pensamiento: Michel creía merecerse a una mujer como Natalia mucho más que él. Pero lo malo era que, aunque Natalia se separase, que podría hacerlo pronto, su religión haría siempre de ella fruto prohibido para Michel Penagos. Pobre Penagos, si él supiera cómo era Natalia de verdad, si supiera cuáles son los verdaderos intereses de esa gran mujer...

Michel le dijo que acababa de empezar sus vacaciones, que quería ir a Lourdes un fin de semana, pero se le había estropeado el coche y había tenido que cancelar el viaje, que su descanso iba a consistir en leer y darse largos paseos. De pronto le preguntó por su cuñado:

–¿Qué tal Julián?

–No sé... por ahí anda... seguramente tú sabes de él más que yo.

Michel reprimió una mueca de sorpresa y ya luego se despidió. Se habría dado cuenta de que no tenía demasiadas ganas de conversar con él. Se habría dado cuenta de que este Paco Varga era un cardo borriquero, además de un pobre diablo, y se preguntaría una vez más cómo coño una mujer tan inteligente como Natalia Bedia pudo haberse equivocado de esa forma en la elección de marido.

Al quedarse solo, empezó a sorber la menta, que se había quedado fría. Se encontraba realmente muy mal, como si le hubieran echado algún veneno por la noche en el puticlub o en la leche del desayuno. Dejó el periódico; tenía una gran opresión en el diafragma. Hacía tiempo que no estaba así de mal. Y lo peor de todo era la sensación de no tener salida, de hallarse en un terreno pantanoso, de estar llegando al límite.

VII

Cuando el señor obispo le comunicó por teléfono, apenas terminada la misa en las Clarisas, que quería hablar con él, si le era posible, aquella misma mañana, Julián Bedia tuvo el presentimiento de que se trataba de un asunto grave, no ya por el tono de su voz, algo alterado, sino por lo temprano de la llamada, las ocho y media. Cierto que don Dionisio lo llamaba muy a menudo y por cualquier bagatela, pero nunca hasta entonces lo había hecho a hora tan intempestiva, menos aún un sábado, sabiendo además, por confesión propia, que ese primer momento de la mañana era casi el único tranquilo y contemplativo que Julián podía permitirse en todo el día.

Sin poner ninguna excusa ni dilación, como de costumbre, el vicario quedó en pasar por su despacho entre doce y media y una, en cuanto terminase la asamblea de catequistas que debía presidir aquella mañana en un lugar bastante alejado del Palacio Episcopal, aunque ello le obligaba a cancelar una vez más la visita a doña Amalia Lázaro, una anciana enferma, muy querida, a la que también tenía por costumbre llevar consuelo todos los sábados a mediodía.

Su primera impresión fue que podía tratarse de un asunto delicado de conciencia. Desde hacía algunos meses, desde la muerte de don Martiniano, Julián se había convertido en el confesor habitual del obispo; pero precisamente por eso, y puesto que la confesión solían hacerla un día fijo sin aviso previo, y el día era hoy, primer sábado de mes, a última hora de la tarde, descartó esa posibilidad: no tenía sentido anticipar sólo unas horas el encuentro, de no ser por causa urgente. Por lo demás, las confesiones de don Dionisio se limitaban siempre a asuntos de conciencia, dudas, temores, debilidades más o menos culpables. Naturalmente, nunca había pecados. Era un hombre no ya bueno sino, como él mismo solía repetir, "inmejorable". Y esa fama tenía en la diócesis y fuera de ella. Dionisio Arias era un obispo de gran reputación en casi todos los medios eclesiásticos.

Algo grave debía de haberle sucedido aquella noche, algo urgente y grave, sí. Y entonces Julián no pudo evitar que le viniese a la cabeza aquella posibilidad que el mismo don Dionisio le había insinuado un par de veces: que fueran a llamarlo cualquier día para un nombramiento episcopal. No lo esperaba, no contaba con ello, al menos no lo creía próximo, aunque secretamente lo deseaba. Lo veía como la única forma de escapar a aquella vida agobiante de vicario todo terreno que llevaba desde hacía demasiado tiempo. Era indudable que necesitaba un cambio, como lo era también, sin falsa modestia, que él reunía todas las cualidades que el Derecho Canónico exige a los candidatos al episcopado, incluso la edad. El Código hablaba de al menos treinta y cinco años, y él tenía cincuenta y dos; pero también era indudable que en la diócesis él era visto como un cura todavía joven, con mucho currículum por delante. No, sin duda faltaba un mundo para que el nuncio o la Sede Apostólica se fijaran en él, por más que su nombre estuviera en las listas de presbíteros idóneos para el episcopado. Y tampoco tenía sentido que don Dionisio le hubiese de llamar a primera hora de la mañana para darle esa noticia, salvo que él mismo considerara una desgracia -y una desgracia indisimulable- tener que prescindir de su mejor colaborador, lo que sería impropio de un alma tan generosa como la de este obispo.

Pasó mala mañana. Acusaba mucho el haber dormido tan poco y le seguía inquietando la situación de la pobre Mireia y sus repercusiones. Estaba convencido de su deber de persuadir a Natalia a que le subiese el sueldo y así poder alquilar un apartamento propio, pero no tenía agallas para hacerlo, porque eso supondría entrar en temas delicados: lo mal que iba la academia, lo mucho que degeneraba Paco, lo errónea que se mostraba al fin la adopción de Chele. Julián prefería no hablar ahora de nada de eso; la idea que le rondaba de vez en cuando era regalar a Natalia su propio apartamento y marcharse a vivir a la residencia de los curas mayores. Pero el acto de caridad que así practicaría con su hermana y familia era, sin duda, de valor muy inferior al que todos los meses venía practicando con Cáritas al darle una parte de su paga, lo que habría de suprimir si se instalaba en la residencia.

La charla a las catequistas y profesores de religión, con la que inauguraba el curso, resultó inferior a la de años anteriores. Los cambios tan bruscos de temperatura le habían afectado a la garganta y se quedó casi afónico en mitad de la disertación. Le pareció, además, que los asistentes -cada vez menos jóvenes- ya no le prestaban el habitual asentimiento, tan unánime y cálido, incluso le pareció estar decepcionándolos, como si su éxito dependiera de la excelencia de su voz, muy reconocida, o más bien como si el contenido de la charla, sin la belleza de la forma, sacara a relucir su carácter rutinario y repetitivo. Y al recordar por contraste el éxito del año pasado, volvió a su mente la idea de que lo nombraran obispo, que alguien de los asistentes, una mujer recién jubilada, le había augurado con entusiasmo en el pasillo al terminar la conferencia. Y su respuesta rauda –"Esperemos que el Señor no me haga eso, yo sinceramente no me veo..."– que, aun subrayada con un gesto serio, nada impostado, como confidencial, no dejó de antojársele ahora muy hipócrita, porque esperar, en su corazón, sí que lo esperaba.

Volvió a ser brusco en su despedida de aquella gente y llegó al Palacio Episcopal con diez minutos de antelación, aun cuando se detuvo en un bar cercano a tomar un café y una aspirina, porque la faringe no sólo le fallaba sino que le dolía de veras. Tenía en ciernes un catarro considerable.

Don Dionisio tardó casi media hora en aparecer y, sin saludo ni ceremonia alguna, le hizo pasar a su despacho. Julián observó que no llevaba el alzacuellos ni la cruz pectoral ni el anillo ni símbolo alguno de su rango episcopal. Iba vestido con una raída chaqueta de punto gris sobre una camisa azulada, el atuendo que solía llevar cuando estaba relajado por la noche en su apartamento, entregado a la lectura y a la meditación. Pero su aspecto de hoy no parecía en absoluto relajado. El obispo era un hombre de gran estatura y algo entrado en carnes. Llevaba un tiempo a dieta, y ésta debía de haberle hecho efecto de golpe en los últimos días, porque Julián lo encontró sorprendentemente demacrado. Era lampiño, de piel muy pálida, de boca limpia y sensual, pero su rasgo más llamativo eran sus pesadas, ahumadas y muy gruesas lentes para la miopía, que concluían una apariencia más bien temible, aunque la bondad del hombre y la delicadeza de sus sentimientos se transparentaba pronto en los gestos y en la suavidad sorprendente de su voz.

–No te preocupes por la afonía –empezó diciéndole tan pronto se sentaron uno frente a otro a ambos lados de la mesa–, hoy no vas a tener que hablar mucho, tú. A ti hoy te va a tocar sobre todo escucharme.

Y, sin embargo, cuando hablaban a solas, Julián nunca decía gran cosa. Principalmente escuchaba, como era natural. Incluso en las confesiones, don Dionisio se explayaba todo el rato sobre matices de su conciencia, se acusaba de vaguedades o nimiedades, y a él apenas le quedaba qué decirle. Se limitaba a su habitual exhortación con citas evangélicas sobre el optimismo de vivir con Cristo y a darle la absolución.

–La semana que viene o cualquier otro día –prosiguió el obispo– tendremos ocasión de darle vueltas a esto y hasta de discutir, pero hoy es mejor que simplemente me oigas lo que tengo que anunciarte.

Fue en ese momento cuando Julián cayó en la cuenta de que la noticia no podía ser otra que su nombramiento para un cargo de mayor rango; don Dionisio lo merecía; sin duda, debía ascender ya a una diócesis importante. Con él saldría ganando mucho la Iglesia española, porque era un prelado que siempre daba imagen de coherencia cristiana y de gran honestidad. Tal vez, llegó a temerse, quería llevárselo a él consigo de secretario.

–Verás, hijo –comenzó, pero en seguida hizo una pausa, se despojó de sus gafotas y frotándose los ojos estuvo varios segundos en meditación–, sé que te voy a asombrar. Te voy a hacer daño, seguro, aunque será un daño pasajero y hasta puede que luego se convierta en un gran bien para ti. Verás, es algo que te parecerá duro, durísimo, casi imposible de creer.

Y volvió hacer otra pausa, aunque ya se había puesto las lentes y, bien abiertos los ojos, miraba al vacío con la expresión de un hombre que acaba de asomarse a algún abismo de horror. Don Dionisio no solía hacerle confidencias. La predilección y la confianza que le dispensó desde el principio se manifestaba únicamente en la abundancia de sus requerimientos y en el evidente placer que sentía en tenerlo junto a sí. Julián no podía creer que aquel hombre careciera de secretos, pero ni esperaba descubrírselos nunca ni él perdía tiempo en imaginar cuáles fuesen. Según la fama, había sido un cura volcado por completo hacia lo social, eso sí, más versado en la teoría y el estudio que en la acción, en la función de predicar y escribir que en la de promover iniciativas prácticas -como que se había doctorado en la Pontificia con una tesis sobre las primeras encíclicas sociales-, aunque su conducta como persona y como obispo jamás desmerecía de sus ideas. Dionisio Arias daba ejemplo constante de compromiso con los pobres y desfavorecidos. Era recto, evitaba discretamente el conchabeo con los poderosos, proviniendo, como provenía, de clase alta. Por mucho que el amor al prójimo pareciera ocupar en él un lugar más visible que el amor a Dios, era un obispo genuinamente espiritual.

–Y una cosa quiero advertirte antes de nada –continuó mirándolo de súbito a los ojos como nunca lo había hecho–, deducirás en seguida que esto no puede ser ya entre nosotros el sacramento de la confesión, pero lo que voy a revelarte tendrás que guardarlo durante algunos días como un secreto tan grave como los de confesonario.

Julián musitó un "por supuesto" al tiempo que se hacía gran fuerza para sostener aquella mirada hendiente y un tanto frenética. Sus ilusiones se iban al garete. Ya apenas podía esperar que lo que iba a venírsele encima en aquella entrevista dejase de ser algún escándalo de máximas proporciones.

–Amigo Julián, tengo que confiarte que voy a presentar mi dimisión. Es decir, voy a renunciar al obispado, al cargo, a todo lo que tenga que ver con él. Pero no sólo eso, no, no es que me haya dado ahora por volverme cura de base, o ir de misionero al tercer mundo... No, qué va. Voy a hacer algo mucho más tajante. Voy a abandonar la Iglesia. Para entendernos: he decidido no ser más cristiano.

Ahora fue Julián el que se llevó las manos a la cara y se tapó los ojos. Pero pudo comprender de inmediato que don Dionisio estaba sufriendo algún trastorno repentino y que él debía ayudarle sin vacilación alguna. Por de pronto, lo que no debía era mostrarse confuso ni asustado. Y quiso decir algo en esa dirección con su voz rota, pero el obispo le quitó al instante la palabra:

–Nada, ya sé lo que estás pensando, que esto no es más que una crisis pasajera, pero no, hijo. Llevo mucho tiempo dándole vueltas a la cuestión y al final he obtenido luz: el cristianismo es una enorme falacia, Julián, y yo no quiero seguir siendo partícipe de ella. A esto algunos lo llamarán apostasía, o traición, pero yo no apostato ni traiciono a nadie. Ni siquiera puede decirse que haya perdido la fe. Lo que he hecho es ganar la luz, salir de un error. Me he librado de la mentira para entrar al fin en la verdad, no la verdad total y dogmática, claro, sino la parte de la verdad que me basta para sentirme limpio, puro y, dentro de lo que cabe, libre.

–Perdone, don Dionisio, no me puedo creer que esté hablándome en serio –le dijo sonriendo con miedo, porque el obispo, aunque suave, amable y bienhumorado siempre, no era hombre que tuviera humor burlón.

–Totalmente en serio, don Julián, y te agradecería en el alma que no pusieras en duda mi sensatez o mi equilibrio mental. Nunca he tenido alteraciones psíquicas, ni me parece que haya empezado a estar senil. Por favor, acepta el hecho como te lo expongo. Después de largo estudio y de profunda reflexión, he llegado a la convicción total de que nada de lo que yo creía y defendía respecto a la religión es verdadero. Ahora tengo la certeza de que es falso de toda falsedad, y yo sería una basura de hombre si no decidiese obrar en consecuencia.

–Pero ¿desde cuándo usted...?

–Déjame que acabe hoy, y otro día, como te dije, discutimos lo que haga falta. Hoy prefiero que escuches, que lo asimiles, si puedes; pronto hablaremos con más tranquilidad. Te lo repito: he de obrar en consecuencia, lo cual significa no solamente dejar la mitra, sino además salirme de la Iglesia, pero no por la puerta falsa. Y esto, querido Julián, es muy importante para mí. Voy a hacerlo público en seguida, voy a mostrar a la sociedad el error en el que está si sigue reconociendo como valiosas las puerilidades de las religiones.

Julián abatió de nuevo la cabeza y cerró los ojos. Por más que su hábito de ser dócil y leal a aquel hombre le moviera a darle crédito en cuanto a lo de su estabilidad mental, era imposible que en aquellos momentos estuviera en su sano juicio. O quizá lo que acontecía era que quien cuarenta años atrás había renunciado a una vida de burgués rico para hacerse apóstol de Cristo en una barriada mísera de Madrid, ahora renunciaba a una vida de prelado ilustre para convertirse en apóstol del laicismo más agresivo. Un caso más, aunque en su grado máximo, del extravío a que podía conducir el extremismo moral, aliado siempre, tal vez, con alguna gran soberbia hasta entonces oculta.

–Comprendo tu asombro, ya te lo dije, pero es mejor exponértelo así, porque es lo que hay...

De pronto, Julián sintió una ráfaga de coraje. Aquel hombre que tenía ante sí, aquel gran hombre, quizá era víctima de alguien o de algo que debía mantener oculto.

–Don Dionisio, ¿qué le ha sucedido...? Por favor, a usted ha tenido que ocurrirle algún suceso que no me quiere contar...

–Algún suceso, ¿como cuál?... No –le contestó con una sonrisa que traslucía gran suficiencia, si no soberbia–, no. Sólo me ha ocurrido que he pensado mucho y que al cabo he tenido la fortuna de encontrar la verdad. O un trozo de verdad lo bastante sólido y seguro. Mira, Julián, te voy a decir algo más. Me he confesado contigo un montón de veces. Te he hablado de mis dudas. Tú jamás les diste importancia, quizá porque juzgabas que eran unas dudas como las tuyas, o como las de cualquier creyente con un poco de cabeza. Te faltó perspicacia, y no te lo reprocho. Pero mis dudas eran de gran calado, sufría mucho, hasta que al fin la certeza ha venido en mi ayuda. No te lo reprocho, insisto. Tú tienes fe, yo no. ¿Cuál es la diferencia? Que tú te autoengañas y yo he dejado de hacerlo. Y con toda paz.

–Pero ¿y Jesucristo? –replicó el vicario con vehemencia–, ¿qué va a hacer usted ahora con Jesucristo?

El señor obispo volvió a sonreír, sobrado, casi majestuoso.

–¿Tú sabes quién fue Jesucristo? Aquel Jesús de Nazaret fue, simplemente, un sócrates. Fue el sócrates judío del primer tercio del siglo I. Alguien muy sabio, muy original, muy crítico con su mundo, que no escribió nada ni quiso pasar a la historia, que murió ejecutado y que se convirtió, *malgré lui*, en una figura de influjo universal y bimilenario. No es poco, pero no es más que eso. Estate completamente seguro.

Julián Bedia volvió a cubrirse el rostro con las manos. Sentía un gran remordimiento. Era verdad que aquel hombre le había confesado a menudo sus dudas en la fe, y él no había hecho nada más que repetirle aquella frase del cardenal Newman: "creer es tener la capacidad de soportar las dudas". O mencionarle las dudas de los apóstoles que no les impidieron seguir a Jesús hasta el martirio. Había sido ligero. Nunca se le ocurrió pensar que la fe del obispo le estaba manifestando unas grietas que no eran normales y él no había sabido hacerles frente a tiempo, por más que en sus actuaciones como prelado jamás le hubiera visto ni oído la menor señal de quiebra.

–Anda, Julián, no te aflijas más de la cuenta –le dijo recobrando su afectuosidad paternal tan característica–, ahora mismo esto te parecerá un zambombazo, es lógico, pero vas a ver cómo pronto, muy pronto, lo asumes. Yo sé que tú eres un hombre muy inteligente, no sólo bueno y prudente, me fío de ti, aunque ahora mismo estés en la zona del error. Y precisamente porque me fío mucho de ti he querido hacerte por adelantado esta confidencia, antes de que sea de dominio público. Ahora sólo te pido que estos días hagas vida normal, y la semana que viene ya volvemos a hablar, como amigos. Yo te llamaré. Esta tarde me voy de viaje y no volveré hasta el martes.

–Tiene que decirme una cosa más, don Dionisio, perdone –se le ocurrió preguntarle de improviso–, ¿esta revelación me la ha hecho a mí solo? ¿No hay alguna otra persona que lo sepa ya?

Dionisio Arias frunció el ceño con dureza, pero no tardó en responder.

–Pues sí. Hay otra persona... Pero no te aconsejo que hables con ella. Es sor Marta, la del Albergue de Transeúntes. Tú no le caes muy bien, y no arreglarás nada confiándote a ella. Déjala tranquila.

Don Julián Bedia abandonó el Palacio Episcopal como un autómata, sin ver siquiera a Andrea, la risueña periodista pelirroja que solía acompañar a don Dionisio en sus salidas y que estaba esperando en el pasillo, y hasta que no hubo recorrido un buen trecho y cruzado la calle principal de la ciudad sin rumbo alguno, incluso sin prestar atención al tráfico, no empezó a salir de su aturdimiento. Cuando fue consciente de ello, comprendió que su deber más inmediato era rezar, pero como no tenía costumbre de hacerlo en lugares visibles, y a esa hora había misa en la Catedral, optó por dirigirse a una iglesia que estuviese menos concurrida. Entró discretamente en la cercana parroquia de la Anunciación, a punto ya de cerrar y sin un solo fiel en aquel instante, y se arrodilló ante el sagrario.

¿Qué podía decirle en un momento como aquel? Absolutamente nada. Tan sólo tenía la posibilidad de hablar consigo mismo, de poner un poco de orden en su cerebro. Y empezó por decirse que dejase toda esperanza de estar viviendo una pesadilla. Aquello era real. Era real y encajaba con la personalidad del obispo Arias: ahora lo veía con claridad meridiana. Dionisio Arias era demasiado humano y demasiado buena persona para ser un buen obispo, una frase acuñada que había oído en varias ocasiones y que de repente cobraba una terrible realidad. Pero aquello no podía suceder porque sí, tenía que responder a algo. Si él mismo había negado tajantemente que hubiera ningún hecho detrás de aquella decisión, al menos debía tener algún sentido. Acostumbrado a sostener que nada sucede sin que Dios lo quiera, trató de escudriñar cuál sería la voluntad de Dios en aquel caso. Le vino al punto una respuesta: poner a prueba su fe, la suya y la de toda la comunidad. Pero era una respuesta demasiado obvia, un tópico del tipo de los que Julián detestaba en su fuero interno. Cuando ocurría alguna desgracia, algún desastre, cualquier mal, siempre había que recurrir a ese tipo de explicaciones: el Señor lo quiere para aquilatar nuestra fe, para purificarnos, en definitiva, para nuestro bien. Era obligado echar mano de esa fraseología, pero a él nunca acababa de convencerle. Le repelía la idea del Dios corrector y castigador, tanto como la del Dios examinador y omnipotente. Creía más viable la idea del Dios impotente, afectado como nosotros por los males, los errores y las injusticias, y que sólo es infinito en su amor compasivo y en su espera de un futuro mejor. El misterio de la fe se resumía en el misterio de una esperanza ilimitada, irreductible, pero sumamente inconcreta. De poco le valía ahora esa esperanza. Advirtió una cosa: a lo largo de sus años de sacerdocio él se había preparado para asumir las mayores desgracias imaginables: una enfermedad cruel o degenerativa, una calumnia irreparable, una caída sin remedio en la pasión carnal que le obligara a colgar los hábitos... Jamás llegó a verse atrapado en nada como aquel laberinto. Su maestro, su padre espiritual, su pastor, renegaba de la fe con convicción rotunda, y él no tenía siquiera el derecho de confiárselo a nadie.

Comprendió que en aquella hora no podría rezar, dialogar con la divina presencia, sino tan sólo discurrir consigo mismo, pero tampoco se sintió capaz de formarse juicios o conclusiones de mucha lucidez, por lo que optó por abandonar pronto la iglesia. Sólo le quedaba el recurso de ponerse en acción, de tapar su vacío haciendo algo práctico. Siempre hacer algo por alguien, intentarlo al menos. Esa era su máxima de sacerdote y de cristiano. Y entonces decidió que aún no era del todo tarde para hacer su visita de los sábados a Amalia Lázaro.

La anciana, de casi noventa años, vivía en el tercer piso de una vieja casa sin ascensor, a pesar de que era una mujer pudiente. Se pasaba el día en la cama, atendida por un par de cuidadoras que se turnaban día y noche, y por su hijo, su nuera y su nieta, que acudían cuando podían. Doña Amalia era casi una santa, no ya porque llevase su invalidez con gran paciencia y porque diese a los pobres todo el dinero del que le dejaban disponer, sino porque en la cama se pasaba el día rezando. Don Julián iba a brindarle unos minutos de compañía cada semana, a veces también el viático, y salía siempre reconfortado por su dulzura de espíritu. Quizá estaba llamada a servirle a él de auxilio precisamente en aquella penosa circunstancia.

Le costó subir los tres pisos por la gran irritación de la garganta, que parecía írsele bajando ya a la tráquea y a los bronquios, y cuando llegó arriba oyó que en la casa alguien estaba tocando el piano, probablemente un adagio de Mozart, algo muy melancólico. Era, sin duda, Blanca, la nieta, una dotadísima joven que había estudiado varios años en París. Julián llamó al timbre, pero nadie salía a abrirle. Entendió que era tarde, que doña Amalia estaría durmiendo la siesta y que la pianista no oiría el timbre. No repitió la llamada, pero tampoco abandonó el lugar, sino que se sentó en un escalón y se dejó acariciar por la belleza triste de la música. Quiso creer que aquella música era la voz del cielo, la respuesta de Dios, y que aquella belleza era la única verdad, y que aquella verdad era suficiente para resistir, para seguir esperando.

Pero de pronto se dio cuenta de que estaba muy mal. No sólo tenía enormes escalofríos sino que se ahogaba, el aire apenas le pasaba de la tráquea. Se puso en pie y empezó a bajar poco a poco las escaleras. Cuando llegó a la calle, el mundo y la vida le parecieron horribles. Le pareció que no soportaba la realidad. Hizo un esfuerzo de imaginación para pensar en algo, próximo o lejano, que lo endulzara, y no halló nada ni nadie. Tal vez tenía razón Dionisio. Tal vez tuvieran razón los que abrazaban la nada, el nirvana, los que no temían morir y descansar para siempre de todo.

VIII

Un poco antes de la una, cuando Mario Bulnes entró en casa con las bolsas de la compra, Susa aún no había terminado de arreglarse. Aprovechó entonces para llamar a casa de Arsenio (ya lo había hecho antes de salir), pero no dejó que el teléfono sonara más de diez segundos. Como no descolgaron pronto, imaginó que Arsenio aún no habría vuelto y no quiso molestar de nuevo a Emma, a quien supuso aún acostada. Le dijo a Susa que la esperaba abajo con Zorba, el perro, y salió por segunda vez a la calle.

A pesar de que estaban enfadados, Susa y Mario habían decidido ir a comer aquel domingo a la provincia y pasar la tarde juntos en algún lugar tranquilo. En realidad, más que un enfado, lo que había en el matrimonio era ya una ruptura. Desde hacía dos semanas tenían decidido iniciar los trámites de la separación, y el motivo era demasiado simple como para no resultar absurdo. A los dos se lo parecía: irremediable pero absurdo, o cuando menos estúpido.

Todo había comenzado con un engaño de Susa. Mario había consentido que ella hiciese el pasado mes de julio un viaje fantástico, sin él y con dos amigas, las hermanas Gándara, una iniciativa de la mayor para celebrar por todo lo alto sus cincuenta años, y el destino elegido fue el norte de Escandinavia y de Rusia, y la noche ártica como meta última de la romería.

Meta aparente, porque el viaje tenía para Susa un objetivo secreto: agenciarse a una niña lapona. Susa había iniciado por su cuenta los trámites, no sólo ocultándolo a su marido sino pasando por encima de la negativa de él a adoptar. El conflicto era ya añejo en el matrimonio, pero Mario nunca creyó que Susa fuera capaz de tanto. Volvió del Ártico muy feliz y con el negocio en marcha, y nada le reveló hasta mes y medio después, cuando le llegaron los papeles de la embajada rusa... y la foto de Irina. Susa estaba convencida de que en cuanto su marido viera la imagen de aquella criatura de tres añitos, de piel atezada, pelo negrísimo y ojos deliciosamente oblicuos, no sólo le perdonaría la jugarreta sino que su resistencia a la adopción se vendría abajo. Pero fue justo al contrario: el hombre tenía múltiples razones para seguir oponiéndose a una paternidad no natural. Y tras la bronca, las lágrimas y el fiasco, vino la cruda realidad: ya que Susa no era feliz con Mario, o al menos no tenía suficiente con él, estaba claro que su matrimonio era un árbol muerto. Y no había más remedio que talarlo. Así que comenzaron a negociar una separación muy dolorosa para los dos, que siempre habían sido una pareja modélica. Una separación sin otros motivos que el hecho de que ella no pudiera renunciar a la maternidad y él no fuese capaz de asumir el desorden existencial que traer de pronto a casa a una hija ajena iba a causarle. Sin embargo, aquella misma semana Mario había tenido ya un primer gesto benévolo y generoso: como Rusia no permitía adoptar niños a familias monoparentales, se avino a hacer con ella el segundo viaje a Múrmansk, a finales de noviembre, para cerrar la adopción fingiendo que el matrimonio estaba unánime en el negocio. Era lo menos que podía hacer por Susa. Y Susa lo había agradecido llevándolo hoy a comer a algún pueblo.

Pero Mario se sentía mucho más generoso que eso. El piso, aunque ganancial, sería entero para ella, sin compensación alguna. Y la cuenta corriente que tenían a medias se repartiría al cincuenta por cien, a pesar de que en una proporción mucho mayor la había nutrido él, que ganaba casi el doble. Era su forma de demostrarle que seguiría ayudándola en su nueva vida y en su empresa de madre, y de hacerle ver que respetaba su vocación absoluta de adoptar un hijo, como ella debía respetar su necesidad no menos absoluta de seguir viviendo sin él.

Susa estaba muy triste, pero se resignaba. Incluso sus amigas ya le habían animado a dar ese paso. En general apreciaban mucho a Mario, pero en todas se imponía el parecer de que para ella sería una buena opción separarse de él. Mario era un tipo demasiado ególatra y narcisista que no se merecía a una mujer como Susa.

Mientras viajaban en el coche hacia el interior de la provincia, no hablaban de la separación, ni del apartamento que Mario tenía ya apalabrado para instalarse en solitario, un lindo ático en zona próxima al Barrio Pesquero, un chollo que debía amarrar lo antes posible; tampoco del viaje a Laponia, a pesar de que aún no habían comprado los billetes (que también pensaba pagar él). Hablaban de asuntos baladíes, como dos personas amables que se han juntado por azar aquella mañana. El día era escogido. Las lluvias de la víspera daban un vigor maravilloso al paisaje. Lo malo es que aquella mañana de sábado tan soleada demasiada gente había tenido la misma idea que ellos. No encontraron sitio de confianza donde comer, y tuvieron que cambiar de ruta, sin impacientarse, hasta acabar en un hotel de Comillas ya pasadas las cuatro de la tarde.

La paciencia tuvo su recompensa, porque salieron muy satisfechos del restaurante y Susa le propuso ir a pasear un rato por el Monte Corona. Él aceptó, con la condición de que se quedaría dentro del coche escuchando música, a lo que ella no puso inconveniente. Fue conduciendo muy despacio hasta Punta de la Moira, y allí emprendió su paseo con Zorba, mientras él ponía en el aparato la Sonata para violín y piano de

Lekeu. Cuando terminó de sonar el disco, estaba tan transportado que salió del coche y, sin cerrar la puerta, caminó varios metros hasta un mirador desde el que podía vislumbrarse el Cantábrico en la lejanía.

Permaneció allí casi media hora contemplando la puesta del sol, hasta que de pronto se dio la vuelta con expresión de loca felicidad, pero en seguida comenzó a inquietarse por la tardanza de Susa y regresó al coche para avanzar luego algunos pasos hasta el punto por donde ella había iniciado su caminata. Silbó varias veces con fuerza, y al fin oyó el ladrido alborozado del perro, que se acercaba corriendo por entre la espesura. Mario lo estrechó con largo y extraño abrazo, como si fuese un amigo íntimo al que llevara años sin ver. Susa apareció un minuto después arrastrando con aire cansado una gruesa vara de fresno. Era una mujer alta, rubia, acentuadamente pálida. Vestía una cazadora y pantalón a juego de cuero envejecido. Tenía aire de noruega, pero era natural de Portilla de la Reina.

Mario la recibió con una mirada intensa, silenciosa, también muy larga y no menos extraña.

–Hijo, parece que la humedad que hay por aquí se me ha metido en el cuerpo –dijo ella suspirando desfallecida. Abrió el maletero del coche para dejar en él la vara y sacar su bolso, del que extrajo una caja de pastillas. Comenzó a chupar una. Luego extrajo otro medicamento, un líquido que aplicó al pañuelo. Lo inhaló repetidas veces.

–Vámonos ya –dijo después–, ¿estás bien?

–No, no nos vamos todavía –contestó él–, tengo algo que decirte.

–¿Así de repente? No me asustes.

–Ven aquí –le dijo cogiéndola por la cintura–, no puedo decírtelo mientras vas conduciendo.

Susa dio un respingo, francamente asustada.

–¡Qué te ha pasado!

Él la condujo casi a la fuerza hasta el parapeto donde había permanecido el rato anterior contemplando el atardecer sobre el mar.

–Salve, Susa, no temas, como dijo aquél. No te voy a asustar, más bien voy a darte una gran alegría.

–Venga ya –protestó aún ella–, ¡cómo te gusta el teatro, qué puñetero eres!

–Soy tan puñetero, que he decidido darte la mayor alegría de tu vida

–Ya será menos. ¿De qué se trata? ¿Se te ha aparecido algún ángel?

–No, porque el único ángel que existe eres tú. Se trata de una decisión que he tomado.

–Me vas a matar, Mario, ¿qué decisión?

–La decisión que más deseas y, tal vez, la que menos esperas. ¿Será posible que no lo adivines? Piensa.

La mujer guardó silencio por unos instantes, pero él supo que ya no podía pensar sino que sólo pugnaba por contener su emoción.

–Mario, dímelo ya, desgraciado –pudo hablar al fin.

–Está decidido. Lo he decidido ahora mismo oyendo esa música. O más bien lo he visto. Lo he visto claro, ahora y aquí.

A las 7,30 de la tarde del 3 de octubre de 1999, en el Monte Corona. Lo que más deseas del mundo. Eso mismo. Voy a darte el sí.

Y la abrazó y la besó con fuerza, aunque la soltó en seguida porque tuvo la sensación de que se desmayaba.

–Irina –pronunció ella al fin, en brazos de él–, ¡mi niña!

–Tu niña y la mía.

–Tenías razón, no voy a poder conducir.

–No importa que nos pille aquí la noche –dijo él, también con temblor en la voz–, y además, ¿sabes lo que te digo?

–¿Qué?

–Que eso de separarse los matrimonios es una ordinariez.

–Vaya, hombre, siempre tienes que estropearlo todo con alguna frasecita frívola.

–En serio, una enorme vulgaridad.

–Vamos, que si separarse fuese una cosa distinguida, no una moda boba, a tu niña y a mí que nos dieran morcilla.

–Susita: a pesar de todo, a pesar de tu pobre opinión sobre mí, está muy claro que nos queremos.

–Di más bien: me queremos.

A Mario le dolió la pulla. Y unos segundos después replicó:

–No. Digo que nos queremos el uno al otro, aunque sea con restricciones, pero quizá tus restricciones actuales van a más mientras que las mías se limitan a mi narcisismo de siempre. Yo no cambio, tú sí. Es el problema.

IX

A las doce de la noche, Natalia Bedia estaba rendida, pero tenía una enorme ansiedad y ganas de llorar. Se había pasado la tarde pateando la ciudad junto a Mireia en busca de un apartamento barato, sin éxito alguno, y al volver a casa se había topado con que todo el mundo estaba enfermo y en la cama. Chele seguía con su virus digestivo, y al parecer se lo había pegado a Paco, que tampoco había comido nada y no paraba de dormir o dormitar. El remate era el catarro de Julián, que había llegado a mediodía con 39 de fiebre y por vez primera en muchos años había decidido abandonar sus compromisos de la jornada y acostarse. Eso sí, a las nueve de la noche había hecho intento de levantarse para ir a casa del padre de Mireia, o al menos llamarlo por teléfono y arreglar de algún modo el conflicto, pero ella misma se lo había prohibido e impedido casi a la fuerza. Hubiera sido una locura, porque además Julián estaba completamente afónico.

Ahora, después de prohibir también a Mireia que la ayudase (y de obligarla a ir ya a descansar a la pequeña habitación del apartamento de Julián), Natalia planchaba una enorme pila de ropa en la cocina. Reinaba el silencio en la casa, pero ella tenía la cabeza llena de ruido. Como si estuviera sufriendo alguna perturbación psíquica, oía una voz estridente dentro de ella que le gritaba: "¡Tienes que ser valiente, tienes que ser honrada de una vez por todas! Da ese paso". El paso era poner tierra de por medio entre Paco y ella. ¡Pero era tan difícil! Paco estaba siempre ahí, estorbando, incordiando, ensuciándolo todo. No podía amar a aquel hombre, y Dios tendría que perdonarla porque no era culpa suya. Ella había sido limpia, generosa, fiel, una esposa abnegada en todos los órdenes. Él era quien había fallado una y otra vez desde el principio. Sin amor nada era posible, y especialmente era imposible sostener aquella convivencia, cada día más artificial y problemática. Aquel hombre era un lastre. Jamás ponía nada de su parte por mejorar las cosas. Aquel marido le había caído como una maldición, una jugarreta que le había hecho la vida. Era una piltrafa de hombre, sin ninguna posibilidad de regeneración, y ni siquiera existía ya el menor peligro de que pudiera irse con otra. La única solución sería que se muriese, pero Paco no se iba a morir nunca, por más que descuidase la salud. Ella deseaba su muerte, no podía evitarlo, trataba de quitarse esa idea de la cabeza, pero volvía una y otra vez. Ojalá se muriera Paco, sí. Una muerte dulce, liberadora. El mundo no se perdería ya nada. No podía sentir por él ni compasión. Era el padre de su hijo, un cerebrito, de acuerdo, pero tampoco eso le servía de mucho. Necesitaba un poco más de valor para decirle: "o te vas tú de esta casa o me voy yo, aunque tenga que vivir debajo de un puente". Claro que, sin ella, él era un hombre perdido. Sin Natalia, la Academia Étimo, su academia, se iría a pique en un mes, y eso él mismo ya lo había reconocido. Lo habían echado de los Escolapios al final del curso anterior no por envidias, como él creía, no porque fuese un profesor pata negra en un medio cada vez más envilecido por las moderneces pedagógicas, no, lo habían echado por falta de rendimiento, de puntualidad y de compromiso. Lo habían echado por vago y por impresentable. Y ahora sólo tenía ya el paro, y al cabo de un año la miseria más absoluta porque nadie lo contrataría ya para nada, por mucho que pudiera traducir en siete idiomas.

Sólo quedaba una solución, una gran solución. Pero era algo que no dependía de ella sino que había de caer del cielo: que finalmente a Julián lo nombraran obispo. Julián se negaba a hablar de ello, casi hasta se enfadaba si ella le mencionaba esa posibilidad, pero de hecho fue él quien en una ocasión, hacía no más de un año, se la había confiado. De buena tinta, de la tinta del propio don Dionisio, sabía que estaba en la lista de candidatos idóneos para nuevos nombramientos episcopales. Era natural: Julián reunía todas las cualidades, excepto que quizá resultaba un tanto joven para el cargo. Julián tenía muy buena fama, podía dudar de todo menos de eso: su hermano era el cura más completo de la diócesis, el más preparado, el más entregado, el más amable, el más fiel a la Iglesia, y todo el mundo conocía también sus virtudes como persona. Y cuando se hiciera obispo y tuviera que partir a otra ciudad, ella estaba decidida a irse con él, alquilarían el piso y dejaría la academia en manos de Mireia. Incluso hasta se llevaría a Chele. Y Paco podría seguir en su casa, hasta cuando David terminase sus estudios en América, si es que alguna vez volvía para quedarse.

Pero no, no debía hacerse ilusiones, pensaba ahora casi llorando, rendida ante la tabla de planchar. A Julián no le iba a caer el obispado. Julián no valía para mandar. Ella lo sabía: para ejercer autoridad, incluso en la Iglesia, ¡sobre todo en la Iglesia!, hacía falta un carácter, y Julián no lo tenía. Su hermano era demasiado bueno, demasiado complaciente con todos. Era un hombre desgraciadamente blando, y eso lo limitaba mucho. Su hermano iba a sufrir horrores al frente de una diócesis. Por eso, y porque también le sobraba modestia, no quería ni hablar del asunto, e incluso era muy probable que si le llamaba un día el nuncio para anunciarle el nombramiento, lo rechazase en secreto. Quizá, pensó, hasta lo había hecho ya. Julián era así, en el fondo era poco humano, de una bondad más bien maquinal. Lo veía cumplir años, irse aproximando a la vejez sin una ambición de nada, a lo sumo sin otro deseo que descargarse de aquel trabajo agobiante en la diócesis y revertir a párroco humilde de alguna zona lejana de la provincia. La vida, para él, no significaba más que obediencia y sacrificio.

Conteniendo a duras penas las lágrimas, desenchufó ya la plancha, retiró el cesto de ropa que aún tenía pendiente, bebió un vaso de agua y se dirigió sigilosa a la habitación donde dormía Chele; parecía sosegado y tenía la piel tibia. A continuación fue a la alcoba matrimonial, pero no entró. Paco estaba despierto, o al menos tenía el transistor encendido aunque a muy bajo volumen. Fue al baño a hacer tiempo hasta que se durmiese, pero nada cambió. Entonces Natalia decidió pasar al apartamento de Julián. Se puso la bata nueva sobre el pijama, entró en su habitación y se arrodilló junto a la cama. Dormía, aunque no con el sosiego de Chele, y la piel seguía ardiéndole. Estuvo un rato junto a él, por si necesitaba algo. Transcurrieron más de diez minutos. Julián se movía, tosía de vez en cuando con una tos algo rara. El vaso de limonada con miel seguía intacto sobre la mesilla de noche. De pronto empezó a sentir preocupación por su hermano y se propuso llamar al médico al día siguiente a primera hora, por muy domingo que fuese. Con voz suave, le preguntó qué tal estaba y si quería alguna cosa, pero él no respondió.

Eran ya casi la una cuando Natalia entró en la habitación de Mireia. Ella sí estaba despierta. ¿Te importa que me acueste contigo?, le preguntó sin necesidad de darle ninguna explicación.

–Claro que no.

Y en el tono de su voz, Natalia adivinó algo más de lo que esperaba. El cuartito estaba tan caliente que le sobraba toda la ropa. Pero no se la quitó hasta que estuvo dentro de la pequeña cama. Mireia le ayudó a hacerlo, y en seguida a la inversa.

X

A las siete y media de la mañana Arsenio ya estaba en pie. No había descansado lo suficiente, pero acababa de desatarse de nuevo el vendaval, aun más rapaz que la pasada noche, y el sueño le había abandonado por completo. Salió de la habitación con cuidado de no despertar a Emma y, a oscuras, fue al baño y luego al salón. Levantó suavemente una persiana; ya entraba claridad suficiente de la calle. El salón seguía siendo un caos desde la noche del viernes. Pensó empezar a recogerlo poco a poco, tenía tiempo por delante, pero una idea se le cruzó por la cabeza: salir a misa de ocho a las Clarisas, una idea que había descartado la noche anterior pero a la que ahora no pudo resistirse. En realidad, no era la misa lo que le interesaba, sino desayunar después con Julián, el cura, hablar con él, como había hecho quince días atrás.

Volvió a la habitación para vestirse y calzarse. El fragor del viento era mayor y también Emma estaba ya desvelada.

–¡Adónde vas! ¡Tú estás mal de la cabeza!

–Tranquila, esperaré a que amaine un poco.

–¿Pero adónde coño vas?

–Tranquiiila –repitió él, y le tocó la cara para corroborar que ya no tenía fiebre.

–Eres absurdo –masculló resignada.

Arsenio no quería decirle que iba a ver a Julián Bedia, y tampoco que iba a misa. Emma no aprobaría ninguna de las dos cosas, no porque fuese atea, que lo era, sino porque despreciaba a los hombres que en los momentos difíciles no daban la talla y se aferraban a la religión.

–Volveré en seguida, no recojas nada, ya lo hago yo luego.

–Eres la hostia...

Calzado con unas botas camperas, Arsenio salió a la calle. Ciertamente era peligroso. El sur golpeaba las casas y zarandeaba farolas, señales y árboles con furia homicida. El día, sin embargo, era claro. No había un alma por la calle. Arsenio avanzaba con paso irregular, ora correteando, ora deteniéndose para mirar hacia arriba, temeroso de que una cornisa o una ventana le cayeran encima.

Arsenio tenía un linfoma de Hodgkin. Se lo habían detectado hacía diez meses y el tratamiento estaba dando resultados óptimos. Se encontraba animado y fuerte, pero sabía que hasta dentro de tres años, por lo menos, no podría cantar victoria. Estaba en vilo, naturalmente, vivía con miedo. Sí, quizá no estaba dando la talla, él, que era profesor de filosofía y especialista en afrontar desde la racionalidad los problemas fundamentales de la existencia.

Logró llegar sano y salvo a la capilla de las Clarisas. Los sábados y domingos por la mañana Julián Bedia decía dos misas. La de primera hora en esa capilla y la de las trece en la Catedral (era ya canónigo). A él le gustaba la primera, donde sólo acudía un puñado de ancianos y de beatas, porque había un ambiente más recoleto y, sobre todo, porque esas pocas personas seguían la celebración con fe viva, al contrario que la gente de la Catedral, burgueses biempensantes que se limitaban a cumplir un deber rutinario. Julián se explayaba mejor en ésta, pero aun así prefería escucharlo en la capilla, donde podía seguirlo con mayor cercanía y recogimiento, y luego tomar un café con él.

Julián Bedia había sido profesor de religión durante dos cursos, hacía ya algún tiempo, en el instituto de Arsenio, y de entonces databa su amistad, favorecida también por el hecho de ser hermano de Natalia, la mujer de Paco Varga. Era un cura culto y afable; publicaba regularmente en el periódico unas epístolas a los jóvenes muy aplaudidas, aunque su estilo no era juveniloide ni pedagógico. Tenía un pensamiento algo difícil, pero gozaba de prestigio, quizá porque se sabía que era un cura de vocación tardía, que había terminado la carrera de Historia antes de entrar en el Seminario. Arsenio deseaba tratar más con él, conocerlo a fondo, descubrir su verdadero pensamiento sobre todo lo humano y lo divino. Había oído que tenía por delante una carrera prometedora, que podría llegar a obispo en cualquier momento. Quizá fuera el único elemento brillante en una plantilla, la de los curas de aquella diócesis, tan deprimida y venida a menos. Pensaba invitarlo a cenar otro día en casa, le gustara o no a Emma.

Aquella mañana, como era de prever, había muy poca gente en la capilla. Eso sí, detrás de la verja estaban las seis u ocho monjas, todas ancianas, que cantaban y recitaban afrontando la decrepitud con una dignidad que le pareció admirable.

Don Julián era un cura muy bien apersonado, a pesar de la calvicie. Alto, fornido, facciones enérgicas, labios curvados y una voz grave y pródiga en inflexiones y cambios de tono. Decía la misa como si estuviera representando un papel altamente dramático. A Arsenio no dejaba de recordarle al actor Fernando Delgado. Sin embargo, le costaba siempre entender lo que decía este cura. Tanto sus artículos de prensa como sus homilías, y ya eran cerca de una decena las que llevaba oyéndole aquel año, se le antojaban algo abstrusas, pero no porque se metiera en honduras teológicas. No sabía muy bien por qué. Era como ir a escuchar una música y disfrutar de ella sin captar apenas nada de su significado. Solía hablar mucho de esperanza, también de fe y de caridad, pero sobre todo de esperanza. Y eso equivalía a hablar del futuro, a ver el futuro en positivo, porque, decía una y otra vez, Dios es el futuro, y en el futuro hay que ir a buscarlo, no en el pasado. La misión de la Iglesia hoy no era en absoluto recrear el pasado sino contribuir a la creación de un mundo mejor, abrirnos con toda la ilusión y el corazón a lo que ha de venir, que sea lo que fuere, será en todo caso lo querido por el Señor, y por tanto el máximo bien.

A Arsenio le gustaba escuchar esto, le consolaba, quizá precisamente porque él mismo, en realidad, veía el futuro de color muy negro, y no a causa de su linfoma sino porque, desde su perspectiva como profesor de instituto, veía evolucionar a peor, siempre a peor, a las nuevas generaciones. En un mundo cada vez más desesperanzado, lo que le motivaba a él era escuchar palabras que contradijeran esa visión, una postura firme en favor de la humanidad venidera y del progreso global hacia el bien, a pesar de todos los retrocesos. Que esto era a la postre lo que predicaba don Julián Bedia, aunque con una retórica que sin ser rebuscada tampoco era muy llana. Decía estar ya harto de los escépticos profesionales. Malos eran los políticos, mercaderes de promesas falsas, pero ahora le parecían peor fauna los apocalípticos profesionales, los "untadores" del pesimismo. Arsenio no veía razones para ser optimista, y sin embargo le atraía cada vez más el optimismo. Y en esa paradoja se cifraba para él el espíritu cristiano.

Pero, cuando ya pasaban casi diez minutos sin que don Julián apareciera en el presbiterio, oyó la voz de una monja desde el otro lado de la verja del claustro. Anunciaba a los escasos diez fieles que acababa de llamar don Julián desde casa, que estaba enfermo, completamente afónico, y hoy ya no podría venir a la Eucaristía. Arsenio se quedó muy contrariado. Hubiera querido permanecer un rato en la capilla y poder rezar a solas; pero eso le pareció en aquel momento la cosa más difícil del mundo. Quiso quedarse al menos allí unos minutos en meditación, disfrutando de aquel silencio y del canto agrio y débil de las pobres viejecitas en el coro, pero tampoco pudo.

Resignado, fue saliendo poco a poco de la capilla, y ya estaba en el pórtico cuando fue abordado de súbito por el caballero joven que al parecer acudía a diario a aquellas misas. Era un sujeto de aire sombrío que gustaba de llevar gabardina larga, lloviera o no.

–Hola, usted es amigo también de don Julián, ¿no? Michel Penagos, funcionario del Catastro –se presentó tendiéndole la mano.

Parecía más bien un detective, y no sólo por la gabardina, un poco zarrapastrosa, sino por su expresión adusta y olisqueante.

–Arsenio Vega, profesor de instituto, encantado –respondió sin poder refrendarlo con un gesto o una sonrisa franca.

–¿Le apetece tomar un café y que hablemos? Yo no he desayunado todavía, le invito.

–No, muchas gracias. Me voy a volver a casa. Tengo a mi mujer enferma.

–Bueno, en otra ocasión. Don Julián me ha hablado mucho de usted…

–Ah, ¿sí? Vaya, ¿y qué le ha dicho de mí Julián?

Habían comenzado a descender hacia el centro de la ciudad como dos monigotes barridos por un viento que no amenguaba su furia.

–Me dijo que es usted buen católico… buena persona.

Arsenio no alcanzó a ver si lo segundo era un juicio analítico o sintético, si sólo explicitaba el contenido del primero o se trataba más bien de una especificación.

–De católico no creo que tenga mucho precisamente, pero en fin, ya le agradeceré a Julián que me haga esa buena campaña.

–Más que agradecérselo, rece por él –le corrigió con aire de preocupación.

–¿Tú sabes quién fue Jesucristo? Aquel Jesús de Nazaret fue, simplemente, un sócrates. Fue el sócrates judío.

–¿Le pasa algo al cura? –quizá esa ausencia de hoy era algo más grave que un simple resfriado.

Antes de contestar, el detective catastral lanzó una rápida mirada a uno y otro lado por si hubiera alguien con la antena puesta, lo que era absurdo en aquellas circunstancias.

–Le cuento una cosa –respondió luego bajando un poco la voz-, Julián Bedia va a ser nombrado obispo muy pronto. Está al caerle…

–Ah… –dijo Arsenio, nada sorprendido por el anuncio–. ¿Y?

–Los obispos necesitan oraciones. Tienen una grave rcsponsabilidad.

–Ya –se limitó a decir, aunque nunca había pensado que ser obispo fuera oficio de alto riesgo.

–Se la juega –remarcó el catastral.

–Hombre, no sé. Julián lo hará muy bien, llegará más alto que a obispo.

El caballero se detuvo ante la puerta de una cafetería que estaba ya abierta.

–Quédese un minuto, le invito a un café –insistió.

–No, de verdad. Pero el próximo día, si coincidimos, por supuesto que sí. Es por mi mujer, ya le dije.

–Espero que nos volvamos a ver, con don Julián o sin él.

Y le tendió su tarjeta de visita, que Arsenio introdujo en un bolsillo de la cazadora sin la menor intención de llamarlo. El tipo le había caído mal, a pesar de todo. Tenía una mirada demasiado penetrante y un rictus extraño al sonreír. Le pareció algo impertinente, acaso fuera un chiflado.

Arsenio cruzó la calle corriendo hacia la avenida principal y se detuvo ante el kiosco de periódicos. Pero dudó si comprar ya la prensa. Realmente, a pesar del viento, no le apetecía regresar a casa sino desayunar en cafetería. Pensó llamar desde alguna cabina a Paco Varga y quedar luego con él para prolongar la conversación de la antevíspera. A esa hora, casi las nueve y media, ya solía estar levantado, y más aún Natalia, gran madrugadora.

Entró en el primer café que encontró abierto, pidió un té con leche y marcó el número de Paco, pero nadie contestó al teléfono, lo que no era normal. Descartó llamar entonces a Tobías, no había motivo suficiente para molestarlo tan temprano, y, mientras tomaba el desayuno en la barra, se puso a leer el periódico. Hojeó los tres que había libres, todo insustancial, hasta que se hartó, se sintió muy cansado, casi abatido, y no sólo por efecto del sur. De pronto le invadía el temor de que esa "inesperada esperanza" con la que estaba sobrellevando el linfoma, esa feliz sospecha de que hubiera un secreto maravilloso después de la muerte, no fuese más que el timo inveterado con que venía lucrándose la pícara clase levítica en alianza siempre con los poderosos. Y necesitaba una voz fuerte y crítica que le diese apoyo intelectual aquella mañana.

Así que decidió volver de verdad para casa y pasarse el resto de la mañana leyendo a Heidegger, calando más y más en sus existenciarios. Y justo al pisar la calle, divisó de nuevo al hombre de la gabardina cruzada, el tal Michel Penagos. Lo vio atravesar el paso de peatones, junto a dos niños algo mayores, viniendo hacia él, aunque al llegar a la acera torció en dirección contraria. Se miraron un instante sin saludarse. Le pareció que quizá el hombre le hacía alguna clase de ademán, pero el vendaval lo desdibujaba todo.

Había que reconocer que en las iglesias ya no se veían más que viejas o tipos absurdos como aquél.

XI

Era cerca de la una del mediodía cuando Natalia decidió solicitar ayuda a doña Amalia Lázaro. El estado de Julián empeoraba por momentos y, como no conseguía localizar a su médico de cabecera ni le parecía justificado llevarlo a urgencias, se acordó del hijo de doña Amalia, el doctor Bello Lázaro, un reconocido otorrinolaringólogo de la ciudad, y llamó a la anciana, con quien su hermano se portaba siempre tan bien. Julián no quería molestar a nadie y costó mucho que le diera el número de teléfono, porque además tenía tal fiebre que estaba casi delirando, pero al fin Natalia, como de costumbre, se salió con la suya. Y tuvo la suerte de que el hijo acababa de llegar en aquel instante a casa, de modo que la anciana le prometió que en pocos minutos iría a hacerle la visita.

Así fue. Natalia abrió la puerta a un caballero de unos sesenta años, amable pero frío, de aspecto señorial. Ella no lo conocía; Julián hablaba bien de él, lo pintaba como un hijo abnegado y cariñoso, pero ella sospechaba que dejaba que desear precisamente en el aspecto de la atención con su madre (era propio de Julián omitir toda crítica a sus prójimos).

El doctor entró en la habitación con gran respeto y gravedad, como si hubiera venido a visitar a un hombre muy ilustre. Empezó a explorar delicadamente al enfermo -garganta, nariz, oídos- sin hacerle una sola pregunta. El silencio era agobiante. Natalia observaba a Julián con preocupación. Había algo extraño en su mirada. No recordaba haber visto nunca así a su hermano; no parecía él.

–Tiene una infección severa –dijo al fin el médico con una mueca algo displicente, como para contrarrestar el efecto de sus propias palabras–. Vamos a darle un antibiótico y creo yo que mañana o pasado notará ya mejoría.

Sentado sobre la cama, como los médicos de antaño, escribió tres recetas y dio instrucciones concisas a Natalia, que, agradecida, le ofreció un refresco o un aperitivo, porque el calor del día invitaba a ello. Pero el médico evidentemente tenía prisa por volver con su madre, a la que al parecer había dejado sola.

–Mañana me llama usted a mi consulta a ver cómo sigue. Si vemos que no mejora, vuelvo por aquí. Y no se preocupe. Pero es importante que empiece ya con el antibiótico.

Natalia pasó en seguida a su piso pensando que Paco, que hoy había amanecido mejor y se había levantado de la cama, podría salir de inmediato a la farmacia de guardia, pero Chele, que también había mejorado algo, le dijo que acababa de irse de casa. Justo en aquel momento sonó el teléfono fijo, y ella pensó alborozada que sería ya Mireia, pero no fue así (naturalmente, Mireia le hubiera llamado al móvil). Era un individuo que preguntaba por Paco Varga.

–No está en este momento. ¿De parte de quién?

–Soy Tobías Illán. Soy un amigo de Arsenio Vega...

–Ah, de Arsenio. Pues es que Paco ha salido hace un momento, yo acabo de llegar a casa, y no sé decirle muy bien lo que tardará en volver.

–Él no tiene teléfono móvil, ¿verdad?

–Sí, sí lo tiene. Pero suele dejarlo en casa, o si lo lleva lo suele tener apagado, o no lo sabe usar. Es que Paco es así.

–Ya... –dijo el hombre riéndose.

–¿Quiere que le dé algún recado? O le doy el número. Igual por una vez hay suerte.

–Vale, démelo, si hace el favor.

Natalia pronunció inmediatamente el número, que se sabía de memoria.

–Bueno, probaré –dijo Tobías–, pero no hace falta que le deje ningún recado. No es nada importante, no se preocupe.

–Gracias, gracias, Tobías.

A continuación, Natalia marcó por cuarta o quinta vez el número de móvil de Mireia, que naturalmente no contestó, porque naturalmente ya habría llamado ella antes si hubiera recuperado el teléfono. Era para desesperarse. Estaba tardando ya mucho. ¿Y adónde diablos habría ido Paco? Pero no podía esperar: tenía que salir ya a la farmacia de guardia porque la salud de su hermano era lo primero.

Ojalá Paco no volviese nunca. Ojalá su hermano Alejo le encontrara un trabajo en Bilbao. Y, ya puesta a pedir, ojalá le saliera también por allí alguna vasca de esas de flequillo cortado a sierra que se dejase cautivar por su sapiencia lingüística y etílica.

XII

Cuando el doctor Bello Lázaro entró de nuevo en casa, su madre ya no estaba sola. Arancha, su mujer, había llegado hacía un rato y preparaba una cazuela de espaguetis en la cocina. Le preguntó qué le pasaba a don Julián, porque su suegra ya le había contado algo.

–Una infección tremenda de garganta. Pero nada que no cure la estreptomicina.

Y luego el médico fue a decírselo también a su madre, que se había quedado intranquila por la llamada de Natalia.

Arancha se manejaba con cierta dificultad en la cocina de su suegra. Era una mujer rubia, menuda, de rasgos delicados y aire melancólico. En su rostro había trazas de un llanto reciente y su marido lo notó en seguida, al sentarse a la mesa.

–¿Qué te ha pasado?

–Nada.

–No habréis discutido...

–¿Con tu madre? Qué va, la pobre...

–¿Con quién has discutido?

–Con nadie. No he discutido con nadie. Cosas mías.

–Qué van a ser cosas tuyas, no me tomes por tonto. Si no me lo quieres contar, allá tú. Pero está claro que acabas de tener un disgusto. ¿Ha sido con tu hija?

–No he hablado con ella. No he sabido de ella en toda la mañana.

–¿Entonces?

Arancha le sirvió en silencio la primera ración. Su marido empezó a enrollar los espaguetis al tenedor también en silencio y con gran parsimonia. Esperaba que Arancha hablase en cualquier momento; siempre lo hacía; era incapaz de callarse nada.

–¿A qué hora toca Blanca esta tarde? –preguntó luego él.

–Siete y media.

Luego suspiró como una niña, pero no añadió nada.

–¿Qué tal va a estar de gente la cosa?

–Supongo que bien –dijo Arancha–, no me preocupa...

Y luego se echó de repente a llorar.

Sin inmutarse, su marido se llevó la copa de vino a la boca y bebió unos sorbos. Siguió esperando.

–Ha sido esa monja –pudo Arancha soltar al fin.

–¿Qué monja? ¿Sor Marta?

–Quién iba a ser...

–¿Pero qué coño ha pasado, qué te ha hecho?

–Prácticamente me ha echado de allí, del Albergue. Y todo porque se me ocurrió invitarla precisamente al concierto de Blanca esta tarde.

–Mira, te está bien empleado –dijo él, resoplando de indignación–. ¡Quién te manda invitar a semejante individua al concierto de tu hija! Desde luego tienes ideas de bombero.

Arancha volvió a llorar. Aquella monja, Marta Barturen, la responsable del Albergue de Transeúntes, era una persona enormemente dura. Con el cuento de que defendía a los pobres, era peor y más radical que la Pasionaria. Era un veneno.

–¿Y qué le molestó del concierto de Blanca, si se puede saber?

–¡Que cómo se te ocurre invitarme a eso! ¡Que los ricos os creéis que en esta vida no hay más que regalarse los oídos con músicas exquisitas! ¡Con la cantidad de gente que hay en el mundo y en el mismo Santander pasándolo mal por falta de medios y de cultura, ella no pinta nada en ese tipo de saraos!

–¿Dijo así, saraos?

–Saraos, vanidades, diversiones de gente pija...

–¿Dijo gente pija?

–Siempre está con lo del pijerío.

–La madre que la parió. Menuda arpía. Aunque más bien yo ya creo que lo que pasa es que ha perdido la cabeza.

–Sí, pero no veas cómo la quiere todo quisque. Todos la apoyan, la adoran.

–Y tú, hasta hace poco, también. Si no, ¿a santo de qué ibas a hacer caridad ahí? Tienes mil sitios mejores donde hacer caridad.

–Qué odio nos tiene a los ricos. Pero no a los ricos de verdad, sino a los que vamos por allí humildemente a llevar algo de ayuda.

–En fin, Arancha, a ver si esto te sirve de escarmiento de una vez y no vuelvas a ver a esa monja ni en pintura.

–Vaya chorreo me echó. ¡Ni que fuera un delito tener una hija pianista que va a dar un concierto, que además es benéfico, para una oenegé!

–Esa gentuza en el fondo no tiene otro sentimiento que el de la envidia, te lo he dicho mil veces.

–¡Pero lo bueno es que a ella le gusta la música clásica! ¡Si presume de oírla en su celda por las noches! ¡Si el año pasado le regalé aquella colección de elepés y me lo agradeció muchísimo!

–Esa gentuza no está más que a hacer daño a la Iglesia. Y encima se creen los buenos, los elegidos, los que creen en Dios de verdad porque defienden a los pobres, al contrario que los demás, que creemos en un Dios falso. Pero lo cierto es que no creen en nada. En nada que sea un poco espiritual. Su lema es "solo de pan vive el hombre", o sea, al revés del Evangelio.

–Me ha hecho daño, Carlos, me ha humillado por el gesto de desprecio hacia nuestra hija.

–Mejor no le cuentas esto a mi madre, ¿de acuerdo?

–A qué iba a contárselo, hombre. Pero mucho me gustaría saber qué opina don Julián de esa monja, porque la tiene que conocer bien.

–Mañana volveré a verle un momento, y descuida, que ya le pregunto. O no le pregunto nada. Porque mira, lo mejor es... ignorarla. Más tonta has sido por haberte disgustado así. Que la den por saco. Y ya te he dicho muchas veces que esto de la caridad social sólo acaba trayendo clasismo a la inversa, y demagogia.

Arancha pensó que, a pesar de todo, su marido no tenía razón. Conocía a muchas personas buenas en el Albergue y en Cáritas; sor Marta era un caso especial. Pero no quiso discutir con él. Intentó comer algo, sin nada de hambre. Llevaba un tiempo así: todo se le volvía insípido o problemático. Había vivido largos años creyendo ser feliz porque lo tenía todo y de pronto empezaba a percibir en su conciencia que esa felicidad era falsa, que siempre lo había sido, falsa o por lo menos injusta, que no la merecía, que estaba basada en acaparar aquello que le faltaba a tanta gente. Cierto que ella hacía muchas obras buenas, y cierto que daba siempre gracias a Dios por lo que poseía, pero estaba claro que eso no bastaba, incluso podía ser que fuera inútil. Quizá el mayor error de su vida había sido casarse con un hombre rico. Se sentía culpable. Era un estado de mala conciencia que la presionaba día y noche. Sentía que aquel deseo que tuvo desde muy joven de seguridad material y de belleza sensible le había impedido siempre tener auténtica paz interior.

XIII

Paco Varga iba caminando minutos antes de las tres de la tarde por Reina Victoria y de pronto tuvo el presentimiento de que había salido a despedirse para siempre de la ciudad. A esa hora apenas se cruzaba con otra gente que no fueran deportistas en paños menores que jamás le miraban. Hacía algún tiempo que ese era su momento favorito para pasear, porque cada vez le gustaban menos los encuentros con conocidos, y él tenía muchos en Santander, por lo general antiguos alumnos y padres de alumnos que en otro tiempo le habían profesado admiración y ahora no sentirían por él otra cosa que desprecio. Si exceptuaba a Mancisidor y al dúo Arsenio-Mario, y en cierta forma sólo el primero, no le quedaba ya nadie, ni podía albergar esperanzas de encontrarlo. Durante toda su vida, Paco Varga había disfrutado mucho caminando por la zona marítima de la ciudad, sobre todo los sábados y domingos, y había disfrutado saludando y siendo saludado por los paseantes. Ahora los rehuía. En los últimos meses, desde su despido de los Escolapios, intentó abrirse otras puertas, incluso su cuñado Julián había hecho, supuestamente, algunas gestiones para buscarle un nuevo empleo; pero todo resultaba infructuoso. Su carrera profesional estaba acabada; su reputación era nula, y su futuro, del todo negro. Eso nadie se lo decía, como si se creyese que era cuestión de esperar un poco más, que necesariamente algo le acabaría saliendo. Hasta la misma Natalia parecía creerlo así. Pero el hecho es que del cielo era imposible que le cayera nada. La única posibilidad que le quedaba era "reinventarse", y la palabra le divertía, era muy cómica, solía utilizarla con sarcasmo. Cuando alguien le preguntaba, con mezcla de apuro y lástima, qué tal, Paco, él siempre respondía: Aquí estoy, reinventándome...

Se estaba despidiendo de la ciudad, sí. Pensó que tal vez aquel iba a ser su último paseo, porque ya no sentía gusto alguno, y eso que podía reconocer que el día era delicioso. El sur se había suavizado, pero seguía abrillantando la bahía, y dibujando las figuras más fantásticas en el cielo. Nada le importaba ya. Estaba harto de aquellas estériles caminatas contemplativas, y harto también de volver a casa a encerrarse en el dormitorio, sentado en la pequeña mesa-camilla, incapaz de acometer con provecho tarea alguna. Era evidente que había llegado al final; le resultaba facilísimo admitirlo. Sólo que debía darse todavía un tiempo, un corto plazo, para hacer el balance de su vida. Y en ello sí que hallaba cierta recompensa, porque propiamente no se sentía un hombre fracasado. Su vida había tenido multitud de momentos felices. No estaba tan furioso con su suerte ni tan desesperado como para negarse a sí mismo esa verdad. Claro que revivir tales momentos no podía redimirlo en modo alguno. Al contrario de lo escrito por Proust, según el fatuo de Mario Bulnes, no creía posible que la memoria recobrada fuera un gozo eterno, ni siquiera muy duradero. Hacía ya tiempo que los placeres de la nostalgia estaban agotados para él, es más, nada se le antojaba tan aborrecible como entregarse a la remembranza, fuese individual o compartida, de los buenos momentos de su vida pretérita. Si esos placeres eran el mejor plato que puede deparar la vejez al ser humano, se confirmaba así que él estaba predestinado a no llegar nunca a viejo, como no llegaron sus padres ni Fernanda.

Estaba orgulloso de ellos, igual que lo estaba de sí mismo. Su familia había sido buena gente, truncada casi toda por las enfermedades, condenada a una existencia breve, pero gente de bien sin excepción, gente noble y de talento. Así que a él le había llegado también, un tanto prematuramente, la hora de decir adiós, y no iba a ser indigno de ellos. Había visto morir a Fernanda, entre atroces dolores, quejándose débil y dulcemente, como un pajarillo, sin renegar de la vida. Él no iba a acabar del mismo modo, pero tampoco deseaba importunar a nadie. Esperaba tener una muerte sin tragedia ni escándalo, con un poco de ironía tan sólo. Claro que la tragedia estaba descartada por principio. Su muerte no iba a dejar ningún vacío ni orfandad, muy al contrario, iba a traer la liberación -la anheladísima soltería- a Natalia, y más si su hermano, como era de suponer, se largaba pronto de obispo a cualquier parte de España. Natalia y David le llorarían un par de días, le harían un duelo discreto y con la dosis justa de amargura. Al entierro acudirían algunos vecinos y antiguos compañeros del colegio, los mismos que le apreciaron siempre pero que vieron su despido como la cosa más natural. Quizá también acudiera Mancisidor, sin duda el único a quien su muerte sacudiría de verdad, y lo sacaría de la cama. Hasta le insuflaría fuerza para bajar con su mujer a la iglesia del Carmen, si es que la noticia le llegaba a tiempo, si ella, Rosario, leía por la mañana en el periódico su pequeña esquela. Ah, y se olvidaba de Arsenio y Mario, y del mismo Michel Penagos. Ninguno de los tres faltaría a la cita. Puede que incluso acompañaran después a la familia a la ceremonia de la incineración, pero no lo harían por él mismo sino por Julián y Natalia, por quienes bebían los vientos.

Distraído con estas imaginaciones, Paco Varga se desvió de Reina Victoria para internarse en la Península de la Magdalena, y siguió caminando lentamente hasta su extremo, y empezó a subir la cuesta en dirección al Palacio, pero antes de alcanzarlo abandonó la calzada y se acercó al borde mismo del precipicio, una zona señalizada como de peligro, desde donde pudo divisar el mar. No había pensado hacerlo todavía, pero ya que estaba allí aprovecharía la ocasión para ir eligiendo el lugar perfecto. ¿Qué eran veinte segundos de agonía frente a veinte años, los que aún podría vivir, de humillación, de vida arrastrada, de espera inútil?

Abajo, el mar estaba más bien en calma y la marea baja. No podría saltar sino sobre las rocas. Sería preciso encontrar un sitio por donde descender hasta ellas, y comenzó a caminar de nuevo en dirección al Palacio para explorar otros lugares. Fue entonces cuando, de un modo totalmente inopinado, le sonó el teléfono móvil. Lo llevaba sin saberlo, lo tenía olvidado en uno de los bolsillos de la teba. Vio un número desconocido y estuvo a punto de no hacerle caso. Lo dejó sonar algunos segundos, pero al fin dio a la tecla de contestar. De inmediato advirtió que estaba prácticamente sin batería, como era lógico, y la llamada iba a cortarse en seguida.

–Hola, ¿Paco?

–Sí. ¿Quién es?

–Paco, soy Tobías Illán, ¿te acuerdas?

Paco no caía.

–La cena del viernes, en casa de Arsenio...

–Ah, ya. Dime, dime.

–¿Te pillo mal? ¿Estás en la calle?

–No, no. Te escucho, cuéntame.

–Verás, Arsenio me dio el número de tu casa, y tu mujer el móvil. Es que necesitaba hablar contigo de un asunto particular. Ver si era posible que quedáramos...

Pero la batería no dio más de sí, y Paco agradeció el corte, porque no le pareció que pudiera haber ningún asunto del que fuera interesante tratar con aquel hombre. Aun así, se quedó un poco intrigado, sintió un débil toque de curiosidad... Seguro que era por cualquier insignificancia, pero después de todo llevaba meses sin recibir ni una llamada de desconocido y nunca venía mal una rareza. Optó por emprender ya el regreso a casa.

XIV

Mario Bulnes asistió al concierto de mala gana. Blanca Lázaro le parecía una pianista blanda, un poco cursi y afectadilla; para colmo, el programa que había elegido -Bach, Mozart, Chopin y Granados- no permitía esperar un cambio de temperamento. Pero se sintió obligado a ir porque la propia Blanca le envió una tarjeta de invitación muy personal. Mario ya había dejado de escribir reseñas de conciertos para el periódico, y aquella invitación no era un gesto interesado sino una señal de gran aprecio, un detalle de los que él siempre sabía recompensar. Quiso, incluso, acudir acompañado y animó a Susa para que a su vez ella animara a sus amigas, pero nuevamente su mujer le falló. La alegría que la inundaba en las últimas horas, merced a él y a su conversión en Monte Corona, no producía de momento frutos de gratitud, aunque ella podría objetar que reservaba ésta para cosas de mayor calado que asistir con él a un concierto pianístico. De un tiempo a esta parte, a Susa le aburría mucho la música clásica, y Mario había dejado de tomárselo como un rasgo positivo de independencia; más bien le hacía sospechar que su mujer estaba iniciando un proceso degenerativo de la sensibilidad, o más bien de la imaginación, que entre otras cosas la inducía a no ver más que pelucas en la música del siglo XVIII, patillas desmesuradas y pañoletes de seda en la del XIX, y etiqueta y ceremonial en cualquier clase de música en la que interviniese un piano de cola o tres o cuatro instrumentos de arco bien abrillantados. Susa iba sucumbiendo poco a poco a esos dictados que quitaban todo valor a cuanto no fuera expresión espontánea, caprichosa, original o rebelde de un par de sentimientos delicuescentes.

De modo que llegó desmotivado y desdeñoso a la sala de conciertos de la Universidad, pero un encuentro imprevisto al entrar le cambió ipso facto el humor. Se topó en el mismo vestíbulo con Tamar Solano, a la que llevaba más de un año sin ver. Tamar era una poeta muy laureada, dentro y fuera de la región, y de fuerte personalidad, pero era sobre todo una mujer deslumbrante, una morenaza de formas plenas -que aun habían ganado plenitud aquel último año- y ojos intensamente verdes que pasaban con suma rapidez de lo fascinante a lo maligno, un pibón que además gustaba de ataviarse de modo llamativo y rebuscado. Mario la creía aún en París, dando clase en una universidad, y la creía desde luego ajena a los hábitos filarmónicos. Pero su mayor sorpresa fue descubrir que era, o se había hecho, muy amiga de Blanca Lázaro, precisamente a raíz de la estancia de ésta en la ciudad del Sena. Se saludaron con efusividad, lo que también fue nuevo y alentador para él, porque Tamar tenía propensión a mostrarse gélida con la gente en los actos sociales, y de un modo especial con él desde que había publicado en el periódico dos años atrás una reseña insuficientemente elogiosa de su último libro.

Pero el personaje no estaba solo sino en compañía de los padres de Blanca, que tuvieron la gentileza de invitarlo a sentarse en una de las butacas reservadas. Y ya fuese por lo cómodo de las circunstancias, ya por la luz favorable que la amistad de alguien tan exigente como Tamar Solano proyectaba sobre la pianista, o ya porque ésta había madurado grandemente como artista en los últimos tiempos, el recital le pareció de alto nivel de principio a fin. Hacía tiempo que Mario no disfrutaba tanto en una sala de conciertos en la ciudad, y al concluir lo elogió con tantas veras que, casi sin pretenderlo, se ganó una nueva invitación de los padres de Blanca a tomar una copa. Al grupo se unió el novio de la pianista, que sólo había estado presente en las propinas, porque era médico de hospital y había tenido guardia aquella tarde. Muy pronto la pareja se fue a celebrar el éxito en soledad, y el padre también desapareció a los pocos minutos, de forma que Mario se quedó únicamente con Tamar y Arancha, la mamá de la virtuosa, que era una mujercita de gran candor y emotividad.

No hablaron apenas del concierto ni de las piezas interpretadas sino principalmente de cuestiones sociológicas, del público y de las distintas actitudes de unos y otros. Arancha se mostraba muy satisfecha de la gente, como si para ella lo importante no fuera el logro artístico de su hija sino su éxito social en la ciudad, y aprovechó para confesarles el disgusto que se había llevado aquella misma mañana cuando invitó a sor Marta, la encargada del Albergue de Cáritas -donde ella colaboraba como voluntaria-, y recibió un feo desplante de la monja. Mario no la conocía y apenas supo qué comentar al respecto. Tamar, en cambio, aseguró tenerla muy bien catada.

–Es una hipócrita –dijo–. Ésa va de Teresa de Calcuta, pero es un demonio por dentro.

–Ay, no –repuso Arancha–, es muy religiosa y tiene buen corazón, se desvive por los demás, sólo que lleva las cosas tan al extremo que a veces ofende sin darse cuenta. Peca un poco de imprudente.

–Peca de pécora –corrigió la poeta–, la conozco muy bien, es un ángel por fuera y un demonio por dentro –insistió–, ésa sólo va a lo suyo, y lo suyo es rapiñar lo que pueda con el pretexto de dárselo a los pobres.

La exageración dolió evidentemente a Arancha, que nada quiso responder.

–Pues ¿qué es? –intervino Mario–, ¿una monja comunista?

–Es hija de la caridad y, como todas las de esa orden, tiene mucha conciencia social, lo que va en su vocación. Pero yo no la veo política, aunque creo que Julio Anguita le cae muy bien.

–Es una hija de Lucifer, una seductora de la peor laya –remachó Tamar–, finge maravillosamente...

Mario no dejó de pensar que la poeta sabía lo que decía, porque ella misma era una seductora nata, un ángel de luz lleno de sombras por dentro, aunque esas sombras le resultaban interesantes.

–Chica, ya habéis conseguido que me entren ganas de conocerla –le dijo.

–Pues vete al Albergue un día y allí estará –replicó Tamar.

Pero Arancha puso el gesto de no considerarlo buena idea.

–¿Y tú crees que esa monja tendrá relaciones con el demonio? –bromeó Mario.

–Yo creo que ella es el demonio, aunque quizá no lo sepa –respondió la poeta amiga.

–¿Y tú como lo sabes, o cómo dices eso? Porque tú no crees en el demonio, Tamar, a menos que lo hayas encontrado en París.

–Yo sé lo que me digo –dijo ella, con su característica, insondable ambigüedad.

–Pero a ver, ¿por qué iba a ser el demonio? ¿Sólo por despreciar a los ricos y optar preferencialmente por los pobres, como se dice ahora? –protestó él–. Es que yo pienso que, si ella cree en Dios, en el Dios cristiano, hace bien en obrar así.

Un cristiano auténtico, o lo da todo por los necesitados, o no es más que un embaucador.

Y observó con serenidad la reacción de las dos mujeres. Mientras Arancha, la tierna mujer rubia de sesenta años, esposa de un médico acomodado, meditaba aquellas palabras con gravedad, Tamar Solano, la dura y guapísima morenaza de treinta y cinco, hija de un hostelero, poeta instalada en la élite, las ignoraba con una sonrisa majestuosa.

–¿Tú no eres cristiano, Mario? –se atrevió al fin a preguntar la mamá.

–Yo lo fui... Lo fui durante mi infancia y primera adolescencia, como todo el mundo, hasta que la imposibilidad de cumplir el sexto mandamiento y el influjo de ciertos libros me alejaron. Es decir, lo normal. Pero luego yo volví a serlo durante dos años más en mi juventud, tuve un periodo de intenso fervor religioso que me sirvió para penetrar bien, con madurez de juicio, en el absurdo completo que es el cristianismo. A partir de lo cual escarmenté para siempre.

Tamar ya sabía esa historia, y se limitó a acentuar su sonrisa, amplia y divertida, no así la mujer mayor, que tras unos segundos de reflexión le dijo con gesto ceñudo, como si acabara de sentirse insultada:

–¿Absurdo completo?

–Sí, mira. Te voy a contar mi caso, si me lo permites, para que no te enfades conmigo, Arancha, aparte de que a ti siempre te quedará el derecho a pensar que yo he perdido la fe. Tú tienes el don de la fe y yo en cambio no, o sea que soy un hombre digno de lástima, mientras que tú eres una afortunada. Esto tenlo muy en cuenta, porque lo que yo evito siempre es caer en el dogmatismo de los ateos. Yo no descarto que cualquier día una fuerza misteriosa me derribe del caballo, me deje ciego para el racionalismo y me abra los ojos a la fe, como a Saulo de Tarso. No lo creo nada probable, por supuesto, pero igual ocurre... En esos dos años que te dije, yo me tomé muy en serio lo de ser católico. Conocí a una mujer católica y los dos nos iniciamos juntos en una vida de intensa devoción. Nada de relaciones sexuales hasta que nos casáramos, misa diaria, mucha oración mental, y vengan rosarios y novenas, y venga a hacer limosnas y obras de caridad. Por ahí precisamente empezó el daño, por la caridad. Nos habíamos casado, los dos funcionarios, la vida más o menos resuelta, gastábamos poco, ahorrábamos mucho, donábamos a varias oenegés, incluso hicimos amistad con un cura que nos llevaba a dar charlas aquí y allá sobre la vida cristiana. O sea, comprometidos a tope. Pero tanto a ella como a mí nos pesaba la conciencia. Pese a no tener lujo ninguno, vivíamos de puta madre, perdóname la expresión. Cada vez que yo iba a comulgar, me sentía indigno. Tú no eres de Cristo, me decía una voz, tú eres de Mammon, a ti no te falta de nada, tú eres un burgués, tú eres un farsante, tú eres como los curas de toda la vida que no se daban un mal pasar. Y a mi mujer le sucedía tres cuartos de lo mismo. Lo de la voz no es un modo de decirlo. Era alguien real, o por lo menos aparente. Yo llegaba a soñar con un diablejo que me acusaba de ser un ricacho camuflado, un horrible funcionario, un cabrón que ha aprobado unas oposiciones. Es más, ese diablejo se ponía junto a mí en la fila de los comulgantes y me increpaba: tú no tienes derecho a estar ahí, tú eres un egoísta muy astuto, tú vas a comerte la condenación eterna. Como bien dice el Evangelio, donde está tu corazón está tu tesoro. Y nuestro tesoro estaba en nuestra seguridad, en nuestro confort. El ascetismo y las penitencias que nos poníamos eran de pega, nunca nos convencían. Para colmo, teníamos una salud de hierro, al menos yo. ¡Y encima no podíamos tener hijos! Así que llegó un momento en que sólo nos quedaban dos opciones: o nos metíamos los dos a ermitaños o nos íbamos de misioneros a Bangla Desh. O sea, renunciar a todo, irnos de aquí. Bueno, quedaba una tercera opción: volvernos locos. En resumen, que estábamos perdidos... perdidos hasta que al fin, no de golpe sino poco a poco, fuimos comprendiendo la verdad, yo primero, mi mujer después: el vivir cristianamente, con rigor, era imposible. Como dice el personaje de Arthur Miller, "¡un hombre no puede ser Cristo en este mundo!". Vivir conforme al Evangelio era, es y será una fantasía incompatible no ya con este mundo sino con la naturaleza humana, una locura. Salvo locura, nunca podrás ser lo bastante honesto ni lo bastante caritativo, siempre te quedarás en mera caricatura. Y yo, al menos yo, no quise vivir así. Francamente prefiero ser un malo de verdad que un bueno de mentira.

Las dos mujeres permanecieron calladas unos instantes. Arancha meditaba aquellas palabras con tal aire de aflicción que parecía a punto de sollozar. Fue Tamar quien primero rompió el silencio:

–¿Y qué fue del diablejo?

–Oye, ¡desapareció! Durante unos días todavía quiso incordiarme. ¡Que te vas a ir al infierno, que te vas a condenar por apóstata, por traidor... cacho cínico! Pero cuando vio que pasaba de él absolutamente, se acabó. Al carajo la alucinación.

La sonrisa de la poeta era ya risa franca, robustas carcajadas consonantes, regocijo total, y su boca, de dentadura perfecta, su cuello y tórax, premiaban sin duda alguna el ingenio del crítico temible, del hombre singular.

–¿Y nunca pensasteis en adoptar un niño? –preguntó de pronto la madre de la pianista, cada vez más turbada.

Mario vaciló por un momento. No era aquella la mejor ocasión para dar una respuesta exacta y matizada a la pregunta.

–Yo nunca he querido adoptar un hijo, y en eso he tenido discrepancia con mi mujer.

Lo normal hubiera sido que cualquiera de las dos se atreviera a pedir aclaraciones sobre la cuestión, porque las dos conocían a Susa, pero no sucedió así. Su reticencia había surtido efecto. La madre de la pianista hizo ya ademán de pagar las consumiciones. Por lo demás, era evidente que con aquella pregunta sólo había querido cambiar de tema a una conversación que estaba resultándole poco menos que insoportable.

Mario Bulnes lanzó entonces una simple mirada a Tamar Solano y creyó ver en sus ojos un leve centelleo de complicidad, y una enorme dicha se apoderó de él.

XV

Julián sueña que debe tomar un taxi para llegar cuanto antes a Valdecilla. Paco tiene un cáncer de pulmón que aún no se halla en fase terminal, pero esta madrugada ha sufrido un agravamiento súbito y Natalia, que no suele asustarse por poca cosa, le ha dicho por teléfono, justo al acabar su misa en las Clarisas, que no saldrá de hoy. Mientras medita en las palabras de ella, Julián se pregunta si lo que necesita en aquel instante es meramente su compañía de hermano o su función de sacerdote para con el moribundo. Parece más probable lo primero, pero le aterra la posibilidad de lo segundo. Natalia -él lo sabe muy bien- no es buena católica, o al menos no da importancia a la liturgia, a los sacramentos, "a las cosas formales", como ella dice; y lo peor, jamás parece preocuparse por los asuntos del más allá; de modo que a Julián se le antoja inverosímil que su mayor cuidado en la situación en que se halla el pobre Paco sea no dejarlo privado de los auxilios espirituales. Pero tal vez esté en un error; quizá por una vez Natalia sea consciente de su gran responsabilidad como católica y lo ha llamado angustiada para que haga algo por salvar el alma de aquel esposo suyo, tan ajeno a Dios y a la religión.

Es difícil encontrar un taxi a esta hora temprana de un domingo. No hay ninguna parada cercana y apenas circulan coches por la calle. Así que rompe a caminar a grandes zancadas en dirección al hospital, pero, a medida que se va a acercando, a medida que se enfrenta al terrible deber de confesar *in articulo mortis* a un hombre como su cuñado, siente un gran rechazo, tiene auténtico miedo. Quisiera no haber oído aquella llamada en el móvil cuando entró en la sacristía tras concluir la misa. Quisiera haberlo tenido apagado. Quisiera no haber tenido nunca un teléfono móvil. Quisiera que Natalia no hubiera creído necesario llamarle a él en aquella hora.

Pero ya está en el gran vestíbulo del hospital, ya está en el ascensor, ya recorre el largo pasillo y ya está en la habitación de las dos camas, y la de Paco está vacía... Ya confirma que el enfermo ha pasado la noche en la uci, según le informa una sanitaria que no le da más explicaciones. Julián está acostumbrado a visitar pacientes en Valdecilla y no debería impresionarle mucho lo que puede ver y oír por allí, pero esta vez se siente muy afectado, y muy solo, y además se da cuenta de que va vestido totalmente de paisano, en contra de su costumbre cuando acude al hospital, y le parece como si ese detalle lo colocase en una posición de mayor fragilidad e insignificancia.

Envía un mensaje por el móvil a su hermana para anunciarle que ya está allí, pero antes de que le llegue respuesta alguna la ve salir de un ascensor, acompañada, cómo no, de Mireia. Natalia se abalanza sobre él y lo abraza llorando, sin decir una palabra, y Julián mira a la chica, que hace un simple gesto de pesadumbre, y al instante adivina sin preguntarlo que aquella madrugada Natalia la ha llamado a ella para que fuese a acompañarla al hospital en el trance, como si se tratara de una hija.

Cuando al fin puede hablar, Natalia le dice que Paco ha sufrido un fallo cardíaco y que está gravísimo, que es imposible que salga adelante en su situación. No se atreve a pedirle que obre con él como un cura normal ante cualquier moribundo, pero de eso se trata, evidentemente.

–¿No sería mejor –dice él– que llamáramos al capellán de aquí?

Julián lo conoce mucho; es un buen sacerdote, pero ha oído quejas de él por tiquismiquis con el ritual de los sacramentos. Sin duda no es el cura adecuado para atender a un hombre como Paco en un momento semejante.

Natalia hace un gesto de profunda fatiga, de incapacidad para responder a la pregunta. Julián echa a andar, resignado, pero apenas llegan al pasillo que conduce a cuidados intensivos, Natalia se detiene.

–Ay, no sé –le dice–, es mejor que entres tú solo.

Titubea unos segundos antes de contestar:

–Pero, ¿él es consciente de su situación?

–Él sabe que se muere... lo sabe, no me lo ha dicho, pero lo veo, lo veo...

Julián cruza aquel umbral y entra a la antesala que conoce bien y donde es reconocido y saludado amablemente por una enfermera, que le coloca una gran bata aséptica por todo el cuerpo.

–Es mi cuñado, el esposo de mi hermana –explica con una mirada interrogativa señalando la camilla donde reconoce a Paco.

La enfermera no vacila ni un segundo en indicarle que puede acercarse. Paco está con oxígeno y realmente crucificado, porque tiene un cable de goteo pinchado en cada brazo. Julián se aproxima lentamente. Desnudo bajo una sábana, el enfermo tiene los ojos cerrados, pero los abre al punto. Sus miradas se cruzan y el cura lee en la de él una gran sorpresa. Parece querer decir algo, pero es obvio que no puede hablar.

–Paco, querido –le dijo Julián–, vengo a traerte un poco de ánimo...

Los ojos del enfermo parecen saltar en una expresión de impotencia.

–Me gustaría ponerte a bien con Dios, si tú quieres –añade al cabo de unos segundos.

Paco repitió su leve gesto de impotencia, o de resignación.

–Si tienes conciencia de haberle ofendido –siguió Julián–, haz un acto de arrepentimiento.

El enfermo mueve negativamente la cabeza.

–Basta un mero pensamiento, un pensamiento intencionado, dile a Dios con el corazón que te arrepientes –le insiste–, te doy la absolución con sólo que tú la pidas en tu interior.

Paco Varga sigue moviendo la cabeza.

–¿No has ofendido nunca a Dios?

Paco vuelve a negar, pero a la vez hace como un intento de hablar. Inútil.

–¿Y a los hombres, a las personas? ¿No has faltado, hecho daño nunca, a ninguna persona? ¿A nadie tienes que pedir perdón?

Ahora Paco remueve todo su cuerpo en la camilla. Julián intuye que, si no tuviera ambos brazos clavados, se incorporaría para darle o quizá escribirle algo. Está sudoroso. Los ojos negros saltones tienen un brillo duro, maligno. Es el suyo, más que nunca, un rostro de ave nocturna. Y en ese momento el cura siente que alguien se acerca a la camilla, un médico a quien conoce de ocasiones anteriores en aquel lugar.

–¿Va a confesarle?

–Es mi cuñado.

Sin mediar palabra, el médico retira el aparato que el enfermo tiene puesto sobre la nariz y la boca.

–Cinco minutos, no más... –advierte.

Julián se inclina ligeramente sobre el enfermo, al tiempo que se ajusta la prenda aséptica como para protegerse mejor de él.

–Paco, ante Dios, reconoce humildemente tus faltas –le dice casi al oído– y yo te absuelvo en su nombre.

Julián recuerda en ese instante que ese hombre se ha confesado sólo en una ocasión con él, la víspera de su boda, y probablemente habrá sido la última vez que tal cosa hizo en su vida. Una confesión, por lo demás, informal, porque sólo le había hablado de sus defectos personales y no de pecado alguno.

–No creo en Dios, y tú lo sabes –aunque débil y fatigada, su voz suena con extraña nitidez.

–Paco, haz un acto de humildad, te lo pido por lo que más quieras...

–¿Me pides que te mienta?

–Paco, he venido a reconciliarte con Dios –le contesta cubriendo mejor con la sábana su pecho desnudo.

–Qué patético. Sabes muy bien que no creo en Dios, más aún, tú tampoco crees en él.

Y a pesar de su evidente dificultad para hablar, la voz sigue sonando clara y tajante.

–Paco, Dios es amor. Del amor venimos y al amor vamos.

–Todo cuento. Anda, mejor déjame acabar tranquilo.

–Paco, haz al menos un esfuerzo por quienes te quieren.

El paciente cierra entonces los ojos y por un momento Julián supone que se ablandará algo. Pero su hilo de voz vuelve a sonar demoledor.

–A mí ya no me quiere nadie.

–A ti te quiere mucha gente, y la que más Natalia.

Paco esboza una sonrisa que acaba en extraña mueca.

–¿Natalia?... Eres tonto. Natalia se alegrará de mi muerte...

Julián se aferra a la idea de que aquel hombre ya no está en sus cabales, y en estos casos él sigue siempre la pauta de administrar el sacramento de la penitencia aunque no haya, por ser imposible, confesión de culpas ni acto alguno de arrepentimiento. El sacramento podría aprovecharle si en algún momento de aquellas últimas horas se hubiera dado la menor vislumbre de contrición en su alma. Por lo demás, el tiempo apremia. Hace ademán de bendecirle y comienza a recitar la fórmula de la absolución, pensando que, después de todo, aquel hombre ha hecho obras buenas en su vida y sin duda ha tenido multitud de sentimientos caritativos, aunque su corazón, tal vez enfermo, haya destilado tanta amargura en los últimos años.

–Ego te absolvo a peccatis tuis, in nómine Patri et Filii et... –pronuncia Julián elevando un poco la voz.

–Nihil... nihil... nihil... –dice el paciente mostrando su dentadura en una mueca crispada.

Al terminar Julián extrae el pequeño crucifijo que llevaba colgado del cuello y se lo da a besar. Un simple beso -piensa él- sería suficiente. Pero el paciente cierra la boca y aprieta los labios.

–Paco, por tu hijo –le ruega, presionándole un poco con el crucifijo–, sólo un gesto de humildad.

El paciente abre un poco la boca, y sin besar le dice con voz crecientemente excitada:

–Tú no eres más que un actor, finges, sólo finges... Un actor muy malo.

Julián se coloca de nuevo la cruz y sin una palabra más se dispone a abandonar aquel antro de horror.

XVI

Hacia las seis de la tarde, Emma se encontraba mucho mejor del catarro y abandonó definitivamente la cama. El piso parecía un vertedero, mientras Arsenio estaba encerrado en su gabinete, en su mundo libresco, sin que ello le importase lo más mínimo. Emma podía reconocer que su marido era bueno, muy bueno, pero al fin era hombre y no cabía pedir peras al olmo. En todo el fin de semana no había limpiado absolutamente nada, y eso sí, había ensuciado mucho. Había mierda en aquella casa del año que se pidiera. Pero a Arsenio le daba igual. Él tenía bastante con su Kierkegaard y su Heidegger. Así que la conclusión era que Emma no podía caer enferma ni siquiera un par de días. Durante algunos minutos dudó entre la resignación -ponerse a hacerlo ella todo, como de costumbre- o la justicia: ir a su cuarto y montarle un número, que quizá sería el primero desde el comienzo de su linfoma. Arsenio era negado para las tareas domésticas, de acuerdo, pero también le echaba mucho morro, porque ella conocía bastantes hombres, tan inútiles como él, que sin embargo se implicaban más en ayudar a sus mujeres, mientras que Arsenio se las apañaba siempre de una u otra forma para escaquearse por completo. Pero lo cierto es que le daba algo de pena ponerse borde con él tan de repente, no por lo que había sufrido en su enfermedad, sino porque hacía un rato, en la siesta, había tenido un pequeño ataque de angustia al imaginar que aquella feliz convalecencia, que duraba ya un par de meses, pudiera interrumpirse bruscamente. Emma no era tonta. Sabía muy bien lo que supondría perder a Arsenio. Era feminista pero no tonta. Como Arsenio no había otro hombre; como Arsenio no había nadie, ni siquiera Coleta, su hija. En realidad era ésta quien había contribuido con su silencio al ataque de angustia. No había llamado en toda la mañana. Coleta estaba en Madrid, empezaba segundo de Odontología, y les tenía totalmente prohibido a sus padres llamarla salvo por causa grave, y de modo especial los fines de semana. Su afán de independencia llegaba hasta ese extremo: podía perdonárselo todo excepto que la controlasen. "Ya os llamo yo cuando lo crea conveniente", pero no lo creía conveniente casi nunca. Y desde luego la salud de sus padres no estaba entre las preocupaciones que podían motivar una llamada. La habían educado con excesiva libertad, le habían inculcado una especie de idolatría por el valor de la libertad, hasta Arsenio lo reconocía, pero al final la libertad para ella no consistía tanto en hacer siempre lo que le saliese del moño como odiar que nadie de su familia osara juzgar su conducta, o influir de algún modo sobre ella.

Sonó el teléfono fijo. Era la quinta vez desde por la mañana. Y volvió a pensar que Coleta, después de todo, iba a tener un detalle aquel domingo. Pero volvió a equivocarse. La voz que oyó al descolgar era la de un hombre, sin duda otro amigo de Arsenio, pero no supo identificar quién. Una voz un poco lúgubre.

–Soy Paco... Paco Varga.

Emma se alegró tanto como se sorprendió. Sentía mucho cariño por Paco, era un gran tipo, además de una víctima (una víctima del ambiente algo ruin de aquella ciudad), pero era rarísimo que él llamara por teléfono a casa.

–Hombre, ¿qué tal? Qué pena que anteanoche no hubiera podido ni verte.

–Bien, bien, sin novedad.

–¿Sin novedad? ¿En lo tuyo nada?

–En lo mío nada... Reinventándome, ya sabes. Pero tranquilo, estoy muy tranquilo.

–Pues la tranquilidad es lo que más vale.

–Desde luego... Veo que tú, del catarro estás mejor.

–Ahí ando. ¿Qué quieres, hablar con Arsenio, no?

–¿No está?

–Sí, sí. Está enfrascado en su celda de filósofo. Se pasa toda la tarde filosofando. No hace más que filosofar.

–No, pues tampoco quería interrumpirle. Si está concentrado, lo llamo más tarde.

–No, hombre, sólo faltaba que tú no pudieras interrumpir a tu amigo...

–En realidad sólo quería pedirle el teléfono de ese Tobías... el que cenó ahí con nosotros la otra noche.

–Ah, hombre, ese te lo puedo dar yo misma. Esta mañana ha llamado dos veces a casa. Y las dos veces he hablado yo con él. ¿Verdad que es un encanto de hombre?

–No sé. Es que me llamó hace un rato al móvil, cuando estaba yo paseando, y se me cortó en seguida, no llevaba batería. No sé qué podría querer.

–¿Pero no te quedó registrado el número?

–Qué sé yo. Esto de los móviles no me va nada. Me plantó uno Natalia y ni me doy cuenta de que lo llevo.

–Pues es importante que tú tengas un móvil...

–No creo que el móvil me resuelva a mí ningún problema.

–Sí, hombre, ya verás como sí. Pero cárgalo. Estás en casa, ¿no? Cárgalo y a lo mejor Tobías te repite la llamada.

–Ah, vale. Pues voy a hacer eso. Tienes razón. Si es algo importante, me volverá a... O no. Sería cualquier nimiedad, porque de lo contrario ya me habría llamado al fijo, que seguro que también lo tiene.

–Pero siempre es agradable conversar con Tobías. Espera, que te paso con Arsenio.

–No, no, déjalo. Si tal, ya le vuelvo a llamar yo esta noche.

–Vale. Como quieras, Paco. Un beso, y da recuerdos a Natalia.

Era rarito de narices este Paco Varga. ¡Vaya alhaja para su mujer! Y daba la impresión de que, efectivamente, al pobre hombre se le estaba yendo un poco la olla.

XVII

Julián se despertó muy sobresaltado. Había sido una tremenda pesadilla, singular por sus detalles tan bien perfilados, tan vívidos y verosímiles. Sólo lo del cáncer carecía de toda base. Paco no tenía cáncer; estaba bien de salud corporal, o eso parecía. Trató de olvidar ese sueño, trató de creer que no significaba nada, pero lo cierto era que últimamente soñaba mucho, y no podía pensar que fuese mala señal. Ni mala ni buena. Los sueños sueños son, aunque quizá éste tan nítido, esta imagen de Paco tan auténtica y reconocible, era un aviso. Al menos, un toque de Dios para que hiciera algo por él. O quizá no. Tenía amplia experiencia de que muchas, si no todas sus ensoñaciones nocturnas (a veces también diurnas) no eran más que broza, escoria, polvo cerebral, el material sobrante del trabajo maravilloso de la mente humana. El inconsciente podía tener toda la importancia que se quisiera en la personalidad y en la conducta, pero ponerse a interpretar los sueños era un ejercicio de superstición pura y simple, y lo que contaba la Biblia, las revelaciones del Antiguo Testamento -rara vez del Nuevo- que se producían a través de los sueños de los patriarcas o de los profetas, había que saber entenderlas. Eran un modo de hablar. Esos sueños no eran propiamente tales, sino visiones, fenómenos místicos propios de las almas escogidas por Dios para alguna misión excepcional muy concreta.

En cambio, lo que no era ningún sueño era lo de don Dionisio. Cuando pasó un minuto, ya sereno y con la cabeza despabilada, la terrible confesión seguía ahí. El señor obispo había decidido dejar el cargo, colgar los hábitos y, en una palabra, renegar por completo de la fe: realidad pura y dura. El escándalo iba a ser de proporciones inimaginables. Casi maquinalmente, Julián se incorporó de la cama y dio la luz de la mesita. Sin duda estaba mucho mejor y sintió el deber de hacer algo sin pérdida de tiempo. Eran las diez menos veinte de la noche. Sólo habían transcurrido, calculó, treinta y seis horas desde su conversación con don Dionisio en el Palacio Episcopal, pero parecía mediar ya una semana entera. La alta fiebre y la afonía lo tenían secuestrado; ahora era el momento de ponerse en acción. No debía esperar ni siquiera a la mañana siguiente. Necesitaba hablar ya mismo con alguien. Desde luego que estaba obligado a guardar aquel secreto, pero había algo para lo que sí se sentía autorizado: por ejemplo, seguir el rastro de don Dionisio, aunque fuera a distancia. La gravedad del caso no le permitía acudir al refugio habitual de la cautela canónica y eclesiástica, porque en la tardanza estaba el peligro.

El ruido que hizo al levantarse bastó para llamar la atención de la vigilante Natalia, que al instante entró en la habitación (lo había hecho al menos una veintena veces en las últimas veinticuatro horas). Nunca como en aquel momento Julián Bedia hubiera deseado vivir lejos de su hermana. Le preguntó qué tal y sin esperar respuesta se aproximó a él y le palpó la frente.

–Estás sudando como un pato.

–Sí, estoy mejor –pudo decir con hilo ínfimo de voz.

–Ponte el termómetro y te traigo algo de cena.

–Nada, sólo líquido. Lo que necesito es el teléfono.

–Pero, hombre, si no puedes hablar...

–Sí puedo. Puedo y debo.

–No estás para hablar, Julián. Estás para seguir en reposo absoluto. Déjalo para mañana, no será tan urgente.

–Es urgente.

–Bueno, luego te lo traigo. Pero ahora ponte esto y dime si te apetece un caldo vegetal.

–Me encuentro ya bien.

Pero lo cierto es que seguía muy afónico y difícilmente podría sostener una conversación de cuatro frases. Se volvió a echar en la cama con el termómetro bajo la axila y el propósito de darse una ducha rápida y volver de inmediato a la normalidad de su vida. Al salir, Natalia dejó la puerta abierta y, con la lucidez del momento, alcanzó a oírla cuchichear con Mireia en el saloncito: o sea que la joven seguía allí. Natalia no había sido capaz en dos días de resolver el problema, cosa verdaderamente extraña. Se sintió asombrado y sobre todo incomodado por la situación. Aquello no era correcto, y menos cuando al cabo de un poco oyó el portazo de Natalia al salir de casa hacia el otro piso. Mireia se quedaba, ella sola, en el saloncito con la televisión puesta, aunque a un volumen muy tenue.

Durante un buen rato, no supo qué pensar. Por un lado, debía tener en cuenta que tanto su hermana como la chica se merecían aquel pequeño sacrificio de su intimidad -su deuda con Natalia era enorme-, pero por otro le resultaba evidente que se estaba bordeando la insensatez. La situación no debía prolongarse, había que marcar ya un límite, un par de días más y punto. Pero ¿cómo decírselo sin defraudarlas, sin parecerles un hombre incapaz de la más leve renuncia en favor de una pobre chica maltratada?

Volvió a incorporarse y se miró el termómetro. Marcaba 38'1, lo cual era aún fiebre, aunque él se sentía como nuevo. Debía, pues, salir de la cama en busca del teléfono móvil, sin esperar a que Natalia regresara con el caldo. Su propósito era llamar a Lorenzo, el secretario particular del obispo, con quien tenía un trato de mucha confianza. No necesitaba otro pretexto que preguntarle si sabía cuándo iba a regresar don Dionisio de su viaje. Por fortuna, vio el teléfono en la cómoda de la habitación. Marcó su número, uno de los pocos que tenía registrados en la agenda, pero le dio "apagado o fuera de cobertura". Repitió la llamada diez minutos después, y lo mismo. Quizá era ya una hora intempestiva para Lorenzo, un cura amable y laborioso pero que, a diferencia de él, solía reservarse franjas de tiempo para su vida privada. Pensó luego en Andrea, la periodista que acompañaba a don Dionisio en los actos institucionales de carácter civil, pero era una joven extremadamente prudente y reservada, aparte de que estaba a punto de dar a luz y era probable que hubiese cogido ya la baja. Entonces Julián entendió que sólo le quedaba una posibilidad de hacer algo aquella noche: llamar a sor Marta al Albergue.

Pero, en verdad, sor Marta Barturen le daba miedo. Que él le cayera mal a esa monja, como le había dicho el obispo, no era cosa que debiera sorprenderlo. Se trataba de una mujer de armas tomar, una religiosa ferozmente entregada a la causa de los pobres, y no ya imprudente sino temeraria en sus críticas a diestro y siniestro por la cuestión social. Él nunca había tenido encontronazos con ella porque la respetaba mucho, dada la pureza de su compromiso y el prestigio que la aureolaba, pero ella sí que se había permitido en diversas ocasiones lanzarle pullas, por su estilo blando, tolerante y conciliador. Para sor Marta no había conciliación posible entre el Bien y el Mal, entre Dios y el César. Al parecer, sólo aceptaba a los curas y a los predicadores duros, acerbos. Hablar de un Cristo dulce a la gente bien instalada era el peor veneno para la grey cristiana.

Aunque quizá su inquina contra él iba más allá de cuestiones de estilo y de talante. Julián tenía muy presente lo sucedido cuando fue a visitarla casualmente a Valdecilla, un par de años atrás, en compañía del señor obispo. La habían operado de un pecho. Don Dionisio la tenía en gran estima, a pesar de que tampoco él se libraba de sus dardos antijerárquicos.

–Ay, don Julián –le dijo con gran sorpresa en cuanto lo vio entrar en la habitación del sanatorio–, que he estado soñando con usted toda la noche. Que era usted muy puñetero. Que no dejaba usted que nada cambiase en esta ciudad...

Él enrojeció al oírla y fue incapaz de tomárselo con humor, como sí lo hizo don Dionisio. Sor Marta desatinaba mucho, porque cualquiera diría que él, un pobre cura que sólo destacaba por tener mejo pico que otros, fuese una especie de cardenal Ratzinger en pequeño, un guardián de la ortodoxia que se dedicaba a poner trabas a los católicos comprometidos, hasta el punto de tener obsesionada a aquella monja tan radical. Sin duda, la cosa no pasó de anecdótica, aunque luego hubiera alguna que otra invectiva o indirecta de su parte, a las que Julián quitó toda importancia. Nadie como él para despreciar la maledicencia. Después de todo, era natural que un carisma tan fuerte como el de sor Marta para entregarse a los necesitados se viera contrapesado por algunas carencias en el orden intelectual, o en otros órdenes que quizá le fueran exigibles a una monja.

Pero de pronto se le ocurrió un pretexto para llamarla: Luis Manfredo, el joven hondureño al que había mandado de su parte al Albergue hacía unos quince días. Debía preguntarle por él; de hecho lo había descuidado lamentablemente. Y ya estaba incorporado otra vez, dispuesto a ir al salón en busca de su agenda vieja y a departir un poco, le gustara o no, con Mireia, cuando al fin reapareció Natalia con la bandeja. En contra de su criterio, hizo la llamada antes de tomarse la sopa.

En seguida oyó la voz fina pero enérgica, inflexible, acelerada, precisa, de la monja:

–¡Ahí va! ¡Vaya voz! Sé que es usted, don Julián, porque usted lo dice, ¡pero coño que parece otro distinto!

–Nada, es un vulgar catarrazo. Sólo quería preguntarle por ese chico que le envié el otro día, ¿se acuerda? El hondureño...

–Luisman. ¡Cómo no me voy a acordar! Bien, muy bien, es un chaval fabuloso. Todavía sigue aquí, pero ya le hemos encontrado un trabajo en la construcción, es un manitas... Usted hace bien en mandarnos a chicos de esos, ya lo sabe, ¿no?

Y lo dijo como si el favor no lo hicieran ella y su gente al acoger a las personas sino los curas o las autoridades al enviarlas. Así era la gran sor Marta. Y hoy parecía de un humor excelente. Desde luego no cabía pensar que estuviera afectada por ninguna preocupación mayor.

–Pues nada más quería saber esto. ¿Usted qué tal sigue?

–Muy bien, o eso creo. Por lo menos de momento no tengo ningún aviso.

Él entendió lo que eso quería decir. Era una mujer que había sido operada de tumor en los dos pechos. En un intento desesperado por prolongar la conversación, Julián aún pudo preguntarle:

–¿Cómo ve las cosas últimamente?

–Normal, qué quiere que le diga... pero ¡está bueno usted con esas cuerdas vocales! Tómese miel con limón todo lo que pueda, hágame caso. Como siga usted tan malito, no tendré más remedio que ir a hacerle yo una visita.

La respuesta desconcertó a don Julián, que no supo encontrar un modo rápido de amarrarla, y cuando se dio cuenta de que acaso se tratase de una alusión, muy taimada y sutil, a cierto asunto gravísimo que ninguno de los dos podía ni mencionar, era ya demasiado tarde. Evidentemente, seguir hablando le resultaba físicamente imposible, y ella se despidió con un escueto cuídese mucho.

Julián se echó de nuevo a la cama más abatido que otra cosa. A fin de cuentas, no había sacado nada en limpio de aquella conversación; más bien lo que había hecho era desperdiciar su oportunidad. En los próximos días ya no podría volver a llamarla. De todos modos, pensó después, había algo que parecía bastante claro. Cualquier cosa que fuese lo que ella sabía sobre el drama de don Dionisio, nadie diría que sor Marta estuviera inquieta por ello. Aquella monja iba a lo suyo, y lo suyo, su monotema, era la praxis social. El resto le resbalaba.

Y pronto entraría su hermana en la habitación y con toda seguridad le echaría otra regañina por haber hablado tanto y haber dejado que se enfriase su célebre sopa de verduras. La vida le iba mostrando que todas las mujeres valiosas y apasionadas tenían un punto de insensatez.

XVIII

"La erección a ti debida". Mario Bulnes escribió la frase en su agenda de mesa en la oficina y se quedó un buen rato sonriéndose por la ocurrencia. La mañana estaba siendo demasiado tranquila y mortecina en la Delegación de Gobierno. Lunes, luz, calor, ausencia de incidencias, verano que retorna eternamente. "Monotonía de sol tras los cristales", escribió también. Le pareció lejanísima en el tiempo la noche de la cena sin mujeres en casa de Arsenio con aquella ambientación de lluvia y viento del oeste altivo y fiero, y aún no habían pasado ni tres días. ¡Pero cuánto había pasado por su vida desde entonces! Cuánta sorpresa, cuánta volatilidad, cuánto espejismo y cuánto error de cálculo. Aquel atardecer en el Monte Corona, escuchando la Sonata de Lekeu, que creyó el momento más feliz de su última época, ¿qué se hizo?

Pero la erección no era espejismo. Llevaba casi doce horas como Priapo, y no podía hacer nada. Nada excepto esperar indefinidamente su hora. Nada excepto pensar y cavilar en el vacío. Estaba metido en una encrucijada como nunca. Por una vez, Mario Bulnes, sin reconocerse perdido en absoluto, ni siquiera del todo angustiado, sentía la necesidad de dejarse aconsejar por un amigo. Pero tenía que ser un amigo neutral, alguien que no conociera a Susa o que, al menos, no sintiera debilidad por ella (la debilidad ya la ponía él). Descartados por ese motivo Paco, Arsenio, Laura, su compañera de la oficina, y su hermano Félix, ¿quién le quedaba? ¿Gándara, el dueño del apartamento cuya llave iba a devolver aquella misma tarde porque ya no se separaba de Susa? ¿Cambiar por tercera vez de propósito? ¿Volver loco a Gándara? ¿Pedirle consejo a él sobre la continuidad de un matrimonio que desde hacía dos años era ya completa e irremediablemente blanco?

La satiriasis era debida a Tamar Solano. No podía quitarse de la cabeza a aquella mujer, y su imagen exuberante no podía dejar de producirle tal empinamiento que ya empezaba a ser un agobio, algo que en un hombre de cincuenta y dos años, diagnosticado de disfunción eréctil, cabría considerar como gran ventura si no fuera porque veinticuatro horas antes había jurado reemprender y sellar para siempre su vida afectiva junto a María Jesús Allende Burón. Lo de la disfunción eréctil no se lo había dicho médico alguno. Jamás se le ocurriría a él acudir a un urólogo, menos aún a un sexólogo, para ver por qué llevaba años incapaz de empalmarse lo suficiente. Era Susa Allende, siempre dada a los remedios de moda, quien opinó -sin llegar al extremo de pedírselo- que lo suyo sería consultar a un especialista. Pero él pensaba -sin llegar al extremo de confesárselo- que su *impotentia coeundi* era relativa, sólo con ella, la pobrecita, su siempre guapa y femenina esposa, que había perdido en seguida su irradiación erótica, para él al menos. Lo pensaba hasta que el pasado verano, en dos ocasiones, lo probó con una divorciada a quien conoció a cuenta de la infame novela autobiográfica que ésta acababa de escribir y sobre la que osó pedirle opinión, una divorciada a quien había conquistado sin pretenderlo (tan sin pretenderlo como que le dijo que su novela era "cual un plato de sopa fría"). Y entonces la escritora, lejos de quedar desairada, lo llevó a su chalet, donde, en una suerte de justa pero tampoco pretendida venganza, el temido crítico y funcionario de la Delegación de Gobierno hubo de sufrir la humillación, la primera tarde, de una *ejaculatio praecox* y, la segunda, de un gatillazo total que encajó como pudo. Cierto que la divorciada no era de muy buen ver, pero tenía algún dominio de las artes obscénicas, y de hecho inicialmente le había excitado mucho. De modo que Susa podía tener razón: quizá el problema estaba en sus cuerpos cavernosos, una cuestión fisiológica bastante común, algo que un buen especialista le remediaría en dos tardes. Pero no, siguió en sus trece, sin hacer nada, ni urólogo ni sexólogo ni nuevos intentos con la escritora, ni por supuesto con Susa, que siguió sin exigirle otra cosa que meterle un par de dedos en el enchufe de vez en cuando. Incluso se privaba del recurso universal a la masturbación, y no por amor a la castidad ni por dignidad de adulto sino por pura tacañería. Había que ahorrar eyaculaciones vanas. Su gran deseo era alcanzar el superorgasmo, y eso sólo sería posible evitando todo despilfarro de semen. Lo tenía cada vez más claro: prefería un solo orgasmo muy bueno que ochenta orgasmos mediocres. Y se preciaba de saber esperar lo que hiciera falta.

Pero al fin había llegado el momento, con la bella Tamar, la lunar Tamara. Su nombre de pila era Tamara, pero ella se había quitado la A final, en consideración al personaje del Génesis, Tamar, la nuera de Judá, la que haciéndose pasar por ramera se acostó con su suegro y le dio dos hijos (el primogénito, Onán, primer esposo de ella, había muerto castigado por Yavé por practicar el vicio que llevaría su nombre), de modo que Tamar se convirtió nada menos que en la madre de la tribu de Judá, y por tanto en la antepasada directa de David y del Mesías. Sí, no tenía la menor duda: por muchas y muy diversas razones Tamar Solano era el imán supremo para él, su última y ya única esperanza de alcanzar en esta vida el gran orgasmo. Sólo hacía falta que se otorgase a sí mismo la libertad para seducirla, y previamente la libertad de volver a hablar con Susa y decírselo con franqueza: que no, que no debían seguir juntos, que su vida en común era un quiero y no puedo, una penuria, una traición a la vida, ¡a la de los dos!, porque también ella debía aspirar a dar con el hombre que le hiciera justicia sexual completa, que le metiera algo más que sus dos deditos en el enchufe. Tenía hasta la tarde para pensarlo, para tomar una decisión ya firme; a las cinco había quedado en el apartamento con el bueno de Gándara para firmar el contrato o bien para pedirle perdón por su vuelta atrás y devolverle la llave. Para honrarse o bien como hombre fiel a la vida, a la verdad que es la vida, o bien como esposo fiel a una esposa a la que nunca hizo feliz, con la que sólo podría seguir conviviendo bajo presiones sociales.

Y en ello iba pensando al salir del despacho a tomar el café, cuando vio que por la gran escalinata de la Delegación del Gobierno subía Michel Penagos, con la inequívoca intención de hacerle una visita. Pronto se había agarrado el hombre a la sugerencia que le hizo en su encuentro del sábado por la mañana. Cosa rara, traía la americana doblada sobre un brazo y lucía una fina camiseta de algodón. Indudablemente venía de hacerse sus diez o quince kilómetros diarios de marcha atlética que le mantenían recio y desgrasado. Mario hubiera querido rehuirlo, porque necesitaba estar solo todo el rato para seguir con el hilo de sus reflexiones, pero no tuvo tiempo de esconderse ni de hallar una excusa con que aplazar la conversación, así que optó por resignarse. Se lo llevó directamente al Hotel Central y, puesto que Michel era, después de todo, un tipo honesto y franco, vio la ocasión de despacharse a gusto con alguien:

–¿Qué? –le provocó–, así que me dijiste que sigues desparejado... ¿Pero cómo es posible que te vaya mal a ti con las mujeres, con tu buena planta y tu buen nombre?

–Gracias por el cumplido, pero me temo que eso vale de poco. Soy un separado, tengo dos hijos, fama de serio... Todo eso resta puntos.

–Pues no lo entiendo. Además, con la cantidad de mujeres que hay en el mercado, según me cuentan. Libres y sueltas...

–Es cosa de Dios –repuso Michel meneando la cabeza–, esto depende de él. Ya sé que tú no crees mucho, pero es lo que hay.

–¿Lo que hay? ¿Pero tú crees que hay que esperar a que Dios decida asignarte una mujercita para ser feliz aquí abajo?

–No, hombre, yo ya busco. Pongo mi parte. Busco y espero.

–¿Dónde buscas, y cómo? Porque si no has cambiado de costumbres, tú no sales nada a divertirte, y ese será el problema. ¿En el trabajo no has echado el ojo a ninguna?

–En el trabajo es donde peor fama tengo, fama de serio y de raro.

Y lo dijo con un tono de ingenuidad que aún excitó más en él el deseo de regodearse.

–Pero ¿lo eres? ¿Reconoces que eres eso? ¿Demasiado católico tal vez? Las mujeres actuales, en su mayoría, lo que quieren es guerra, e igual tú no estás dispuesto a dársela si no es bajo unas condiciones inasumibles.

–No entiendo lo que me quieres decir... –y Mario vio en sus ojos un destello de dureza, incluso de ira, aunque sólo por un instante. Entonces recordó que aquel hombre, hoy un funcionario probo y ultrarreligioso, había sido un adolescente violento que pasó años en un correccional. Pero, lejos de amedrentarse, decidió seguir adelante con la eutrapelia.

–Vamos a ver, Michel, desde mi postura de hombre alejado de la fe yo tengo una curiosidad, y me gustaría que tú me la satisficieras. Te lo pregunto sin ningún ánimo de ofenderte, y por supuesto, si te parece impropio hablar de ello me lo dices, y tan amigos. Yo quiero saber cómo llevas tú lo de la castidad, si eres capaz como buen católico de cumplir el sexto mandamiento a rajatabla. Porque me imagino que una mujer de hoy, y más si es algo joven, se asustará cuando te oiga hablar de estas cosas.

–Es que no sé a qué te refieres exactamente –dijo Penagos tras meditar unos instantes–. ¿Quieres saber si yo planteo de entrada a una mujer recién conocida todas las exigencias de la moral católica?

–Por un lado eso, y por otro cómo llevas tú la soledad. ¿Cómo te las arreglas para vivir sin compañera? Porque parece muy duro, o nos lo parece a los que no somos creyentes...

Penagos se quedó meditando otra vez, pero ahora no respondió, aunque en su rostro fue dibujándose una sonrisa extrañamente amable.

–Perdóname si te parezco indiscreto –prosiguió Mario–, pero yo te considero un buen amigo. Me apetece sincerarme contigo, así que a ti te puedo confesar que desde hace tiempo yo tengo dificultades con mi mujer –le dijo bajando la voz y echando un vistazo en derredor–, no tengo trato sexual con ella, no puedo, y lo estoy pasando muy mal. O sea que quizá tú y yo nos hallamos en tesituras parecidas.

Penagos hizo un simple gesto de empatía, pero aún meditó otro poco antes de confesar al fin:

–No me avergüenza decirte que lo llevo fatal. Ando siempre con deseos insatisfechos, y esos deseos me atormentan, me asedian, pero quiero mantenerme en la castidad. Y lucho, lucho casi sin esperanza porque no veo salida por ningún lado. Fíjate, hay momentos en que me gustaría ser ya un viejo para no tener este lastre dentro de mí. Naturalmente rezo todo lo que puedo, y sé que Dios me ayuda mucho, pero aun así casi no hay día en que no esté a punto de caer en la tentación.

–¿En qué tentación? ¿Tienes alguna conocida a tiro?

–No, nada de eso. Mi peligro es ir al kiosco, comprarme pornografía y luego tú ya sabes...

–Pero hombre, eso no es ningún peligro –dijo Mario con una mueca despectiva.

–¿Tú no haces nunca eso?

–Ni por asomo. La pornografía me puede excitar como a todo hijo de vecino, pero yo llevo treinta años sin masturbarme. Es un derroche estúpido. La libido, o la lujuria si la quieres llamar así, es una cosa maravillosa y hay que gestionarla bien. No se debe gastar de cualquier manera. Sería como echar perlas a los cerdos. Yo tengo fuerza de voluntad para eso; prefiero buscarme un objetivo que valga la pena e ir a por él, aunque me lleve mucho tiempo. Tú tendrías que hacer igual, echar el ojo a una mujer interesante y cazarla, que armas no te faltan, Michel.

Penagos sonrió otra vez con una complacencia tan honda como inesperada. Pero Mario se dio cuenta entonces de que su problema con las mujeres debía estribar en la sonrisa, porque tenía una dentadura tan pocha como la de un pordiosero del siglo XVII.

–Bueno, ya que lo dices, te confesaré que esa mujer interesante existe, yo la conozco. Mi mayor tentación es pensar en ella a todos los efectos...

–¿Pensar en ella? ¿Y cómo no pasas del pensamiento a la acción?

–Porque es casada. Yo no puedo permitirme adulterios.

–¿Pero has mirado si puede descasarse? Porque si te gusta, tal vez es que tú has vislumbrado una posibilidad de divorcio.

–No, ésta no creo que pueda divorciarse. Pero gustar, vaya si me gusta. Sería la mujer ideal para mí. Y creo que yo sería también el hombre idóneo para esa mujer.

–Pues vete a por ella sin el divorcio. Mira lo que te voy a decir, aunque pienses que estoy ejerciendo en este momento el papel de tentador, de agente del diablo. Pero mi deber es decirte la verdad, porque como tú bien sabes, la verdad os hará libres. Lánzate a conquistarla, piensa que no sólo te harás a ti mismo feliz sino también a ella, sobre todo a ella, y puede que indirectamente incluso a su marido. Quizá no se soporten. Quizá sólo sigan juntos por el peso de la sociedad y los dos necesitan una oportunidad para emanciparse. ¿Y puedo saber quién es esa mujer?

El funcionario del Catastro meneó la cabeza. Obviamente estaba escandalizado, pero no dejaba de sonreír complacido.

–Pero qué cosas me dices. Tienes razón en que ese lenguaje tuyo parece el del propio diablo.

–Pero yo no soy el diablo, Michel. Si lo fuera, creería en Dios y estaría laborando para llevar tu alma al infierno. Y yo ni creo en Dios ni laboro más que para tu bien, tu único bien posible, alcanzar el orgasmo máximo, cumplir tu fin biológico, antes de que sea demasiado tarde.

Penagos meneó más la cabeza sin poder replicar.

–¿Qué, no me dices nada? ¿Te he dejado muy confuso?

–No, hombre, confuso no.

Pero, indudablemente, mentía. Mario le dio una palmada cariñosa en la durísima espalda, que aún la tenía húmeda de sudor, y pagó los cafés.

XIX

A las doce de la noche en el Albergue de Transeúntes reinaba un silencio más profundo de lo acostumbrado, tanto, que sor Marta echaba de menos los murmullos, incluso el guirigay habitual de esa hora, y se sentía inquieta en su pequeño aposento, incapaz de conciliar el sueño: cuando la gente estaba tranquila, era ella quien no lo estaba, como si su conciencia le advirtiese de que el sosiego era la ocasión del Maligno. En general dormía muy poco; solía acostarse a las once y media, pero nunca se quedaba en la cama más allá de las cinco de la madrugada, y no era nada infrecuente que antes de esa hora la reclamase sor Aurelia para atender algún caso de aflicción que se salía de madre. Las noches en el Albergue podían ser duras, y a menudo llegaban a un punto en que los espíritus afligidos y atormentados sólo respetaban ya a sor Marta Barturen.

Aquella noche se reconoció en seguida irremediablemente desvelada. Necesitaba un poco de ruido, y no pudiendo permanecer en la cama a la espera de un descanso más que incierto, dio la luz de la mesita, se cambió el camisón por el viejo chándal que usaba por las noches y bajó a su despacho. Pero, aunque tenía mucho trabajo pendiente, no llegó a encender el ordenador ni a tocar un papel. Lo que hizo fue coger el teléfono y marcar un número de móvil. No hubo respuesta y lo comprendió. No es que fuese muy tarde para llamar a don

Dionisio sino que éste no estaba para atender ninguna llamada, y probablemente incluso llevaría el aparato desconectado. Por eso fue mayúscula su sorpresa cuando, unos segundos después, sonó el teléfono de la mesa. Al descolgar, le pareció percibir que el señor obispo se encontraba en plena calle, en algún lugar muy concurrido, y en compañía de un hombre.

–Don Dionisio, ¿por dónde anda?

–No te lo voy a decir, queridita, ¿para qué me has llamado?

–No me llame queridita, que aunque no tengo nada contra las queriditas, yo no lo soy de vuecencia. Y dígame por dónde anda ganduleando a estas horas.

–Que no insistas. Te baste con saber que estoy en Madrid, y bien de salud. Si me has llamado para eso, ya tienes la respuesta. Me encuentro muy bien, y pasado mañana vuelvo a Santander. ¿Algo más?

–Está usted en la calle. Está usted disfrazado de mendigo para pasar la noche tirado en cualquier esquina de la Gran Vía, o por ahí, tapado con unos cartones. Como si lo viera.

–No tienes derecho a que te diga dónde estoy ni en qué circunstancias. Deberías respetarme, y no como obispo sino como persona pura y simple.

–Don Dionisio, por favor, no tiene usted edad para andar haciendo esas gestas. Me parece muy bien que las haya hecho en su juventud para probar a qué sabe ser pobre de veras en esta vida, pero ahora hay otros modos más adecuados que ese para vivir la solidaridad.

–Ay, Marta, Marta, pero qué cabezota eres. Mira que no te entra en el caletre que yo no estoy probando nada. Que no te entra en ese caletre que yo no tengo ya nada que ver con solidaridad ni caridad ni justicia, ni soy un místico ni un asceta. ¡Que me he convertido en un hombre normal, común, que he dejado de ser un falsario y un engañador!

–¿Y qué hace un hombre normal, que todavía ejerce de obispo, a las doce de la noche, en plena calle en Madrid? ¿O es que anda por ahí de picos pardos? Tampoco tiene usted ya edad para eso.

–Ni siquiera te he dicho que esté en plena calle. Y sabes perfectamente que yo no tengo condiciones para irme de picos pardos.

–No, yo no sé nada de usted. Sólo sé que es un gran hombre, que me ha defraudado como obispo, pero que sigue siendo un gran hombre.

–Mucho menos grande que la gran mujer que tú eres. Pero ahora déjame, Marta, déjame vivir con paz esta hora.

–No debo de parecerle tan grande a la vista del poquísimo caso que usted me hace siempre. Y del daño que va a causar...

–Marta, no empecemos otra vez. Sabes que está zanjado ese tema.

–Ni me hace usted caso ni me tiene el menor afecto. Le dije que me quería ir con usted y me rechaza sin consideración.

–¿Cómo tengo que decirte que no puedo llevarte conmigo? En primer lugar, aún no has terminado el tratamiento de tus tumores. Y en segundo lugar, si te vienes conmigo, ¿qué iba a pensar la gente de mí, y del valor de mi decisión? Sería un escándalo vulgar y repugnante.

–Es indigno de usted ese miedo al qué dirán, y además demuestra cierta incoherencia.

–No, porque por otro lado tú me dijiste que te ibas conmigo siempre y cuando yo no renunciase públicamente a la fe católica, condición imposible, querida amiga...

–Vale, allá usted, pero al menos dígame si ha hablado en Madrid con la persona que pensaba.

–No, no he hablado. Esa persona ha tenido que ausentarse de la Comisión y de Madrid.

–Es un obispo, un miembro de la Comisión, claro.

–Te voy a colgar, Marta.

–No me cuelgue todavía, por Dios se lo suplico.

–Por Dios no me supliques ya nada. Y deberías tratarme de tú, que por cierto eres un año más vieja que yo.

–Vale, como tú quieras, Dionisio, y soy viejísima y encima ya no tengo tetas ni nada, no importa, pero dime otra cosa. ¿Lo has hablado con alguien? ¿Has dicho a alguna otra persona lo que te traes entre manos?

–*No comment...*

–Me juraste que lo ibas a meditar dos semanas más y que ibas a comentarlo con alguien de tu máxima confianza.

–No juré nada.

–Vale, pues tu palabra de honor...

–Otra vaciedad. El honor tampoco existe.

–¿Ah no? ¿Entonces qué demonios existe para ti?

–Muy sencillo. ¿Cuál era mi lema episcopal, Marta?

–Perdona, no lo sé, se me ha olvidado.

–Muy mal, sor Marta. Vaya una monja que estás hecha, y vaya una amiga. Mi lema episcopal era "Nos debemos a la verdad". Pues mira, eso es lo único que me voy a llevar a mi nueva vida: mi deber con la verdad.

–Pues entonces dime la verdad a mí. ¿Con qué otra persona de Santander has hablado?

–¿Para qué quieres que te lo diga? ¿Para ir a hablar con ella y hacerme alguna maniobra?

–Parece mentira que me diga usted eso, padre. Veo que usted tampoco cree ya en la lealtad. Quizá sea lo primero en que ha dejado de creer, pobre hombre.

–Bueno, hermana, perdóneme, no he querido ofenderla. Usted sabe muy bien que es la persona que más aprecio de este mundo. La mejor persona que conozca, la más santa.

–Ah, pero ¿la santidad no es ahora para ti otra vaciedad? Qué poco coherente. Pues ya que hablamos de la verdad, yo soy tan pecadora como cualquiera, y me extraña que usted no lo sepa, usted que me confesó una vez, no hace tanto, ¡y menuda lo que le dije!

–No recuerdo nada de esa confesión, Marta.

–Ya veo el interés que tiene en mí, ya veo. Porque lo que le dije de mis intimidades no era cosa para olvidar, me parece.

–Marta, amiga, creo que te estás pasando un poco. Te voy a cortar la llamada. ¿No tienes que dormir ya? ¿No es tu deber descansar bien por la noche para ocuparte de tus menesterosos?

–El mayor menesteroso eres tú, Dionisio, que me quitas el sueño.

–Te voy a cortar ya, porque además estoy entrando en un subterráneo y creo que se me va a ir la cobertura.

–Dionisio, corazón, no puedes hacer lo que estás haciendo, piénsalo bien. Llámame mañana, te lo suplico por lo que más quieras.

–Lo que más quiero eres tú. Pero lo que quiero es que descanses, Marta.

–Pues llévame contigo al tercer mundo. Lo pensamos juntos y hacemos bien las cosas, evitando todo escándalo. Yo nunca sería una rémora para ti.

–No, sor Marta. Tú te debes a los pobres de aquí, no los traiciones.

–Yo me debo al mayor pobre, que ahora mismo es usted.

–Anda, déjate de cuentos. Tú eres una gran persona, pero te engañas mucho. Y sobre todo te engañas conmigo. Es verdad que yo te quiero, Marta, pero no para lo que crees. No te quiero para pareja, y lo sabes.

–¿Quién habló de pareja? Yo sólo hablé de cuidarle a usted y de llevar una vida digna, para nosotros y para el prójimo. Habrase visto qué obispo este, qué hombre malpensado. Por Dios. Pero ya que se ha referido a eso, debe saber que yo no estoy tan acabada. Sin tetas y con arrugas, todavía tengo mucho tirón, qué se ha creído. ¡Pues no me dijo el otro día un magrebí que nunca vio caderas como las mías! Si me descuido me mete mano, y era un chaval.

Sor Marta notó de pronto que su interlocutor ya no escuchaba. Se había cortado la conexión sin dar señal, y no podía saber en qué punto de sus últimas frases don Dionisio había dejado de oírla. Sin meditar nada, se quedó con la sensación de estar mucho más afligida que antes de iniciar la conversación. Repitió la llamada a aquel móvil, pero en efecto se había perdido la cobertura. Entonces optó por abandonar el despacho y hacer una visita a la capilla del Albergue, que estaba en la otra ala del edificio. No solía entrar mucho sor Marta en aquel lugar, y cuando lo hacía sus visitas eran muy breves, porque al Cristo que estaba allí clavado no le gustaba dedicar tiempo al parloteo. Se limitaba a inspirarle lo que tenía que hacer, adónde debía ir o a quién o quiénes debía dedicarse a la voz de ya. Eran órdenes secas, ideas claras y perentorias que aparecían como una luz en su cabeza y que ella obedecía sin vacilar. Pero, por una vez, aquel Cristo permaneció mudo. Dominada por la angustia, sor Marta cayó de rodillas y juntando las manos en actitud implorante, empezó a exigir machaconamente como los mendigos que veía por las calles. "Dime algo, dame algo, dime algo...".

El silencio era atroz. Sor Marta sabía muy bien que no todo lo que ocupaba su cabeza en los momentos de oración mental era la voz de Cristo. En realidad solía ser lo contrario, la voz del diablo. El diablo acechaba a sor Marta Barturen en el silencio y en la contemplación. Por eso necesitaba tanto la actividad continua. Y en el silencio de aquella hora vino a representársele la voz de alguien -¿un hombre joven?- que le pareció haber oído en los primeros segundos de la llamada de Dionisio, el caballero que le acompañaba. ¿Quién podría ser? Sintió un deseo casi desesperado de golpearse, pero de pronto una figura real y un nombre muy concreto le vinieron a la mente: don Julián Bedia, el vicario de pastoral de la diócesis. Cristo le revelaba al fin qué debía hacer y quién era la otra persona de la ciudad a la que don Dionisio había confesado su propósito de abandonar a la Iglesia. Estaba segura de ello y se puso en pie dispuesta a abandonar ya la capilla.

Pero a la vez que alivio, sor Marta sentía un arrebato de cólera, ese ardiente sentimiento que la movía desde niña a obrar el bien. Don Julián Bedia la irritaba mucho y no sabía bien por qué. Ahora tendría que enfrentarse a él lo antes posible, cara a cara.

XX

El encargo era desagradable, peor aún, inquietante, pero Tobías Illán fue incapaz una vez más de decirle no a su jefe. Claramente, éste abusaba de él, y no porque Tobías se hallase en tan precaria situación que tuviera que aceptarlo todo, sino porque sabía que Tobías no le hacía ascos a nada, y además tenía arte para ese tipo de casos, sin olvidar que era también una persona muy curiosa, que gustaba de conocer gente rara, y ayudarla si estaba en su mano.

Se lo dijo a última hora de la mañana, con su habitual laconismo, que supuestamente traslucía la confianza total que tenía en la inteligencia y en la buena disposición de Tobías.

–Hoy ha salido de la cárcel un caballero al que yo defendí hace doce años por un caso de parricidio. Mató a su hijo menor, en Palencia, aunque él se consideró siempre inocente. Yo mismo no le creí y por eso lo defendí mal. Habría podido sacarlo si me hubiera dejado trabajar la hipótesis de la legítima defensa, incluso el trastorno mental, pero no hubo manera. Le han dado el tercer grado por buen comportamiento y me acaban de llamar del Penal de Santoña para ver si puedo recibirlo esta tarde. Pero esta tarde a primera hora, ya sabes, tengo lo del juanete de Silvia. Quería que lo recibieses tú en mi nombre. Nada más es estar con él un poco, un gesto humano. No viene a pedirme nada, no creo que necesite nada. Cobra una pensión. Yo he ido a visitarlo a Santoña un par de veces. Es un buen hombre, un tipo con buen corazón, lo más ajeno a un psicópata. Aquello del hijo fue un arrebato. Se le fue la olla por algo estúpido que no se dignó contar con detalle a los jueces. Y su mujer y sus otros hijos tampoco hicieron nada por él. En fin, ¿puedes hacerme este favor?

–Claro –dijo Tobías sin darle importancia, y sólo le preguntó qué edad tenía el hombre.

Tenía sesenta y cuatro años. Vendría por el despacho sobre las cinco de la tarde. Vendría solo. Lucio no creía que hubiera restablecido las relaciones con su familia ni que contase con alguna amistad íntima. Tenía, al parecer, la carrera de medicina, pero nunca la había ejercido. Se llamaba Delfín Cerrada. Tobías lo esperó a la hora convenida, sin haber echado siquiera un vistazo al dosier del caso, y su mayor preocupación era que la entrevista con aquel hombre se alargase, porque a las seis había logrado concertar al fin su cita con Paco Varga en el Suizo y no quiso llamarlo de nuevo para retrasar la hora.

Delfín se presentó casi a las cinco y media. Esperaba vérselas con un tipo espiritado tras los doce años de privaciones carcelarias, pero resultó ser más bien orondo, incluso obeso, aunque de escasa estatura. Obeso y barbudo, desharrapado, con aspecto de vagabundo, a no ser porque llevaba una camiseta marrón de Lacoste que parecía bastante nueva. Traía consigo un bolso grande de tela. Tobías lo hizo pasar a su despacho y observó en seguida que se trataba de un hombre con alguna anomalía psíquica. Obedecía muy lentamente a las indicaciones que le hacía, como si fuera un robot, o anduviera falto de reflejos. Sin embargo, no parecía que estuviese medicado, porque curiosamente conservaba una mirada limpísima.

Tobías le ofreció tabaco. No fumaba. Le ofreció luego un bombón, lo aceptó. Le preguntó cuándo había salido de la cárcel: aquella misma mañana. Le preguntó adónde pensaba ir, si tenía casa en alguna parte, si tenía algo de dinero, si tenía alguna ocupación a la que dedicarse a corto plazo... Delfín contestó que no a todo, no tenía casa, su mujer e hijos vivían en Madrid y no querían saber de él, sólo tenía un amigo, en Santander, pero era ya demasiado viejo. No cobraba una pensión, empezaría a hacerlo dentro de diez meses. Su voz era grave y fluía lenta, muy lentamente, como si cada aseveración le supusiera un esfuerzo de raciocinio, como si las preguntas que el abogado le formulaba fueran de mucha complejidad.

Tobías comprendió que el panorama era más bien desolador. O le había engañado el bueno de Lucio o le habían engañado a él los servicios sociales de Santoña, lo que parecía un poco extraño. Evidentemente, aquel hombre no tenía otra alternativa que acudir a su abogado a pedirle alguna ayuda. Pero, después de un largo silencio, aquel hombre no pedía nada, se limitaba a mirarle con sus limpios ojos castaños.

–¿Y entonces por qué ha venido aquí a Santander si no tiene a nadie?

Delfín hizo una mueca de incertidumbre antes de responder.

–Tenía a ese amigo, pero está ya muy mayor, y algo enfermo.

–Ya... ¿Y dónde va a pasar esta noche?

–No lo sé –y tras una pausa, el hombre preguntó al fin–: ¿Sabe usted de algún sitio...?

Tobías hubo de esforzarse para reprimir una sonrisa.

–¿Tiene usted algo de dinero?

–Poco. No para pagarme un hotel.

–Y quiere ver si aquí le podemos ofrecer algo de ayuda, ¿no?

Delfín se encogió de hombros antes de responder:

–Me dijeron que viniera a hablar con mi abogado.

–Le dijeron... ¿quiénes?

–Allí, en el Penal.

Y a continuación se agachó para abrir el bolso que había puesto en el suelo y buscó unos papeles, los revisó, pero al parecer no dio con el que quería mostrarle a Tobías.

–Nada, déjelo, no se preocupe... Pero yo siempre creí que los servicios penitenciarios ofrecían alguna ayuda efectiva a los reclusos al salir de la cárcel, al menos para los primeros días.

–Papeles, sólo papeles –dijo el hombre con resignación.

–Lo único que yo puedo ofrecerle es una gestión para que lo admitan a usted por un par de noches en el Albergue de Transeúntes, ahí no le cobran. Son monjas. ¿Le parece bien?

–¿Monjas?

En el rostro del hombre se dibujó una expresión de desconfianza.

–Suelen ser personas muy amables, muy cariñosas. Y no le van a pedir a usted que profese ninguna religión.

–No, más que nada... es que es dudoso que admitan a alguien como yo, acusado de...

Ahora Tobías sí pudo sonreír abiertamente.

–Nada, hombre, no se preocupe, ellas están acostumbradas a todo tipo de perfiles. Además, según tengo entendido, según me dijo Lucio, su abogado, usted no cometió realmente aquel delito. Está usted muy lejos de ser un criminal.

Delfín no pareció inmutarse al oír aquello. Se limitó a cabecear otra vez como quien se sabe falto de luces.

–¿Quiere que le diga la verdad?

–Sí, pero... como usted vea.

–La verdad es que ahora mismo yo no recuerdo cómo fue la historia.

–Ya... –pero a Tobías no le pareció que aquello fuera el recurso de un hombre que se niega a hablar de su pasado. Y esperó a que siguiera hablando, incluso le animó a ello con una mirada llena de ternura.

–Lo que yo dije, lo que ocurrió, ya no cuenta. Lo que cuenta es que para la sociedad soy un criminal –dijo al fin.

–Pero el suyo parece un caso bastante olvidado. Yo he sabido de él por lo que me contó Lucio esta mañana. Y él, al menos, está convencido de que su condena fue injusta.

–No lo sé –repitió el hombre–, ahora mismo puedo decir que yo ya no sé lo que pasó.

–Claro –intentó comprenderlo Tobías–, de tanto darle vueltas a aquella historia, y a los dos juicios, supongo que llega un momento en que todo se vuelve confuso, en que se mezcla lo real con lo...

–No –le cortó por una vez el hombre–, a mí lo que me falla es la memoria. He perdido mucha.

–¿Últimamente o desde hace ya tiempo?

–En la cárcel yo lo he pasado mal desde el principio. La presión es muy fuerte. Y he olvidado demasiadas cosas. Cosas que ahora me gustaría recordar, se me han ido.

–¿Hechos de su vida?

–De todo, he olvidado de todo; y no creo que lo recobre ya nunca.

–Pues vaya, sí que es una pena. Pero, ¿se lo ha dicho a los médicos?

–No es cosa de médicos.

–Hay enfermedades que afectan a la memoria, y tal vez exista algún tratamiento.

El individuo guardó otro momento de silencio antes de replicar:

–Lo mío no es alcéimer... –y un destello de arrogancia asomó en su mirada.

–Entiendo. Usted hizo estudios de medicina, ¿no?

–Me parece que sí. Terminé la carrera, pero no sabría jurarle si llegué a curar a alguien. Pienso que jamás curé a nadie –dijo bajando un poco más la voz y mordiéndose la lengua, un gesto que parecía reiterar con extraña frecuencia.

Mientras marcaba el número del Albergue de Transeúntes, Tobías Illán se preguntó cómo era posible que los responsables de la prisión hubieran dejado solo a un hombre como aquel, que a todas luces padecía trastornos psíquicos. Hizo entonces una pausa para llamar por teléfono, y cuando terminó de hablar con sor Aurelia (a quien contó que el transeúnte venía del Penal del Dueso pero no mencionó quién era), le dijo que podría dirigirse a aquel lugar ya mismo, si quería, que incluso podría pasar en él más de dos noches, y que el personal le ayudaría en lo que pudiese.

–No sé, no creo que vaya por allí –contestó con un tono de voz que era ya más bien un murmullo, como si hablara sólo ya para sí mismo–, no me van nada las monjas...

Tobías llegó jadeando al Café Suizo catorce minutos después de la hora convenida con Paco Varga. El hombre no estaba. Si había acudido a la cita, se había impacientado muy pronto y se había largado sin esperar ni un cuarto de hora. Lo llamó al teléfono móvil, pero esta vez no hubo milagro. Se planteó dirigirse entonces a la Academia Étimo, que no distaba mucho. Era probable que Paco hubiera a ido a refugiarse allí y, aunque ya no estuviera en disposición de hablar con él, al menos le daría la posibilidad de disculparse. Pidió un café. Quizá lo mejor, se dijo, era desentenderse ya de aquel asunto, llamar a Diana Serantes y explicarle que no podía llevar su caso. Le recomendaría a una abogada joven y aguerrida que conocía bien, más versada que él en asuntos de familia. Pero le desagradaba hacer tal cosa, no por miedo a defraudar a la chica sino porque tenía la convicción de que sólo él podía ayudarla sensatamente. No lo pensó dos veces. Marcó su número, y se produjo un extraño cruce de llamadas hasta que finalmente quedó establecida la conexión. Como de costumbre, había un enorme guirigay de fondo, que casi era más bien griterío.

–Diana, soy Tobías, tu abogado, ¿puedes hablar un minuto?

La muchacha dijo algo, pero no logró entenderla, porque evidentemente estaba en medio de una gran trapatiesta y le era imposible decir nada con un mínimo de serenidad.

–Nada, te llamo en otro momento, o llámame tú cuando puedas –le gritó.

Diana contestó con una voz totalmente histérica, y Tobías sólo pudo entender que el niño se había puesto muy malo y estaban a punto de llamar a un taxi para llevarlo de urgencia a Valdecilla.

XXI

El doctor Bello, el hijo de doña Amalia Lázaro, llegó a las doce y media, mucho antes de lo previsto. En bata y sentado en un sillón orejero, el paciente se encontraba mejor, sin fiebre desde por la mañana, la infección iba remitiendo, no así la afonía, que empezaba a ser un misterio porque resistía incluso a la cortisona. Don Julián seguía con el mismo hilo de voz de los últimos tres días y su aspecto era el de un hombre sumamente acongojado, pese a que siempre estaba allí con él su encantadora hermana.

–Nada, hay que tener paciencia –dijo el doctor–, es una inflamación un poco rebelde, pero acabará cediendo, porque otra cosa no puede ser.

–Qué sería del pobre si se nos quedara mudo... –bromeó Natalia.

–Me imagino que para un sacerdote serán más importantes las manos –se atrevió a observar el médico.

Ambos miraron al cura, que se limitó a sonreír y a señalarse el corazón y la cabeza, como corrigiéndolos.

En aquel momento, sonó su teléfono móvil. Habían llamado varias personas aquella mañana, al móvil y al fijo, interesándose por su salud, y contestaba siempre Natalia. Ella pronunció el nombre de Cristóbal, que apareció en la pantallita, y Julián le pidió con un gesto enérgico que le acercara el aparato. Cristóbal era el vicario general de la diócesis. En ausencia del obispo, la primera autoridad.

–¿Sí?

–Julián, ¿cómo estás?

–Mal todavía –y no necesitó añadir nada porque su ínfima voz no podía ser más elocuente.

–Pues vaya un resfriado que cogiste, chico.

–Más bien me cogió a mí. Un demonio mudo...

–Oye, te llamaba –dijo el vicario ignorando la autoironía de su colega– por lo de don Leandro, la que ha montado... ¿No has leído hoy el periódico?

–No lo tengo en casa, ¿qué ha ocurrido?

–Nada, que ha puesto al pueblo en pie de guerra, que mañana van a venir en masa al obispado los vecinos a exigir que el obispo lo fulmine.

Julián no se sorprendió. Don Leandro era un problema para la diócesis, un cura carca, tozudo, individualista y un tanto iluminado. Allí donde estuviera, tenía el don de soliviantar a los feligreses.

–Pero ¿qué ha hecho ahora?

–Ha puesto un cartel enorme en la iglesia del pueblo con las normas para dar la comunión. Quiere que todo el mundo comulgue de rodillas, que quien vaya a comulgar con la mano se la lave antes en una pila que hay en la sacristía, y lo peor de todo... pero tienes que hacerte con el diario, porque es muy gorda: le ha negado la comunión a la alcaldesa porque está casada por lo civil. Léelo, que se las trae. Se la negó en público y de repente, sin previo aviso. Este Leandro es peor que Lutero.

Julián iba a responder que estaba loco, pero se contuvo. Sus cuerdas vocales ya no daban más de sí, y además no pudo quitarse de la cabeza el oprobio que le suponía haber sido él el responsable de su traslado a esa parroquia hacía dos años. Era un disparate haber mandado como párroco de pueblo a un cura como Leandro, máxime a título de castigo.

–¿Don Dionisio no ha vuelto aún? –preguntó por todo comentario.

–Debía haber vuelto anoche, pero creo que llega ahora por la tarde, y se va a encontrar con ésta. Así que tendré que dar yo la cara. Iba a llamar ahora mismo a don Leandro, pero antes quería conocer tu opinión...

La opinión de Julián es que había que ser humilde y reconocer los propios errores. Aquel cura no estaba capacitado para pastorear en unos tiempos como éstos una parroquia rural en España. Don Leandro haría menos daño en una parroquia del centro de la ciudad, pero eso equivaldría a premiarlo. Lo mejor sería que se metiese en una orden estricta y que llevase una vida de reparación por los pecados del país, pero naturalmente los tiempos tampoco daban ya para eso.

–No sé –le contestó con sufrimiento–, ¿no has hablado con el arcipreste?

–Claro que he hablado ya con Miguel, desde primera hora. Dice que sería un error ceder ante las exigencias de la gente, pero él mismo está acojonado, perdóname la expresión. A esta gente ya no hay quien la pare, sólo el obispo, dice él. Don Dionisio será el único al que respeten. ¡Si hasta han arrancado el cartel de la iglesia y lo han hecho trizas!

Julián pensó que quizá a él mismo también lo respetarían. No es que él fuera muy conocido en ese pueblo, pero confiaba en su capacidad y en su experiencia como mediador en conflictos y nunca se amedrantaba ante este tipo de situaciones: tenía don para hacer frente a las jaurías reivindicativas; además, podía esgrimir la autoridad que le daba el hecho de haber sido el adversario principal de don Leandro y el responsable de su destierro a Luzmela. Claro que para estar él mañana recibiendo junto al obispo a los luzmeleños se necesitaba un doble milagro...

Cuando acabó la llamada, se quedó como abatido en su sillón. Ni Natalia ni el médico le preguntaron nada y él se limitó a pedir a su hermana que bajase a comprarle el diario. Más que inquieto o desbordado, estaba realmente abatido por la situación, y por todo. Necesitaba una inyección de optimismo, pero el doctor Bello sólo pudo darle un antiinflamatorio nuevo sin dejar de asegurarle que el antibiótico acabaría siendo plenamente eficaz.

La lectura del periódico, pocos minutos después, le aportó una dosis adicional de desesperación. Era horrible la situación de la Iglesia en aquella diócesis. No había vocaciones, quedaban pocos curas y los que quedaban eran, en su mayoría, o muy pasotas o muy mediocres, más algún que otro tronado o perro verde que ladraba y además mordía. Ciertamente la grey cristiana estaba ensoberbecida y envenenada de demagogia, pero los curas no podían ir encima a provocarla con cartelones ni con gestos hirientes. Negar la comunión a la alcaldesa, que tampoco era una pecadora pública, tenía más de agresión y de insulto que de medida ejemplarizante. No, este don Leandro, de evangélico no tenía nada. Y a todo esto, don Dionisio a punto de anunciar al mundo en Santander que todo era mentira, que Jesucristo no era más que un sócrates provinciano del siglo I, sin nada que ver con esta Iglesia fundada no antes del siglo IV como una estructura de poder siempre al servicio de algún imperio terrenal. El panorama era como para salir corriendo.

Natalia le invitó a comer en su casa, junto a Paco y su sobrino, pero alegó que de momento no le apetecía tomar nada y que prefería dormir un rato. Eficaz como de costumbre, y sospechando que aquella última llamada de teléfono le había afectado por motivo que guardaba para sí, le recomendó que descansara toda la tarde con el móvil desconectado. Se despidió de él hasta la noche, dejándole surtida la nevera por si en algún momento le entraba el hambre.

Julián le hizo caso. Apagó el móvil, no sin antes enviarle un mensaje al obispo, el primero desde su confesión ("*D Dionisio, como esta? Cuando podemos volver hablar aunque sea como amigos?, yo llevo enfermo 3 días, aguardandole*"), un SMS que acaso nunca leyese, porque el hombre no debía ni de conocer ese recurso de los teléfonos portátiles. Luego intentó dormir, pero vio que iba a ser imposible, y la tarde se le presentaba larga y desesperante.

XXII

Mario Bulnes detestaba los días en que le ocurrían demasiadas cosas, y aquel 7 de octubre fue uno de ellos, un día aberrante, descabalado, de todo punto absurdo, tan refinadamente absurdo que de puro absurdo parecía demostrar la existencia de Dios, pero un dios que hubiera creado este mundo no por amor sino para demostrar por contraste que Él es el único orden y el único sentido posible.

Por la mañana, a la hora del café, acudió hasta la casa de la calle Antonio López a devolverle a Gándara la llave del apartamento que finalmente no iba a alquilar. Pero Gándara le dio plantón, si bien luego lo llamó por teléfono a la oficina para disculparse y prometerle que él mismo pasaría al día siguiente por la Delegación del Gobierno para recogerla. Ya avanzada la mañana, recibió otra llamada que en seguida vino a sugerirle que el plantón anterior podía haber sido cosa providencial: una dulce e inesperada Tamar Solano, que quería quedar con él aquella tarde y le propuso una cerveza juntos en la zona del Faro aprovechando el "maravilloso buen tiempo". Mario le afeó el pleonasmo pero aceptó naturalmente, sin molestarse lo más mínimo en disimular su euforia. Y no habían pasado ni diez minutos cuando recibió otra llamada inesperada como la anterior, esta vez de Arsenio, que le proponía ir con él aquella tarde a una conferencia de cierta profesora de Historia

Antigua de la Universidad sobre Prisciliano y otros interesantes herejes del Bajo Imperio. Como cebo le añadió que la profesora era una tipa de muy buen ver. "Lo siento, Arsenio –le dijo sin afearle ese comentario tan poco digno de él–, pero yo ya he quedado hoy con otra que sin duda tiene mejores vistas". Naturalmente, a Arsenio no se le ocurrió ni pensar que la respuesta pasara de ser una humorada típica de él.

Ya en casa, durante la comida, se desató una fuerte discusión con Susa. Los dos habían acordado el día anterior que la carta que iban a enviar por correo electrónico al departamento de la Federación Rusa que gestionaba las adopciones a extranjeros (una carta muy personal, con afirmaciones adicionales *ad libitum* sobre sus circunstancias familiares, que constituía el enésimo requisito para la entrega final de Irina) se la traduciría Paco Varga al ruso para mandársela en caracteres cirílicos, como archivo adjunto; pero, de pronto, Mario decidió que no debían pedirle ese favor a Paco. Por un lado no se fiaba ya de él y por otro se le ocurrió que podía mosquear a la muy quisquillosa burocracia exsoviética. Susa no lo entendió, se enfadó mucho y, antes de resignarse a redactar ella misma en su mediocre inglés el largo texto, le puso de vuelta y media, como si de algún modo intuyese que en el fondo era que al voluble de su marido se le estaba desinflando el entusiasmo por traer a Irina.

Mario reconoció en su fuero interno que, en efecto, estaba distanciándose otra vez, pero no sólo de aquel querubín lapón sino también, lo que era mucho más grave, de la que iba a ser su madre adoptiva. Y cuando salía de casa a su cita con Tamar, con una cazadora larga para taparse bien el paquete (que se le engordaba por momentos), tuvo clara conciencia de la suerte que había sido el plantón de Gándara por la mañana, porque, aunque era pronto para estar seguro, todo apuntaba a que por fin su relación con aquella belleza medusea iba por buen camino. En previsión de lo cual se cuidó de llevar consigo la llave del apartamento, que tal vez ya no le devolvería al día siguiente a su propietario.

La cita era a las seis en la esquina de Correos, donde ella lo recogería en su coche. Allí le aguardaba el segundo plantón del día, sólo que éste iba a dejarle noqueado. A las seis y veinte, Mario comprendió que había sido víctima de su propia candidez. No podía descartar que Tamar hubiera tenido algún contratiempo de última hora y comprendió que, en ese caso, un teléfono móvil en el bolsillo de la cazadora le habría sido de gran utilidad, pero lo más verosímil era que simplemente se le hubiese cruzado otro plan más interesante que ir a tomarse una cerveza con un hombre mayor, por mucho prestigio intelectual que lo aureolara. Era una mujer culta e inteligente, sí, pero él ya había constatado años atrás que la cultura y la inteligencia no representaban para ella el valor primordial en un hombre sino que había un par de cosas que ponía muy por encima. Y su estancia en París no tenía por qué haberla hecho cambiar en absoluto.

Se quedó tan chafado, que no sólo perdió la paciencia y abandonó la esquina de Correos sin molestarse en telefonearla desde una cabina para descartar la posibilidad del contratiempo, sino que perdió también todo deseo de encontrarse con ella y, en un acto de extrema abyección, decidió castigarse a sí mismo en la cafetería Lago, donde tras pedir una cerveza fue a masturbarse al servicio, como quien vomita después de varias horas de pesadísima indigestión. Fue un error tan terrible como preveía: se sintió como si hubiera perdido dos litros de sangre. Recordó que su última paja había sido la noche del 31 de diciembre de 1996, a consecuencia de otra discusión con su mujer, que quería a toda costa tomarse las doce uvas mientras él le proponía tener juntos un gran orgasmo. Para Susa, lo de las uvas ante el televisor era un rito inexcusable y no quiso ceder. Entonces él, mientras sonaban las campanadas, se fue a eyacular a la terraza contemplado las luces de la noche y tuvo el comienzo de año más deprimente de toda su vida. Pero ahora era peor aún. Mientras se bebía aquella amarga cerveza, se vio a sí mismo como un malversador, un hombre enteramente vil. Sobre todo, se sentía incapaz de regresar a casa a reconciliarse con Susa, cosa que se le antojaba lo más indigno de todo. No podía seguir jugando así con su mujer. Era evidente que no la quería, pero más evidente aún que la respetaba mucho, y ahí estaba quizá el mayor problema. Ojalá Susa fuese una petarda.

Tan bajo había caído, que no tuvo más remedio que dirigirse a la Universidad. La conferencia sobre Prisciliano le interesaba muy poco, pero quizá aprovecharía la oportunidad para hablar con Arsenio, para pedirle consejo. El único amigo de verdad, Arsenio Vega, el único hombre del mundo ante quien no le humillaba confesarse alguna vez deprimido, sobrepasado por las circunstancias de su vida. Por fortuna estaba solo, sin su mujer, y por fortuna la conferenciante resultó una progre más, una pedante que perdonaba la vida a Jesucristo, es decir, que defendía su existencia histórica pero bajándole los humos, poniéndolo en su sitio, un jesucristo afeitado, desmitologizado, un profeta brillante pero truncado antes de tiempo. Como además la profesora era, en efecto, de buen ver, al final fue copada por una multitud de alumnos y oyentes, de manera que no les quedó más remedio que irse los dos solos a tomar una caña. Y allí Mario le contó lo que le pasaba, es decir, lo de la llave, lo de Irina, lo de dejar a Susa o no dejarla. Arsenio estaba al corriente de sus problemas por causa de la adopción, pero nada sabía de una crisis matrimonial a punto ya de ruptura. Y fue muy severo con él: no se te ocurra... piénsalo bien... Susa es buenísima... no te equivoques... te vas a arrepentir... con toda seguridad... yo tampoco soporto a Emma, a menudo no la soporto... en el fondo nadie se lleva bien con la misma persona toda la vida, y qué importa eso... por favor no mates tu matrimonio... Pero Mario estaba tan bajo que no se atrevió a decirle que su matrimonio era ya un cadáver, que no había placer, pasión, tensión, vibración, compromiso, aventura ni nada. Ni se atrevió a insinuarle que su caso nada tenía que ver con el de él, un hombre convaleciente de un cáncer y que al menos compartía con su esposa una hija real. Sólo le preguntó si iba a retirarle su amistad en el caso de que dejara a Susa:

–No –respondió aún más severo–, serás tú el que me la retire a mí, porque yo seguiré siendo un gran amigo de ella.

Sin embargo, la conversación se alargó bastante y era ya de noche cuando Mario caminaba de regreso a casa en solitario por la Cuesta de San Simón. De pronto, fue abordado por una mulata algo madura a quien nunca había visto merodeando por el barrio.

–Cariño, te hago en un momento lo que me pidas, por dos papeles.

Se quedó atónito, y ella le señaló un callejón cercano, como si el único problema de su oferta fuera el terreno de juego.

–No, hija, lo siento –contestó él al fin–, me he quedado sin liquidez.

–Pues un papel sólo, mil pelas, te lo hago en un momentito...

–No, que no es por dinero, mujer, me refiero a otro tipo de liquidez, es que esta tarde he malgastado todos mis fondos por culpa de una furcia. Una pena, porque tú eres buena gente.

–Quinientas pelas no más...

Y se la tuvo que quitar de encima de un empellón.

Ya en casa, se encontró con que Susa se encontraba acostada y a oscuras. Él se sentía tan agotado, que no tardó nada en hacerle compañía. Al echarse junto a ella, le pareció que dormía, pero pronto dedujo que no.

–Susa –le dijo al fin–, mañana llamo a Paco para que nos traduzca la carta el ruso.

Ella tardó varios segundos en contestar.

–Ya nada. Ya la he enviado esta tarde en inglés.

–Vaya, lo siento. He pensado que Paco, a pesar de todo, lo haría muy bien. El ruso es para él el idioma más bello del mundo.

Hubo un largo silencio. Era evidente que Susa se encontraba infinitamente triste. Y entonces Mario se puso a meditar, inmóvil en la oscuridad, si la única posibilidad que les quedaba a los humanos de amar de veras a alguien era la compasión. ¿Podría él seguir el resto de su vida junto a Susa, sin amargársela, sólo por la razón de que le diera mucha pena romper el matrimonio?

–Te llamó por teléfono esa chica, Tamar –dijo ella al cabo de un rato con una voz de sonámbula; sin duda, se había empastillado de lo lindo.

–¿Ah sí? ¿Hacia qué hora?

–Sobre las seis.

–¿No dijo nada más?

Susa murmuró algo, pero ya estaba más dormida que otra cosa. A Mario le vino entonces a la memoria aquella frase certera de Tolstói: "La verdad es que la vida reside en un sinsentido". Y meditándola, de pronto, se sintió de nuevo bien, incomprensiblemente bien. El absurdo le sentaba bien.

XXIII

¿Existe Dios?

Tamar leyó para sí, aunque en voz alta y con retintín, el título del libro que había sobre la mesita de noche de Marcos, el consejero de cultura. Eran ya las dos y diez de la madrugada. Tamar acababa de ver en el vídeo *El Padrino III* y se disponía a acostarse. Marcos llevaba ya un largo rato en la cama, pero no dormía. Le había dado el sueño -él se sabía esa película casi de memoria- y con el permiso de ella había optado por acostarse porque al día siguiente tenía que ir muy pronto al aeropuerto. Pero acababa de levantarse a defecar hacía un minuto y la luz de la mesita estaba aún encendida.

–¿Te interesa? –preguntó él con voz soñolienta y la cabeza bajo el embozo.

–No mucho, la verdad, y menos después de ver este Padrino. El Vaticano es el nido del mal.

–Ya. Pero olvídate del Vaticano. Küng es un gigante de la cultura y del pensamiento sobre la religión. Para mí se ha convertido últimamente casi en una droga.

–Una droga dura –dijo ella apagando ya la luz. Luego se quitó la bata y se metió en la cama junto al consejero. Era muy tarde y ya no quedaba más que dormir. Llevaban juntos en el apartamento desde las 7. Durante varios minutos permanecieron en silencio e inmóviles, de espaldas uno del otro. Pero él ahora no dormía, estaba inquieto. Se dio la vuelta y besó a Tamar en la nuca. Ella tampoco podía dormir: la película la había impresionado de un modo extraordinario. Le daba miedo el poder oscuro de la Iglesia.

–¿Pero existe o no existe Dios? –preguntó de pronto.

–Existe Dios, puesto que existes tú –dijo él, acariciándole el ano.

Tamar se sintió incómoda. No le gustaban nada ese tipo de frases. Detestaba las groserías, pero especialmente las de orden escatológico y blasfematorio.

–No te pregunto por tus sentimientos hacia mí sino por la tesis del libro. Ese teólogo tan encumbrado, ¿a qué conclusión llega? ¿Hay Dios o qué hay?

–La tesis de Hans Küng es que, a pesar del Vaticano, a pesar del Santo Oficio, a pesar de Wojtyla, a pesar del fracaso histórico de la Iglesia, a pesar de la mala teología, y a pesar también del mal en el mundo, Dios existe.

–Pero, ¿qué clase de Dios?

–Podríamos decir que el dios amor, el dios de San Lucas y el de la primera epístola de San Juan.

Tamar detestaba asociar la idea de dios con la idea del amor. En realidad era lo que más detestaba de todo, porque no había cosa en el mundo que le pareciese más falso que eso. El único dios posible era un dios alien.

–Buf, yo ni loca me tragaría ese tocho para llegar a tal conclusión –le dijo.

–Tú eres poeta, y está claro que los poetas os movéis en otra órbita –repuso retirándole la mano de la raja del culo.

Luego se incorporó y hubo de ir nuevamente al váter. La cena, tal vez las ostras, que él mismo había preparado para los dos en su apartamento le había producido descomposición.

Tamar también se incorporó para colocarse unos tapones de algodón en los oídos. Quería, sobre todo, dormir y olvidar. Hubiera preferido no estar allí. Hubiera preferido otro hombre menos intelectual y sin resabios de exseminarista. Además, ella sabía que Marcos tenía los días contados en la consejería y volvería a convertirse otra vez en puto redactor de periódico, aunque ese periódico fuera *El País*.

XXIV

Cuando, ya muy avanzada la mañana, Michel Penagos leyó la noticia del escándalo protagonizado por don Leandro Chacón en su parroquia de Luzmela, sintió el vivo impulso de escribirle algún tipo de mensaje de apoyo, que en seguida dio paso al deseo de ir a visitarlo en persona aquella misma tarde. Acababa de recoger el coche del taller y le dolía tanto el dineral pagado por la reparación, que tenía prácticamente decidido privarse de cualquier viaje en lo que aún le quedaba de sus vacaciones, como no fuese ir algún domingo a Barreda con los dos niños. Pero Luzmela no estaba mucho más lejos.

No conocía personalmente a don Leandro. Se había confesado una vez con él, sólo una vez en su vida hacía ya cerca de veinte años, pero guardaba un recuerdo entrañable de aquel sacerdote. Fue poco tiempo después de salir de la Residencia Capitán Palacios, reconciliado con la sociedad y con los principios cristianos, aunque el cura de la residencia -prohibido usar la palabra reformatorio- le había metido en la cabeza que lo importante no era ir a misa ni decir siempre amén a la Santa Madre Iglesia sino cumplir los mandamientos de la Ley de Dios, que se encerraban en dos: amar a Dios sobre todas las cosas y al prójimo como a sí mismo; que al fin eran uno solo, amar, y el amar obligaba a veces a rebelarse y a desobedecer. Pero, por aquella época, a él le dio por acudir diariamente a la parroquia de la Consolación, donde empezó a aficionarse a las misas de don Leandro, un coadjutor todavía no muy viejo, sin otro motivo que encontrarlo simpático y sentir que le inspiraba una devoción sincera. A tal punto que un día decidió confesarse con él, y aunque ya se había descargado de sus horribles pecados de adolescencia en alguna ocasión con el cura del reformatorio, le pareció buena idea hacer confesión general de toda su vida, y ni corto ni perezoso le contó su historia completa de odios y violencia juvenil, sin excluir que una vez había partido la base del cráneo a un chico del instituto que llevaba todo el curso burlándose de él, lo cual fue la causa de su internamiento. Don Leandro lo escuchó, lo felicitó, le regaló el perdón divino más súbito, y al final, tras la bendición, le asestó una palmada magnífica en la espalda, cuyos efectos confortativos le duraron largo tiempo. Por aquel entonces hubo de cambiarse de domicilio junto a su madre, y así se fue distanciando para siempre de aquella parroquia y del coadjutor, pero no se borró su recuerdo ni menguó nunca su gratitud. Don Leandro representaba para él el momento más auténtico de su reconciliación con Jesucristo, y le parecía que ningún otro cura de cuantos después llegó a tratar, incluido el mismo Julián Bedia, transmitían con tanta convicción la palabra de Dios. Por eso, al leer aquella información en la prensa, aquella especie de levantamiento popular contra él, que ya rondaría la ancianidad, se sintió compelido a hacer algo.

Claro que quizá era imprudente presentarse en el pueblo sin una información más precisa. Lo que ponía el periódico era poco de fiar: acaso podía tratarse de una jarana política, o pudiera ocurrir también que don Leandro, con el paso del tiempo, se hubiese vuelto un cura fanático e intolerante y se merecía aquella rebelión de su grey. Por lo demás, él no tenía costumbre de dar la cara en ese tipo de situaciones. Quizá fuera mejor esperar un poco, sí, incluso consultar en el obispado antes de ponerse en ruta. Pero no sabía a quién recurrir, máxime estando enfermo don Julián. Como era propio de él, dio infinitas vueltas a la cuestión sin decidirse, hasta que ya pasadas las cinco -bien como si la Providencia hubiera acudido en su ayuda- recibió una llamada de su exmujer para decirle que los dos niños estaban con algo de vómitos y que no era bueno llevarlos aquella tarde a clase de inglés. Así le fue removido el último obstáculo, en el fondo el más importante, y ya no tuvo duda. Un rato después, bajo el sol todavía duro de una tarde de primeros de octubre, conducía su modesto R-5 hacia el interior de la provincia.

El pueblo, en el que nunca había estado, era de caserío disperso y poco característico. Hubo de preguntar a un ciclista para dar con su plaza o lugar central y no se equivocó al suponer que la iglesia no se hallaría muy lejos. Aparcó el coche y caminó hasta ella. Pero era pronto todavía para la misa de la tarde y, naturalmente, la puerta estaba cerrada y el lugar desierto. Algo, sin embargo, llamó su atención: una pancarta mal puesta, pero bien visible, en la fachada del templo, que rezaba así con letras de trazo macabro:

DON LEANDRO DIMISION

NO QUEREMOS LA INQUISICIÓN

Buscó a quién preguntar de nuevo, y unas mujeres que lo estaban observando sentadas a la sombra -unas mujeres que parecían del pueblo aunque su aspecto no era nada rústico- le dijeron que la misa de la tarde estaba suprimida porque el cura se había ido sin dejar aviso. Michel se atrevió a preguntarles a bote pronto qué había pasado con él exactamente.

–Nada, ¿no lo sabe? Que se tiene que ir del pueblo. Que la gente ya se ha hartado. ¿Usted de dónde es?

–Yo soy de Santander... ¿Y por qué se ha hartado la gente?

–Lo trae hoy el periódico. Porque echa al pueblo de la iglesia. Porque es un carca y un dictador.

–Ya. Y ¿ha desaparecido así, sin más? ¿No tendrá miedo a que lo linchen...?

–Ese no tiene miedo a nadie. ¡Menudo es!

–¿Pero cuándo desapareció? ¿Hoy mismo?

–No, no, el domingo. Este domingo vino a decir misa a su hora de siempre, las doce, y se encontró con todo el pueblo en pie de guerra. No le dejaron entrar en la iglesia. Cerrado el paso. Le dijeron que la iglesia no era suya y que no le querían más aquí.

–¿Le dijeron que no era suya? ¿La iglesia de quién es entonces?

–Del pueblo. Aquí todos piensan ahora eso. Los curas están para atender al pueblo, no para ponerlo de rodillas.

–Ya, ya entiendo. ¿Y al verse en esa situación qué hizo?

–Se quedó blanco como esa pared, no se lo esperaba. Pero luego se remontó mucho y dijo que iba a denunciarlo a la Guardia Civil. No sabemos si lo denunció. El caso es que no ha vuelto por aquí y nadie tiene noticia de él. Han venido periodistas a preguntar, pero nada, está desaparecido.

–Vaya, qué cosas pasan. Pues yo es que soy antiguo conocido de él y me he acercado desde Santander a ver si decía misa y a saludarle. ¿Ustedes saben por casualidad dónde vive?

–No vive aquí. Siempre ha vivido en Sancibrián. Va y viene por los pueblos con una moto que tiene un maleteruco atrás, como si fuera un repartidor de pizzas. Se aloja en una casa de labranza con dos personas mayores. Usted será periodista también, claro.

–No, señora, no se mosquee usted. Soy delineante. Ni periodista ni curioso. Nada más quería hablar con ese cura porque fue amigo mío, aunque hace mucho.

Y sintiéndose extrañamente envalentonado, Michel Penagos volvió a su vehículo y se puso en camino hacia Sancibrián, cuando ya la tarde empezaba a declinar. Sancibrián era una pedanía más rústica, muy extensa, y le costó encontrar la cantina, porque no quiso preguntar a ningún viandante por la casa donde se alojaba don Leandro. Media docena de parroquianos veían en la televisión un partido del Barça contra un equipo ruso.

Se hizo servir en la barra un Schweppes de limón y formuló su pregunta al cantinero con el tono más desenvuelto que le fue posible.

–¿Sabe usted dónde vive don Leandro, el cura éste de la polémica? Me han dicho que para en este pueblo. No soy periodista, soy un viejo amigo suyo.

El cantinero le miró con una larga mueca de estupor que finalmente no se correspondió con la respuesta, muy flemática.

–Paraba con un matrimonio mayor, pero ahora ya no. Creo que lleva una temporada yendo a dormir a Torrelavega.

Aunque Michel había preguntado y el cantinero respondido a media voz, y pese al volumen alto y la emoción del partido, un parroquiano enormemente barbudo que, más que un hombre era una barba a un hombrecillo pegada, se inmiscuyó en la conversación.

–Oiga, a ese cura aquí no lo busque. Aquí como si nunca hubiera estado.

–Ah, vaya... y por qué, si puede saberse –dijo Michel.

–Porque aquí en Sancibrián no encontrará ni una persona que hable bien de él –terció otro parroquiano que se escarbaba la dentadura con un palillo.

–Pero ¿qué ha hecho de malo? Porque yo traté mucho con él hace quince o veinte años, y era un buen sacerdote. Lo del periódico de hoy me ha sorprendido, por eso he venido a enterarme.

–Pues mire, se lo voy a contar yo. Primero, ese cura está contra la democracia. Segundo, ese cura no es normal, no hay quien lo entienda, se cree en posesión de la verdad. Siempre tiene la razón. Y tercero, se cuentan cosas de él que no son ni medio normales.

–O sea que es anormal –dedujo Michel con toda candidez, sin ánimo de burla–, ¿y qué tipo de cosas se cuentan, si no es indiscreción?

–De cuando vivía en Santander, que era un putero –explicó el del palillo–, con el pretexto de convertir a las putas, primero se las pasaba a todas por la piedra, y luego las anunciaba el Evangelio.

Y de inmediato se desató un coro de carcajadas estrepitosas en la cantina. Rieron todos, hasta el cantinero, y el que más el barbudo. Por su parte, el que había hablado se sacó el palillo de la boca y con él en la mano parecía dirigir el coro, como si fuera la batuta.

Michel calló, abochornado y realmente rojo de vergüenza. Cuando las risas se calmaron, pagó el Schweppes, se ahorró cualquier comentario y se fue de la cantina. Ya en el coche, reflexionó sobre la aventura que estaba viviendo, y a la sensación de inmenso ridículo que tenía se le sumó la sospecha de llevar media vida engañado, inmerso en el error más pueril. Y era duro descubrir que tipos como el maromo que vivía con su madre, o como el mismo Mario Bulnes, tenían toda la razón. Necesitó unos cuantos minutos para asumir el fiasco y poder arrancar el coche con la certeza de poder controlarlo. Sin embargo, apenas llevaba cinco o seis kilómetros en dirección a Santander, empezó a sentirse dominado por la ira. Aquellos tipos se habían reído miserablemente de él. Fue como si de súbito resucitara la fiera que aún llevaba dentro, cuando menos podía esperarlo. De modo que detuvo el coche, dio la vuelta y emprendió el camino de regreso a Sancibrián. Su capacidad de autodominio sólo le dio para moderar el pie y no incurrir en exceso de velocidad. Aparcó en el mismo sitio de la vez anterior. Sudaba tanto que hubo de quitarse por fin la americana, pero, mientras lo hacía, su mirada se paró por un instante en la foto de los dos niños que llevaba en el salpicadero junto a una imagen de la Virgen de Garabandal. Entonces supo que la Providencia volvía a auxiliarlo *in extremis*. Supo que iba a despedazar al hombre del palillo y se contuvo.

Cuando terminó de despojarse de la americana, arrancó de nuevo el coche camino de Santander. Era preferible dar por zanjado el incidente, ofrecer a Dios aquella humillación y reconocer que había obrado de forma temeraria al emprender el viaje, que se había dejado llevar de un sentimentalismo imbécil, o de una deplorable falta de resignación ante su situación de aislamiento. Pero tampoco esta vez logró llegar a la autovía y persistir en su propósito de retirada. Volvió a parar el coche y, durante varios minutos, se vio completamente incapaz de tomar una decisión: estaba atrapado en la carretera, como víctima de un maleficio, sin poder seguir adelante ni volver para atrás.

Hasta que al fin se fue dando cuenta de que lo peor de todo sería regresar a casa, además de desairado, con las manos vacías. No perdía nada por agotar aquel intento de ver en persona a don Leandro. Ya de estar haciendo el imbécil, mejor hacerlo con todas sus consecuencias. Condujo, pues, de nuevo a Sancibrián y volvió a aparcar por vez tercera junto a la sórdida cantina, que ahora, con las luces dadas (estaba comenzando a anochecer), parecía un lugar muy diferente. Los parroquianos de antes se habían marchado. El cantinero lo miró sin mover un músculo de la cara. Michel solicitó otro Schweppes de limón y le preguntó si podía indicarle la casa de aquel matrimonio anciano a la que se había referido antes.

–¿La casa de Cipriano y Julia? ¿Pero va ir usted a estas horas?

–Eso quisiera. Se lo agradeceré mucho. Ya le dije que soy un viejo amigo del cura y quisiera verlo hoy mismo.

El hombre asintió y procedió a darle las indicaciones, no fáciles de entender, para encontrar la casa en cuestión, y lo hizo tomándose su tiempo, de tal modo que, cuando Michel volvió a la calle, era ya noche cerrada y en seguida se sintió desorientado, por lo que hubo de volver a la cantina y pedir un tercer refresco, aunque también era verdad que su garganta lo necesitaba. El cantinero, siempre parsimonioso, repitió sus prolijas explicaciones sin perder un átomo de paciencia.

Pagada la consumición, Michel echó a andar en la oscuridad y pronto le pareció que todas las calles eran iguales: dar con la casa era empeño inútil. Acabaría por perderse del todo en la mitad de aquel pueblo maldito. Ni había un alma a quien preguntar, sólo los ladridos de los perros que iban creciendo aquí y allá y conformando una antífona lúgubre. Y el relente de la noche empezaba a notarse.

Pero Michel no se desesperó. La fe es esto, se dijo. Ahora mismo estoy salvado. Si no hubiera sido por la foto de mis hijos junto a la chapita de la Virgen, a esta hora no estaría aquí, perdido en un pueblo solitario pero libre para volver a mi coche y regresar sano y salvo a casa. A estas horas estaría ya en la cárcel por haber, quizá, matado a un hombre, y habría arruinado mi vida para siempre.

XXV

Julián Bedia llevaba un buen rato oyendo cantar a aquella pobre mujer. No era delirio ni sueño; después de una larga siesta, estaba despierto, ya sin nada de fiebre, decidido a levantarse y ponerse en acción. La habitación se encontraba a oscuras; al irse, Natalia le había cerrado incluso la puerta. Julián miró los puntos luminosos del reloj de su muñeca. Aún faltaba una hora larga para que regresara de la academia; quizá debería mandarle un mensaje para que supiese que la cosa iba bien, por fin bien; se había ido muy preocupada por el cariz de su enfermedad, pese al antibiótico y la cortisona; ahora sentía recobrar todas sus energías, incluso la voz recuperaba ya el timbre. Era el momento de encender el teléfono móvil. No había mensajes en él ni aviso de llamadas perdidas. Escribió a Natalia: "Estoy mejor, ya sin décimas, no vengas a todo correr". Encendió también el flexo.

Hacía mucho que no oía a aquella cantante. Era Fernanda Varga, la hermana de Paco, fallecida hacía ocho años. Era su voz grabada en una casete. Cuando Chele, su hijo, vino a vivir a casa de Natalia y Paco, al principio le ponían con frecuencia aquella cinta, y Julián pudo oírla en alguna ocasión. Pero luego dejaron de hacerlo porque al chico no le sentaba bien escuchar a su madre. Tenía una voz bellísima, una voz de dulzura angelical que cantaba romanzas de zarzuela y canciones españolas alegres. A Julián le sorprendió que precisamente hoy al chico le hubieran vuelto a poner aquella música que, al parecer, le hacía llorar. Fernanda Varga fue una mujer desgraciada, no como lo son la mayoría de las mujeres de este mundo sino a su manera. Fue una rebelde sin causa y una artista sin éxito. Pudo haber sido una soprano excepcional, pero era todo lo contrario de disciplinada, era voluble y caprichosa, y además no era guapa. Acabó sus estudios en Milán y cantó en lugares famosos, pero no llegó a nada, no grabó ningún disco, sólo aquellas cintas que guardaron sus hermanos. Un constructor vasco se enamoró de ella e hicieron una boda prematura. Ella siguió cantando donde podía, nunca supo hacer otra cosa. Chele fue el resultado de la tendencia de ella a la levedad y al desorden. Un terrible cáncer de esófago la atrapó a los cuarenta años.

Aunque no, quizá no era Chele el que estaba escuchando la música. Chele debía de estar aún en la biblioteca pública adonde Natalia lo mandaba a estudiar algunas tardes. Era Paco, sin duda. Al hombre le habría llegado el momento sentimental. Tal vez no le quedaba ya en esta vida otro aliciente que sus recuerdos, pero esos recuerdos tenían que ser tristísimos, porque allí donde pusiera los ojos sólo podría encontrar truncamiento y fugacidad: desamor, siempre y en todo lugar un gran desamor. Paco no sabía querer, o no sabía hacerse querer, ¿o era que no había podido encontrar quien lo quisiese? ¿Qué fue antes, el huevo o la gallina? Por más vueltas que llevaba dándole desde hacía años, Julián nunca llegaba a formarse un juicio seguro sobre las causas de su fracaso matrimonial. De las palabras de Natalia no podía fiarse. Era una mujer apasionada y con poca capacidad para la autocrítica. Debía reconocerlo honestamente: Natalia no tenía una conciencia muy fina. Era lo que antes solía llamarse "una mujer carnal". Sólo que era fuerte, lo bastante fuerte para estar en todo momento a la altura de sus obligaciones y no decepcionar nunca a nadie. Esa suerte había tenido. Paco, en cambio, era débil, como su hermana Fernanda. La genética lo había dispuesto así, y eso, ante Dios, quizá fuera a servirle de descargo. Acaso la justicia de Dios premiase al pobre que era Paco y apartase a la hipócrita que era Natalia. Con el Evangelio en la mano cabía creer algo de esto, a no ser que Paco rechazara a Dios con soberbia, como había soñado la madrugada anterior. ¿Quién podía saberlo? Julián no tenía derecho a juzgar, ni siquiera a estar dolido con él por su falta palmaria de afecto fraterno. Pero era penoso que tampoco pudiera sentir la menor lástima de ese hombre, lo que sólo venía a demostrar en el fondo que la auténtica caridad cristiana él sólo la conocía por el forro, sin que sirviera de excusa que llevase cuatro días enfermo de consideración y aún no hubiese cruzado el rellano de la escalera ni una vez para visitarlo. Hizo un esfuerzo por apartar de su mente cualquier hipótesis rara, de signo espiritual, que explicase aquel distanciamiento, pero no pudo dejar de decirse que le estaba haciendo daño, que empezaba a complicarle mucho la vida, y que su única vía de escape sería tener que irse de la ciudad, que la Santa Sede se acordara de él, si la cosa estaba de Dios.

Sonó el teléfono fijo, y se levantó como un resorte a descolgarlo, pero la llamada cesó pronto, para reaparecer segundos después en el teléfono móvil. Un número desconocido. Oyó una voz que no pudo reconocer a la primera.

–Menos mal, don Julián, veo que ya le acompaña la voz...

Era la monja, sor Marta Barturen, y una ráfaga de inquietud le sacudió el estómago. Más que oírla, le parecía estar viéndola allí mismo.

–Vaya, qué sorpresa. Estoy mejor, sí, pero sólo desde esta tarde. Y ya era hora. Cuénteme, sor Marta.

–Pues quería hablar con usted, si puede...

El tono con que lo dijo le sonó duro, acusatorio, a pesar de que Julián no tuvo duda alguna sobre el objeto de aquella llamada.

–Por supuesto. Mañana mismo saldré ya a la calle, espero. Lo más pronto que pueda iré por mi despacho, por la mañana. Allí la recibo.

–¿Y no podríamos hablar ahora mismo?

Volvió a sentir la ráfaga. Era cierto que aquella monja le intimidaba mucho. Realmente le parecía estar viendo el fulgor flagrante de sus ojos.

–¿Tan urgente es?

–Muy urgente.

–Bueno, bueno. Pues dígame entonces...

–No, por teléfono no. Esto es para hablarlo vis a vis. ¿Puedo ir a verlo a su casa?

–¿Venir ahora? Jo, pues sí que es grave la cosa, pero vale, ¿por qué no? ¿Sabe dónde vivo exactamente?

–Lo sé. Le voy a hacer una visita. Como si dijéramos una visita profesional. Usted ya sabe a qué me dedico yo.

–Sí, sí, no hay problema. Ahora mismo estoy solo. Puede que en una hora o menos esté aquí ya mi hermana, que vive en el piso de enfrente y me cuida mucho. Pero no habrá el menor problema.

–¿Cómo lo iba a haber? Yo soy una monja de la caridad que, o bien visita a un enfermo, o bien acude al sacerdote a pedirle consejo espiritual. Todo en orden, ¿no?

A pesar de todo, le costó terminar de levantarse de la cama; pero tenía que hacerlo para ventilar y recomponer la habitación antes de que apareciera la monja. El problema era que Natalia llegaría probablemente, una vez más, con Mireia, y no podía echarla del piso ni hacerla recluirse en el pequeño cuarto donde había dormido las noches anteriores. Tendría que hacerle ver alguna vez que esa situación no debería prolongarse más tiempo.

Estaba impresionado con el desparpajo de sor Marta. Que era muy audaz e inteligente lo sabía, pero aquella iniciativa tan arrolladora le había puesto nervioso, y le irritaba reconocerlo. Indudablemente venía a hablarle de don Dionisio, y él era consciente de que esa era la cuestión que más debía importarle, pero, acaso por el hecho de que el propio obispo le hubiera desaconsejado que tratara con ella el asunto de su apostasía, no podía dejar de temerse que el motivo de su visita fuese a resultarle comprometedor, si no directamente nefasto.

Cuando llegó Natalia a casa, antes de lo esperado y sin Mireia, Julián tenía ya el piso presentable. Incluso él mismo iba notando que recuperaba las energías con rapidez asombrosa. Se había puesto una bata grande, que casi le daba calor, y estaba sentado en su rincón de lectura, con un libro sobre sectas -*Los nuevos movimientos religiosos*- entre las manos. Natalia entró, como de costumbre, cargada de bolsas y un poco jadeante (aquellos días siempre le daba preferencia a él). Traía una chaqueta de sastre muy llamativa que nunca le había visto, que parecía formar parte de un uniforme de gala. Le gustaba ir lucida y elegante a la academia, pero nadie podía reprocharle que no se lo ganara con el sudor de su frente. Julián apenas quiso hacer comentarios sobre su repentina mejoría ni sobre la inminente visita de sor Marta Barturen, de la que la avisó al punto, con gran sorpresa de ella. En cambio le preguntó qué había pasado con Mireia.

–Nada, que a su padre le dio ayer de repente por irse a Alicante a lo del Inserso y esta misma mañana se ha cogido el tren de las ocho y se ha largado él solo. O sea que ya ha podido volver a casa. Allí la dejé con su madre.

Julián movió la cabeza. Aquello no era normal, no lo era en ningún sentido

–A esto hay que buscarle alguna solución, Natalia.

–No hay solución, hermano –le replicó–, con ese hombre hay muy poco que hacer.

–Ya hablaré yo con él cuando vuelva, le haré ver la joya de hija que tiene, que a lo mejor no lo sabe. La gente a veces se ciega con las personas cercanas.

–Que no, Julián, que no. No te empeñes en eso. De hecho yo ya he hablado un montón de veces con ese hombre. Ese hombre está loco, y siempre es lo mismo. A ti hoy te puede poner buena cara, pero al día siguiente va y la vuelve a armar. Porque es así. Está loco y además es malo.

–Una de dos, Natalia: o loco o malo. Porque si está enfermo de la cabeza, no tendrá la culpa. Lo que habrá es que atenderlo.

–Qué pena, hijo, que las buenas intenciones sirvan de tan poco. Ningún tratamiento médico curaría a ese individuo, te lo puedo asegurar. Hay seres humanos que son muy tercos, incorregibles como alimañas. Y lo peor: el hijo que tiene, el hermano de Mireia, es parecido a él. Gente de un egoísmo tóxico. Propenden a hacer daño, están hechos de una pasta así, igual que hay otros que están hechos de la pasta contraria.

–¿Y tú no crees que la mano de Dios puede hacer algo, puede abrirle los ojos a ese hombre y que vea por fin el mal que hace a dos mujeres buenas, su propia mujer y su propia hija?

–Estás hablando de un milagro, y milagros ya sabemos que sólo los justos.

–No, no estoy hablando de Lourdes, Natalia, estoy hablando de que el bien puede vencer al mal por la gracia de Dios, y de hecho lo vence muchas veces. Una gracia que Dios puede dar con la oración y las buenas obras.

–Claro, tú estás hablando desde la fe...

–¿Y qué es, que tú no tienes fe, hermana?

–Yo sí la tengo, pero lo que veo cada día más claro es que los hombres abusan mucho de las mujeres, y no hay derecho.

Julián observó que, al decir aquello, Natalia había enrojecido de súbito y se quedó callado por un momento.

–Chica, no sé a qué viene eso –dijo al fin–, toda generalización es mala. Entiendo a las feministas, pero no creo que sea propio de ti adoptar ahora esa postura. Tú te has hecho cargo de cuatro hombres, pero al fin y al cabo nos has dominado a todos, ¿o no?

–Qué remedio... En fin, luego seguimos hablando. Voy a dejar esto y a ver cómo está el panorama en el otro lado, que esa es otra...

Pero en aquel momento sonó el timbre del portero automático.

–No tengo ninguna gana de estar con esa monja –dijo Natalia–, le abro la puerta, la saludo y me voy.

Pero resultó que no era sor Marta sino el doctor Lázaro, que venía a realizar la tercera visita al venerado director espiritual de su madre y que entró pidiendo excusas por lo intempestivo de su aparición.

–Nada, no te preocupes, ya estoy perfectamente, ya no hay infección que valga –le dijo Julián, casi alborozado. No obstante, el otorrinolaringólogo procedió a mirarle de inmediato las tres vías, para confirmar que la mejoría era manifiesta. Pero no había que descuidarse con la medicación sino seguir con el antibiótico hasta el final.

–A las bacterias y estreptococos no hay que darles cuartel alguno. Pena de muerte.

–Como a los terroristas –apostilló el médico mientras guardaba en su mariconera de piel el endoscopio y las lentes.

–Yo desde luego –intervino Natalia– a los terroristas sí que les aplicaba la ejecución. A los que mataron a ese chico, Miguel Ángel Blanco, ¿tenerlos en la cárcel bien mantenidos una serie de años y luego a correr?

–Garrote vil, por supuesto que sí –contestó el otorrino–, como se hizo toda la vida con los asesinos fríos.

–Bueno, Carlos –cortó el cura–, ¿qué tal tu madre? Este sábado iré a verla ya sin falta.

–Está bien... Tiene ratos. A veces le da por hablar y no cuelga el teléfono. Otras veces se ensimisma y se pasa el día en el séptimo cielo. Es un poco mística. Empieza a rezar el rosario, y nunca sabemos si lo acaba porque se queda como en trance. Dice que está en oración mental, pero se tira horas así. La cabeza no parece que se le vaya, por el momento.

–Tu madre es una verdadera santa y además una mujer muy sensata –dijo Julián con rotundidad–, a mí me enriquece hablar con ella.

–Pues si usted lo dice...

–Carlos, quédate un poco y te tomas algo. Le haces un poco de compañía al convaleciente.

–No, hombre. Seguro que tiene prisa y ganas de verse en casa.

–Te lo agradezco mucho, Natalia –dijo el médico–, pero creo que ya no son horas de andaros entreteniendo. Tendréis que hacer.

–Él ahora no tiene nada que hacer ni va a cenar todavía. Está esperando otra visita, sor Marta, la del Albergue, ¿usted la conoce?

–Joplá que si la conozco –repuso el médico dando un respingo–, ¿y va a venir ahora aquí?

Pero los dos observaron que Julián empezaba a poner mala cara ante el sesgo de aquella conversación. Era una evidencia que quería quedarse solo, e inmediatamente salieron juntos. En el descansillo, antes de despedirse, el doctor Lázaro preguntó a Natalia qué opinión tenía de esa monja.

–No sé qué le diga. Es demasiado radical. De tan humana resulta casi inhumana.

–Ahí, ahí –rio Lázaro–, yo la tengo por muy soberbia. Y muy política. Hace un tipo de política que ya sabemos cuál es. En la línea de muchos curas de hoy. Hay un cura ahora ahí en los jesuitas que cada vez que voy me tengo que salir de la iglesia, porque es que me echa. Todo lo que no sea teología de la liberación es fariseísmo. Yo le he oído poner a parir al Papa.

–Qué mal. Cuánta división hay en la Iglesia. Esto es lo que más le duele a Julián: que haya tantas críticas de unos a otros.

–Pues esta sor Marta es que no deja títere con cabeza. A Arancha, mi mujer, que es voluntaria del Albergue de Transeúntes, la tiene frita. Sin embargo, vaya fama que goza en

Santander. Aquí es una autoridad. La critican muchos, pero vamos, ni que fuera la Madre Teresa de Calcuta. Claro que es mucho más guapa que la Madre Teresa. Es ya una vieja, pero cómo se conserva la tía. Qué ojazos tiene.

Natalia reprimió una carcajada y aprovechó el exabrupto del médico para despedirlo de un modo casi imperativo, no sin darle las gracias del modo más expresivo que pudo.

Julián había reanudado la lectura del libro sobre las sectas, pero pronto lo invadió una gran fatiga, no sólo por la debilidad física sino por el hastío que le producían las locuras religiosas del ser humano. Durante un tiempo se había interesado por aquel fenómeno, más que nada ante la necesidad de conocer de buena fuente lo que hubiera de cierto en los grupos más activos en la diócesis, como los Testigos de Jehová o los Mormones, y de ahí había pasado a sentir una cierta curiosidad personal por los disparates a que podía conducir esa extraña facultad humana de creer en lo increíble. Pero ahora ya le asqueaba todo aquello: y no tanto el delirio ni el desvarío mismo como el poder de seducir y embaucar con estúpidas fantasías del que estaban tan dotados un montón de hombres criminales. Podía llegarse a la conclusión de que el ser humano no era sólo el único de todo el universo capaz de engañar, sino el único capaz de ser engañado.

Dejó el libro. Para fabulaciones, prefería leer una novela, una buena novela religiosa. Tenía sobre su mesa desde hacía varios semanas *El poder y la gloria*, que tanto le había recomendado un canónigo de Asturias. La historia de un cura mejicano lascivo y alcohólico que sin embargo fue mártir en los tiempos del presidente Elías Calles. Pero le daba enorme pereza empezar con ella. Sería, sin duda, muy bonita y edificante, pero no creía posible que un cura así acabase dando la vida por cumplir su misión sagrada. Julián se quedó sumido en una penosa elucubración, hasta que de repente cayó en la cuenta de que ya daban las diez y media de la noche y sor Marta no venía. Entonces fue consciente de cuánto lo estaba deseando. Necesitaba casi con ansia hablar con ella. A duras penas resistió el impulso de llamarla por teléfono al Albergue. ¿Por qué se retrasaría tanto? ¡Joder con las personas carismáticas!, rugió en su interior. Serían muy valiosas, pero también muy poco serias. Con el pretexto de atender un caso sobrevenido o la inspiración de un momento, se liberaban alegremente de la palabra dada y nadie se atrevía a reprochárselo. Lo probable es que le hubiese surgido algún imprevisto que reclamó su acción caritativa sobre cualquier otra prioridad y se habría olvidado hasta de llamarle a él para excusarse, porque, desde luego, lo que menos se esperaba de sor Marta Barturen es respeto a los curas, a los que solía poner como chupa de dómine cuando no eran lo bastante aplicados en lo social (casi ninguno).

La debilidad, el hastío y la impaciencia por el retraso de la monja dejaron paso en su ánimo a un profundo desaliento, que se convirtió en el silencio y el vacío de la noche en una sensación de total perplejidad. ¿Qué estaba ocurriendo allí? ¿Qué hacía él esperando a que una religiosa se dignase visitarlo para hacerle, o tal vez más bien arrancarle, confidencias sobre un caso terrible del que él mismo no estaba autorizado a hablar? Mañana por la mañana, después de cuatro días de baja, se dirigiría al obispado y se haría cargo nuevamente de sus pesadas obligaciones, disimulando de la mejor manera que el pastor de la diócesis, el maestro en la fe de todos los católicos de la provincia, le había revelado a él (sólo a él y a aquella monja carismática) que la fe que profesaban era un puro cuento, un engaño instituido que no podía perdurar mucho tiempo más.

Y aunque pensó que debiera sentirse orgulloso de la confianza que en el fondo don Dionisio había depositado en él, y además, sentirse estimulado por la responsabilidad excepcional que el caso le arrojaba, prevaleció en él la congoja de la incertidumbre. Empezó a pensar que aquello le superaba por completo, que estaba demasiado solo, sin nadie a quien recurrir (su confesor habitual, don Belarmino, era un anciano candoroso a quien no podría ni mentar la situación), demasiado falto de fe también para comprender que aquello tenía todo la pinta de ser una gran prueba que Dios había querido darle y de la que acaso iba a resultar indigno. Y la congoja era tan profunda que en aquel instante sintió que todas sus facultades se hallaban bloqueadas.

Fue a la cocina a comer algo para tomarse el antibiótico y reconoció que, si había deseado que Natalia no volviese aquella noche para no tener que hablar con ella de sor Marta y de sus faltas de formalidad, ahora hubiera preferido tenerla allí consigo. Pero también ella parecía haber hecho mutis por el foro. No se oía el menor ruido en la otra vivienda. Extrañado, prestó la máxima atención durante algunos minutos, y todo era silencio. ¿Sería posible que Natalia hubiera tenido que salir de casa nuevamente por causa de Mireia?

Decidió recurrir a la oración, pero apenas había tomado el *Diurnal* para rezar completas cuando de pronto, a través de la pared del salón, volvió a oír la voz de la cantante. Se diría que en aquella casa se estaban volviendo todos locos. Fernanda cantaba un aria muy conocida de la *Canción del Olvido*. Fue sólo un par de minutos, luego Paco debió de quitar ya la cinta, pero la voz angelical se le metió muy adentro. Por muy liviana y por muy fea y hasta sucia que hubiese sido aquella hermana, comprendió que el pobre Paco hallase ahora en la belleza de aquella voz el único consuelo que podía quedarle en esta vida.

Con el *Diurnal* entre las manos, don Julián se distrajo recordando la voz de su propia madre, fallecida hacía ya treinta y tres años; y en seguida acudió también a su memoria la voz de otra mujer, fallecida hacía ya veintiséis. Las dos tan cotidianas en su vida, sus dos cimientos espirituales, según solía proclamar a cualquiera que quisiese oírle. Entonces le vino al pensamiento la frase de un escritor, tal vez Albert Camus, aquello de que la mujer era lo único que nos ha quedado del Paraíso. Pero Dios, es decir, el Dios encarnado, había escogido ser hombre, varón. Y eso sin duda podía tener un sentido, o quizá carecía de él, era un defecto de la primera revelación que la Iglesia había venido a suplir elevando a una mujer a la categoría más alta.

Se había distraído rezando completas, y luego, para enmendarse, tomó el rosario, pero en seguida su mente se volvió a fugar.

SEGUNDA PARTE

I

Era ya de noche y Tobías seguía en su despacho, esperando. Había apagado el ordenador, había estrujado el último cigarrillo en el cenicero (con el firme propósito de no fumar más en todo el día, al menos mientras permaneciera allí) y jugueteaba como un adolescente con su teléfono móvil. No tenía prisa, pero le impacientaba un poco aquella situación. Debía aguardar a que Lucio Pereda terminase de hablar por teléfono en el despacho contiguo, pero la conversación parecía interminable. Lucio había pasado día y medio sin salir de la clínica por una complicación en el posoperatorio de su mujer, y por fin a las ocho pudo llamar a Tobi para pedirle que lo esperara en el despacho: Mariola estaba ya fuera de todo peligro. Llegó pasadas las nueve y media y lo invitó a cenar algo en el Hotel Bahía, pero antes le urgía hacer una llamada. Llevaba ya tres cuartos de hora con el teléfono.

Para aliviar la espera, Tobías tuvo de repente una idea: llamar a Diana Serantes, preguntarle por su bebé. Lo había descartado durante todo el día, pero ahora le pareció que ese gesto estaría muy bien. No era seguro que en aquel momento la chiquilla tuviera ninguna necesidad de él, probablemente seguiría acompañada de un montón de familiares histéricos, pero en cualquier caso su llamada jamás resultaría fuera de lugar. Marcó el número y no hubo respuesta. Eran las diez y veinte de la noche. Un minuto después, justo cuando oyó que Lucio se despedía por fin de su interlocutor telefónico, empezó a sonar su móvil: Diana le devolvía la llamada.

–Hola, Diana, ¿cómo está tu criatura?

–Está mal. Muy grave. Lo están mirando y venga mirarlo. Es algo de corazón, pero no dan con lo que tiene.

Sorprendentemente, la chica parecía tranquila. Su voz era triste, pero se diría que muy serena y resignada, como si se hallara libre de su habitual entorno vociferante.

–Vaya, hija, lo siento mucho. ¿Estás en casa?

–No, qué va, estoy en Valdecilla, esperando...

–Pero ¿a estas horas todavía? ¿Te vas a pasar ahí la noche?

–Sí, de aquí no me echa nadie. Yo no me muevo. Yo no me separo de mi niño.

–Te acompañará alguien...

–Ahora ya no. Se han ido todos. Pero yo no me muevo, estoy en un banco y aquí pienso aguantar hasta mañana.

–Vaya, mujer. Qué duro, aunque por lo menos pareces un poco más tranquila que ayer...

–Es que estoy más cansada. Estoy agotada, pero ya le digo que éste es mi sitio, y lo será hasta que mi niño salga de aquí.

–Bueno, Diana, pues mucho ánimo. Seguro que al final la cosa acaba bien. Si necesitas algo, ya tienes mi número... Puedes llamarme con toda confianza en cualquier momento. De todos modos mañana temprano te volveré a llamar yo para interesarme, ¿vale?

–Qué bueno es usted, Tobías, cuánto le tengo que agradecer.

–De nada, por Dios. Ya me gustaría a mí poder hacer algo más por tu chiquitín. Pero tú mantén el ánimo, que esa criatura saldrá adelante. Valdecilla tiene los mejores cardiólogos de España.

En cuanto acabó la llamada, se acordó de un hermano de su cuñado, que era neumólogo en el hospital. Pensó llamarla otra vez para decirle que mañana hablaría con él y le pediría que se interesase por su caso, pero desistió al ver ya a Lucio en la puerta de su despacho, con un deseo enorme de bajar a cenar.

Lucio Pereda era un abogado de reconocido talento que se confesaba aburrido de su profesión. Había tenido unos comienzos brillantes, porque llevaba en la sangre la ciencia jurídica, hijo y nieto de juez, pero el derecho moderno le había decepcionado de un modo irremisible. Ya no era, para él, una disciplina humanística; su actual densidad y complejidad legislativa lo habían convertido en algo abominablemente árido. Él quería dedicarse a otra cosa y había hecho un intento de meterse en política en el Partido Popular, pero se había encontrado también con que el humanismo estaba lejos de ella. A él le atraía el mundo de las ideas, de los grandes debates, la política entendida a la manera clásica, pero de eso ya no quedaba ni rastro, al menos en la política local. Sólo quedaba practicismo puro y duro, un oficio en el que eran imprescindibles la fullería, la docilidad al jefe y la mediocridad intelectual en dosis elevadísimas. Sin haber perdido del todo la esperanza de ser llamado un día a ocupar un puesto lo bastante alto de una lista electoral, llevaba ya un tiempo buscándose otro *modus vivendi* (aunque su mujer tenía tanto dinero que casi podía vivir de las rentas), y entretanto había recurrido a Tobi Illán para sostenerle el bufete. Era consciente de la fortuna que había tenido al lograr que un tipo como él, amigo entrañable de la infancia, se viniera a Santander, solicitado también en parte por sus padres, pero no dejaba de creer que, después de tantas decepciones a lo largo de su carrera profesional, tenía un cierto derecho a sacarle todo el partido a aquel golpe de suerte.

Ya acomodados los dos hombres en la mesa del restaurante, Tobías le relató con detalle la visita de Delfín Cerrada, aquel extraño exrecluso, pero luego pidió a Lucio que le contará la historia de su crimen y los pormenores del proceso. Lucio hizo un ademán de cansancio, como si la reciente conversación telefónica y las tensiones hospitalarias de los últimos dos días le pasaran de pronto factura, pero no se hizo de rogar mucho. Era un buen narrador.

–Me sabe mal recordar un caso que perdí, y que perdí pudiendo haberlo ganado y acarreándole quince años de cárcel a un hombre inocente. A un buen tipo, sin duda alguna, sólo que terco, muy terco, convencido de que la verdad se acabaría imponiendo por sí misma y le daría la razón porque la tenía toda él. Pero la vida, esta vida, no funciona así, y la Justicia, con mayúscula, menos. La Justicia es una puta. Como no te la pagues, no hay nada que hacer. Como no emplees todas las artes posibles, buenas y malas, para salirte con la verdad, te pudrirás con ella, sea en la cárcel, o sea en la deshonra o en el olvido. Este Delfín trabajaba en la seguridad del Banco Santander. Antes había sido policía armada, de los grises, pero se las apañó no sé cómo para dejar el cuerpo y meterse de vigilante de Botín ganando más y con más tiempo libre para hacer lo que de verdad le gustaba: estudiar Medicina. Un tío de mucho mérito y de mucha cabeza, porque tenía tres hijos y sacaba tiempo para todo. El problema es que cuando acabó la carrera aquí en Santander, ya con cuarenta y muchos años, la familia había empezado a sublevársele. El fondo del asunto es que él era un hombre muy autoritario y los hijos, creo que los tres, le salieron levantiscos. Algo que evidentemente les ha ocurrido a muchos hombres en todas partes, porque el modelo familiar cambió de raíz a finales de los sesenta y las formas de educar se fueron adaptando más o menos. Pero Delfín no se adaptó. Él creía que su obligación era mantener a todo trance la autoridad paterna, los principios de toda la vida, y, como daba ejemplo de abnegación por su mujer e hijos y era irreprochable en ese y otros aspectos, se resistió a que los adolescentes se le subieran a las barbas. Y hubiera ganado esa guerra y la cosa no habría pasado a mayores si su mujer le hubiese apoyado, pero su mujer empezó a tomar el partido de los chavales, que por cierto no eran precisamente unos angelitos. O sea que la mujer se le sublevó también. Podría decirse que el matrimonio entró en grave crisis, una crisis sin salida porque la separación era imposible: él se negaba de plano, y legalmente entonces tenía todas las de ganar. Por otra parte, ella tampoco tenía de qué vivir, así que iban creciendo las tensiones. Y el odio. Un día el padre echó de casa al hijo mediano, que era un elemento de agárrate. Juan Alfonso. Dieciocho añitos había cumplido la criatura y ya no le quedaba ninguna fechoría por probar. Lo echó de casa no por díscolo ni por rebelde, ni siquiera por ácrata, aunque lo era en grado máximo, sino porque le robaba al padre para sus caprichos. Le hacía todas las picias imaginables. Entre otras bagatelas, se llevó de casa para vender unos cuantos libros de Medicina, cosa que pude probar en el juicio, aunque sirvió de bien poco. En el juicio yo probé también que Delfín no era violento, que no pegaba a sus hijos, es decir, más allá de unos azotes en el culo cuando niños, y que nunca, nunca jamás, le puso la mano encima a su mujer ni la amenazó más que con ponerla en la calle, o sea dejarla irse a vivir a casa de su madre, una mujer humilde a la que por cierto él, como buen yerno, había ayudado siempre. Un caso curioso, porque esta señora fue la única de toda la familia que habló bien de Delfín. Para que luego digan de las suegras... Bien, el caso es que una noche Juan Alfonso entró en casa. Entró como un ladrón, porque su padre lo había expulsado hacía seis meses con toda justicia. No olvides que ya era mayor de edad. Entró a las dos de la mañana con la complicidad de su hermano el mayor. El pequeño y su madre no estaban, se habían ido por la mañana a la primera comunión de un sobrino a Logroño. Supuestamente, Juan Alfonso estaba allí con ellos, pero lo cierto es que a esa hora de la noche apareció en casa, según su hermano sólo a dormir porque había olvidado la llave del piso del amigo con el que se alojaba. Delfín, que padecía insomnio, lo oyó y no cedió. Le dijo que se fuera. Según su hermano, le mandó inmediatamente a dormir al parque, y en aquel momento estaba lloviendo mucho. Según él, hubo primero un intercambio de reproches y sólo después de que el chaval le dirigiese los insultos más terribles le obligó a irse en el acto. Lo curioso es que Delfín le ofreció un paraguas para que no se mojara. Según él, lo que hizo Juan Alfonso fue cogerlo y arrearle un paraguazo en la cabeza. Y así empezaron a pelearse como salvajes y Delfín, mucho más fuerte, en un ataque de locura abrió la ventana y lo arrojó por ella. Era sólo un primer piso, pero el chaval cayó de espaldas y se desnucó. El hermano negó siempre lo del paraguazo, y de los insultos sólo quiso testimoniar que lo llamó fascista, pero por fuerza hubo de decirle cosas peores. Como no se pudo probar la agresión previa, o sea, el paraguazo, aunque estoy seguro de que lo hubo, ahí estuvo su perdición. Ahí y en su negativa a reconocer que hubiera sufrido un arrebato. El muy terco se obstinó en que había obrado con pleno uso de sus facultades. No pude sacarlo de ahí, y ese fue mi fracaso, no tuve habilidad ni inspiración para persuadirlo de que poniendo un poco de su parte tendríamos una eximente incompleta de trastorno mental transitorio y la cosa se hubiera quedado en seis años. Tampoco la tuve para después convencerle de que recurriera la sentencia. Aceptó serenamente los quince años de cárcel, como aceptó todo lo que se le vino encima, el abandono familiar, la ignominia y la degradación más absoluta. Lo único que no aceptó fue que no le cobrase, se negó a que le perdonara ni una peseta. Un tío admirable, la verdad, medio loco, pero de ley. El primer año fui a verlo varias veces a la cárcel, y luego ya no volví hasta cuatro o cinco años después, un día por Navidad. Estuve hablando con él un buen rato, y entonces me sorprendió muchísimo. Había cambiado totalmente sus ideas. Me dijo que se tenía bien merecido estar donde estaba por haber sido tan tonto como para seguir al pie de la letra la ideología nacional-católica. O sea, echaba la culpa de su desgracia al régimen de Franco y a la Iglesia, que le habían imbuido unos principios dañinos y falsos, que habían hecho de él una mala bestia. Fíjate tú qué caso... Como si dijéramos: escarmentó de cojones. Quise discutir con él, quise hacerle ver que simplemente había tenido pésima suerte con sus hijos, y con las circunstancias, y me rechazó con cajas destempladas. Que no, que la educación y los valores que le inculcaron en su niñez y juventud eran criminales para quien se los tomara en serio, como él, y si no había habido muchos padres que matasen a sus hijos en los años posteriores fue porque la inmensa mayoría de ellos no llegaron a asumirlos de verdad. Supongo que ahora seguirá pensando igual. ¿No te dio esa impresión? ¿No hablaste con él nada de esto?

Tobías meditó unos segundos antes de responder, como si tuviera que recordar hechos ya muy lejanos:

–La verdad es que no. Me dio la impresión de tener lagunas mentales... de no estar del todo en su sano juicio. Me dejó preocupado. Debí haber llamado al Albergue de Transeúntes, a ver si apareció por allí.

–No, imposible que le hayan dejado suelto si tiene mal la cabeza. Suelto y solo. Es simplemente que se habrá vuelto más raro y desconfiado.

–Pero ese detalle del paraguas –añadió luego Tobías–, es algo impresionante. Que le haya ofrecido un paraguas para que no se mojara... Claro que eso echa abajo tu tesis del arrebato. Parece un gesto más bien de frialdad, de recochineo.

–No veo por qué. Es la clase de gestos típica de ese hombre. Te echo de casa porque tengo el derecho y el deber de hacerlo, porque no mereces seguir aquí ni una noche, pero como tampoco soy tan cruel, aquí tienes, para no calarte y que no cojas una pulmonía. Y el otro le llamó cerdo, hijo de puta, y de ahí para arriba, y le estampó el paraguas en el cráneo.

–O sea: un resumen de la tragedia española, las dos Españas odiándose y matándose una a la otra eternamente. La izquierda y la derecha. ¿Tú lo ves así?

–Quizá no. Más bien el eterno edipo, el rechazo a la figura paterna llevado al extremo. Incluso diría: el rechazo a la figura de un dios autoritario, bueno pero autoritario. Porque un dios misericordioso no inspiraría ese rechazo. El problema está en cómo ejercer la misericordia sin dejar de ejercer la paternidad y todo lo que ella implica. Es el dilema más jodido que existe, ¿no crees, Tobi?

Y, aunque todavía les faltaba por tomar el postre, Lucio Pereda sacó la cajetilla de tabaco y le ofreció a Tobías, que tomó un cigarrillo, olvidado de su propósito anterior.

–Ese dilema sólo lo resuelve el corazón –le dijo a su amigo y jefe en voz más baja, como si se tratara de un secreto.

II

Hasta casi la una del mediodía, Leandro Chacón no pudo ser recibido en el obispado por don Cristóbal, el vicario general, que en ausencia del señor obispo era el cabeza de la diócesis. Él ya sabía que el bueno de Cristóbal no iba a estar solo, porque en el fondo era muy cobardón, pero lo que no esperaba es que, en lugar del arcipreste, fuera a encontrarse allí con el mismísimo don Julián Bedia, su mayor enemigo.

Leandro había pasado una mañana de mucho ajetreo en la capital, haciendo gestiones agotadoras de oficina en oficina, todas ellas por asuntos profanos del pueblo y de su parroquia, a la que casi con seguridad no podría volver jamás. Aunque afortunadamente los periódicos de la región no habían llegado a publicar su foto, él había tenido en todo momento la sensación de que la gente lo reconocía y se le trataba con la natural desconfianza. No había perdido la paz interior, pero aquella situación tan inhumana para un hombre como él, de setenta años, por muy sacerdote que fuese, le tenía acongojado.

Hubiera preferido vérselas con don Dionisio, hubiera preferido recibir la ardiente fulminación de aquel hombre que pasaba por sabio y santo, antes que el tibio chorreo de estos canónigos que no eran ni santos ni sabios sino meros burócratas de la Iglesia, de una eficacia tan gris como estéril. Pero monseñor no estaba, o quizá se encontraba aquel día en algún lugar de la provincia, a posta, para no tener nada que ver con este caso suyo, que para él no ofrecía más alternativa que la condena, y él, el obispo, ya había manifestado múltiples veces a los medios de comunicación que, como (buen) pastor, no le gustaba condenar a nadie (ni siquiera a los curas carcas).

Y en cuanto entró en el despacho de don Cristóbal y vio su figura triste, y al lado la aún más triste, sombría en verdad, de don Julián Bedia, aquella congoja, cansancio psíquico o lo que fuese, se transformó en piedad y resignación. Aquellos dos hombres le daban mucha pena. No podía hacerles reproche alguno, desapareció de él todo deseo de defenderse, de discutir con ellos. Incluso les perdonaba de todo corazón que jamás llegaran a apoyarlo ni a comprenderlo. Aquel par de canónigos eran incapaces de tal cosa. Si algo tenía claro es que la inmensa mayoría de los curas, sus compañeros, estaban en contra de él. Por lo demás, tampoco es que tuvieran mucho que decirse aquella mañana. Él ya había hablado por teléfono largamente con Cristóbal, ya le había dado su versión de los hechos, y el vicario general se había reservado el juicio a la espera, así le dijo, de hablar con don Dionisio.

Ahora, Cristóbal, prescindiendo ya del obispo, tenía que decidir algo y parecía querer ahorrarse toda reconvención. Sin duda, las cosas estaban suficientemente claras. Él no había cometido irregularidad alguna como sacerdote. El único problema era su ineptitud, empleó esta palabra, y también su torpeza. No sabía tratar a la gente, no sabía adaptarse al tiempo que le había tocado en suerte (dijo en realidad: "no sabía leer los signos de los tiempos"). Había que ser más abierto y flexible, ofrecer una imagen más razonable de la fe cristiana y, por encima de todo, obrar como un hombre prudente y servicial. Eso era lo evangélico, el servicio, no la intolerancia, no la pasión dogmática. Ser "servidor", una expresión muy del gusto de don Julián, que sin embargo no abría la boca. Sin duda, los dos daban por imposible que él llegara a cambiar de actitud. A sus años era un preconciliar incorregible. Aquella mañana, habían estado allí unas cuantas almas del pueblo, espontáneamente (es decir, no inducidas por la alcaldesa agraviada), a pedir en persona su cabeza, no se conformaban con una amonestación, "un castigo canónico", así habían dicho, y él sabía muy bien quién era el autor de la perla. Naturalmente, don Cristóbal no había querido entregársela alegando que eso correspondía al obispo, y les habló de un traslado, es decir, otro destierro, y miró de nuevo a don Julián, que sabía mucho de eso, pero el gran predicador seguía extrañamente mudo, incluso tenía aspecto de estar muy a disgusto, de estar pasándolo mal en aquel despacho...

El destierro era quedarse en Santander, renunciar a la moto, que a su edad era ya peligrosa y no pintaba muy bien, y trabajar de refuerzo en varias parroquias del centro.

–Haced lo que queráis conmigo –les dijo con un gesto que quiso parecer de agradecimiento porque formalmente aquello suponía una señal de benevolencia–, yo seré sacerdote hasta el último momento de mi vida. Eso significa que iré adonde me mande mi obispo, y si tengo que morderme la lengua me la muerdo. Pero como sacerdote me preocupan mucho las almas de esa parroquia. ¿Quién se va a ocupar de ellas? Porque son unas almas muy, pero que muy descarriadas.

–Eso ahora no te importe tanto –replicó adusto Cristóbal.

Por supuesto que no era cosa de que decidiera él quién fuese su sustituto, pero algo quedaba claro de aquella entrevista: estos vicarios afrontaban el problema -la insolencia y rebeldía de unos feligreses contra su pastor- como meros políticos que tuviesen que apagar un incendio. Lo que fuera a ocurrir con las almas de aquellos cristianos de Luzmela tras el cese del párroco que tanto había sufrido por ellos, en el fondo les traía al pairo.

Salió del obispado con mucho dolor de cabeza y de alma, y un gran nudo en el pecho. Ya ni siquiera recordaba muy bien dónde había aparcado la moto. Había quedado a comer con las hermanas Urdiales, dos mujeres mayores, dos buenas amigas que, desde la muerte de su tía Matilde, siempre lo acogían en su casa cada vez que venía a Santander. Le guardaban enorme cariño desde su época de coadjutor en la parroquia de la Anunciación. Pero antes tenía una cita con otro feligrés de aquella época, un hombre joven al que llevaba sin ver un montón de años y que le había localizado por teléfono la noche anterior en Torrelavega para expresarle su apoyo. Le hizo ilusión aquel gesto, y más cuando fue capaz de recordar incluso su nombre, Michel. Un chico joven entonces que había nacido en Francia de padres emigrantes y tras una adolescencia turbulenta se había convertido en un buen cristiano. Precisamente vivía en la calle Alta, muy cerca de las queridas Urdiales. Y fue andando hacia allí cuesta arriba desde el obispado, sin estar seguro de poder encontrarse con él, pero, cuando ya se sentía sin aliento ni resuello (y, aunque no iba vestido de cura, sudando la gota gorda porque el calor era de puro verano), apareció Michel en plena calle y lo reconoció fácilmente. No le besó la mano sino que le dio un gran abrazo y se empeñó a invitarlo a subir al pequeño ático en que vivía, una casa de cuatro plantas sin ascensor. Imprudente pero cordial, muy cordial, el rasgo que él apreciaba en los hombres y en las mujeres por encima de todo.

Leandro le hizo ver que tenía pocas ganas de hablar de su caso, que ofrecía a Dios todas los sinsabores y las agresiones que había sufrido en los últimos tiempos por defender en su integridad lo que la religión cristiana había creído y defendido durante siglos, y animó a Michel a que le contara cómo le había ido en la vida.

El hombre comprendió que no debía abrumarlo con sus desdichas familiares, y no le habló de la ruptura de su matrimonio. Se limitó a decirle que tenía un buen trabajo de funcionario y mucha salud, y que vivía preocupado por lo que veía en el mundo y por las cosas que pasaban en España. Pero el cura tardó bien poco en mostrar interés por su situación familiar. Y entonces Michel, sin entrar en detalles, le contó que se había casado con una buena chica, que en seguida habían tenido gemelos y que a los seis años la chica buena empezó a enfriarse a su lado, y se volvió tan fría que tuvo que dejarla marchar porque la vida junto a ella se le hizo imposible.

–Pero, ¿empezó a enfriarse de cuerpo o también de alma? –preguntó el cura, que se había repantigado en un sillón de la sala y seguía sudando copiosamente.

–De las dos cosas –dijo Michel–, se volvió como un témpano conmigo, por más que traté de remediarlo. Hice todo lo humanamente posible por seguir con ella. Sobre todo fui generoso, la verdad, fui bueno hasta la idiotez, hasta dejar que me esquilmara en el convenio judicial, y lo más grave, hasta dejarle la custodia de los niños, pero no sirvió de nada.

No hacía mucho calor en el ático, porque daba todo al norte, y además Michel tenía la ventana abierta, pero el cura parecía estar sumamente sofocado. Hubo de ir a la cocina, y traerle un vaso de agua de la nevera. Don Leandro bebió un poco. No era un hombre corpulento en exceso, pero sí ventrudo y bien provisto de papada.

–Pues, hijo, vaya lo que te tenía reservado el destino, quién lo iba decir.

–Sí, pero está claro que todo esto ha sido voluntad de Dios.

–Y tú, ¿la acatas? ¿Qué tal llevas el vivir privado de compañía? –le dijo muequeando como si tuviera un zumbido en los oídos.

–Lo llevo a duras penas. Sufro muchas tentaciones, y más que tentaciones...

Michel estaba pensando en esos terrores nocturnos en que creía oír la risa del diablo, que ya daba por segura su perdición, pero temió que también don Leandro se riese de ello, y prefirió no hacerle alusión alguna.

–¿Qué clase de tentaciones? –preguntó el cura, que pese a su evidente malestar parecía tener demasiado apego a su oficio de confesor.

–Tentaciones sexuales de todo tipo –respondió bajando la voz, como si en verdad alguien pudiera estar oyéndoles–, mayormente pensamientos y deseos hacia una mujer que nunca podrá ser mi esposa.

Don Leandro hizo un movimiento de cabeza, que fue un gesto de aparente execración, pero a la vez comenzó a desabotonarse más la camisa y hacer aspiraciones profundas. Luego le dijo:

–Huye de la lujuria, Michel, o acabará contigo, y eso que tú eres fuerte. ¿Sabes lo que escribió San Jerónimo? "La lujuria doma almas de hierro".

Michel meditó unos segundos aquellas palabras antes de responder:

–¿Qué puedo hacer, además de rezar, luchar, ofrecer?

–Cuida lo que ves, lo que lees, lo que oyes, cuida la imaginación, frénala, o úsala en tu beneficio. Imagina que te topas con una serpiente. Pues debes retroceder ante el pecado como ante una serpiente...

Y tras decir aquello, tomó un periódico viejo que había en la mesa junto al sofá y comenzó a abanicarse. Su aspecto era cada vez más el de un hombre seriamente congestionado.

–¿No se encuentra bien, don Leandro?

–No, hijo, no me encuentro bien. Con el día que llevo... Con los días, porque ya son muchos. Creo que estoy teniendo una subida de tensión.

–Pues eso es muy peligroso. ¿Quiere echarse un poco, o que llame a un médico?

–Nada, no te preocupes. Lo que debería es avisar a estas mujeres con las que iba a comer, porque ya llevarán un rato esperándome.

–Si sabe su teléfono, las llamo yo.

–Sí. De memoria no, pero tengo el papel por aquí.

Y comenzó a palparse la chaqueta, sin encontrar nada. Acabó por echarse de lado en el sofá.

–Don Leandro, voy a llamar a una ambulancia.

–No sé, hijo, tomo un medicamento para la tensión, pero se ve que estos días ya no me hace efecto.

Cinco minutos después, y por vez primera en su vida, Michel Penagos viajaba en una ambulancia ululante en compañía de un enfermero. En la camilla, ya intubado, el paciente sólo se quejaba de calor y de dolor de cabeza. No se le trababa la lengua ni tenía adormecido ningún miembro, pero era muy probable que estuviera sufriendo un ictus.

III

Aquella tarde Arancha tenía la autoestima aun más baja de lo habitual. Había discutido agriamente con Blanca, su hija, y cuando ésta se encerró en su cuarto a tocar el piano, hacia las seis, decidió salir de compras, aunque no tenía con quién. Su gran amiga, Ajo, estaba en Alicante; era su paño de lágrimas, pero viajaba mucho y en sus ausencias siempre acababa por echarla horriblemente de menos. Se acordó entonces de Natalia, la hermana de don Julián. Al regreso podía pasar por su academia de inglés. Ajo le había recomendado varias veces que siguiese un curso con ella. No se sentía capaz, pero al menos podría darse la oportunidad de hablar un poco con aquella mujer tan agradable.

El día había sido muy caluroso y seguía siéndolo al atardecer. Arancha caminó hacia el centro de la ciudad con unas gafas de sol que eran casi un antifaz, uniendo a la tristeza la rabia contra sí misma por tener que reconocer que su único consuelo real en momentos como aquel era ir de tiendas, aunque no necesitaba comprar nada. El maldito consumismo que tanto debía rechazar, pero que nunca rechazaba en absoluto.

La discusión con Blanca había surgido por causa de su novio, Valentín. Llevaban ya un año largo de relaciones y Arancha le había planteado nuevamente la cuestión del matrimonio. La reacción de Blanca volvió a ser de rotundo rechazo. "Olvídate, mamá, no nos vamos a casar". Y, sin embargo, podían hacerlo perfectamente, no sólo porque Valentín tuviera ya su plaza fija en el Insalud sino porque la relación de la pareja era óptima a todas luces. ¿Qué podía impedirlo? Aún no convivían, pero viajaban juntos casi todos los fines de semana, se compenetraban, eran buenos y de buena familia, ambos. ¿Por qué tenían ese miedo al matrimonio? Se iban a aburrir del noviazgo, de aquel noviazgo intenso y sin límites que duraba ya un año, y acabarían por perder la ilusión, por hartarse el uno del otro y lo dejarían. "Entonces serás tú la que más pierda", le añadió Arancha, y fue esta frase la que provocó la ira de su hija, que le hizo reproches muy hirientes. Mamá, eres arcaica, mamá, eres machista, mamá, me avergüenzo de ti, mamá, yo sé lo que hago, mamá, no tienes ni idea de cómo funciona hoy el mundo, mamá, lo último a lo que yo aspiro en esta vida es a convertirme en la esposa de nadie...

Se sintió tan herida que ni siquiera pudo llorar. Pensó meterse en la cama hasta el día siguiente, pero no quiso alarmar a Carlos, que llegaría pronto, no quiso dar pie a nuevas discusiones y, con toda seguridad, a nuevos reproches, porque desde hacía algún tiempo nadie, ni siquiera el buenazo de Carlos, la apoyaba ya en nada. Iba por la calle sintiéndose muy culpable, reconociendo que Blanca no dejaba de tener alguna razón en sus críticas, pero a la vez pensando que, si ella era una mujer arcaica y desfasada, la culpa no era suya sino del mundo por haber cambiado tanto y tan a peor. Cuánto añoraba el pasado. Cómo no darse cuenta de que todas las ventajas que el presente ofrecía eran engañosas, y la más engañosa de todas la libertad. ¿Qué ganancia real suponía eso de echarte un novio y a las primeras de cambio hacerlo ya todo con él, desgastarte con él, para luego quedar en nada? ¿Qué podía salir de ahí sino el cansancio, el hastío y a fin de cuentas la dificultad de formar una familia sólida? Sí, quizá el mundo había cambiado sin remedio y lo inteligente era aceptarlo y adaptarse, pero cuánto más bonito y cuánto más seguro era el mundo de antes, las mujeres de antes, las familias de antes y de siempre. Muy bien que las mujeres trabajaran como los hombres, que no fuesen menos que ellos, por descontado, pero el amor y la familia no debían cambiar, no debían ser cosa tan fofa, tan de usar y tirar, como en estos tiempos. Nadie le quitaría de la cabeza que ese modelo tradicional de familia era lo que la había salvado a ella, y a tantos como ella. Su padre había enfermado gravemente y se había ido a la ruina en cuestión de un año. Pero ahí estaban sus hermanos para salvar a la cuñada y a los sobrinos de la inanición. Fue una suerte. Pertenecer a una familia unida y sólida era algo clave, algo impagable. Pero si hasta ayer eso fue lo común, hoy estaba dejando de serlo, y el día de mañana la gente ya no iba a conocer tal cosa ni por el forro. ¿Y qué decir de su marido, Carlos? Siete años de noviazgo sin propasarse nunca hasta la noche de bodas. ¿Podía haber algo más bonito que eso? Y no sólo eso. Carlos era de familia rica, muy católica pero rica, y además un médico de prestigio. Podía haber tenido la chica que se le antojase, pero prefirió ser fiel a una mujer pobre, a una humilde y discreta empleada de una tienda de cerámica. ¿Dónde iba a encontrarse hoy un hombre como Carlos? Un hombre leal, un caballero, aunque también tuviera sus limitaciones. A ella le hubiera gustado que no fuese un marido tan entregado a su profesión, un hombre puramente de ciencia, un marido aburrido para otras cosas, pero ¿qué importancia podía tener eso frente a lo esencial, la lealtad, la solidez, el amor verdadero? Y esto era lo que Blanca se negaba a entender.

Llegó ante el escaparate de Mafor. Allí estaba el bolso de sus sueños, un Gucci no excesivamente caro, la verdad. El problema era que Carlos ya le había regalado uno hacía menos de un mes, por su cumpleaños, y comprarse otro bolso nuevo era hacerle ver que el suyo no le había gustado nada (justo lo contrario de lo que le dijo al recibirlo), y además sería caer en el derroche más imperdonable. Bloqueada por la indecisión, se quedó frente al escaparate como si estuviera esperando a alguien. Si entraba a verlo a la tienda, sólo a verlo mejor y a tocarlo, caería irremediablemente, y no sólo por la vergüenza que le daría salir de nuevo sin comprar nada. Es que el bolso de Carlos, traído de un viaje a Barcelona, era un trasto horrendo. Pero ¿por qué le costaba tanto aceptar lo feo? La fealdad la ofendía cada vez más. Incluso, reconoció, hasta le costaba aceptar a su alrededor a personas de físico desagradable aun sabiendo que esas personas tenían alma y que el alma era lo único que debía contar para una católica.

Se quitó un instante las gafas de sol para ver mejor el escaparate, pero de inmediato se le figuró que la observaban. Llena de vergüenza, echó a andar y fue alejándose discretamente, aunque en lugar de volver a casa caminó hasta una pequeña *boutique* de la calle San Francisco que aún tenía venta especial de ropa de verano. No era clienta habitual, por lo que entró sin mayor reparo y solicitó probarse una camiseta estampada con figuras de un tablero de ajedrez, una preciosidad que sólo costaba 5.000 pesetas. Entró con ella al probador y, al desnudarse ante al espejo, se llevó un golpe durísimo: qué ajada se vio de repente, qué espanto de busto y de cuello tenía ante sus ojos. No había engaño posible. A sus cincuenta y ocho años se había convertido en una vieja. Tenía comprobado desde hacía largo tiempo que, en su enfrentamiento con los espejos, éstos la asustaban con creciente frecuencia. Pero lo de ahora era brutal. De nada servía que tanta gente la adulase. Decirle que era, que estaba guapa, o al menos que seguía estándolo, no pasaba de vana cortesía. La verdad pura y dura se encontraba en aquel probador: había perdido cualquier atisbo de belleza. Así que podía ahorrarse la camiseta, que no iba a solucionar ni a favorecerla nada, pero por un espíritu de perversión decidió comprarla a pesar de todo. Se le regalaría a Blanca para hacer las paces, aunque seguramente le quedaría muy corta.

Era ya algo tarde para la misa de ocho en los Carmelitas, pero maquinalmente caminó luego hasta allí, para hacer un poco de tiempo antes de presentarse en la Academia Étimo, que se hallaba muy cerca. En el pórtico de la iglesia se fijó en un cartel de Santa Teresa de Lisieux y le vino a las mientes algo que había leído hacía varios años sobre aquella gran santa: cómo se acostumbró a rechazar por espíritu de humildad cualquier objeto bello y sólo tenía consigo los utensilios más feos y pobres, pese a ser como era, una adolescente de exquisita sensibilidad estética. ¿Por qué Dios no le había dado a ella ese mismo espíritu? ¿Por qué nunca podía renunciar a las cosas bonitas? Durante la parte que oyó de la misa, se sintió presa de una gran desesperación que llegó a su culmen en el momento de comulgar: no pudo ni acercarse. No el diablejo que atormentaba a Mario Bulnes de joven haciéndole ver que no era digno de recibir el cuerpo de Cristo, sino la mismísima sor Marta Barturen se le figuraba allí presente increpándola con dureza: "Tú no tienes ningún derecho a llamarte cristiana ni a estar aquí, tú eres un sepulcro blanqueado, para ti comulgar es un acto de consumismo más, tú como ya tienes asegurada la tierra quieres asegurarte también el cielo... Bien conozco yo a la gente de tu ralea, que sólo piensa en aprovecharse de todo, que después de haber sacado partido de lo humano tantos años, ahora que os llega la vejez queréis sacar también partido de lo divino...".

Eran palabras que le había oído en muchas ocasiones a la monja y que realmente parecía susurrárselas al oído allí mismo, pero, después de imaginar durante unos minutos que eran como la voz de Dios en su conciencia para obligarla a arrepentirse y enderezar su vida, la acometió la sospecha de que nada era verdad. Nada de nada. Recordó su conversación con el propio Mario Bulnes y Tamar Solano de hacía tres días. La fe no era más que un engaño. Que un hombre tan leído e inteligente como Bulnes, y además tan sincero (lo que no abundaba en Santander) sostuviera tal cosa, debía hacerla reflexionar. Quizá debía quitarse de la cabeza todas esas tonterías, todos los escrúpulos religiosos que le había inculcado desde muy niña para vivir maniatada, para no ser feliz en ninguna circunstancia. Ya estaba bien de llevar dentro de sí a aquel juez invisible, implacable, achuchándola a todas horas por esto o lo otro. Debía vivir con más espontaneidad, hacer lo que le viniera en gana, y seguro que así acertaría, porque ella, de su natural, nunca hacía mal a nadie, cosa que todos le habían reconocido siempre. Su bondad, su ingenuidad, su famosa ingenuidad...

Eran las ocho y media cuando llegó, muy fatigada, a la Academia Étimo. Justo entonces salían los últimos alumnos y pudo departir un momento con Natalia Bedia. Saltaba a la vista que era una buena profesora, Ajo tenía razón. Era una digna hermana del buen sacerdote. Mucho le hubiera gustado hablar con ella largo y tendido, y no tanto de sus clases de inglés como de cuestiones humanas. Seguro que aquella mujer podía ayudarla mucho, pero saltaba también a la vista que era persona demasiado ocupada, sin un minuto que perder en todo el día. Y otra vez volvió a mascar Arancha su drama cotidiano: la soledad, el aburrimiento. Imaginó por un instante lo feliz que ella sería si tuviera una amiga como Natalia Bedia, pero una amiga a la que pudiese ver a diario, a la que pudiese hablar y por supuesto escuchar cuando ella quisiera, una compañera con quien poder ir al cine los sábados o viajar algún fin de semana a lugares bellos. Un sueño imposible, lo comprendió.

Tras despedirse de ella y de su empleada, mientras bajaba por la escalera de su local, pensó que al menos valdría la pena venir a sus clases todo aquel curso. Quizá era la manera de que surgiese un principio de amistad que con el tiempo llegara a convertirse en esa relación de trato asiduo, afecto cálido y comunión profunda que había necesitado siempre.

Cuando llegó a la calle, pese a que ya estaba oscureciendo, echó de menos sus gafas de sol. Se las había dejado arriba, en la misma mesa del despacho de Natalia. Subió por ellas, y al entrar pudo ver una escena que primero la sorprendió un poco y luego le dio envidia. La empleada de la academia estaba sentada en la butaca del despacho, y la dueña, de pie, le estaba dando un masaje en el cuello y la espalda con el gesto más íntimo y cariñoso. Arancha se limitó a coger sus gafas y a excusarse. Las dos mujeres se turbaron al verla, pero Natalia reaccionó pronto diciéndole con risa:

–Espera, si quieres un masaje tú también... Son mi especialidad.

–No, gracias, a veces me los da mi marido...

Fue tonta, pensó luego maldiciendo su timidez. Debió aceptar el masaje. Hubiera sido la forma de adelantar rápidamente en la amistad con aquella mujer extraordinaria.

IV

Aquella noche Julián se acostó muy temprano, con el móvil apagado. Al día siguiente había de madrugar para volver por fin a la capilla de las Clarisas y necesitaba dormir bien. Pero, a pesar de que nadie vino a molestarlo, no consiguió conciliar el sueño. Hacía demasiado calor. Demasiado ruido también en la calle. Era difícil vivir allí. Tocaba sufrirlo por Dios con mucha paciencia, pero a él la paciencia se le estaba acabando. Él no era un santo, y probablemente ni siquiera era un buen sacerdote. Se echaba de ver que no estaba a la altura de las circunstancias, cuando las cosas se torcían sin remedio. De don Dionisio se seguía sin noticias. Estaba empezando a sospechar que jamás regresaría a la diócesis como obispo. Tal vez había viajado a Roma a presentar personalmente su renuncia irrevocable y sin despedida de ningún género. Era de suponer que aquella locura de anunciar a bombo y platillo las razones de su dimisión se le hubiera quitado de la cabeza. Lo suyo sería una apostasía discreta y silenciosa (tal vez, más adelante publicase un libro) y a fin de cuentas él, Julián, su último confesor, podría jactarse de ser el único, o casi el único, que estaba al corriente del drama. Pero eso no le infundía más valor.

Ni bueno ni malo: un sacerdote tibio, ni frío ni caliente. Eso es lo que era. Aparte de rezar en la cama, poco más había hecho por aquel hombre. Ni siquiera se había molestado en llamar a sor Marta, de quien tampoco volvió a tener noticia alguna. ¿Por qué no la había llamado él mismo? ¿Por discreción, por orgullo? Ni él lo sabía. Ni aun curiosidad había tenido por averiguar qué diablos le pudo suceder la otra noche (aparte de que la *donna sempre è mobile...*). Decidió que al día siguiente iría a hablar con don Belarmino, aquel santo varón, y le contaría todo. Era sabido que un sacerdote no puede contar el secreto de confesión ni siquiera al confesarse él mismo con otro sacerdote, pero ¿qué clase de sacramento podía haber habido en aquella última, extraña conversación de don Dionisio y él? En todo caso, él necesitaba un consejo, y además tenía una grave responsabilidad, sin la menor arrogancia; tan grave, que estaría incluso justificado que sacrificase su propia integridad moral con tal de evitar en lo posible un escándalo de aquella magnitud.

Ya pasadas las dos de la madrugada, reaccionó. El insomnio nunca debiera ser una tortura para un buen cristiano, para un seguidor de Aquel que dijo: "Orad y velad para que no caigáis en tentación". Cansado de dar vueltas a los problemas y a las incertidumbres, se levantó de la cama y se dispuso a celebrar una eucaristía allí mismo a solas. Era algo que muy rara vez había hecho en los últimos años, porque no tenía tiempo ni necesidad, pero conservaba alguna botella de vino de consagrar y un paquete de panes ácimos, ambas cosas sin abrir, por tanto intactas, no corrompidas, aunque llevaban mucho tiempo en su poder, no supo cuánto. Le costó sudores abrir la botella y limpiar luego la vieja copa de plata hasta quedar satisfecho. Oficiaría en la mesa del salón, que por una vez Natalia no había dejado debidamente en orden. Lo dispuso todo con una meticulosidad no exenta de inquietud. Por último se vistió sobre el pijama la única sotana que conservaba y se ciñó la indispensable estola.

Mientras recitaba las oraciones previas del misal todo fue bien, pero cuando llegó al ofertorio y observó el pan y el vino, comenzaron a entrarle dudas. El pan, en particular, podía estar caducado, llevaría allí como mínimo un año, y tal vez iba a perpetrar un acto rayano en el sacrilegio. Paradójicamente, recordó sus viejas dificultades con el misterio de la eucaristía. Las dudas sobre la presencia real del cuerpo y la sangre de Cristo le habían obsesionado mucho tiempo; hasta llegó a publicar en uno de sus artículos una reflexión sobre esa presencia, que tenía más por simbólica, mística o espiritual que sustancial, y tuvo que retractarse de él por la queja severísima de un laico al anterior obispo tildándolo de protestante. Ahora ya no pensaba en ello: su fe consistía en aceptar ciega, acríticamente, lo que la Iglesia ordenaba, y su vivencia era sentir el significado del sacramento: la caridad con Dios y con los hombres. ¿Por qué entonces ahora le preocupaba la posibilidad de estar consagrando una materia impura o inadecuada? ¿No era lo esencial la voluntad, su intención de ofrecer el sacrificio del Calvario, al que unía el suyo propio, por don Dionisio y su grey?

Como una mosca impertinente le vino a la cabeza aquel chiste malvado que contaba Hegel, el gran filósofo, para ridiculizar el concepto católico de la eucaristía: una vez por descuido del párroco un ratón se comió una hostia consagrada y los fieles tuvieron que ponerse a adorar a aquel ratón...

Julián siguió adelante con la misa, consagró y consumió después el pan y el vino, y así como la sangre le supo bien, normal, como la que utilizaba siempre, el cuerpo le supo claramente a pan revenido, pero se dijo que el Dios misericordioso al que adoraba todo buen cristiano no dejaría de pasar por alto aquel detalle inocuo. De inmediato, mientras lustraba la copa y la patena, sonaron en el reloj del piso de Natalia y Paco las tres campanadas, que rara vez oía allí. Entonces otra mosca impertinente vino a revolotearle por el cerebro: las tres de la noche era la hora clásica en que se oficiaban las misas negras (por inversión de la hora, las tres del mediodía, de la muerte de Cristo en la cruz). ¿Habría celebrado él mismo sin pretenderlo una misa satánica? Se reprendió a sí mismo con energía por pensar semejante sandez, y ya volvió a acostarse persuadido de que hacía bien en no decir misa a solas; aquello debía servirle de advertencia, para él era un foco innecesario de escrúpulos y tentaciones; él era sacerdote para los demás, él no había recibido ese don para sí mismo sino para repartirlo entre todas las gentes. He ahí la raíz de su vocación: evangelizar. No podía imaginarse a San Pablo celebrando el memorial de la Cruz en la celda solitaria en que estaba preso, sino dedicando todo su tiempo a orar y escribir, siempre escribir y hacer apostolado.

Tal vez porque aquella eucaristía había hecho su efecto saludable, a pesar de todo, y ya le enviaba una señal, tal vez porque había apaciguado su conciencia, o simplemente porque el calor y el ruido del jolgorio callejero habían disminuido, Julián consiguió dormirse al fin, y lo hizo muy profundamente, de tal modo que el timbre del despertador le produjo gran sobresalto. Llevaba soñando un largo rato, y lo curioso es que era consciente de que soñaba, no se engañaba sobre ello, aunque tenía la certeza, eso sí, de tratarse de un sueño absolutamente revelador, un mensaje que se le enviaba para que de una vez por todas resolviera su duda fundamental sobre la existencia.

Iba viajando en su coche por la provincia y había recogido a una guapísima mujer que hacía autoestop. Esa mujer era Soledad Ferrán. A Julián le había gustado siempre recoger autoestopistas, aunque ahora, al menos en Cantabria, ya eran poco habituales; lo hacía sin ningún reparo, quizá porque suponía que su atuendo de cura disuadiría a posibles malandrines. Soledad llevaba muerta veinte años, y en el sueño estaba muerta: era pues un fantasma, aunque no había ningún rasgo de su aspecto físico que lo evidenciara, al contrario, se diría más guapa y lozana que nunca. Simplemente él sabía que se trataba de una aparición. Julián soñaba muy a menudo con Soledad, pero la soñaba siempre viva. Hablaban, se escribían cartas, incluso alguna vez se besaban y se abrazaban desnudos. En la vida real Soledad siempre le había rechazado, eso sí, con elegancia y hasta con ternura. Fue una mujer exigente, difícil, casi inaccesible. En la facultad de Historia se dejaba lisonjear y solicitar por muchos, pero nunca dio esperanzas a nadie. Julián fue el más obstinado de todos, porque se había convencido de que el amor que esa chica le inspiraba era tan puro y verdadero, tan sublime, que al final acabaría triunfando. Incluso cuando en el último curso sintió la vocación sacerdotal y entró en el Seminario, aquel amor sobrevivió, convertido en la causa segunda, el motivo humano más alto, de su renuncia a la vida sexual. Pero aún tendría una señal definitiva de su valor ocho o diez años después, ya cura en Castro Urdiales, cuando en un periodo de oscuridad y dudas sobre su capacidad para sobrellevar la castidad plena recibió la noticia de la muerte repentina de Soledad a consecuencia de un derrame cerebral. ¿Qué mejor prueba que aquella podía recibir del cielo sobre su predestinación al celibato? La señal no se perdió con el paso del tiempo. Soledad pasó a ser desde entonces el ángel que le preservaba desde arriba, por ella siguió valiendo la pena renunciar a toda otra mujer, porque era digna de ser amada espiritualmente. Y aunque no estaba libre de tener a veces sueños muy carnales, jamás dejó que su corazón ni su pensamiento resbalasen a lo prohibido.

Pero ahora, aquella noche, Soledad viajaba en el asiento de al lado en su Opel Corsa, él la había recogido en el Desfiladero de la Hermida cuando iba a Santo Toribio de Liébana. Era ella, sin duda, con los labios muy pintados y su inconfundible melena negrísima, y era una heralda del Más Allá. "Oye, Julián –le decía–, vengo a desengañarte, tú eres tan bueno que mereces saber la verdad: no existe cielo, infierno, purgatorio, no hay vida eterna, no esperes nada. Los curas son unos pillos, siempre han jugado con la ventaja de que nadie pueda demostrar que embaucan a la gente con el cuento de la otra vida. Pero yo te lo atestiguo. No sigas engañando ni engañándote, Julián, tras la tumba sólo encontrarás el vacío...".

Y dichas esas palabras, Soledad lógicamente desapareció, puesto que no era más que un espectro, y él quedó tan aturdido que no encontraba donde aparcar y acabó perdiendo el control del coche y precipitándose finalmente al río Deva. Al despertar, de inmediato se reconoció en su propia cama, pero en realidad el sueño no se había terminado, pese a la estridencia del despertador: ahora venía lo importante, la interpretación. Como él era bueno, como llevaba tiempo buscando la verdad con tesón y honradez, le había sido concedida aquella especie de iluminación, que venía a refutar la famosa apuesta de Pascal a la que tanto había recurrido en su vida de creyente racional.

"El hombre tiene tantas razones para creer en Dios como para no creer en Él. ¿Qué elegir entonces? Si eliges a Dios y Dios no existe, pierdes la verdad pero no el bien, y si existe ganas las dos cosas, lo ganas todo. En cambio, si rechazas a Dios, y Dios no existe, tu vida se consumirá igualmente, mientras que, si existe, habrás perdido la verdad y el bien y te habrás abocado a una eternidad de desdicha. Hay, pues, que apostar a que Dios existe, y hay que seguir el camino de quienes han creído en Él".

Pero en aquella hora Julián vio que la apuesta era ya falaz o inútil, porque a algunos hombres les era concedido en esta vida el privilegio de saber la verdad, salir de la eterna duda, y esos hombres tenían la misión de anunciarlo: ahora entendía la postura del obispo Dionisio. Quizá él también había tenido un sueño equivalente. Había, pues, que enseñar al resto de los hombres a vivir sin engaños, conforme a la certeza de que esta vida terrenal lo era todo. Y no le admiraba tanto la extraña aparición de la mujer como el hecho de que le hubiese incumbido a ella, que siempre tuvo fama en la facultad de pertenecer a cierto grupo o secta ultracatólica, el trasladarle aquel mensaje nihilista.

Fue necesario que se levantase de la cama, y tras asearse y tomar un café con leche y el antibiótico, que saliese a la calle para darse plena cuenta de la sandez onírica que había tomado por revelación del secreto de la existencia. Se trataba de un enorme contrasentido. Si esa revelación era posible y además era un premio a ciertos hombres, por fuerza significaría que había un ser supremo, alguien o al menos algo que transcendía el mero vivir terrenal. Porque de no haber ningún espíritu o mente sobrehumana, si los hombres estaban solos en el universo, ¿quién demonios se iba a preocupar de transmitirles ningún aviso transcendente y de sacarlos del error de cualquier fe religiosa?

Una niebla cerrada había empapado la ciudad aquel amanecer presagiando otro día de calor, pero de momento las calles parecían el escenario de una gran representación fantasmagórica. Julián iba caminando lleno de asombro y extrañeza. Era muy difícil atribuir a la casualidad, a los azares de su actividad cerebral inconsciente, el sueño que había tenido aquella madrugada; más difícil aún no relacionarlo con la confesión de don Dionisio. Recordó también su pesadilla de hacía una semana con su cuñado Paco. ¿Cómo no pensar que podía estar asediándolo alguna fuerza oscura?

Rechazó esta idea con energía. El demonio no le obsesionaba en absoluto. Sabía lo que era el demonio. El demonio existía y no existía. Era la nada dándose ínfulas. Por tanto, el mejor modo de combatirlo era ignorarlo completamente. La mera consideración de que aquellos sueños pudiesen ser tentaciones diabólicas equivalía ya a darle carta de naturaleza, meter al enemigo en casa. De manera que al demonio ni agua.

Si empezaba a sospechar que algo tenía que ver en el asunto de don Dionisio, si se le ocurría en su próximo encuentro con él mencionar siquiera esa posibilidad, definitivamente habría perdido aquella batalla clave.

Cuando llegó a la capilla de las Clarisas, muy débil y cansado, quiso saludar a la priora, una monjita en extremo dulce que peleaba desde hacía años con el párkinson, pero se topó con que también llevaba encamada toda la semana. Le sobraban diez minutos y fue a sentarse al confesionario. Deseó ver aparecer al bueno de Michel Penagos; deseó saber alguna novedad sobre sus miedos nocturnos a la obsesión diabólica; deseó tener por unos minutos su compañía.

Pero Michel no estaba allí. Sólo tres personas acudieron a oír misa aquella mañana. Tristemente, su ausencia de los días anteriores había hecho su efecto. Cuando entró a la sacristía a recogerse un par de minutos para la misa, como acostumbraba, no pudo evitar un desbordamiento de la imaginación: pensó en la figura de Soledad Ferrán; quizá reapareciese la siguiente noche. Se esforzó en reproducir en su memoria las imágenes y las palabras de ella que había soñado hacía una hora. Y comprendió que no era lo mismo recordar o imaginar a voluntad que soñar. Los sueños, sueños eran, pero algo había en ellos de numinoso, algo que apuntaba, para bien o para mal, a la existencia del soplo, del espíritu libre, no sujeto a la materia.

V

Mancisidor vivía en lo más alto de la ciudad, en la cuesta de la Atalaya. Paco Varga llevaba mucho tiempo deseando subir hasta allí, pero no se veía con fuerzas y le daba una pereza invencible recurrir al autobús. Le daba también reparo, por razones diversas, llamar por teléfono para anunciar la visita. Pero aquella tarde de viernes en que el calor apretaba menos reunió el valor suficiente para hacerlo al fin. Era más que un deber despedirse de su buen amigo ferroviario. Era un honor y una alegría, un motivo para justificar la prolongación de aquel tiempo sin esperanza en el que vivía desde hacía ya muchos meses. La mujer de Mancisidor pareció alegrarse de la llamada y, aunque le dio a entender que el enfermo estaba muy mal, no puso objeción alguna a la visita, antes al contrario, se mostró encantada de recibirlo.

Caminó poco a poco callejeando cuesta arriba, sin importarle dar unos cuantos rodeos para evitar todos los tramos de escalera que le salían al paso. Iba casi disfrutando del paseo merced al airecillo fresco que soplaba con sutileza, el nordeste que barría toda nube del cielo de la ciudad. Iba muy ágil, las piernas le respondían, y descubrió que en realidad deseaba no llegar a su meta, deseaba sólo alargar el paseo.

Mancisidor vivía en una casa fácilmente reconocible, porque en los bajos de ella estaba el famoso Bar Malecón, donde habían pasado juntos muchas tardes de domingo. Para reponerse del esfuerzo y cobrar ánimo ante la visita, Paco entró a tomarse un gin-tonic, que le cayó muy bien, le hizo sentirse más seguro y con las ideas más claras.

En la casa de su amigo le aguardaba una grata sorpresa, un alivio inesperado: el hombre estaba solo, su mujer, que era más bien entrometida y tabarrona, había tenido que irse hacía unos minutos a casa de su hermano. Mancisidor salió a abrirle en bata -una elegante bata de seda- y le recibió con los brazos abiertos, con mayor calidez de la prevista, a pesar (o a causa) de que no había ido a verlo ni una vez desde que cayera enfermo, el pasado marzo. Ni siquiera sabía a ciencia cierta qué era lo que padecía, probablemente un cáncer del aparato digestivo, pero Paco careció siempre de toda curiosidad por los detalles y precisiones de las enfermedades ajenas. Le bastaba con tener una idea general.

Mancisidor estaba muy delgado, pero su aspecto ni mucho menos era el de un moribundo. Sin duda, había dejado la bebida y el tabaco por completo, y fuese cual fuese su patología concreta, lo cierto es que parecía rejuvenecido y hasta alegre, aunque se echó de ver al instante que prefería no entrar en el tema de su propio historial. Lo que quería era saber cosas de Paco. "Ponme al día", le pidió. "¿Cuánto hace que no me cuentas nada de ti?".

–Desde los idus de marzo, desde el último invierno, diría yo. Mi memoria ya no es de fiar.

–Cómo pasa el tiempo. Y qué de cosas han pasado desde entonces, ¿no?

–Bah, no tantas. Al menos cosas buenas, pocas o ninguna.

Estaban los dos de pie en mitad del vestíbulo, y Mancisidor no terminaba de hacerle pasar a la sala. Pero Paco tomó la iniciativa, porque no aguantaba a pie firme. Mancisidor parecía no necesitarlo tanto. Pronto se sentó también, se reclinó casi en el canapé, sin hacer ademán de ofrecerle bebida alguna.

–Que sepas que me he pasado varias tardes por el Bárcena a ver si te veía...

–Y por qué no viniste antes por aquí, hombre –le reprochó el enfermo.

–No estoy en época buena. Sabrás que me echaron del colegio, al acabar el curso pasado. Estoy en el paro, amigo.

–¿Cómo es posible? ¿Echarte a ti los Escolapios? Alguna cosa mala harías, se conoce.

A Paco no le molestó el comentario. Mancisidor era así, espontáneo y transparente como él solo, y por eso lo tenía por su mejor amigo.

–Cosas malas, ¿cómo cuáles? De qué me crees tú capaz, a ver...

Mancisidor había sido maquinista de Renfe hasta los cuarenta y pocos años, cuando sus problemas visuales lo condujeron a la jubilación prematura. Entonces cayó en el relajo más absoluto; su única actividad sana era el dominó, y así lo conoció Paco, en el Bárcena, donde se jugaban partidas de buen nivel. Pero pronto ambos se apartaron del juego. Seguían yendo al bar cada tarde y se limitaban a tomar juntos dos o tres vasos, si bien el alcohol no los unía tanto como su desprecio compartido a todo lo que salía y sobresalía en el periódico. Podían llamarlo envidia, pero los dos se enorgullecían de cultivar una envidia inteligente, comprensiva y bienhumorada.

–No sé –dijo Mancisidor–, según tenía yo entendido tú eras un profesor ilustre, con muy buena fama, así que igual te la estropeó alguien.

–¿Quieres decir que me calumniaron? A ver, cuenta, cuenta...

–Nada. Olvídalo. Si quieres que te diga la verdad, nunca me habló nadie nada de ti. Ni bien ni mal. No sé por qué te he dicho lo de la buena fama. Yo creo que sabes mucho de lenguas, pero no me preguntes cómo, porque jamás te lo he oído a ti ni se lo he oído a nadie.

–Curioso. Con lo chismosa y cotilla que es la gente de esta ciudad... ¿De verdad que allí en el Bárcena, cuando yo me iba, que me iba siempre antes que tú, no se comentaba nada de mí ni de mi mujer?

–Nada. Allí cada cual a lo suyo. Yo lo que sé de ti es lo que yo mismo he visto estando contigo, tarde tras tarde.

–¿Y de mi mujer tampoco?

–¿Qué le pasa a tu mujer? ¿Qué esperabas que se comentara de ella?

–Esto es muy curioso, amigo mío. Yo me pasaba las tardes allí contigo despellejando a todo el mundo, y ahora resulta que a mí no me despellejaba nadie. Qué desilusión. Ahora sí que es verdad eso de que no somos nada.

Y no pudo evitar reírse, aunque Mancisidor lo miraba con una expresión de extrañeza que no era propia de él.

–Pero dime, ¿para qué quieres que te despellejen?

–Hombre, si ahora que todavía estoy vivo no dice nadie una palabra sobre mí, cuando me muera, dentro de poco, ¿qué va a pasar?

–Qué más te da lo que pase cuando te mueras... Y tampoco será muy pronto, que eres joven todavía y no tienes un bicho dentro como yo.

Paco pensó que debía preguntarle por ese bicho, que era ciertamente a lo que había ido a allí, pero tuvo la certeza de que su amigo prefería seguir hablando de cualquier otra cosa.

–Tienes razón. Me da igual. Ahora ya me importa un bledo que hablen de mí bien o mal, o que no hablen en absoluto. Pero hubo un tiempo en que no fue así. Yo deseé tener fama. ¿A ti no te pasó lo mismo? Cuando eras joven, ¿nunca deseaste ser conocido, ser bien afamado?

–No, yo siempre me conformé con ser un tío normal. Yo quise ser un buen ferroviario para ganarme la vida y no descarrilar los trenes, pero nunca soñé convertirme en campeón del mundo de maquinistas. Tendría que haberme dedicado a otra cosa, pero mira, no se me ocurrió. Tú, en cambio, soñarías con ser premio nobel de lenguas, ¿no?

–No hay premio nobel de lenguas...

Y Paco se quedó pensativo. Pensó añadirle que él sólo había soñado con ser un profesor apreciado y distinguido en su ciudad, que él había dominado seis idiomas, entre ellos el ruso, que había publicado más de diez libros traducidos, que había patentado un método para enseñanza del inglés, que incluso había inventado un idioma artificial basado en el ritmo; y pensó decirle a continuación que le habían echado de los Escolapios por tener personalidad propia y no plegarse a las imposiciones y pamplinadas de la nueva pedagogía; pero se dio perfecta cuenta de que nada de eso interesaba al bueno de Mancisidor, que para él sólo era un agradable compinche junto al que pasar dos horas cada tarde en un bar rumiando sin acritud y con algo de ingenio su fracaso existencial.

Siguió un largo silencio en que el enfermo de cáncer, tumbado en el sofá con su excelente bata de seda (seguramente un regalo de su mujer para pasar bien vestido los últimos meses de su vida), no parecía sentirse incómodo. Paco, al fin, se vio obligado a hablar:

–¿No tienes algo por ahí para ofrecerme una copa?

–Si encuentras una gota de alcohol en esta casa, te doy el premio nobel de química, o lo que quieras. La mujer ya sabes que me lo controla todo.

–Me lo puedo imaginar. Pero el hecho es que a ti y a mí el alcohol nunca nos hizo un daño verdadero.

–A mí, con lo que estoy tomando para el bicho, seguramente me reventaría. Pero a ti tampoco creo que te haga bien. ¿O ya no recuerdas que el beber te afectaba a la memoria?

–¿Quién te dijo a ti eso?

–Tú me lo dijiste una vez o dos. Cuando bebías más de la cuenta, se te olvidaba todo. ¿No lo recuerdas?

Y, como efectivamente no lo recordaba, Paco se quedó muy corrido. Mancisidor no pudo evitar reírse un poco.

–Yo nunca bebí para olvidar –le contestó al fin– sino para sentirme más vivo.

–Yo bebía para hacerme daño, así de claro –dijo el enfermo.

–Celebro que te hayas vuelto abstemio –repuso él con amargura, comprendiendo que se había equivocado al decidir aquella visita. En las nuevas circunstancias, Mancisidor no era el hombre que él esperaba. No sentía la emoción que había previsto. Quizá debiera irse ya. Pero el enfermo seguía cómodo en el canapé, sin importarle en absoluto que la conversación no fluyera. Intentó él también desentenderse de aquel ambiente tan frío, aceptar la decepción con naturalidad.

Y justo entonces recordó que el día anterior, ¿o hacía ya dos días?, se había olvidado de acudir a la cita con aquel Tobías Illán. No pudo evitar un sobresalto. Se palpó el bolsillo de la teba: aquella vez ni siquiera traía consigo el móvil.

VI

Sentado en su balancín de la habitación redonda, escuchando sin mucha atención la Sinfonía *Gótica* de Havergal Brian, Mario Bulnes esperaba una llamada de teléfono. Llevaba allí desde las cinco de la tarde y eran las nueve y veinticinco; seguía esperando a sabiendas de que ya no iba a sonar; desde su atalaya privilegiada había visto oscurecerse poco a poco el paisaje deslavazado de los tejados y, en lontananza, el azul de la bahía. Ahora brillaban las diminutas luces de la ciudad, pero todo seguía igual. Dominaba el silencio del teléfono, de todos los teléfonos de casa, siempre aquel silencio cruel, tenaz, casi incomprensible. Finalmente, Tamar no llamaría; tampoco Arsenio ni, por supuesto, Paco; ni siquiera esa persona inesperada que a veces daba señal de vida los viernes o los sábados al caer la noche; nadie. Mario estaba ahí. Estaba solo, inactivo, abandonado del mundo, pero no desesperaba. ¿Por qué iba a hacerlo? Había aprendido a fracasar en la vida y aquel fracaso no era mayor que otros. Había fracasado como escritor, como marido, como jurista, como creyente, incluso como crítico literario y musical, pero había sabido asumir todos sus fracasos, y allí seguía meciéndose paciente, relajado, resignado, soportando el paso inerte de las horas, soportando aquel fárrago sinfónico -La Sinfonía *Gótica* de Havergal Brian era la más larga jamás compuesta por ningún músico-, con los brazos cómodamente adheridos a los del balancín, y de vez en cuando lanzaba una mirada a su propia imagen que podía ver reflejada en el espejo de la puerta del pequeño mueble-bar. No es que se gustara a sí mismo, se veía siempre feo, chato y algo disforme, pero era un gran consuelo saber aceptarse, era delicioso no tener la menor acritud contra uno mismo, contra nadie y contra nada. ¿Quién como él? Qué poca gente había que no tuviera sombra de rencor a su destino, o al pasado, a los padres o a los hijos, a los curas o a las mujeres. Él ni siquiera se lo tenía a Tamar. Aquella mañana habían hablado por teléfono, él la llamó desde el despacho, y había ocurrido lo de siempre, parlotearon largo rato. Él quería simplemente acordar una cita para el fin de semana y ella no dijo ni sí ni no, pero empezó a hacerle preguntas y comentarios sobre cualquier cosa. Estuvieron media hora al teléfono. Tamar tuvo incluso la bondad de hacerle la pregunta que ya nadie le hacía. ¿Por qué había dejado de escribir, por qué no volvía a escribir? "Yo escribía por vanidad –le contestó–, y me quité para siempre de esa vanidad. Como dijo Bryce Echenique, escribía para ser más querido, o en su defecto para ser más valorado, incluso para ser envidiado, para sentirme alguien grande e importante; quien niegue esto miente por la mitad de la barba, y si es mujer por la mitad del sitio que prefiera: tú, Tamar, puedes ser una gran poeta, y en mi opinión ya lo eres, puedes albergar los más sublimes sentimientos, las más originales ocurrencias, puedes estar dotada del ingenio más agudo, puedes poseer la más noble voluntad de proveer al mundo de un caudal de palabras exactas, de preciosos adjetivos, de rimas certeras, de metáforas deslumbrantes, de felicísimos hipérbatos, y de todo lo que se te ocurra; pero el motor que te impele de verdad a escribir es tu propio nombre. Ningún ser decente podría negar esto. El propio nombre es lo que importa. El quid de la cuestión estriba en que tu propio nombre salga ganancioso. Y ahora todo el mundo escribe, porque todo el mundo piensa que escribir es ganancia, que mejora mucho el nombre. Pero yo descubrí que no es así. No hay gloria ni fama para todos los nombres. De hecho hay muy poca gloria y fama para repartir entre tanto escritor. Esto, que parece obvio, no es tan evidente. Para mí sí lo fue, desde el año ochenta y nueve me di perfecta cuenta: yo escribía muy bien, acabé tres novelas, publiqué dos de ellas, y hasta tuve algo de éxito. Hablaron de mí en siete periódicos y tres emisoras de radio. Mis novelas eran muy buenas, a mí me parecían mejores que todas las demás de mi generación, por lo menos más interesantes, me lo siguen pareciendo; pero había una cola enorme de escritores buscándose su sitio. Y si quería defender mi posición, luchar por la justicia, es decir, hacer valer mi propio nombre, tenía que ponerme a pelear como hombre vil. Y yo puedo ser cualquier cosa excepto vil. Así que ahí lo dejé. Ahí os queda mi parte, escritores. Y me libré de la envidia, y a la vez de la ira, esos dos colmillos venenosos de la sierpe edénica. Y aun diría más: salí ganando. No perdí nada y gané tiempo, me ahorré infinitas horas malgastadas en cultivar un arte inútil, que los demás desdeñarían y olvidarían al día siguiente, que eso es lo que pasa normalmente cuando publicas un libro. Tu libro necesita que los demás te regalen un pedazo de su tiempo, pero lo que suelen regalarte no pasa de limosna miserable, porque el hombre ya no tiene tiempo ni para empezar a vivir".

Ella dijo entonces: "Qué bien hablas, Mario, yo ya sé la razón por la que tú no escribes. Porque no lo necesitas. Te basta con hablar, tú te realizas más hablando, sólo necesitas que te escuche una persona inteligente".

Y él asintió: "Exacto, pero tiene que ser una persona como tú, y es que tú me inspiras, Tamar". Y ella soltó unas carcajadas, que él no supo si eran de placer, por el halago, o risa falsa, o al menos diplomática, su modo de torear aquel elogio, que llamaba a algo más. Decidió apostar por lo primero y pasó directamente al ataque: "Venga, Tamar, quedamos esta tarde, a la hora que me digas, sabrás que me separo de Susa". Ella sólo le dijo: "Venga, te llamo". Y él: "Sí, por favor, llámame, estaré en casa, con seguridad... llámame, te contaré muchas cosas".

Pero al fin no había llamado: lo de siempre. Lo suyo era hablar únicamente por teléfono, aunque fuera una hora seguida. Quedar en un sitio, hablar de corazón a corazón, mirarse a los ojos, cogerse las manos y seguir dando pasos hacia el clímax, eso nunca. Decididamente debía dejarse de ilusiones. Tamar nunca estaría por la labor, así llevara años divorciado de Susa, así fuera Miguel García-Posada o el mismísimo Jesús Polanco, en vez de un puto burócrata de provincias. Aquella mujer era muy maquiavélica. Y no dejaba de considerar como uno de los enigmas más apasionantes del universo el de si sus orgasmos se resolverían en gritos desgarradores o sólo en dulces carcajaditas, pero en todo caso lo que estaba fuera de duda es que la empresa de averiguarlo no le estaba reservada a él.

No había pasado ni un minuto desde que acabara la horrible Sinfonía *Gótica*, con aquel tedéum estrepitoso e infumable, y justo cuando estaba corroborando por enésima vez que lo único que honra dignamente a la divinidad es el silencio, justo cuando ya se planteaba salir a darse un paseo a solas y cenar unas buenas rabas por la zona del Ensanche, sonó al fin el teléfono. Pensó en Tamar de inmediato, y tuvo tal descarga de adrenalina que, antes de imaginar otras posibilidades -y naturalmente existían unas cuantas- ya estaba empuñando el supletorio que apenas había perdido de vista en toda la tarde. Eso sí, se dispuso a fingir una sublime indiferencia. Pero la voz que oyó fue la de Susa, y le bastaron unas décimas de segundo para darse cuenta de su impostura: él no estaba aún separado de su mujer, al menos había devuelto a Gándara el día anterior las llaves del apartamento y seguía con la idea de acompañarla dentro de un mes a Laponia por Irina. Cierto que iba configurándose entre los dos un plan de emancipación progresiva y civilizada, pero de momento la ruptura se revelaba imposible.

–Mario –le dijo ella sin saludo ni preámbulo alguno–, oye, que llegaré tarde, al final la cena es en Selores. Si llama mi madre luego, dile que mañana la llamo yo.

Y prácticamente colgó ya el teléfono. Susa había salido a cenar con la gente de yoga y él ya sabía que no iba a volver a casa antes de medianoche, por lo que no estaba muy claro el objeto de aquella llamada. Pero lo que sí vio clarísimo es el error que había cometido al devolver la llave a Gándara. Susa ya no le amaba, ya no pensaba en él, probablemente incluso había empezado a despreciarlo. Susa vivía ya para su nueva religión, aquella espiritualidad tan chic que abrazaba todo lo que era evanescente, orientalizante, autoliberador, acuoso. ¡La era de Acuario!

Hubo de reconocerse triste y decepcionado. Ni siquiera tenía ya ganas de tomarse las rabas. Se dirigió a la gran terraza del salón. Allí estaba Zorba, a quien había sacado a pasear después de comer. Lo acarició con morosidad. Era un perro inteligente, pero de carácter algo linfático. No se emocionó al verlo, no necesitaba un segundo paseo, ni comida ni agua. En la caseta de la terraza tenía de todo.

De vuelta al cuarto, se quedó mirando la foto de Irina, cuatro añitos, que Susa había hecho ampliar y presidía ya el salón. No, no se veía convertido en el abnegado padre putativo y cuidador de una niña, por muy lapona que fuese, mientras su mujer se dedicaba cada vez más asiduamente al crecimiento espiritual y a la unidad consigo misma.

VII

Sor Marta tuvo que volver desde la puerta del Albergue, del que se disponía a salir, al mostrador de recepción donde Aurelia la reclamaba. Había un transeúnte recién llegado que exigía hablar personalmente con ella. Eran casi las once de la noche, las cenas habían concluido y apenas quedaba gente en la planta baja. Aquel día sor Marta se encontraba nerviosa y de mal humor. El Albergue debería de haber cerrado ya, pero estaba empezando a ser una evidencia que lo más parecido a una casa de Dios era una casa de putas. Volvió sobre sus pasos y preguntó al transeúnte qué deseaba.

–Hablar con usted.

–Pues dígame.

–No, si no le importa en privado.

–Pues es que sí me importa, ¿no me ve que voy con prisa?

–Prefiero en privado, pero no le robaré mucho tiempo.

–¿Y tiene que ser conmigo precisamente? ¿No le vale a usted esta hermana que para eso está aquí haciendo su turno?

El individuo guardó silencio un momento mientras miraba de hito en hito a una y otra. Al fin contestó sin cambiar de idea:

–Tenía mucho interés en hablar con usted, sor Marta.

–Pues hale, si va a ser breve la cosa, pase ahí conmigo.

Entraron en su despacho, la monja dio la luz exigua y fría del techo, y se sentaron uno en cada extremo del banco de madera que había junto a la puerta.

–Bueno, a ver, al grano, señor, usted me dirá.

–Vengo a hablar con usted porque creo que es usted una persona de Dios...

A sor Marta no la sorprendió tanto la frase del individuo como el tono en que la dijo. Estaba avezada a tratar con individuos de las más extrañas cataduras, pero en aquél vio algo que la puso en guardia inmediatamente. Era un tipo en el que contrastaba el aspecto exterior, como de vagabundo atiborrado de desperdicios, con la voz, el gesto, el modo de mirar, como de agente de alguna inteligencia secreta.

–Soy tan de Dios como usted, y seguramente tan mala o peor que usted. Cuénteme qué necesita, rápido, y se lo agradeceré.

–Primero tendré que contarle quién soy...

–Vale, cuénteme su vida si es eso lo que necesita, pero ¿por qué ha de ser precisamente ahora, por qué no lo dejamos para mañana por la mañana? Si necesita dormir aquí, las monjas le harán un sitio, como a cualquiera. Si necesita cenar, ha llegado tarde, aunque algo también podría ofrecérsele. ¿Ha cenado usted ya? No tiene aspecto precisamente de pasar hambre.

El hombre le lanzó una mirada que era claramente de odio, antes de responder.

–Soy un hombre que acaba de salir de la cárcel. No me tome por un comilón. Soy médico y sé por qué estoy obeso.

Diariamente mi dieta apenas llegará a las ochocientas calorías. He venido anteayer de Santoña y necesitaba una ayuda. Una pequeña ayuda. He pasado catorce años en la trena por una condena injusta, por eso me atrevo a pedir algo. Hasta enero no tendré derecho a cobrar una pensión.

Sor Marta no pudo evitar un resoplido de fastidio al tiempo que se ponía en pie.

–Dinero ni hablar, señor. Aquí no podemos dar dinero a nadie, y menos en este plan... y encima siendo usted médico.

El hombre le clavó una nueva mirada de profunda hostilidad.

–¿A qué plan se refiere?

–Hombre, a esto de venir a tales horas con una historia muy triste para al final parar todo en pedir pasta. Vamos, como un vulgar mangante, aunque usted no lo sea, ni a estas alturas me pille a mí de nuevas mangante alguno.

Ahora, el tipo, el transeúnte aquél, guardó un silencio largo, en el que la expresión de sus ojos fue pasando del rencor a la amarga lucidez.

–Usted debe saber, señor mío –añadió sor Marta– que si aquí anduviéramos con dinero no durábamos ni un verano. Aquí vivimos de lo que nos dan, casi todo en especie, ¿se da cuenta? Solamente nos dedicamos a acoger a cualquiera que nos llega huérfano de un techo. Y procuramos hacerlo con el calor de un hogar, con toda la ternura que quede en nuestras almas, quizá ya muy poca, porque la mayoría somos monjas y viejas, con nuestras bilis, aunque también es cierto que no nos reservamos nada para nosotras. Si usted lo que necesita es metálico, tendrá que ir mañana a Cáritas o cualquier otra organización social, que estudiará su caso.

–Cómo sabía yo esto –dijo al fin el hombre, como para sí mismo, meneando la cabeza–, cómo sabía yo que con monjitas ni a apañar duros. No hay límites a su hipocresía. Así que ¿acoger a todo el que llega con el calor de un hogar? Ni siquiera me ha hecho una pregunta. No se ha interesado por el crimen que supuestamente cometí, ni por si tengo familia o alguien que no me haya fallado en esta vida. Nada. Y me habían dicho que era usted una especie de Teresa de Calcuta cántabra.

–Oiga, oiga, a mí no me venga usted con esos humos. ¿Qué culpa tengo yo de que digan de mí semejante sandez? Me parezco tanto a la Madre Teresa de Calcuta como a la bruja Pirulí. ¿Qué pasa, que usted se cree todas las tonterías que va oyendo por ahí? Yo soy una religiosa normalita del primer mundo, y atiendo a los pobres de aquí, que no son ni la mitad de pobres que los de la India y otros sitios. Me dedico a dar gratis comida y cama a los que vienen a pedir, y casi nunca fiscalizamos a nadie. Pero usted ha venido a pedir algo que yo no puedo dar. Hacer milagros no es lo mío. Veo que quiere conversación en este mismo instante, pero tampoco usted me ha preguntado a mí adónde iba yo ahora mismito, porque a lo mejor resulta que salía a atender una urgencia más grave que la suya.

El tipo, sin levantarse, echó una larga mirada a la monja de arriba abajo como midiéndola.

–Cuánta soberbia –masculló luego.

–La verdad duele más que la calumnia –replicó sor Marta–, así que por ahí no me va a provocar usted.

–Vaya con la santita, qué résped tiene –dijo el hombre y sonrió mostrando una dentadura caballuna pero aparentemente sana.

–Mire, amigo, creo que lo mejor es que cene algo y duerma en esta casa esta noche. Yo le invito de corazón. Mañana por la mañana me cuenta usted ya lo que guste.

–Gracias, corazón, muchas gracias –y se puso en pie lentamente, con una cxtraordinaria parsimonia, sin dejar de sonreír, y poco a poco fue avanzando hasta la puerta. Pero de pronto se detuvo, como si se le hubiera ocurrido otra idea, y volviendo sobre sus pasos descargó de repente una gran bofetada sobre la mejilla de sor Marta Barturen.

Sor Marta tuvo la sensación de que aquel golpe no era un acto de ira ni el desvarío de loco. Aquel sujeto estaba en sus cabales y había obrado de manera totalmente cerebral, como quien practica un experimento. Y se le ocurrió que lo que el guion exigía entonces es que pusiera la otra mejilla. Pero, si algo odiaba ella, era esa forma cobarde e inauténtica de mostrar su fidelidad a las enseñanzas de Jesucristo. Su agresor no pasaba de ser un bellaco y una mujer como ella debía darle una lección de valor. La bofetada le dolía lo suficiente como para sentir una rabia que la retrotrajo a sus tiempos de "Marta Maremoto" (como la llamaban en la escuela de Guernica, donde Marta había nacido, solo diez días antes del famoso bombardeo) y respondió como lo había hecho tantas veces siendo niña: propinó al individuo un buen puntapié en la espinilla.

Ahogando a duras penas un grito de dolor, el hombre se agachó para frotarse la pierna con la mano, y lanzó una mirada asesina a la monja.

–Hale, váyase de aquí, sinvergüenza... ¡Pegar a una mujer! –le gritó acordándose de la frase: si no os hacéis como niños no entraréis en el reino de los cielos.

Pese a su edad y su gordura, el fulano no era tan torpe como parecía. Se incorporó rápido y, sin decir una palabra, la emprendió ciegamente a puñadas contra ella, que apenas pudo cubrirse con los brazos.

Fue una lluvia de golpes en la cabeza que no debió de durar mucho, y sor Marta no llegó a perder el conocimiento, pero, cuando el tipo se hubo ido de allí dejándola en el suelo, empezó a extrañarse de que nadie hubiera escuchado la trifulca. Estaba sola, aturdida y con la sensación de haberse quedado completamente sorda por los golpes.

Poco a poco, sin embargo, fue recobrándose. Empezó a oír algún ruido procedente del exterior. Le dolía mucho la cabeza y estaba segura de tener la cara hinchada y desfigurada. Pensó que debía esperar allí un poco más. No deseaba que nadie supiese lo que había sucedido, al menos hasta el día siguiente. Le parecía que aquel individuo no era realmente un loco peligroso y que denunciarlo sería hacerle el juego. Se le figuró que aquel hombre había planificado todo el follón para que la Policía lo detuviera y poder regresar a la cárcel por unas cuantas semanas.

VIII

Un sábado más, tanto su marido como su hija se escaquearon y Arancha tuvo que hacerse cargo de su suegra, al menos hasta media tarde. Llegó a la vieja casa de mal humor, un poco después de las once y media. La cuidadora se iba ya y no regresaría hasta el domingo por la noche. Los fines de semana era Carlos, con alguna ayuda de Blanca, quien velaba por la nonagenaria (su otro hijo, Abel, venía a relevarlo desde Madrid a lo sumo una vez al mes), pero los tres fallaban lo suyo, les surgían impedimentos o compromisos, cuando no enfermedades, y era ella, la nuera, quien siempre los suplía a todos. Lo llevaba mal. Cada vez le costaba más atender a aquella mujer, pese a que era una santa y no pesaba más que una pluma. Lo hacía sin rechistar, pero era duro, no sólo porque le suponía romper continuamente sus planes del sábado o del domingo, sino porque Carlos y Blanca parecían convencidos de que tenía tanta o más obligación que ellos de asumir esa carga. No había escapatoria, sólo quedaba sufrirlo y callar, hasta Dios sabía cuándo.

Para colmo, aquella mañana la cuidadora no pudo bañarla porque la anciana había pasado mala noche para al final quedarse dormida hasta poco antes de llegar ella. De manera que ahora le tocaba hacerlo a ella sola. Ni pensar en pedirle a la cuidadora que la ayudase: era esencial, lo sabía muy bien, no sobrecargarla nunca y respetar estrictamente su horario de trabajo.

Disimulando como mejor pudo la exasperación, Arancha cargó con su suegra desde la cama a la silla de ruedas y luego, en el baño, la colocó en la bañera de asiento. Aquella mañana, la anciana pesaba aún menos de lo habitual; parecía tensa, nerviosa. Pero Arancha también lo estaba. Hubiera querido amar más aquel cuerpo viejo e inválido, pero no lo conseguía, por mucho que se esforzase en tener presentes las virtudes del alma que albergaba. Aquel cuerpo olía muy mal, porque ya no controlaba los esfínteres. Era una pena que la santidad sólo diera agradable olor después de la muerte, cuando lo daba. ¿Por qué le servía de tan poco considerar lo buena que había sido aquella anciana con ella toda su vida? Pensó que si se hubiera tratado de su madre o de su marido, todo le habría resultado mucho más fácil. Era triste hacer aquel esfuerzo sólo por sentido del deber o por gratitud, gratitud doble, hacia ella y hacia Carlos, que la había rescatado de la penuria, que había hecho posible que tuviera una vida holgada; pero gratitud triste, porque no le salía de dentro. Era triste que gracias al dinero ajeno siguiera llevando una vida holgada y fácil, pero lejos de la alegría verdadera, la que sale del corazón.

Y como si Amalia estuviera leyendo sus pensamientos, empezó de pronto a hablar y a lamentarse:

–Ay, hija, cuánto me duele hacerte esto. ¿A qué viviré tanto? ¿Por qué el Señor se habrá olvidado de mí?

–Pero no digas bobadas, mujer, ¡cómo se va a olvidar de ti el Señor! Qué mejor tarea podría tener yo todo el día que atenderte lo que haga falta.

–No, hija, no es justo. Yo sé que no hay derecho a que te haya tocado esta carga a ti. ¿Hasta cuándo, Dios mío, hasta cuándo? Ay, Arancha, menuda faena te estoy haciendo.

–Pero no me ofendas, Amalia. Lo dices como si yo no fuera nada tuyo. ¿No soy una hija? ¿O es que echas de menos a una hija biológica?

–Sí, sí eres hija, y bien buena, no te enfades, pero no hay derecho a que esto se alargue tanto. Yo no quiero vivir más, ¿para qué? Nunca me gustaron esas viejas que se agarran a la vida como lapas a costa de quien sea. Siempre me propuse huir de eso. Y mira tú por dónde, tenía que caer yo en lo mismo.

–Qué le vamos a hacer, será que Dios te pide todavía un poco más de paciencia. Lo único que hace falta es que tengamos todos salud para cuidarte.

–No, yo a Dios le estoy rogando precisamente que me lleve pronto. Todo el día estoy pidiéndoselo. Y por preferir, casi preferiría que me dejarais en un asilo, mal atendida, que estar obligándote a ti a sacrificarte tantos años.

–Mira, Amalia, no me fastidies, o estás perdiendo la cabeza o eso que dices ofende a Dios. Yo estoy encantada de dedicarme a ti los sábados. La pena es que no tenga ya tanta fuerza y agilidad como estas mujeres para cuidarte todo lo bien que mereces.

–Son diez años ya tirando de mí...

–Pues ojalá vengan todavía otros diez.

–Qué horror, hija, ¿cómo dices eso?

–Tú sabes mejor que nadie que este sufrimiento bien llevado es el mayor bien para las almas. No nos ha enseñado otra cosa nuestra santa madre Iglesia.

Nada replicó la anciana a eso. Calló y Arancha creyó ver dibujarse en su rostro una expresión de amarga incertidumbre, lo que fue como añadir una nube negra a su propio espíritu.

Tardó un rato, mientras la secaba y untaba de pomadas, en poder decirle nuevas frases de ánimo. La punzaba el temor de haberle contagiado su propio pesimismo y cansancio a la anciana. Cuando al fin la tuvo acostada en la cama, le ofreció ponerle una pieza musical que le gustaba mucho, el Concierto para violín de Mendelssohn (Amalia Lázaro había sido profesora de música, como su nieta), y ella lo agradeció como si se tratase de una idea extraordinaria. Pero en cuanto empezó a sonar el disco en el pequeño aparato que le tenían aderezado en un extremo de la habitación, volvió a quedarse dormida. Entonces Arancha bajó un poco el volumen, bajó también más la persiana y se dispuso a disfrutar del vuelo de aquella música en silencio y en la oscuridad. Casi al instante la audición la transportó a ella también al sueño, pero era un sueño consciente y de felicidad plena. Volvía a ser niña, volvía a vivir con sus padres y sus dos hermanas en aquella casa de la puebla vieja de Laredo donde tenían el negocio familiar de alfarería. No eran ricos, de hecho pasaban alguna estrechez, porque papá administraba mal y mamá estaba tan enamorada de él que apenas era capaz de enmendar sus errores, pero disponían de todo lo necesario y la vida era dichosa para los cinco. Todo era juego, y así lo revivía ella ahora, mientras la voz del violín mendelsoniano parecía persuadirla de que nada de aquel paraíso estaba perdido para siempre. Era un juego ir al colegio, un juego hacer los encargos de papá, sufrir los días de lluvia, las enfermedades, los enfados de mamá, las peleas con sus hermanas. Entreveía que el cielo no podía ser sino un perpetuo regresar a aquella casa y a aquel tiempo cuya belleza había quedado simplemente escondida en algún lugar de su memoria esperando la hora de resurgir.

Entonces llamaron a la puerta. Arancha se sobresaltó un poco. Pensó en don Julián Bedia, pero precisamente el día anterior había creído entender a Carlos que el cura seguía mal y no vendría a hacer a su madre su visita habitual de los sábados.

¿Quién diablos podría ser? Carlos y Blanca siempre le habían dicho que no abriera la puerta a nadie. Aquel viejo edificio, todo él propiedad de Carlos y su hermano, estaba vacío; sólo seguía arrendado uno de los pisos, pero la inquilina rara vez se hallaba en casa. De poco iba a servir que Amalia no tuviera ya dinero ni objeto alguno de valor; cabía perfectamente que en cualquier momento cayese por allí una cuadrilla de malhechores desinformados.

Pero Arancha no se dejó paralizar por el miedo. Sin interrumpir el concierto, que estaba a punto de llegar al final, caminó de puntillas hasta la puerta; tal vez se tratara de un mendigo inteligente y ella podría permitirse en aquel momento un gesto hermoso de generosidad. Echó un vistazo por la mirilla... y era el sacerdote. Con gran contento le abrió y le hizo pasar. Sintió el impulso de besarle la mano, pero ya en una ocasión don Julián le había hecho saber con toda delicadeza que no le gustaba mucho ese detalle, y se contuvo. Como la anciana estaba dormida, cosa extraña a tal hora, le pidió que esperase un poquito en el salón, por si se despertaba luego, y le ofreció un café. El cura aceptó, siempre decía sí a todo. Su aspecto parecía desmejorado; ciertamente la infección de garganta y el antibiótico le habían hecho estragos; pero aun así era un hombre de gran porte, una figura que sabía transmitir como pocas la dignidad de las personas sagradas.

Arancha empezó a hablarle del bajo estado de ánimo que tenía hoy la anciana y a lamentar que quizá no se despertase a tiempo para que pudiera hablar un poco con él y reconfortarse.

–Por cierto, que nunca le agradeceremos lo bastante todo lo que usted ha hecho estos años por ella viniendo aquí tantos sábados. Por ella y por nosotros... y por todos, don Julián.

–Nada, mujer. Para mí visitar a Amalia ha sido siempre un estímulo. Los sacerdotes tenemos mucho que aprender de algunos laicos. Hay almas santas como la de esta mujer que son regalos de Dios.

–Ya, pero usted siempre tan cumplidor y tan generoso, con la cantidad de obligaciones que tendrá a sus espaldas...

Por toda respuesta, don Julián hizo un vago ademán que Arancha no supo interpretar. Pudiera ser un modo de quitarse importancia, o acaso una señal inconsciente de cierta impaciencia. Quizá el cura tenía prisa y estaba pensando que no pintaba nada allí a solas con ella, que él sólo venía a cumplir con la anciana y el resto le resultaba ocioso.

–Seguro que tiene usted prisa, y me temo que ya hoy no va a ser posible... ¿o quiere que la despierte?

–No, no –contestó él poniéndose en pie, tras apurar la tacita–, lo mejor será que duerma. Pero es raro, porque nunca a esta hora me la había encontrado así.

–Don Julián, gracias otra vez, mil gracias por todo –le dijo acompañándole hasta el vestíbulo. Sentía un deseo enorme de decirle que deseaba hablar con él, que necesitaba más que nadie ser oída por un buen sacerdote. Pero no se atrevió a pedírselo, por lo mismo que nunca se había atrevido ni a acercarse a su confesonario. Aquel cura le imponía demasiado respeto. Comprendía que era algo absurdo, pero no lograba superarlo. Le despidió con un simple apretón de manos. La de él le resultó decepcionantemente blanda.

Volvió a la habitación de su suegra, que seguía durmiendo con una placidez total. Se arrodilló junto a la cabecera y la observó con arrobo. Su rostro reflejaba ahora una bondad y una dulzura casi insólitas. Estaba claro que aquella mujer era una santa verdadera, y quiso creer que constituía una prueba evidente, si no de la existencia de Dios, al menos de la autenticidad de la fe. Aquella mujer no creía porque se lo hubieran dicho, o impuesto, sino porque lo experimentaba desde hacía mucho tiempo.

Deseando hablar con ella, pensó que la música de Mendelssohn, igual que la había adormecido un rato antes, podría ahora despertarla dulcemente, y volvió a poner el adagio del concierto a un volumen muy bajo. De nuevo sintió que aquellos sones le abrían la puerta de una dicha que pertenecía a la vez al tiempo y a la eternidad. Fijó la mirada en el rostro casi risueño de Amalia. Seguía durmiendo. De pronto, sintió el impulso de besar sus mejillas. Muy despacio se acercó, se fue inclinando sobre ella, y al tocarla con los labios se dio cuenta de que estaba completamente helada.

IX

Parecía que la chica siempre estaba allí. Michel Penagos la vio ya el primer día, cuando a última hora de la tarde recorría el gran hospital detrás de la camilla en que llevaban a don Leandro desde urgencias hasta la planta de cardiología, donde iba a quedar ingresado en observación. La chica estaba sola, paseando por un pasillo con el móvil pegado a la oreja y el aspecto lloroso.

Michel no conocía a la chica más que de haberla visto una vez en toda su vida, pero la recordaba perfectamente. Fue la víspera de Reyes de aquel año. A las nueve de la noche los autobuses iban abarrotados de gente que regresaba a casa después de concluida la cabalgata. Michel, que llevaba a sus niños hasta el Alto de Miranda (aquella noche de Reyes la pasarían en el hogar de su abuela materna), vio a una jovencita embarazada que iba de pie y se levantó para cederle el asiento, pero quien se aprovechó de él fue la mujer mayor que la acompañaba, su madre a todas luces. A Michel le molestó el detalle y no pudo evitar una mirada de reprobación a la señora, que aún estaba lejos de ser una anciana. Probablemente se dio por aludida porque, sin cortarse ni un pelo, se justificó diciéndole a su hija:

–Tú no tienes varices, y yo sí.

–Pero las tendré –repuso la chica–, con lo que llevo dentro ya verás qué pronto.

–Culpa tuya –escupió la madre–, hiciste lo que no debías y luego no hiciste lo que debías, así que ahora te aguantas.

Había ruido en el autobús y las mujeres no hablaban demasiado alto, pero él las entendió muy bien y se sintió tan escandalizado que pensó coger a los niños, que iban sentados frente a la mujer, e irse con ellos a otra parte. Pero era complicado hacerlo, y además, la chica embarazada tenía un aire dulce, cándido, que le llamó la atención. Lo que hizo fue mandar a Simón que se levantase y le ofreció a ella su sitio.

–No, no, que voy bien así, gracias.

La insistencia de Michel no sirvió de nada. La chica parecía algo cabezota y casi rayaba en descortesía no aceptar el asiento, pero él no se lo tomó a mal. Debía de ser una cuitada, con aquel rostro gafoso, chupado, sin mejillas, y aquel cuerpecillo de anguila en que la preñez se mostraba ya con todo descaro. Sin embargo, no podía decirse que fuera fea. Michel fue observándola el resto del trayecto (ya entonces ni madre ni hija volvieron a abrir la boca) y llegó a la conclusión de que aquella chica poseía una belleza interior bastante fuera de lo común.

Se le quedó tan grabada la escena que diez meses después, al verla sin barriga en el gran hospital, exhibiendo tanta aflicción, la reconoció al instante. Se le figuró que aquella madre egoísta que la acompañaba la víspera de Reyes habría enfermado de gravedad y eso era lo que la había traído allí. Quiso saludarla al pasar, pero no pudo porque estaba realmente enfrascada en su conversación telefónica. La ocasión se le presentó un rato después, ya de noche, al transitar por el mismo pasillo hacia la salida. La chica seguía allí, sentada en un banco, totalmente sola y abatida por las circunstancias. Michel le lanzó una mirada cargada de simpatía y le dijo hola, haciendo ademán de detenerse. Pero ella no reaccionó; era obvio que no se acordaba de él. Siguió adelante. El segundo día también la vio cuando a media mañana pasaba por el mismo sitio a visitar a don Leandro, sólo que ahora estaba rodeada de un grupo de gente entre la que no pudo reconocer a la que parecía su madre. Y fue ya el tercer día por la tarde, al divisarla de lejos en otro pasillo -de pie, apoyada contra una pared, con el móvil en la mano pero sin hablar con nadie-, cuando Michel Penagos decidió correr el riesgo de abordarla.

–Hola –volvió a decirle parándose a dos metros de ella–, no te acuerdas de mí, claro.

–Me suena...un poco de vista... tiene usted dos niños.

–Ah, vaya, qué buena memoria. La víspera de Reyes, en aquel autobús, ¿no caes?

Pero la chica no caía. Si lo conocía era más bien, cosa curiosa, de verlo por la calle con Simón y Lino. Él le habló de aquel trayecto desde el centro de Santander al Alto de Miranda y de cómo le ofreció un sitio para sentarse sin que ella lo aceptara, aunque eludió el detalle egoísta previo de su madre, pensado que sería la enferma. Tuvo que preguntarle por su maternidad, qué tal la llevaba, para salir de su error. Era el bebé el que estaba muy pachucho. Le habían detectado un estrechamiento aórtico y llevaba cuatro días entre la vida y la muerte.

–Vaya por Dios, lo siento muchísimo –dijo Michel, sinceramente afectado, y mirando en derredor continuó–: pero te veo siempre sola... ¿Tus padres? ¿El papá del niño?

La pregunta era un salto al vacío, pero la chica no acusó la impertinencia, al contrario, le dio pie para permitirse un desahogo.

–Jo, yo no me puedo mover de aquí, sólo he vuelto a dormir a casa una noche. He tenido suerte con dos enfermeras muy majas que me dejan estar todo el tiempo... tampoco estorbo... No me quiero separar de mi niño, si se muere yo me muero también con él. Mi madre y mi tía suelen venir por la mañana, me llaman mucho al móvil, y un hermano que tengo, pero yo aquí estoy permanente, esperando. ¡De aquí no me echa nadie!

El tono de la chica era conmovedor, tanto como su situación, o como su silencio respecto al padre de la criatura. Michel se sintió obligado a exponerle el motivo de su presencia allí. Le habló de un cura al que apreciaba mucho, al que llevaba un montón de años sin ver, y que el mismo día de su reencuentro, en unas circunstancias penosas, había sufrido una arritmia grave, aunque estaba ya mejor. Todo providencial, así le dijo, porque no podía callárselo: Dios había dispuesto las cosas de un modo ciertamente extraordinario, y mientras se lo decía se daba cuenta de que a la chica poco iba importarle aquel caso suyo, que bastante tendría la pobre con lo de ella, pero no: la chica mostró curiosidad, o cuando menos le dio por preguntarle si aquel cura no tenía familia o alguien que se ocupara de él.

–Aquí en Santander sólo tiene a unas amigas, pero son dos señoras muy mayores que no están para muchos trotes. Tiene un sobrino en Valencia que dijo que iba a venir, pero no sé cuándo. O sea que me ha tocado a mí cuidarle, a mí y otro cura mayor, una buena persona, que hoy no ha podido. Pero yo estoy encantado de ayudar a don Leandro, porque es un gran sacerdote, y yo le debo mucho. Ha tenido mala suerte el hombre...

Y pensó que no tenía sentido contarle a aquella chica el problema penoso que había tenido en su parroquia, del que sin duda no estaría informada en absoluto. Pero la reacción de ella volvió a sorprenderle.

–Jo, los curas, los pobres, qué solos están, ¿verdad?

De pronto le pareció que la mujer con la que hablaba era alguien muy cercana y especial, y no pudo contenerse.

–Yo también estoy muy solo –le soltó–, ya habrás deducido que estoy separado, a que sí...

–Ah vaya, ahora hay tantos así, pero bueno, por lo menos los chicos tendrán madre...

Le extrañó aquel comentario. Lo normal hubiera sido que se sorprendiera de lo que él le había dicho, que hubiera empezado a sospechar de él, o al menos a pensar que se estaba tomando demasiadas confianzas; pero no había rastro de eso. Sólo ingenuidad probablemente.

–Pero tu niño también tendrá padre, ¿no?

Tampoco aquel tiento pareció mosquearla en absoluto...

–Ya lo creo, pero mejor no tocar el tema...

Y aunque hizo un ademán claro de rechazo, no dejó de sonreír como una niña medio traviesa.

–Vale, perdóname, estoy siendo un entrometido. Sólo que me llama la atención tu actitud.

–¿Ah, sí? ¿Y por qué?

Y su sonrisa se acentuaba. Aquello era algo extraordinario. Michel empezó a pensar que era algo realmente milagroso.

–Porque a pesar de todas tus desgracias, parece que tienes un ángel siempre contigo.

–Qué va, el ángel ha fallado, el ángel tenía que estar ahí dentro, pero no sé –replicó sin dejar de sonreír y señalando vagamente hacia el lugar donde estaría su criatura entre la vida y la muerte.

–Seguro que está, el ángel de la guarda nunca falla.

–Huy, sí falla, falla mucho –dijo la chica poniéndose muy seria de repente.

–¿Cómo se llama tu niño? Me gustaría rezar por él.

–Se llama Danu, Danubio le han puesto –contestó con una expresión de sorpresa–, pero no está bautizado ni nada.

–Lo has dicho como si esto fuera un inconveniente para pedir a Dios por él, y no lo es en absoluto...

E iba a preguntarle por fin cuál era el nombre de ella y a decirle el suyo propio, pero le sonó una vez más el móvil. Michel se alejó un poco para dejarla hablar con tranquilidad. Tenía la sensación de haberse propasado con aquella mujer y ahora era urgente mostrarle delicadeza y respeto. Se distrajo unos segundos mirando por una ventana hacia un pabellón que estaba en obras y, cuando volvió la vista, la mamá de Danubio había desaparecido. Dedicó casi un cuarto de hora a recorrer todos los pasillos de aquella zona del hospital en su busca, pero no hubo modo de encontrarla. Seguramente habría tenido que entrar en la UVI o donde se hallara el niño en su lucha por la supervivencia, y comprendió que lo mejor sería cumplir lo ofrecido y rezar por él. Eran ya las seis de la tarde y se acercaba la hora de ir a buscar a Simón y a Lino para llevarlos a la Academia Étimo. Le esperaba una larga caminata, larga y muy dura porque volvía a hacer un calor aberrante. Salió del hospital con humor contradictorio; su contacto con aquella chica (pese a que no tendría ni treinta años) le había encendido una enorme ilusión, pero tenía metido entre ceja y ceja que ya no la vería más por mucho que volviese a visitar a don Leandro, al menos en un largo tiempo. ¿Tenía alguna otra manera de localizarla? Imposible. Se preguntó quién sería el sinvergüenza que le había hecho a Danubio.

Y mientras caminaba por la calle Rábago, Michel sintió que por primera vez en mucho tiempo ir a ver a Natalia Bedia había dejado de ser aquel gran estímulo para su vida solitaria.

X

Diana seguía tecleando su móvil cuando Tobías Illán la divisó en una mesa de la cafetería de Valdecilla. Estaba acompañada de un joven que no se parecía mucho a ella pero que resultó ser su hermano. Ella los presentó -es mi abogado, dijo, refiriéndose a él- y al instante Josevi, el hermano, los dejó solos. Todo seguía prácticamente igual. El niño no empeoraba pero tampoco salía de la gravedad y del peligro. Ahora bien, un médico, el doctor al que el propio Tobías había podido acceder a través de su contacto, acababa de decirle que el tiempo corría a su favor. Si sobrevivía un poco más, era posible y aún probable que saliese adelante, y Diana parecía hoy casi feliz y esperanzada. Además, aquella mañana habían ido a hacerle compañía por primera vez sus compañeros del instituto y le habían dejado un magnífico ramo de flores, que tenía allí consigo sobre la mesa de la cafetería. Tobías le preguntó qué deseaba comer -cualquier cosa, lo que hubiera en el menú, le dijo- y se ocupó él mismo de ir a hacer el encargo a la barra. Pronto vio el momento de hablarle del asunto, pero aun así prefirió preguntarle:

–En realidad, después de todo lo que estás pasando, Diana, ya no sé hasta qué punto sigues teniendo interés en la famosa carta, es decir, en tirar de abogado. ¿Te parece bien que tratemos de esto ahora o... lo dejamos para mejor ocasión? Ya habrás visto que te he tomado mucho aprecio; lo único que importa es que tú estés entera y animada para seguir luchando por Danu.

–A ver, a mí eso ahora me da lo mismo... –dijo ella, haciendo una fea mueca; realmente los días de angustia que estaba pasando la tenían consumida; su rostro no era ya más que un manojo de arrugas.

–Muy comprensible. ¿Y tu familia te ha vuelto a insistir sobre ello?

–Sólo mi madre sigue en sus trece, pero a mí ya qué me importa. Con tal que se salve mi niño, el resto para mí será gozar la vida, venga lo que me venga.

–Natural. Y tu madre tendrá que comprenderlo. ¿Tu madre por qué tiene tanta fijación contra ese hombre? ¿Tan canalla es? Creo recordar que tú me dijiste que no era malo. Y si lo fuese, a tu madre habrá que convencerla de que lo mejor es alejarse, no volver a saber de él.

Diana calló ante aquello, como si no aceptara la última frase y no se atreviera a replicar al caballero que tan bien se estaba portando con ella.

–Pero usted le conoce, ¿no? –dijo después recobrando su sonrisa un poco pícara–. ¿No podría decirme algo de él?

–Algo, pero no mucho –le contestó acariciándole un instante la mano–. ¿Te molesta que fume?

–Para nada –y ella, como si quisiera prevenirse, tomó el ramo de flores, lo olió y luego lo estrechó contra sí.

–Pues mira, yo con este hombre he estado una sola vez, en una cena, hace no muchos días. Es viejo amigo de un buen amigo mío. Ha sido una mente brillante y, según este amigo, sin duda una gran persona. Pero, por lo visto, no le van bien las cosas, últimamente. Su academia de idiomas sigue en pie, pero en el colegio de los Escolapios lo despidieron el curso pasado.

–¿Ah sí? –Diana pareció asustarse con la noticia.

–No te puedo dar detalles, porque a este amigo del que te hablo tampoco he querido sonsacarle mucho. Sólo esto, es decir, que ahora mismo está en el paro, porque además la academia la lleva ya su mujer. Lo que más bien sospecho es que el hombre ha tenido problemas con el alcohol. En fin, que es una persona problemática. En cierto modo enferma. Y en esa situación, pongo muy en duda que tu demanda de investigación de la paternidad pueda servir para algo.

–Ya, ya, ya, vaya... –murmuró ella, pensativa, triste, y al retirar de sí el ramo, uno de los claveles se desprendió y se le introdujo por el escote. Llevaba por camisa una blusita descolorida y fofa que dejaba al descubierto un sujetador que curiosamente parecía tener algo que sujetar.

–Los dos tuvisteis mala suerte, por lo que se ve –apuntó el abogado–, aunque yo diría que al final la peor parte no te la has llevado tú.

–Qué extraño –siguió ella, sin hacer caso alguno al comentario del hombre–, qué extraño eso de que esté en el paro, con lo buen profesor que es.

–Buen profesor y mejor persona, según mi amigo. Aunque, si me permites la pregunta, ¿tú crees que puede ser buena persona el caballero que hace a una chica lo que éste te hizo a ti?

Diana Serantes sonrió. Evidentemente, en el corazón de aquella joven no había el menor trauma ni rasgo de rencor contra el hombre perdido. Cierto que, después de todo, era el padre de Danubio, el ser por el que ahora ella vivía y desvivía, la razón de su existencia, pero ¿cuántas mujeres había en el mundo capaces de perdonar al egoísta que las había abandonado con un hijo en las entrañas por el mero hecho de que a él le debieran ese hijo al que pronto comenzaron a adorar? Quizá sólo Diana era capaz de eso.

–No sé, es difícil –respondió luego–, pero creo que si él hubiera sabido...

–¿Cómo fue exactamente la cosa? –preguntó Tobías quitándole de la mano los cubiertos con los que iba a aliñar la ensalada para ocuparse él de hacerlo.

–¿Como fue el qué?

–¿Cómo te sedujo?

Diana pareció no entender la palabra.

–¿Cómo te engañó?

–No, si él no me engañó –contestó tajante pero sin alterarse–, el pobre, ni se enteró casi de lo que hizo. Fue todo tan atropellado...

Y se detuvo como para recrearse en la evocación de aquel suceso.

–Cuéntamelo –dijo Tobías, persuadido de que era bueno para la chica aquel deslizarse suyo en la curiosidad más descarada.

–Yo también tuve culpa, los dos bebimos mucho. Pero fue una vez sólo... Jo, me da vergüenza contártelo.

–¿Se lo has contado a tu madre?

–Buh, si le cuento a mi madre cómo fue todo, me mata.

–O sea, que le has contado sólo media verdad, que viene a ser la peor clase de mentira.

Diana volvió a sonreír con aire de inocencia, pero se ruborizó un poco.

–Le conté la verdad: que fue un desliz, una vez sólo. Le conté dónde fue, en el Hotel Alisas. A mí me habían puesto una temporada el turno de tarde en el instituto y no podía seguir yendo a sus clases de la academia. Entonces él dijo que me daba una clase particular el sábado por la mañana, y yo iba allí y estaba dos horas con él sin que pasase nada. Me enseñaba muchísimo inglés. Pero un día debió de discutir con su mujer por algo, yo creo que porque ella se enteró de que no quería cobrarme. Él me dijo que no me cobraba porque no podía cobrar a los ángeles que se topaba por la vida.

–¿Te dijo así? ¿Los ángeles que se topaba por la vida?

–Sí, sí. Él siempre decía que había muchos ángeles sueltos por la vida y que él tenía la virtud de descubrirlos.

–Qué curioso, Diana, qué interesante.

–Total, que luego dijo que me daba la clase en un bar. Y así fue. Quedábamos en el Siboney todos los sábados o los días que él tenía libres de 10 a 12, y hablábamos en inglés, aunque él me enseñaba también un poco de alemán y ruso. Sólo hablábamos de idiomas. Todo eso es verdad y se lo conté a mi madre. El problema es que él bebía más de la cuenta, aunque yo nunca le veía borracho y no me preocupaba. Pero un día precisamente no bebió. Fue un día raro porque yo había tenido un disgusto con un amigo y no tenía ganas de clase. Me eché a llorar con él. Era un chico con el que yo estaba ilusionada y me enteré de que había empezado a salir con mi mejor amiga. Él ese día no bebió ni me habló en inglés. Lo que hizo fue escuchar mis quejas, consolarme, y luego decidió que me acompañaba andando hasta mi casa. Era pleno mes de julio, en las fiestas de Santander, pero hacía muy malo. De pronto empezó a llover a mares, íbamos por la calle Nicolás Salmerón, y nos refugiamos en la cafetería del Hotel Alisas. En aquel instante yo me enamoré de él. No sé qué me pasó que empecé a sentir que aquel hombre era maravilloso. Y lo bueno es que no me corté un pelo y se lo dije. Le dije que le quería, porque me había quitado como milagrosamente el dolor por aquel otro chico que estaba con mi amiga. Entonces él me repitió que yo era un ángel y se levantó y pidió otro vermú, para él y para mí. Al final acabamos bebiendo cuatro o cinco... Como yo no me tenía en pie y no quería llegar borracha a casa, él fue a la recepción del hotel y pagó una habitación. Me dijo que durmiera allí hasta la tarde, que a las seis o así pasaba a recogerme, pero yo le supliqué que se quedara conmigo. Se lo supliqué llorando. Él llamó a recepción para pedir una botella de ginebra y se quedó. Nos metimos en la cama y... ya no tengo que contarte más.

–Y así vino Danubio al mundo –dijo Tobías–, y por eso estamos aquí los dos ahora.

–Por eso, y porque usted también es bueno. Usted es otro ángel.

–¿Otro? Qué va, mujer. Aquí no hay más ángel que... ¿Tú? ¿Tú te ves como un ángel?

–Ya ya, menudo ángel –dijo ella sonriendo con una malicia que era puro candor.

–Habrá que estudiar si los ángeles buenos también pueden cometer de vez en cuando algún error. Pero a ver, Diana, ya metidos en harina, cuéntame más. ¿Qué paso luego en aquel hotel, después de la borrachera?

–Buh, pasó que dormimos hasta mucho más de las seis. Cuando yo me desperté eran casi las ocho. Tardísimo, porque yo no había avisado a casa, y mi madre ya andaba algo mosca conmigo por lo de aquel otro chico. Así que me tenía que ir corriendo y con la resaca que tenía iba a ser un marrón. Paco estaba completamente roque, yo venga llamarle y él solo hacía que gruñir por lo bajo, como si tuviera estertores, pero no abría el ojo. Nunca vi a nadie dormir igual. Así que me entró como un pánico y sin ducharme ni nada me fui de la habitación. Allí lo dejé...

Diana hizo una pausa en su narración y volvió a quedarse pensativa, pasmada, con un rictus melancólico.

–Allí lo dejaste ¿y...?

–Y se acabó todo...

–No, mujer, cómo se va a acabar todo. Luego hubieron de ocurrir otras muchas cosas. Las más interesantes.

–Quiero decir que no volví a ver más a Paco. Yo quedé tan avergonzada que no volví por su academia. Al principio estaba confusa, pero luego me dio mucha rabia que él no me llamara ni hiciera nada por saber de mí. Y tenía mi número de teléfono. Pensé que era un cerdo, y lo pensé todavía más cuando en septiembre supe lo que tenía en mi barriga. Entonces me dio por odiarle y, aunque en algunos momentos yo decía para mí que era yo quien le había abandonado en la habitación del hotel, ni se me pasaba por la cabeza llamarle con la información. Quise olvidarme de él, quitarle de mi pensamiento, y soy muy cabezota, o sea, que lo habría conseguido si mi madre y toda la familia no hubieran empezado a darme la vara para que lo persiguiese. Y bien que me la dieron, antes y después del parto, hasta que vino esta desgracia. Ahora ya te dije lo que hay.

–Sí, desde luego. Pero, escúchame una cosa que estoy pensando. Me acabas de decir que te habrías olvidado de Paco, habrías seguido tu vida con el niño, como tantas madres solteras, si tu familia te hubiera dejado en paz. Vale. Pero, ¿tú no crees que también él ha podido olvidarse completamente de ti? No me refiero a que él también se haya sentido avergonzado al principio e indignado después contra ti porque lo abandonaste, y te haya borrado a posta de su memoria, sino a que él, a consecuencia de aquella cogorza descomunal, de la que tú misma dices que ocho horas después no despertaba ni a la de tres, a lo mejor no se acuerda, ni se acordó nunca, de lo que pasó contigo aquella mañana en que os caísteis juntos en la habitación del Hotel Alisas?

–No lo sé... puede ser... no lo sé –dijo con evidente sinceridad.

–Creo que lo mejor, si tú me autorizas, es que hable yo directamente con él, que haga yo de intermediario. Naturalmente, cuando Danubio mejore y salga de este peligro. Ya que has dicho que soy un ángel, me atrevo a suponer que confías en mí. Hablaría con él en confianza, claro, no como abogado.

–Si el niño mejora, cualquier cosa me parecerá bien, y si no sale adelante, qué más me dará ya todo –y rompió de nuevo a llorar.

–Claro que sí, Diana, ahora toca esperar y tener esperanza. Vamos, anímate. Y come la ensalada, que por lo menos está fresquísima.

XI

Emma le había despertado sin querer hacia las siete de la mañana. Se había movido muy sigilosa por la casa antes de salir para su viaje a Silos con una amiga, pero fueron inevitables las prisas en el último momento y Arsenio no dejó de oír el portazo final que lo desveló; pronto, sin embargo, volvió a quedarse dormido y ya no despertó hasta pasadas las diez, muy destemplado. Por primera vez en muchas semanas, se encontraba mal. Tenía las mismas sensaciones, el mismo dolor sordo en cuello, axilas e ingles, el mismo agotamiento general que en los días previos al diagnóstico del linfoma, hacía justamente trece meses. Era, pues, evidente que la enfermedad reaparecía, y se trataba del principio del fin. Sintió una dolorosa compasión por Emma y por Coleta. Era lo único propiamente odioso de la muerte, la separación definitiva de sus seres queridos. Y por más que ambas mujeres tuviesen mucha autonomía y fuerza propia, por más que él no las fuese a dejar en el desamparo, las conocía muy bien: sabía que iban a sufrir un mundo con su desaparición, sabía que los meses que le quedaban iban a resultarle intolerables viéndolas padecer sin consuelo. Porque ninguna de las dos lo tenía, ni religión cristiana ni recurso espiritual o filosófico de ningún tipo. Madre e hija eran de esa clase de mujeres que tienen un corazón capaz de amar apasionadamente, pero carecen de la menor protección o blindaje frente a la pérdida del ser amado. Sólo el tiempo las curaría, pero él ya sólo las vería llorar hasta su final. Era el horror.

Sin embargo, apenas se hubo levantado de la cama vio que no. Tan pronto abrió las ventanas, se paseó un minuto por la terraza y se sentó después en su sillón orejero de lectura, comprobó que se había tratado de una falsa alarma, sin duda un efecto de la gran agresividad nocturna de su inconsciente. Pero un efecto muy poderoso, muy perturbador y muy tenaz, porque sin duda no era la primera ni la segunda vez que recibía tal impresión al despertarse. Claro que en la raíz de todo estaba el miedo. Y entonces, en aquel inicio del día, aun sintiendo el alivio de verse sano y de poder esperar la vuelta de Emma aquella misma noche sin la carga de tener que anunciarle el retorno de Hodgkin, se entregó a una meditación apasionada sobre el miedo. ¿Por qué no era capaz de erradicar el miedo de su vida, tras tantos años de luchar contra él? Le parecía humillante. Se trataba de algo más que de un fracaso intelectual. Aquella falta de valor suya, carencia tal vez no visible para los demás pero clarísima para sí mismo, le parecía un gran demérito, más aún, lo empequeñecía personalmente, lo situaba en el número de los hombres mediocres y vulgares.

En la tranquilidad de aquella mañana dominical, mientras hacía su habitual desayuno hortofrutícola y luego se demoraba en la bañera con música de Bach -la *Matthäus Passion*- al fondo, trató con más ahínco que nunca de aceptar por anticipado cualquier clase de mal que pudiera sobrevenirle, no ya su muerte o la de Emma o Coleta, sino todo dolor, toda deshonra, toda privación, estar tetrapléjico, no tener casa, no tener espacio propio ni libertad ninguna, no tener más alimento que un tasajo de tocino rancio con un chusco de pan mohoso, no tener otra música que las ventosidades, eructos y blasfemias de los compañeros de celda, no tener siquiera memoria para recordar a su dulce madre y a su honrado padre, no tener el agua del sueño para refugiarse en aquellos lugares de su niñez en Onís...

Hubo de reconocer que, si tenía miedo, era precisamente porque había tenido mucha suerte en la vida; si tenía miedo, es porque tenía mucho que perder; y que mientras todo fuera así, mientras tuviera los bienes que a tantos otros faltaban, él no podría aspirar a una felicidad real, pacífica y segura, y hubo de reconocer que aquel grito -*¡Non abbiate paura!*-, aquel "no tengáis miedo" con que Wojtyla, ese papa superstar que no le gustaba nada, se había dirigido por primera vez al mundo hacía ya más de veinte años, no expresaba sino la verdad fundamental del hombre sin Dios: el miedo. Pero no el miedo a la muerte sino a la vida, esta vida precaria, amenazada y decididamente absurda.

Encendió el ordenador. Llevaba más de una semana sin escribir ni añadir una línea al diario que había emprendido al iniciar la convalecencia, y esa era la ocasión para actualizarlo. Tecleó con fluidez durante media hora, se despachó a gusto contra sí mismo por su incorregible mediocridad, y finalmente optó por llamar a Mario Bulnes para ver si tenía la mañana inspirada y libre. Mario le sorprendió diciéndole que había empezado a escribir un libro justamente el día anterior, pero podía quedar con él un rato a la hora del vermú. Se citaron en un bar junto a la Catedral. Arsenio no le contó que previamente pensaba ir a la misa de doce de Julián Bedia.

Llegó al templo -dulcemente soleado pero menos concurrido de lo habitual- cuando ya estaba acabando la lectura del Evangelio, y al menos pudo escuchar la homilía entera. Una vez más, el cura hablaba de la luz y no de las sombras. Había que ser positivos en esta vida, ponerse siempre del lado de la esperanza. Había que obrar en todas las cosas como hombres de buena voluntad. Tener "buena voluntad" era la divisa, la clave universal del ser cristiano. Querer el bien, hacer el bien, anhelar el bien, buscarlo y darlo. "Estar obsesionados con el bien": bonita la frase del buen vicario, sí. ¿Pero qué se hacía con el mal ineludible? ¿Se lo obviaba, se lo ignoraba? Ese optimismo, ese buenismo, parecía un tanto machacón, o tal vez algo peor, superficial. Claro que este cura, Julián Bedia, no era así. Quizá tenía que repetir esas ideas tan simplistas para hacer que su grey, gente al fin y al cabo normalita, no se dejara llevar tan frecuentemente por el mal humor, la amargura y la mezquindad habituales. Que sus feligreses no fueran tan resabiados y no dieran una imagen tan penosa de egocentrismo y de vejez espiritual. Se preguntó Arsenio si el propio cura creería de verdad lo que les decía, si creería que la buena voluntad era la panacea frente a los males del mundo. ¿Creería el buen hombre que vale la pena empeñarse en mejorar este mundo, cuando cualquiera ve que este mundo solo hace que progresar a peor? Estupendo ser optimista, alegre, esperanzado, combatir el mal con el bien, de acuerdo, pero la defensa de la verdad ¿no imponía a veces ser duro, despiadado y tajante como una espada de doble filo?

Le gustaría mucho discurrir sobre estas cosas con él, porque Julián sin duda dispondría de respuestas interesantes, pero no iba tener más remedio que echarle algún lazo otro día, por ejemplo, invitarlo a cenar una noche en su casa, porque abordarlo al final de la celebración no serviría más que para hablar dos minutos de trivialidades. Así que no aguardó ni a que acabara la misa. En el desbarajuste de la comunión se fue discretamente del templo y bajó al encuentro de Mario, que lo esperaba en la terraza del café haciendo anotaciones en una libreta.

–Pero, tío, cuéntame, ¿qué es eso de que de pronto, sin pedir permiso a nadie, te ha dado por escribir un libro, a estas alturas?

–Pues ya ves –dijo Mario–, que he vuelto al vómito, como el perro.

–¿Tan desesperado estás? Tu crisis con Susa ¿no lleva solución?

–No, no es eso. De Susa no me voy a separar. Es una mujer entontecida por el ambiente cultural, pero no seré yo quien que la deje. Prefiero que sea ella la que me acabe echando de casa, y no creo que lo haga. Después de todo, yo no soy un maltratador, y además ella sabe que sigo sin incurrir en el adulterio.

–Pero incurrirás...

–Difícil, amigo, muy difícil. Pero cambiemos de tema. Lo del libro es una historia sorprendente, lo reconozco. Ocurrió ayer mismo por la mañana. Estaba revisando unas carpetas antiguas y me topé sin esperarlo con el esbozo de un texto mío del año 82 u 83. Era algo que empecé a escribir cuando leía yo la *Divina Comedia*. Entonces se me ocurrió la idea de poner al día el Infierno. Resulta que me extraviaba yo también, como Alighieri, en una selva oscura de la que venía a rescatarme no Virgilio sino Cervantes, que luego me conducía al lugar doliente de los condenados, y allí me iba encontrando con una gran cantidad de famosos modernos sufriendo tormentos refinadísimos o atroces. Me puse a leer los cuarenta o cincuenta folios, escritos obviamente en prosa, y me quedé atónito por la imaginación derrochada, pero sobre todo por la nueva lista de hombres y mujeres caídos en la condenación eterna: desde Enrique VIII al presidente McKinley, el de la Guerra de Cuba, pasando por el Príncipe de Orange, Voltaire, Renan, Lenin, Hitler, Madame Blavatski y, asómbrate, Virginia Woolf, por suicida, claro, no por bisexual. Era un plan difícil de llevar adelante, aunque no lo abandoné por ese motivo sino porque yo mismo me consideraba indigno de escribir una cosa así, al haber dejado yo de creer totalmente en la religión católica. Pero ahora me di cuenta en un instante de mi error. De modo que he decidido reemprender el intento, con todas sus consecuencias; ya he hecho en veinticuatro horas más de diez fichas. Creo que durante un año, por lo menos, me voy a divertir de lo lindo, Arsenio, porque los demonios también han actualizado mucho sus métodos de suplicio. ¿Qué te parece?

Arsenio meneó la cabeza sin esbozar ni una sonrisa.

–Me parece que te traicionas a ti mismo. Esa ocurrencia será todo lo divertida que tú quieras, pero ¿no quedábamos en que a ti lo que te hacía grande era no escribir?

–No, hombre. Si yo pretendiera volver a las ambiciones literarias, tu reproche sería justo, pero no pretendo conseguir que Alfaguara me publique este libro. Solo quiero pasármelo bien una temporada. Por cierto, Jesús de Polanco, ese magnate, es otro de los que debiera aparecer en el infierno, atado y torturado incesantemente en una rotativa de periódico como símbolo de todo el mal que el periodismo ha hecho a la verdad con mayúscula, pero el magnate no se muere ni a la de tres.

–Nada, Mario, no le veo ningún sentido. Se lo vería si tú tuvieras un ideario católico, como Dante, pero tú eres el ateo perfecto y con esto lo que haces es mofarte de la Iglesia, ahora que nadie cree ya en el infierno.

–Por muy ateo que sea, siempre puedo dejar de serlo, ¿qué me lo impide? No estoy casado con el ateísmo ni con ninguna ideología o veltansáun, así que a base de voluntad puedo hacerme plenamente católico. De hecho, creo que ya he iniciado ese proceso, así que no te extrañes de lo que leas o veas...

–Pero ¿qué carajo me estás diciendo? Por los clavos de Cristo, Mario, no seas tan personaje.

–Soy tan personaje como tú, como ese, como aquel, como todo el mundo. ¿Quién no es personaje? He decidido ser católico, sí, ¿qué tiene de malo? Como si alguien decide ser ministro, otorrinolaringólogo o caballero andante. Todo es cuestión de querer ser, como dijo tu queridísimo Unamuno. He resuelto convertirme en un dechado de cristiano, como Dante Alighieri, el ingenioso católico San Mario Bulnes de Cantabria. ¿Quién me lo impide?

Arsenio volvió a mover la cabeza entre hastiado y escandalizado.

–Tío, no comparto tu afición a estos juegos. Uno puede jugar a ser ministro o caballero andante, pero a creyente cristiano en absoluto. Es una parodia blasfema, indigna de ti.

–¿Cómo que una blasfemia? ¿Te crees tú que los cristianos practicantes y activos lo son por convicción profunda, o por conocimiento de la verdad objetiva? No, hombre, lo son por pura volición, porque quieren ser algo, o llegar a algo. Es un juego de rol como otro cualquiera. Eso sí, un rol que exige necesariamente tomárselo muy en serio, pero no más en serio que un gran actor inglés cuando está representando a Hamlet.

–Perdona, pero yo conozco a mucha gente que quiere creer y no puede. No le es dada la fe. O sea que de voluntad nada. Y de juego menos.

–Esa gente que dices lo que hace es cumplir otro rol, el de la gente que duda, el de la gente que busca y no encuentra, que también tiene su encanto.

–Que no, Mario, que tú lo que quieres ahora es epatarnos a todos viviendo como si fueras católico. Pero eso de vivir "como si" sólo tiene un hombre: eso es pura inautenticidad.

–De acuerdo, pero ¿tú conoces algo hoy que sea auténtico? ¿Hay algo que no sea mera representación?

En aquel punto Arsenio vio pasar a unos veinte metros a Julián Bedia. Caminaba solo, deprisa, vestido con su clériman gris. Se levantó de la mesa y corrió hasta él. Le preguntó si estaba ya bien y lo invitó a sentarse con él y con su amigo cinco minutos. El cura contestó que no iba a poder, pero no dudó a acercarse a la mesa donde estaba Mario para saludarlo. Los tres hombres permanecieron de pie.

–Ha muerto una persona muy querida –dijo Julián– y tengo que ir un momento a su casa porque van a llevarla ya al tanatorio. Por eso voy con mucha prisa.

–¿Quién era? –preguntó Arsenio.

–Doña Amalia Lázaro, una anciana a la que llevaba visitando casi todos los sábados desde hace más de diez años.

–¿Que ha muerto la suegra de Arancha –reaccionó Mario con asombro–, la abuela de Blanca, la pianista? Si estuve el otro día con ellas... Pues me siento obligado a ir yo también a darles el pésame. Aprecio mucho a esa familia y temo que no podré ir al funeral. Si no le importa, le acompaño ahora mismo, don Julián.

El cura no puso reparo alguno y partieron juntos casi al instante. Arsenio se quedó solo en la terraza, un poco sorprendido y con una gran sensación de pesimismo y aburrimiento. Le parecía que era imposible el diálogo filosófico con ninguna persona de la ciudad. Sin duda Mario quería poner en práctica su recién asumida impostura iniciando una relación con aquel sacerdote de cierto prestigio intelectual. Quizá buscaba probar que también ese cura era un personaje, alguien que hacía de su fe y de su oficio una mera representación. ¿Sería realmente así? No podría decir que no con seguridad. Quizá la mayoría de los curas, los que hacían de la religión un oficio, lo fueran. Quizá Mario, con todo su cinismo, tenía mucha razón: pudiera ser que los jóvenes que entraban en el Seminario, lo que aprendían, ante todo y sobre todo, era a hacer muy bien su papel, a fingir la fe, pero a fingirla no sólo para fuera sino sobre todo para dentro, para sí mismos.

Empezaba a dejarse ganar por la sospecha de que la verdadera experiencia religiosa era inefable, de que todo intento de explicarla, racionalizarla, convertirla en un sistema la ahogaba inevitablemente.

Decidió volver a casa y enfrascarse en la lectura del teólogo existencialista Bultmann, de la mano de Heidegger: quería saber algo sobre la fe pura, la fe como evento inesperado, ajena a todo fundamento racional, metafísico o histórico, ajena al logos en definitiva. Tal vez ello fuese la única posibilidad de supervivencia para la religión.

XII

Desde media tarde la niebla había vuelto a anegar la ciudad y Natalia, que se había pasado las últimas dos horas escribiendo un largo correo electrónico a su hijo, David (Massachusetts), empezaba a estar nerviosa. Eran ya las nueve y media y nadie daba señales de vida, ni Chele ni Paco ni Julián. Que Julián tardase, incluso un domingo, podía ser normal, pero lo de tío y sobrino no tenía aparente explicación. Habían pasado el día juntos porque había venido Alejo, el hermano de Paco, desde Bilbao, con el hijo de su actual pareja, un niño de diez años, a ver el partido del Athletic contra el Racing y había invitado a comer a toda la familia. Luego, Alejo se había llevado a los dos chicos al estadio. Paco se echó a dormir una siesta para irse después él solo a dar su paseo habitual, y desde entonces no tenía noticias de nadie.

Por supuesto, era inútil llamar de nuevo a los móviles, ninguno contestaba. El partido debía haber acabado sobre las siete y media de la tarde, y a esa hora Alejo habría emprendido el viaje de vuelta a Bilbao. ¿Qué podía estar haciendo desde entonces Chele, que no era dado a correteos solitarios por la ciudad ni tenía más amigo que un compañero de instituto que se iba todos los fines de semana con su madre a Solórzano? Sólo cabía la posibilidad de que, sin ella saberlo, Paco hubiera quedado con Alejo en algún sitio al terminar el partido para hablar de asuntos familiares y se hubieran enfrascado, aun con los chicos, en una conversación muy larga. Pero no era nada probable, porque Paco cada vez estaba más taciturno y menos comunicativo. De hecho, hoy en la comida apenas había abierto la boca, y todo parecía causarle aburrimiento.

Estaba tan intranquila -aquella niebla tan densa le daba además mala espina- que no podía emplear ya el tiempo en cosa útil, ni siquiera en ver la televisión, que a esa hora era todo publicidad. Entonces decidió llamar a Mireia, aunque no lo juzgaba conveniente, porque habían acordado el día anterior no verse en todo aquel domingo y no quería mostrar ninguna debilidad ante ella. Pero ya no pudo más y marcó su número de móvil. Ojalá tampoco contestase (ojalá estuviera en la ducha o lo tuviera desconectado). Pero Mireia contestó.

–Nada, chica, no te quería molestar –le dijo–, sólo que estoy preocupada por Chele. Se fue al fútbol esta tarde con su tío el de Bilbao y aún no ha vuelto. Y Paco y mi hermano tampoco han vuelto en toda la tarde. Me parece muy raro todo, y mira que yo no soy aprensiva...

–Igual al salir del fútbol –contestó ella, que estaba bien informada de los pormenores de esa visita– se han ido a tomar algo por ahí todos juntos, o a ver algo, y se les ha pasado el tiempo.

–Con esta niebla me extraña mucho. No creo que mi cuñado quisiera retrasar el viaje de vuelta.

–Seguro que se han entretenido por cualquier tontería, suele pasar, no te preocupes.

–En fin, sólo quería que lo supieras, no te robo más tiempo, que seguro que estás ocupada haciendo algo.

–No... bueno, estaba acabando de ver una película con mi madre...

–¿Qué película? O bueno, anda, no quiero interrumpiros. Ya hablamos luego.

–Da igual, no te preocupes, es un vídeo, una españolada, no sé ni cómo se titula, y mi madre se estaba quedando frita, y a mí me falta poco. Ha sido un día de mucho relax para las dos.

–Eso está bien. En fin, te dejo, y si acaso te mando un mensaje cuando vuelva esta gente.

–Pero, Nátali, de verdad, no te preocupes... aquí me tienes, ya sabes.

–Claro que sí, corazón, siempre cuento contigo. Eres maravillosa.

–No exageres, soy una persona normalilla... simplemente quiero que estés contenta conmigo.

–Más que contenta, tesoro, más que contenta, lo sabes muy bien.

–Espero no defraudarte nunca.

–Ni yo a ti, por supuesto. Pero luego hablamos, no te robo más tiempo ahora.

–Vale, Nátali...

Pero apenas tuvo tiempo para saborear las últimas frases de la conversación, porque algo de lo que Mireia le había dicho le provocó una intuición repentina y con ella un escalofrío. Era cierto que Chele llevaba un tiempo, desde final del verano, en que parecía menos contento que el año anterior. Ella no había dado importancia a algunos detalles, pero quizá la tenían. Quizá el chico estaba comenzando un proceso de distanciamiento con esos tíos suyos de Santander y... entonces recordó el sueño que había tenido hacía un par de semanas. Soñó que había envenenado a Chele. Le había vertido en la taza de Nesquik dos gotas de una sustancia más letal que el cianuro, y el chiquillo había muerto varios días después. Algo tan absurdo que no le causó el menor efecto, aunque era consciente de que el sueño obedecía a un hecho real, a un sentimiento de culpa que albergaba respecto al huérfano por haberle llevado a la dentista a empastar una muela y no haber permanecido con él por la prisa. Lo había dejado solo en la sala de espera, y no había pasado nada, Chele había sido valiente, pero a ella le quedó mala conciencia, a pesar de lo mucho que se estaba volcando desde hacía un año con aquel sobrino político. Y es que ella era así, tenía esa condición escrupulosa que nunca lograba superar. Quizá desde ese día el chico había empezado a sentirse maltratado. Imaginó con horror lo que sería si se quejaba ante su tío Alejo, no sólo de Paco, que tan poco hacía por él, sino también de ella. Y no sólo lo imaginó sino que empezó a considerarlo verosímil.

Cada vez más desasosegada, estaba repitiendo nuevamente las llamadas a los móviles cuando al fin oyó que abrían la puerta. Pero era Paco solo, bien cubierto de humedad y con aire despreocupado. No sabía nada de nadie; había estado viendo una pieza teatral a la que le había invitado un antiguo alumno suyo. No se alarmó por la ausencia de Chele ("tiene dieciséis años", se limitó a decir) y, antes de encerrarse como de costumbre en su cuarto, rechazó con un gesto entre indignado y desdeñoso el comentario de ella sobre el temor de que su tío Alejo se lo hubiera llevado consigo. Luego Natalia oyó cómo ponía una vez más en el radiocasete una de las cintas con la voz de la madre del chico. Sonaba como un reproche a su persona. Recordó que en cierta ocasión, en una disputa, Paco la había llamado nazi, y también prusiana, como si ella lo tratase como a un pobre judío, o a un ser inferior. Qué injusta era la vida. ¡Tener esa opinión de su mujer, con todo lo que había hecho siempre por él, y por todos!

No tardó en oír que llegaba a casa Julián. Salió rápidamente al descansillo. Pero su hermano también venía solo y carecía de toda pista sobre Chele. Sólo que él sí pareció inquietarse por el retraso del muchacho, incluso demasiado.

–Vaya por Dios –exclamó–, últimamente no ganamos para sobresaltos.

–Yo creo que algo le ha tenido que pasar –dijo ella–, su tío lleva móvil y, si por cualquier causa se hubieran enrollado en cualquier parte, ya me habría llamado.

–¿Has revisado bien su cuarto por si hay algún indicio...?

–Naturalmente, y no hay nada de nada. Este chico nunca escribe ni recibe una maldita carta, y en sus cuadernos no verás una palabra ni un rastro de carácter personal. Estos chicos de ahora tienen una intimidad que parece analfabeta.

Necesitaba que Julián la tranquilizase, pero él no estaba por la labor. Realmente llevaba unos días en que casi no parecía Julián. Entró con él a su casa y de inmediato, como una autómata, empezó a poner en orden el salón -llevaba días sin hacerlo-, la alfombra, las sillas, las mesas, algunos libros y paquetes sin abrir, mientras criticaba la actitud despreocupada de Paco. Julián, en su habitación, no decía una palabra. Poco después sonó el timbre, era el propio Paco, como si hubiera oído sus reproches, y le dijo:

–Voy a salir a la calle, a ver si encuentro al chaval.

Ella le dejó irse sin contestarle a nada, pero en seguida volvió a sus críticas.

–Este hombre está cada día peor –dijo elevando la voz–, ¿dónde cree que va a encontrar al crío por ahí con esta niebla? Dios, qué demencia. Julián, dime, por favor, ¿qué hago con este hombre, con este marido?

Pero su hermano seguía en silencio.

–Qué pregunta más tonta la mía –prosiguió ella–, si está muy claro lo que tengo que hacer: aguantarme y callar, como siempre, siempre, siempre.

Julián reapareció luego, despojado de su ropa de cura y con su viejo batín bien ceñido. Tenía una cara de profundo disgusto y parecía a punto de dirigirle alguna palabra dura, porque era evidente que ella lo estaba provocando, y además muy a propósito, pero el hombre finalmente se contuvo y se sentó con aspecto abatido en el sofá.

–Si al menos supiera el teléfono de ese amigo que tiene, el de Solórzano... aunque me pega que nunca vuelve del pueblo hasta el lunes temprano, o sea, que por ahí tampoco hay nada que hacer. Las diez menos cinco... y nada. Alejo sigue sin contestar, ni al móvil ni al fijo. Dijo que a veces ponía en silencio el móvil y luego se olvidaba de él el resto del día. ¡Qué gente! ¡Ir de viaje y no hacer caso del móvil! ¿Verdad que es de anormales? Chele jamás llegó a casa él solo después de las nueve. Dime algo, hermano, por favor. Ya sé que soy una pesada, una impaciente, una histérica incluso, pero reconoce que tengo algo de razón al menos.

–¿Qué quieres que te diga, Natalia? –contestó al fin Julián–. Te has metido en un buen lío con este chico, no lo pensaste bien en su momento, y ahora sólo te queda apechugar con las consecuencias, sufrir y callar. Lo de la confianza en Dios ya ni te lo sugiero.

Le pareció que nunca había visto tan irritado, tan decaído, a su hermano, y en un impulso de cariño hacia él fue capaz de ponerse en su lugar: ciertamente, Julián viviría mucho mejor, mucho más libre, lejos de su familia. Todo lo que ella hacía por él era en el fondo prescindible; no necesitaba ni la mitad de sus atenciones. Lo que Julián necesitaba, y desde luego se merecía, era un cambio, un traslado, por supuesto hacia arriba.

–La confianza en Dios está muy bien, y yo la tengo –le dijo–, pero no puedo quedarme de brazos cruzados. ¿Qué hacer, a quién se llama en estos casos? ¿Y si han tenido un accidente grave con el coche?

–Lo mejor es que esperes un poco, ponte a hacer algo en casa que te entretenga. Tú siempre tienes cosas pendientes. O llama a Mireia, que te tranquilice.

Prefirió no decirle que ya lo había hecho ni que estaba demasiado nerviosa para centrarse en labor alguna, pero optó por seguirle el consejo. Volvió a casa y de nuevo se puso a repasar los objetos que había en el cuarto de Chele. Hojeó otra vez sus cuadernos escolares y sus libros, uno por uno. Estaba todo en orden: era un chico limpio y cuidadoso, un aspecto clave para que entre ambos hubiera existido desde el principio buena sintonía. Aparte de algunos recortes de revistas -fotos de cantantes o deportistas- guardados o perdidos en las páginas de los libros, no había nada que hablara de los afectos o inclinaciones de aquel chaval. Había que reconocer que era un tanto hermético. Nada que ver con David, tan aficionado a plasmar en diarios o agendas todo, o casi todo, lo que le ocupaba y preocupaba, aunque eso sí, con admirable objetividad.

La puerta de la casa se abrió de pronto, cuando ella estaba empezando a rebuscar ya en los bolsillos de los pantalones y de las cazadoras que colgaban en el armario. Salió disparada hacia el vestíbulo. Primero vio a Paco, y al instante supo que había bebido, y al cabo de cinco o seis segundos apareció Chele, con expresión pálida y asustada.

–¿Qué ha pasado? –dijo ella mirando con dureza al chaval–, son las diez y media de la noche...

–*Keep calm*, he sido yo el culpable –explicó Paco–, me había dicho en la comida que a las siete y media se iba al cine a los Salesianos a ver una peli un poco larga, y se me olvidó por completo.

–Qué bien, qué desastre de tío –repuso airada.

–Lo siento, la vida es así, mujer –replicó él con acento inesperadamente vivo–, la vida del hombre no es otra cosa que un constante duelo a muerte entre la memoria y el olvido.

–Ya, y tuviste que salir de casa ahora para ayudar a la primera con un traguito de orujo, ¿me equivoco?

–Cabrona, harías mejor en dar gracias a Dios porque todo haya quedado en esto... mejor que humillarme delante del hijo de mi hermana.

Y sin esperar respuesta, Paco se encerró en su habitación dando un fuerte portazo.

XIII

La noticia de que el señor obispo había convocado una rueda de prensa al día siguiente para "comunicar a la diócesis una decisión personal importante" se la anunció por teléfono don Cristóbal cuando, tras acabar de comer un sándwich en una cafetería de Torrelavega, se disponía a regresar a Santander para oficiar la misa de alma por doña Amalia Lázaro. El propio vicario general le preguntó, escamado, si sabía algo del tema, y Julián le mintió, le dijo que absolutamente nada, y le pidió que le enviase por fax a su despacho del obispado, si es que la tenía, la copia de la convocatoria de esa rueda de prensa.

En seguida se puso al volante y al punto comenzó a arrepentirse de su mentira. Sintió que debía enmendarla cuanto antes, que debía llamar a Cristóbal y decírselo, incluso pensó parar el coche y hacerlo ya, porque el caso exigía la reacción más urgente. Pero no, no podía faltar a aquel compromiso, e iba ya muy justo de tiempo: no podía fallar a doña Amalia en su despedida de este mundo, con todo el bien que se habían hecho mutuamente durante tantos años. Lo malo es que después de la misa había quedado a tomar café con un chico, pariente lejano de la difunta, que al parecer sentía la llamada al sacerdocio y quería hablar con él unos minutos. A éste sí le aplazaría la cita, porque era necesario hacer algo con la mayor prontitud para evitar lo que parecía a todas luces un monstruoso desvarío.

Supo que don Dionisio había regresado de su viaje el sábado a mediodía, pero no había podido verlo ni contactar en forma alguna con él. Le había escrito un par de mensajes discretos al móvil, sin respuesta, y aunque eso le dio mala espina nunca llegó a imaginar que aquel hombre fuera capaz de seguir adelante con el propósito que le había confesado hacía nueve días, y menos de aquel modo tan inaudito.

Llegó a Santander con esa sensación de impotencia y bloqueo propio de las pesadillas. Se sentía alcanzado como pocas veces por la desconfianza en sí mismo, y desde luego no estaba en condiciones de oficiar el funeral que doña Amalia se merecía, una fiesta de la fe y de la alegría pascual manifestada en el tránsito de aquella mujer a todas luces santa. A la zozobra se le unía una gran apnea. Hacía calor a las cuatro de la tarde, pero el veranillo no le hacía sudar sino que le causaba una fuerte opresión respiratoria. Era ya la hora y tuvo que dejar el coche mal aparcado, subido a una acera. Probablemente, al terminar la celebración se encontraría con que por tercera vez aquel año se lo había llevado la grúa.

Los funerales eran la gran especialidad de don Julián Bedia. En un funeral, el de su madre, había empezado a descubrir su vocación de cura, cuando como representante de la familia había subido al ambón al final de la misa y había dirigido unas palabras a los asistentes, palabras que fueron más allá de la expresión de gratitud para convertirse en una insólita proclamación de su esperanza en la otra vida que de modo impresionante paliaron la pobreza de la homilía del párroco y la ramplonería de toda la ceremonia. Aquellas palabras dieron tanto que hablar que el propio Julián quedó como prisionero de ellas y sólo dos meses después se veía atravesando la puerta del Seminario. En los funerales halló siempre una ocasión privilegiada para evangelizar, no sólo por la oportunidad de hablar de Dios a quienes nunca pisaban ya una iglesia sino porque habitualmente era más fácil pulsar las emociones del oyente, hacer que su mirada se dirigiese, siquiera unos minutos, a las cosas de lo alto. En las homilías fúnebres Julián se crecía: su elocuencia encontraba siempre el modo de que el muerto protagonista lo fuese no por las loas, el panegírico inflamado que tantas veces los sacerdotes hacían de él sin la menor consideración a la realidad del juicio divino al que iba a enfrentarse, sino por el papel de Cristo en aquel preciso instante, por mostrar el pecado universal, los fallos del difunto y de todos los allí presentes, como la feliz materia sobre la que se realizaba ahora ya y hasta el fin del mundo la maravillosa labor de la misericordia divina.

Cuando ya revestido salió al altar, con casi cinco minutos de retraso, se propuso no prestar atención a las figuras de los fieles que llenaban el templo. Quería concentrarse en el puro acto litúrgico, pero pronto reconoció que no le era posible hacerlo con la deseada intensidad, ni siquiera con la ayuda de la música, un buen coro contratado para la ocasión por los hijos de doña Amalia. Hubo de mirar hacia afuera, buscar en los rostros que lo observaban el incentivo de la emoción religiosa ausente en su interior. Y vio en muchos, sobre todo en las mujeres que ocupaban las primeras filas, aquella devota expectación que conocía muy bien: era evidente que esperaban de él más de lo habitual. Pero él sentía como si fuera a producirse el fenómeno inverso al del funeral de su madre, cuando su elocuencia, inesperada e inspiradísima, rescató a los asistentes de su desaliento y carencia de fe. Ahora parecía ser él quien necesitase que los hijos, las nietas, las nueras y las dos o tres amigas íntimas de aquella santa mujer que la sobrevivían le transmitiesen el calor que le faltaba. De nada le servía decirse que en la liturgia cristiana las emociones del celebrante contaban bien poco. Julián sabía muy bien que la frialdad, por mucha pureza, concentración y exactitud con que celebrara la eucaristía, no movía los corazones de nadie.

Al comenzar la homilía, que no había preparado en absoluto, porque llevaba años sabiendo muy bien lo que tendría que decir en el funeral de su amiga Amalia Lázaro, vio en un lateral de la iglesia a una misteriosa mujer algo madura a la que no conocía pero que asistía a menudo a sus misas en la Catedral y que solía situarse en lugares visibles como si quisiera llamar su atención, cosa que lograba fácilmente por su aspecto distinguido, su figura esbelta, espiritada, y su larguísima melena negra, y sobre todo porque le recordaba a Soledad Ferrán. Le hubiera gustado cruzar con ella alguna vez una palabra o simplemente verla desde más cerca, pero nunca comulgaba ni se dirigía a él en ninguna otra forma. A veces la imaginación le hacía creer que era un fantasma, el fantasma de la misma Soledad que, envejecida con los años como si aún no hubiese muerto, se le apareciera de cuando en cuando para mantener vivo el recuerdo y la raíz de su vocación. O bien para turbarlo, como acaso esta vez: porque divisarla allí, mirándole en la distancia con especial ahínco, le trajo de inmediato a la memoria el sueño que había tenido días atrás con la Soledad autoestopista camino de Santo Toribio de Liébana, aquel aviso de la Nada que le sumió en la mayor perplejidad. Adiestrado en ahuyentar los caprichos y asechanzas de su imaginación, Julián trató de ceñirse al guion mental que utilizaba en las misas fúnebres cuando la persona difunta era conocida suya y él podía hablar de ella desde la perspectiva del reencuentro en la vida futura. Pero en esta ocasión algo se sobrepuso a esa perspectiva: de repente, como si hubiera perdido toda esperanza de un más allá en el sentido cristiano, como si el miedo a la gran negación que mañana tal vez iba a estallar en toda la diócesis con terrible alcance, le acometió un verdadero dolor por la muerte de Amalia Lázaro, aquella mujer profundamente buena, aquella santa sin sombras a quien nunca, nunca, nunca volvería a ver, y la voz se le quebró en la segunda frase de la homilía. Y a partir de entonces su discurso se fue por otro camino y ya no pudo hablar como el representante de la fe oficial de la Iglesia sino como el hombre triste que ha perdido a una amiga única y valiosísima, por muy anciana que fuese. Y lo hizo tan bien, fueron tan sinceras y conmovedoras sus palabras, que la gente estaba sacudida de emoción, como nunca ocurría ya en los funerales de los viejos. Veía llorar a muchas mujeres en los primeros bancos, y él mismo también vertió muchas lágrimas durante aquella homilía, y siguió vertiéndolas después, en el ofertorio y la consagración, caso insólito en él, que nunca había conseguido celebrar el sacrificio de la misa con el impacto anímico que debería sufrir quien creyera estar asistiendo al auténtico suplicio del Calvario.

Al terminar el funeral, Julián Bedia supo que había tenido un gran éxito. Numerosas personas formaban casi cola para aproximarse a él, bien a felicitarlo enfervorecidas, bien a darle un pésame a todas luces cordial, tanto o más que a los dos hijos de la difunta, pero era un éxito falso, porque lo humano había desplazado por completo a lo teológico: lo que de veras había movido los corazones de aquellos fieles no había sido la fe en ningún poder divino sino la hondura de los sentimientos del hombre sacerdote.

Entre quienes lo abordaban cuando intentaba salir de la iglesia no se encontraba la misteriosa mujer de la melena larga, pero sí Rubén, el joven pariente de doña Amalia que quería hablarle de su supuesta vocación. Era un chico que aún no habría cumplido los veinte años y parecía sufrir alguna deformidad física, o al menos tenía una cabeza, la cara sobre todo, de un tamaño francamente desproporcionado. No era el momento de hablar, le dijo que un asunto muy urgente lo reclamaba ya mismo y le pidió que lo llamase sin falta al día siguiente y lo atendería encantado a cualquier hora. Rubén le besó la mano con la mayor humildad, sin mostrar pena alguna por el aplazamiento. Saltaba a la vista su entusiasmo religioso; Julián sintió lástima de él porque debía de tener un corazón aún más grande que la cabeza, y tal vez su deseo de hacerse cura obedecía, más que a la llamada de Dios, a la necesidad de encontrar un refugio al desamparo afectivo, o al aislamiento al que su extraordinaria fealdad y sus condicionantes familiares -por lo que él sabía, era hijo de unos padres ancianos que le habían inculcado ideas y costumbres de otra época- le tenían sometido.

Se quitó de encima como pudo al resto de la gente, casi toda ella de la tercera edad y de clase alta, y llegó al coche justo a tiempo de evitar que lo multasen -la policía estaba avisada- por dejarlo atravesado en la acera. Estaba teniendo mucha suerte, dentro de su pésimo estado de ánimo. La emoción del funeral le había aliviado un tanto de la apnea, pero seguía arrastrando una gran sensación de impotencia o de agobiante falta de decisión. Arrancó para dirigirse inmediatamente al obispado. Don Cristóbal, le dijeron, acababa de salir a acompañar a su padre, enfermo de la vista, al médico. Y el señor obispo estaba al llegar. Decidió esperarlo sin moverse de allí. No había duda de que había sonado la hora de probar su valor como pastor de la Iglesia. Abordaría a don Dionisio abiertamente, aun a riesgo de cometer faltas de tacto, de respeto y hasta de discreción. Vio sobre su mesa el fax con la convocatoria; era exactamente como Cristóbal le había dicho: "comunicar a la diócesis una decisión personal importante". Pero no daba pista de nada. Sólo él sabía. Sólo él y...

Tras media hora de esperar en vano a don Dionisio, incapaz de estar quieto, de recogerse, de orar, meditar, incluso de leer o escribir algo, Julián decidió dirigirse en aquel mismo instante, sin previo aviso, al Albergue de Transeúntes.

XIV

Aquello era como un sueño hecho realidad, y casi diría que un auténtico milagro, de no ser porque la cosa podía frustrarse aún, incluso acabar fatal para él y quedar en un ridículo espantoso. A las seis de la tarde, cuando don Leandro llamó desde su habitación al capellán de Valdecilla para consultarle el asunto del bautismo, Michel tenía la sensación de estar viviendo una aventura ideal, de estar comportándose con una audacia nunca vista en él, y completamente exitosa.

Eso sí, le había costado haber tenido que ir al hospital mañana y tarde, durante los tres últimos días, hasta dar otra vez con la chica. Ya pensó que no estaría allí, hasta supuso que su bebé se habría muerto y que nunca más volvería a verla. Pero por fin apareció, la reconoció aun de espaldas... Iba caminando con su madre por un pasillo, niki morado, mallas negras marcándole unas caderas tan esculturales como descarnadas. Las dos mujeres iban deprisa, se abrían paso con brusquedad por entre el barullo que se formaba a esa hora de la mañana. Michel no podía llamarla, porque aún no sabía su nombre, así que hubo de acelerar para adelantarlas y luego hacerse el encontradizo. Pero la reacción de ella al verlo y reconocerlo fue tan risueña que disipó toda su cautela. Danubio seguía igual, un poquito mejor, pero todavía dentro de la gravedad. Ellas iban al bar a comer. Michel les dijo que las invitaba, y la madre no vaciló en aceptar, sin que aún supiese ni quién era, porque la chica nada dijo y él, por supuesto, no sacó a colación aquel incidente del autobús de la tarde de Reyes.

Hablaban los tres, hablaban también del cura por quien la chica seguía mostrando interés -don Leandro sí estaba claramente mejor, ya le iban a dar el alta-, y entonces fue cuando a Michel se le ocurrió la idea de sugerirle que bautizase al niño. Seguro que lo haría encantado. Se arriesgó:

–¿No habéis pensado en bautizar a Danubio? A lo mejor es el momento. El sacramento le hará bien.

Las dos mujeres se miraron desconcertadas.

–Pero ¿cómo? –respondió la madre–, ¿aquí, en Valdecilla?

–Sí, ¿por qué no? Cuando un bebé está enfermo, en los hospitales eso es normal. Es el bautismo de socorro. Me parece que con don Leandro será cosa fácil.

–Pero ¿para qué? -habló la chica-, ¿echarle agua al pobre? No creo que dejen los médicos.

–Sí, tienen que dejar. No pueden impedirlo si los padres quieren. El bautismo de urgencia es un derecho de todos, y una obligación grave de los padres. Yo no creo que Danubio se vaya a morir, pero estando como está de enfermito y sin bautizar, una madre cristiana tiene el deber de hacerlo. Porque tú eres cristiana, ¿no...?

La madre y la hija volvieron a mirarse con perplejidad.

–Claro que lo somos –habló otra vez la madre–, pero el angelito éste, ¿que necesidad tiene del agua?

–Toda. El sacramento del bautismo es necesario para ir al cielo. Y ya te digo que él no va a morirse ahora sino dentro de ochenta años, pero por si acaso. Es como tomar una medicina para prevenir un riesgo. Sin esa medicina, si muriera, no podría estar unido a los que se salvan por Jesucristo.

–Qué tontería –exclamó la madre–, ¡por un poco de agua! Yo no creo nada de eso.

–Si no se cree en eso, no se puede creer que se salve nadie. Todos nos moriremos y nos iremos al huerto a criar gusanos, los mayores y los niños, y se acabará todo y nada valdrá para nada.

–Pero es que, según está el pobre lleno de cables –habló la hija–, igual con el agua se electrocuta, o algo.

–Qué va, mujer –rio Michel–, le aplican sólo un poco de agua en la cabeza y unas gotas de óleo. Sabrán hacerlo. También rezan una oración. Es un minuto, y así el niño queda unido a Jesús y a todos los santos.

La chica pareció cambiar entonces de expresión.

–Ya –dijo–, eso está muy bien porque a lo mejor eso ayuda a que pueda salir adelante. Pero una pregunta, el agua que le dan ¿es agua normal?

–No, estará bendita, supongo. Es agua bendita, seguro.

–Ah, si es agua bendita, me fío. Así parece que da más fe...

Y Michel sintió, al oír aquello, que se llenaba de júbilo y esperanza, y, a pesar de los gestos de oposición de la madre, decidió volver de inmediato a hablar con don Leandro mientras venía y no venía la camarera con la comida.

El sacerdote estaba sentado en el sillón junto a la ventana de la habitación, sesteando al solillo con el breviario entre las manos, en bata y pijama, y en cuanto oyó lo que le pedía Michel, no puso ninguna dificultad ni hizo una sola pregunta;

pero le dijo que debería comentárselo al capellán de Valdecilla, porque eso naturalmente le correspondía a él. Y, sin demora, lo llamó por teléfono a través de la centralita, con tan buena suerte que el capellán dio respuesta inmediata. A las cuatro de la tarde prometió que estaría allí para ese bautismo.

Michel regresó entonces al bar, el hombre más feliz del mundo. Su único problema era no saber cómo se llamaba la chica, porque ya no se atrevía a preguntárselo delante de su madre; sería como reconocer que estaba obrando con total temeridad. Cuando llegó, las mujeres dudaban, parecían avergonzadas, si no asustadas, pero él insistió en que aquello se trataba de una gran idea, porque era el mejor modo de confiar en Dios para el bien del niño. De un modo u otro, los sacramentos protegían siempre, se lo aseguró: él lo tenía muy experimentado. Y mientras comía el filete de pollo ya frío, les habló de su vida, de sus hijos, que estaban sanos de alma y cuerpo gracias a la fe que él les había transmitido desde la primera infancia.

–Pero ¿usted está casado? –preguntó la madre con un cierto retintín.

–Estoy separado desde hace seis años; sólo viví con mi mujer cuatro años; ella quiso ser libre, el matrimonio le empezó a dar alergia y el médico espiritual nos aconsejó la separación.

La chica sonrió al oír aquello, pero su mamá torció la cara.

–Vamos, quiero decir –aclaró él– que no le van los hombres, no quiere a ningún hombre a su lado.

–Hasta que encuentre al que a ella le guste –le soltó la mujer–, si no lo ha encontrado ya.

–¡Jolín tú también! –protestó la chica.

–Me da igual lo que haga, porque ya no es mi esposa.

–Pero si sus hijos viven con ella, tendría que preocuparle a usted, ¿no? –replicó la mujer.

–¡Jolín, mamá, te estás pasando!

–No hay problema, mis hijos están bien protegidos, lo sé. En ese sentido, tengo mucha tranquilidad. Pero vamos a ir ya subiendo adonde el cura, no sea que el capellán se nos adelante.

Y tras pagar la cuenta, arrastró a las dos mujeres, casi materialmente, hasta la planta cuarta del edificio. Don Leandro estaba ahora dormido profundamente en el sillón y optaron por esperar en el santo pasillo. Faltaban aún diez minutos para las cuatro. Madre e hija parecían cada vez más incómodas y nerviosas y Michel temió no poder retenerlas. Por fortuna, el cura de Valdecilla apareció puntual, un tipo no muy mayor, de bata blanca con alzacuellos, alto, enjuto, de gafa muy moderna sin montura.

–¿Ustedes son los que piden un bautismo de urgencia?

–Sí –hubo de contestar Michel por los tres.

El cura pareció dudar:

–Pero ¿usted es el padre?

–No, ella es la madre y... la abuela –dijo señalando a la mujer, que miraba al cura con muy escasa expresión de confianza.

–No hay padre entonces. ¿Y usted?

–Yo soy sólo un amigo... Soy amigo de don Leandro, pero es que ahora se ha quedado dormido el hombre. Mejor dejarle, ¿no?

–Bueno, de acuerdo, vamos a lo que vamos. ¿Qué le pasa al niño?

Michel invitó con un gesto a la chica a responder.

–Lleva seis días muy grave en la UVI de cardiología. Tiene un estrechamiento de la aorta y no le pueden operar de momento.

–¿Qué tiempo tiene el niño?

–Cuatro meses y medio, el pobre.

–Pues había que haberlo bautizado ya. Es obligación grave de los padres bautizar a sus hijos cuanto antes, si es posible en la primera semana. Eso dice el Código. Pero en fin, ya sabemos lo que hay. Ahora bien, vamos a ver –preguntó dirigiéndose a la chica–, ¿usted sabe las obligaciones que asume por este sacramento? Porque no se puede bautizar por bautizar, como un rito sin más.

La chica se quedó muda.

–Esas obligaciones, creo, las asumen los padres y los padrinos –se atrevió a decir Michel– y yo voy a ser el padrino de este bautizo. Yo bauticé a mis dos hijos y les he iniciado desde el principio en la fe cristiana. Así será también en este caso.

–¿Seguro? –el cura clavó de nuevo la mirada en las dos mujeres. Pero ¿ustedes van a misa alguna vez?

–Yo antes iba –contestó la chica, tímidamente–, y si hay que ir se va.

–Si hay que ir se va... Como le dijo aquél a un cura de los de antes que no hacía más que hablar del infierno: "Mire, padre, si hay que ir al infierno se va, pero no acojone tanto".

Nadie rio el chiste.

–Ya sabe usted que el ambiente no ayuda nada a la juventud –dijo Michel.

–Ya, y nosotros ¿hacemos algo por ayudar al ambiente? Pero vamos a otra cosa. ¿Cómo se llama el niño?

–Danubio.

–Nombre de río. ¡Danubio! Y aún le queremos echar agua al río. Qué ridiculez. No me vale ese nombre. El Código dice que los padres, los padrinos y el párroco procurarán que no se imponga un nombre ajeno al sentir cristiano. Hay que pensar otro nombre.

–Ni hablar de quitarle Danubio -intervino la abuela–, este niño para todos es ya Danu.

–Se le puede añadir un segundo nombre, José Danubio, o algo así –propuso Michel.

–¿Qué día nació la criatura?

–El 26 de mayo.

–San Felipe Neri. Le pondríamos Felipe... un gran santo por cierto –dijo el cura.

–No, por favor –suplicó la chica–, mi Danu no puede ser ya Felipe, parece que ya no sería mi hijo.

–Claro, lo entiendo –dijo el capellán–, es difícil cambiar, y si es cambiar a mejor, más difícil aún. Dejar el hombre viejo... y el nombre viejo... Pero me van a perdonar un momento. Voy a subir un segundo a cardiología. Vuelvo en seguida, espérenme aquí.

Apenas se hubo alejado, se adelantó Michel a hablar.

–Ya siento estos engorros. Con don Leandro esto no habría sucedido. Habría hecho el bautizo a la primera, y lo mismo otro cura bueno que yo conozco. Pero hemos topado con el que manda aquí y tendremos que pasar por el aro.

–No sé por qué no le mandé a la mierda a la primera –dijo la madre indignada, mirando hacia las paredes (casi subiéndose por ellas), y Michel tuvo la sensación de que no lo decía tanto por el capellán como por él mismo.

–Lo siento, lo siento –dijo–, sé que me he metido en camisa de once varas. Casi no las conozco a ustedes y me he lanzado a cristianar a Danubio como si fuera cosa mía. Perdónenme, lo he hecho con la mejor intención. Me ha conmovido verte ahí en los pasillos tan dolorosa, me has inspirado los mejores sentimientos y... se me ocurrió ofrecerte lo mejor que yo podía por el bien del niño.

Las dos mujeres oyeron sus palabras sin responder, sin dar siquiera la sensación de haberlas entendido.

–Creo que lo mejor será que nos larguemos, Diana –dijo la madre al cabo de dos minutos–, ya está bien de hacer el payaso. Que le den.

–Lo que no entiendo –repuso Diana– es qué pintamos aquí parados. ¿Por qué no nos hemos ido con él a cardiología? A ver qué le van a decir allí.

–Vete tú para allá si quieres, yo me largo ya, llámame luego. A las siete vendrá por aquí tu hermano, y a las nueve los dos para casa. Nada de querer quedarte más aquí.

Pero pronto, mucho antes de lo previsto, vieron reaparecer al capellán, con paso veloz y cara de pocos amigos.

–Lo siento, señoras, pero no procede el bautismo de necesidad. Acabo de hablar con uno de los cardiólogos, y me ha asegurado que este niño no está para morirse.

Diana apenas pudo reaccionar de la emoción.

–¿Cómo que no? –habló la madre por ella–, si llevan diciéndonos seis días que está muy grave.

–Muy grave, sí, pero no para morirse, ni mucho menos. El doctor Yebra me lo ha dicho con seguridad, y yo me fío de él. El niño sale, no saben cuándo ni si tendrá alguna secuela, pero de ésta sale. Así que a bautizarlo más adelante y con las formalidades debidas.

–¡Ay, el doctor Yebra, qué majo! –gritó al fin Diana precipitándose a coger las manos al capellán para besárselas.

–Nada, nada, a rezar por él, para que salga bien y pronto –le dijo dándole un cachete a la chica.

Michel esperó a que el cura se hubiera ido para despedirse él también de las mujeres, tras comprobar en la habitación que don Leandro seguía sesteando. Les contó que tenía un poco de prisa por sus hijos. Besó a la madre y a la hija y reiteró sus disculpas a ambas por haberles hecho pasar aquel rato tan desagradable.

–Adiós, Diana, a ver si nos volvemos a ver y Danubio va para adelante –fue lo último que le dijo.

Diana le dio las gracias por todo. Los ojos le brillaban de emoción, pero no le preguntó su nombre ni nada.

XV

La voluntaria que se hallaba en recepción en aquel momento, una sudamericana de edad incierta que tenía puesta la radio, Cadena Dial, le informó de que sor Marta estaba de baja.

–¿Cómo que de baja? –dijo Julián.

–Ha tenido que ingresar ayer, y ya ha vuelto esta mañana, pero está en cama.

Julián pensó en su doble cáncer de pecho y se quedó abrumado.

–Ha tenido una hemorragia de oído –le tranquilizó la radioyente–, pero parece que no es de mucha importancia.

–Es que necesitaba hablar con ella lo antes posible. ¿Le puede decir usted que está aquí Julián Bedia?

La mujer le miró un instante sin reconocerlo, pareció dudar, pero en seguida se fue por un pasillo dejándolo solo. Él deseó que sor Marta no lo recibiese. Tenía el pálpito de que aquella visita tan improvisada iba a ser un terrible error. Pero la ecuatoriana, o lo que fuera, no tardó en volver con el aviso de que podía pasar ya.

La habitación donde yacía sor Marta estaba muy próxima al vestíbulo del Albergue. Era un cuarto pequeño que daba a un patio, la celda propia de una gran asceta, sin otro adorno que el cartel en blanco y negro de unos niños africanos famélicos y desnutridos. Pero la persiana se hallaba bajada casi del todo y había muy poca luz. La religiosa estaba sentada dentro de su estrecha cama sin cabezal, con la espalda apoyada totalmente recta sobre la pared. Vestía una holgada camisa negra de flores que a don Julián le pareció vistosa y muy nueva.

–Qué raro, ¿qué le trae por aquí? –le dijo toda risueña, en un tono de voz desproporcionadamente alto y con un deje santanderino que a todas luces era irónico.

–Oye, antes de nada, ¿qué tal estás? ¿Qué te ha pasado?

–Poca cosa, que tuve un accidente el otro día, unos golpes en la cabeza... me caí en una de estas escalinatas. Un accidente laboral.

–Vaya, ya lo siento. ¿Tropezaste?

–Sí, tropecé con un mal individuo. Me empujó y me di unos golpes. Pero nada de gravedad. Únicamente que ahora no oigo mucho por este lado. En fin, esperemos que pase. No me gustaría quedarme tuerta de oído.

–Vaya por Dios, mujer. Qué cosas suceden en este oficio. Igual es que te expones mucho.

–No me expongo nada. De mártir tengo lo justo. Lo que me pasó le puede pasar a cualquiera. Pero vale, dejemos ya el tema. ¿Qué nos viene a traer pues?

Antes de responder, Julián se cercioró de que la puerta estaba bien cerrada, y al hacerlo bajó notablemente la voz.

–Venía a hablarte acerca de don Dionisio...

–¿Acerca de quién? Lo siento, pero tiene que hablarme un poco más alto.

–Del señor obispo –dijo Julián aproximándose más a la monja, y sintió como si se dispusiera a confesar a una paciente difícil en su lecho de muerte.

–¿Pues qué pasa con él?

–Ha convocado una rueda de prensa para mañana. Y en esa rueda de prensa dice textualmente que va a comunicar a toda la diócesis "una decisión personal muy importante".

Durante unos segundos sor Marta Barturen no reaccionó. Pareció que ni respiraba. Luego se llevó ambas manos al pecho, a sus pechos truncos, y finalmente dijo, con aire irritado:

–¿Y por qué me lo viene a contar a mí? ¿Qué tengo yo que ver?

–Vamos a ser francos, hermana, y vamos a dejarnos de historias. Yo sé que tú sabes, y dada la situación, no nos queda otra que poner en común lo que los dos sabemos. Porque no creo que el secreto que haya que guardar justifique faltar a nuestra obligación, al menos la mía, de actuar rápido, esta misma tarde.

Sor Marta se revolvió nerviosa en la cama, se incorporó un poco más y retiró unos centímetros la colcha que la cubría, como si siguiera faltándole el aire.

–Pobrecito si usted cree que podemos hacer ya nada en el asunto al que supongo que se refiere –aseguró.

–Marta, por favor, dime lo que sabes de don Dionisio. Me consta que él te ha contado algo de esta situación. Cuando él me la contó también a mí, hace unos días, me dijo que tú eras su única confidente.

–Bien, pero ¿por qué no empieza hablando usted? Creo que eso sería lo más correcto, ¿no?

Julián Bedia le miró escrutadoramente a los ojos. Le era muy difícil entender el carácter y condición de aquella mujer.

–Vale, no tengo ningún problema –repuso–, no hay secreto sacramental. Don Dionisio me dijo en una conversación de amigo que había perdido la fe, perdido por completo, tras un largo proceso de reflexión, y que quería no sólo dejar el obispado sino además anunciarlo a los cuatro vientos. Y todo apunta a que eso es precisamente lo que se dispone a hacer mañana. En aquella conversación, que fue única porque luego él no ha hecho más que rehuirme, yo intenté hacerle ver su locura. Todo inútil, según parece. Incluso me puso difícil hablar contigo, porque después de decir a pregunta mía que tú eras su único confidente hasta el momento, me desaconsejó que lo comentase contigo. Pero ahora ya veo que debo hacerlo, por encima de todo. Ante lo que puede venirse encima sería penoso quedarme de brazos cruzados... Bien, ¿qué me dices, Marta? Te toca a ti.

La monja cerró los ojos y meditó durante unos instantes antes de responder:

–Me parece, don Julián, que usted comete varios errores. Con todos los respetos. En primer lugar, me sobrevalora a mí: no tengo la importancia que me atribuye ni sé mucho más de lo que usted sabe. Yo soy amiga de don Dionisio, sí, él me hizo el honor desde que llegó a esta diócesis de consultarme en algunas cuestiones prácticas y yo tuve el descaro de abrirle mi corazón, me empecé a confesar con él de vez en cuando. De ahí nació una amistad. Apenas nos veíamos pero hablábamos mucho por teléfono. Un día, hace ya como un año, él también me abrió su corazón. Me contó unas cosas que no me esperaba y que nunca podría revelarle a usted, pero sobre todo me dijo que se veía dejando muy pronto el episcopado, e incluso el estado religioso. Durante una serie de meses yo traté de quitarle esa idea de la cabeza, pero finalmente me convencí de que no podía hacerlo en modo alguno. Y no sólo no podía sino que tampoco debía. Me pareció que su proceso era cien por cien honesto y de rectísima conciencia. Sólo le pedí que su renuncia la hiciese bien, que no causara un notición, porque no tenía derecho a ensuciar su propia imagen ni a escandalizar a muchas personas de buena fe. Pero finalmente no me ha hecho caso, se ve que ya ha llegado al punto culminante que quería: una proclamación pública de su verdad, como el único modo justo y necesario de compensar a tantas personas por los daños causados en los años de su mentira. Y yo ¿qué voy a poder contra eso? De locura nada. Es un hombre muy sólido, muy profundo, quizá el más profundo que yo he conocido en mi vida.

–¿Sólido, tú crees? ¿Profundo? ¿Tú eres consciente de la catástrofe a la que nos aboca a todos? Y por cierto, dime también qué otros errores he cometido en este caso?

–Esa palabra, catástrofe, ya le delata, don Julián. Usted piensa que el abandono de un obispo es un mal que debe evitarse a cualquier precio, pero no tiene en cuenta en absoluto, o eso parece, el mal que hacen tantos obispos, tantos jerarcas, tantos, que fingen tener una fe que no tienen, que están engañando al pueblo, y naturalmente no lo engañan por compasión hacia la gente, sino por beneficio propio. Usted no tiene en cuenta que la fe es un don de Dios, y yo diría más: es un don colectivo, no sólo porque sea un don a compartir sino porque es una gracia que Dios da no individualmente sino a un pueblo entero, pero la da al pueblo que la merece. Y ¿sabe lo que está pasando desde hace un tiempo? Que el pueblo ha dejado de merecerla. Casi todo lo que se vive hoy como fe cristiana en el primer mundo es sólo ficción. No hay fe auténtica porque Dios está ausente en casi todas partes. A Dios lo hemos echado con nuestro materialismo y nuestra falta de caridad. Si fuésemos más espirituales y generosos con quienes lo necesitan, si tan sólo cumpliéramos el Evangelio, Dios volvería a regarnos con su fe, no a aquella y a esta persona, sino a todo el mundo, a todo el pueblo que se dice cristiano. Por eso, la catástrofe no es que un obispo dimita por honradez, por coherencia con lo que de verdad cree y siente, sino que la apostasía se vaya generalizando desde hace años entre la juventud del mundo y nadie reconozca cuál es la verdadera causa.

–Vaya, sor Marta. Casi diríamos entonces que te alegras de que ocurra lo de nuestro obispo. Un escandalazo que a lo mejor sirve para que el enfermo, es decir, el pueblo, reaccione, ¿no?

–No sé, no sé lo que va a pasar. Y no me alegro nada de que Dionisio sea una víctima de esto que digo. Pero prefiero que las cartas se vayan poniendo boca arriba.

–Estás diciendo una cosa muy extraña: eso de que la fe sea un don colectivo. O todos tienen fe o ninguno la tiene. Yo diría que eso es lo más contrario al Evangelio. El Evangelio leído entero, no el sesgado y parcial que esgrimen muchos, no hace más que hablar de unos que creen y se salvan y de otros que no creen y se condenan, incluso dentro de la misma familia.

–Mire, yo no soy teóloga y no sé si me expreso como una hereje, ni tampoco me importa demasiado. Pero estoy segura de una cosa: allí donde hay un creyente de verdad la fe se contagia. Si uno aparenta ser muy creyente, incluso si tiene grandes virtudes, pero no hace el milagro de convertir a muchos, si no alimenta continuamente la fe del prójimo, ese no es de Dios. De eso no tengo la menor duda.

–Vale, no te lo voy a discutir, en esto sí puedes tener razón. Pero ahora permíteme una pregunta personal. ¿Tú eres creyente o tu fe y tus virtudes son también fingidas?

Sor Marta Barturen hizo un ademán de fastidio antes de responder:

–Qué malo es usted, don Julián. Claro que soy creyente. En Dios hecho hombre, en Jesucristo. Casi puedo decir que sólo creo en Jesucristo. Sólo que ese Dios me exige mucho, es excesivo para mí. Y aún diría que me llevo mal con él, pero le sigo, le escucho y le amo, aunque yo sé que está muy descontento, de mí y del mundo en general. Así que no me extraña lo que estamos viendo ahora, este aumento del ateísmo.

–Y eso ¿tú cómo lo sabes? ¿Se te revela, se te aparece Jesucristo, te habla?

Sor Marta le miró con indignación, antes de responder de nuevo:

–¿Qué, me toma por una visionaria? ¿O se está burlando de mí?

–No, hermana, ¿por qué iba yo a burlarme? Precisamente estoy pensando que a lo mejor tienes algo de profético, y estaría bien que yo, como segundo pastor de la diócesis, tomase nota.

–Déjese de tonterías. Yo no profetizo nada. Y si le digo la verdad, la opinión que le di antes no creo que importe mucho. Lo que debe contar es lo que yo demuestre con mis actos, no con mis palabras.

–Pues a mí sí me interesan tus palabras y opiniones sobre Dios y sobre la Iglesia. O más que tus opiniones me interesa conocer cómo es tu percepción de Dios.

–Pues no se la voy a decir, porque no es usted mi confesor. Y si piensa que yo también finjo lo que no soy, como los demás, y que no hay nada auténticamente espiritual en mi interior, allá usted. Pero sepa que lo que más he aborrecido siempre es parecer una beata. Yo no me metí monja para estar todo el día recitando plegarias sino para echar una mano a los necesitados.

–Vale, hermana. En fin, una pena que no quieras franquearte más conmigo. Me has dicho que no sabes mucho de don Dionisio, pero está claro que ahí me mientes. Yo venía aquí muy preocupado por lo que haga mañana el señor obispo ante los periodistas, y a ver si tú podías darme alguna pista o algún consejo, y me tengo que volver con las manos vacías.

–Lo siento, pero yo no puedo hacer nada. Y ya le dije que igual es mejor dejar que esto ocurra. Preocupada estoy yo también pero... que sea lo que Dios quiera.

Y después de un silencio de los dos añadió:

–Ya sé lo que está pensando, don Julián. Que yo debo llamarle ahora mismo, o mandarle un mensaje directo. Que yo aún conservo influencia sobre él para frenarle en su propósito...

–Por ejemplo...

–Pues no, don Julián, no la conservo, sería inútil. Quizá lo que usted debería hacer ya es hablar con otras personas importantes de la diócesis.

–O del Vaticano... llamar al nuncio, ¿no? O al mismo Papa.

Su tono fue sarcástico y sor Marta sonrió por primera vez, pero en aquel instante alguien picó a la puerta de la celda y, antes de que ella hubiera contestado, la abrieron y entró otra vez la mujer de la recepción.

–Que llama sor Rocío –dijo con su acento patético–, que el chico ya ha llegado a Madrid, que necesita sin falta una respuesta con la dirección.

–Venga, Yanira, ahora me levanto y lo busco. Lo siento otra vez, don Julián, pero tengo una urgencia y me necesitan. Tengo que llamar yo también a un pez gordo de Madrid para pedir un favor muy grande. Una vulgaridad. Lo dicho. Tómeselo con calma y confíe el asunto a Dios. Puede sonar a burla que yo le diga a su reverencia esto, pero si usted cree en Él de veras y no es un fingidor más, nada debería turbarle ni espantarle, como dejó escrito para la posteridad una famosa colega mía.

XVI

Hacia las tres y media de la madrugada Arancha volvió a tener la pesadilla del atentado terrorista y se quedó desvelada para el resto de la noche. Era un sueño muy recurrente en ella y fácilmente explicable. Había miedo a que la Eta volviera a atentar en Santander, pero esta vez en el centro de la ciudad, en el paseo Pereda, cerca del Banco o del Ayuntamiento, o en la estación de Autobuses. Arancha compartía ese miedo con su marido, los dos pensaban que era algo muy verosímil que podría provocar una nueva catástrofe equiparable a la del gran incendio o a la explosión del Machichaco; pero mientras Carlos dormía plácidamente noche tras noche, ella sufría pesadillas con el asunto.

La bomba había estallado en una iglesia de Santa Lucía abarrotada, durante el funeral de aquella tarde, al empezar la comunión. El sueño fue confuso en su inicio pero luego los detalles se perfilaron y enriquecieron hasta componer un cuadro de lo más vívido, que ahora, ya despierta, no dejaba de rememorar con admiración en la oscuridad de la alcoba. La explosión había obstruido la salida del templo y los fieles corrían de un lado para otro entre cascotes y bancos derribados. Ella llevaba de la mano a su hija Blanca, que pugnaba por soltarse para ir en busca de Valentín, su novio, pero ella no quería dejarla, porque sentía que en cualquier momento iba a estallar una segunda bomba, y lo que intentaba era acercarse al altar, donde habían colocado el cadáver destrozado de don Julián Bedia. Pero mucha gente quería hacer lo mismo y resultaba imposible avanzar hacia él. Daba vueltas y más vueltas en medio de aquel infierno y cada vez le dolía más el brazo de arrastrar a Blanca, que le suplicaba a gritos que la dejase, que, ya de morir, antes hacerlo junto a Valentín que junto a ella. Finalmente su propia hija la insultaba, la llamaba falsa, falsorra, hipócrita...

Quien no tenía protagonismo en la pesadilla era Carlos, su marido. No estaba, no aparecía en la iglesia, y sin embargo la tarde anterior, en el funeral de su madre, no se había separado un instante de ella. Era evidente que el sueño había sido una derivación de aquel funeral. Don Julián Bedia había estado conmovedor y humanísimo durante toda la ceremonia y al final casi se había agolpado tanta gente para agradecérselo como para dar el pésame a los familiares de la difunta. Cosa curiosa, ella había pedido a Blanca al comenzar la misa que invitase a Valentín a ponerse con ellos en el primer banco, pero Blanca le contestó que no iba a querer, y ella supuso que no sería tanto por considerarse ajeno aún a la familia como por el hecho de que era ateo y no le gustaban los ritos religiosos. De hecho, no se privó de hacer algún comentario en ese sentido a la salida. "Yo sólo aguanto los funerales –dijo– si durante la homilía me puedo escapar cinco minutos a fumar un cigarro". Y alguien le había reído la gracia. Faltó poco para que ella misma lo llamara al orden y le exigiera respeto, y quizá lo hubiera hecho de no estar Blanca delante, junto a sus primos de Madrid (ninguno de los dos se había traído a su pareja al funeral). Blanca estaba loca por él y a buen seguro habría tomado su partido. Que, por cierto, a ella cada vez le parecía menos bueno. Ni de lejos resultaba ya el yerno ideal, como Carlos y ella juzgaron al principio. Un médico de brillante futuro, sí, pero con el toque excéntrico que le daban sus ideas radicales (“soy un anarquista de baja intensidad” se definía a sí mismo): Julio Anguita era poco rojo para él. No creía en la sociedad, con lo cual estaba dicho todo. De su familia, Arancha sólo había logrado indagar que el padre, también médico y profesor de la facultad de Valladolid, se había practicado la autolisis al descubrírsele un tumor en el etmoides.

Era impresionante cómo le dolía el brazo de pugnar en la pesadilla con Blanca para que no se le perdiese con semejante hombre, como si aquel fuera el momento decisivo de sus vidas. Ahora estaba claro que prefería a su hija soltera que casada con un tipo asocial, por muy buen médico que fuese, y al reconocerlo Arancha incrementaba su mala conciencia porque así se justificaban los insultos desesperados de Blanca, falsa, falsorra, hipócrita. En el fondo lo era, una grandísima egoísta, y ya no podía dejar de serlo, por mucho que se humillara ante Dios. Pero lo más terrible de la pesadilla era ver de lejos, en el altar, el cuerpo de don Julián Bedia como un bulto de carne sanguinolenta. Parecía una res sacrificada y desollada a punto de ser convertida en piezas de carnicería. Estaba claro el significado de esa visión: ella sentía que aquel cura era la víctima de una sociedad en que ya no contaba para nada la verdadera fe en Dios, el símbolo de una Iglesia a la que poco a poco, entre todos, estaban descuartizando.

Hacía un calor insoportable en la cama: Carlos era cada día más como una estufa. Su único recurso en esas ocasiones, levantarse y emprender cualquier labor oyendo música clásica, hasta que el sueño volviera a insinuarse, hoy no le valía. El piso estaba lleno de gente que por la mañana iba a madrugar y se sentía obligada a permanecer en su habitación sin hacer el menor ruido. Eran unos tacaños indecentes. Teniendo dinero de sobra, no quisieron gastar en hotel y los cuatro se habían alojado en su casa las tres noches. Claro que los jóvenes habían hablado de ir a dormir ellos dos al piso de la abuela difunta, pero fue ella misma quien se opuso con firmeza sin otro argumento que su propio deseo de tenerlos consigo. ¡Siempre empeñada en ser generosa para quedar bien con la gente aunque por dentro estuviera reconcomiéndose!

Y en medio de la congoja tomó una gran decisión: al día siguiente hablaría con don Julián. Con el pretexto de darle nuevamente las gracias por todo, no ya por la misa sino por los muchos años de fidelidad a Amalia, le llamaría a su teléfono móvil y le pediría una cita. Un hombre tan atento, un sacerdote tan irreprochable como él no le daría largas: seguro que mañana mismo encontraría el hueco para escucharla, donde a él le viniese bien. Había llegado la hora de confiarse a él; si no lo había hecho antes, se debía en parte a su deseo de no robárselo a Amalia, como si la anciana hubiera tenido la exclusiva de don Julián, y en parte al miedo a abrir a este hombre su intimidad, un miedo o vergüenza que ahora, tras el funeral, se habían esfumado. Y también la pesadilla parecía haberle venido como un aviso de lo alto para evitar el distanciamiento, para impedir que la muerte de Amalia supusiera el final natural de una relación que podía ser muy útil para ella y que, según cabía esperar, el cura no desdeñaría.

Por el contrario, la decepción había sido Natalia, su hermana. No sólo no había acudido al tanatorio el domingo ni al funeral el lunes sino que tampoco había enviado ninguna señal de pésame. Tal vez se lo había encomendado a Julián, y a Julián, tan lleno de ocupaciones, se le pasó transmitírselo. Pero lo cierto es que la había echado en falta. Tenía también mucho aprecio a esa mujer, y era imposible que su hermano no le hubiera hablado de ella cientos de veces, y no menos imposible que Natalia careciese de sensibilidad para valorar la importancia de esta pérdida. Acaso era una mujer tan atareada, que no estaba para acudir a funerales ni para cuidar sus relaciones personales. No necesitaba amistades nuevas. Ella, en cambio, sí. No tenía suficiente con las que tenía, todas tan limitadas, empezando por la buena de Ajo, cuyo mundo se circunscribía a las compras, los viajes, los placeres de todo tipo. Ajo sí que era mundana y superficial, y sin embargo era su mejor amiga, más leal que su hermana, nunca le había fallado. ¿Por qué no iba a respetarla y a quererla? ¿Quién era ella para despreciar a nadie? ¿Acaso se creía mejor, menos frívola que Ajo por el hecho de que tuviera ciertos escrúpulos de conciencia por la cuestión social?

Sin duda que no, pero lo cierto es que, para llenar su vida, ella necesitaba a alguien más, o algo más, por supuesto algo no material. Lo necesitaba desde hacía siglos. Aquella existencia fácil, junto a Carlos, le había resultado tediosa prácticamente desde su primer año de casada. Ni siquiera el nacimiento de Blanca le supuso una verdadera tregua. Aun atada como estaba a los mil deberes de madre, siempre echaba en falta un estímulo fuerte, una ilusión o un compromiso que pudiera colmar aquel vacío. La religión y las obras de caridad nunca le bastaron, incluso a menudo fueron problemáticas. Su desahogo más frecuente -y vergonzoso- había sido la fantasía, una costumbre de su adolescencia que había recuperado en muchas ocasiones a lo largo del matrimonio. Por la noche, en épocas de insomnio, pero también por el día, en la soledad de casa, sentada en una mecedora o incluso trabajando, se había entregado a imaginar otra vida, a ser otra mujer, con otro nombre, no siempre el mismo, y tenía sus aventuras, viajaba a África, hacía safaris, subía el Kilimanjaro... Y lo peor no es que hubiera otro hombre, otro amigo, otras amigas mucho más estimulantes que las reales, sino que dedicara a aquel juego tantas horas. No estaba segura de que fuese pecado imaginar que dormía en un vivac con un hombre que no era Carlos, porque aquella excitación acaso tenía muy poco de lasciva, pero sí lo era haber malgastado tanto tiempo en tamaña ocupación. Un vicio terrible, una aberración indigna de una mujer adulta.

Pero quizá ahora había llegado el momento de confesárselo a alguien, porque nadie sabía nada de aquella monstruosidad suya, y menos que nadie el bueno de Carlos. Quizá el primer milagro de Santa Amalia, desde la otra vida, era hacer que pudiese por fin descargar su conciencia de aquel lastre tan añejo, y descargarla ante un buen sacerdote.

El calor y la excitación la hicieron levantarse de la cama. Abrió la ventana del cuarto y se asomó. Ya había algo de relente, como era propio de una madrugada de mediados de octubre. Contempló la ciudad nocturna, el silencio y la oscuridad benéficas que envolvían el parque de Menéndez Pelayo. Se sentía repentinamente dichosa, aunque acuciada por el deseo de que llegase el día para llamar cuanto antes al móvil de don Julián Bedia.

El relente la hizo cerrar la ventana y volver a la cama. Quizá ahora podría dormirse un buen rato, hasta que la despertasen los ruidos de sus cuñados y sobrinos. Pero de pronto le llamó la atención la tibieza e inmovilidad del cuerpo de su marido. Cierto que Carlos en la cama era una estatua, rara vez se inquietaba o emitía ruidacos. Comenzó a palparlo y lo notó absurdamente frío. No podía ser. Tenía las mejillas heladas como su madre tres días antes y no se meneaba ni un milímetro. Pensó que estaba tan muerto como ella e hizo un esfuerzo por convencerse de que no había entrado en otra pesadilla. Sí, sí, aquello era completamente real.

–¡Carlos! –le gritó. Y lo primero que pasó por su cabeza es que ella era la culpable por no haberlo amado nunca de verdad, por haberlo engañado siempre con el pensamiento. Aquella basura alucinante que era su mundo interior.

–¿Qué coño te pasa? –reaccionó él por fin, sentándose en la cama.

–¡Ay, Carlos, corazón, qué pesadilla acabo de tener! –le dijo abrazándose a él.

–Espera, luego me la cuentas –contestó, saliendo disparado de la cama hacia el cuarto de baño.

Arancha se vio entonces como la mujer más neurótica del mundo, además de hipócrita e inmoral. El corazón le latía a mil por hora. Para serenarse, trató de ir preparando mentalmente la confesión que haría al día siguiente con don Julián, pero pronto se fue dando cuenta de que era una ridiculez; a un hombre tan serio como ese cura, con tales problemas a su cargo, no podría hacerle perder el tiempo con naderías de menopáusica infantiloide. En la realidad, el adulterio había sido siempre asunto inalcanzable para ella. Le venía enorme.

XVII

Aquella noche sor Marta estaba a punto de arrojar la toalla. Todo parecía confabularse para obligarla a presentar al fin su renuncia como directora de aquel centro en el que ya llevaba dieciséis años. Los mandamases de su propia orden religiosa -le repugnaba llamarlos sus superiores- querían quitársela ya de encima por las buenas o por las malas. Y lo que no había podido la enfermedad, la tiroides, el cáncer, lo iba a producir la difamación. Hacía muchos meses que a Madrid y a Vitoria sólo llegaban quejas contra ella. El runrún de la maledicencia, que desde un principio había perseguido, que no empañado, su quehacer en esta ciudad, parecía convertido ya en un clamor. Se la tildaba de intransigente, autoritaria, falta de tacto y de prudencia, por supuesto también de subversiva y hereje. Y luego estaba el maldito asunto de los dos cheques robados. Hasta su honradez en materia pecuniaria se había puesto en entredicho. Llevaba tiempo pisando callos en la ciudad, demasiados callos, y no podía quedar impune.

La madre Micaela, que era lo más parecido a una bruja que había conocido en mujer, no que en monja, la había llamado para pedirle que viajara a Madrid, y sabía muy bien lo que iba a suponer semejante viaje: una claudicación en toda regla. Un acto de falsa humildad, una demostración -como le dijo la madre- de que "aún no había perdido su carisma". Pero ella no podía perder lo que jamás había tenido. Despreciaba ese término, sentía repugnancia hacia él. Ella no era una carismática ni una elegida, era una simple cumplidora del mandato fundamental de su religión: la caridad, el amor al prójimo, el amor puesto en obra. ¿Acaso no debía luchar, mientras tuviera un átomo de energía, por que la dejasen seguir cumpliendo con su obligación? ¿Acaso no había peleado siempre contra la caridad fingida, la docilidad sin compromiso, la resignación cobarde? Siempre había creído que la razón de ser de una hija de la caridad como ella, una hija de San Vicente de Paúl, era asistir a los pobres no sólo dándolo todo, sino incluso más allá de las conveniencias sociales, más allá de respetos humanos y hasta de rayas jerárquicas. Ella no era nadie, pero a la hora de obedecer tenía muy claro que, antes que los hombres y los prelados, estaba Dios.

Pero aquella noche se le hizo evidente, después de hablar con la madre Micaela (sorgiña Micaela, como solía llamarla), que si no viajaba a Madrid, sería castigada irremisiblemente, caería sobre ella todo el peso de la ley canónica. Se planteó resistir, no plegarse. Se planteó -no era la primera vez que lo hacía- dejar la orden. Todavía no era tan vieja como para no poder empezar una nueva vida. Se planteó hablar con Dionisio. Le había llamado ya varias veces aquella tarde sin respuesta, pero aún le quedaba la carta de ir al obispado y asaltarlo en su habitación. Sabía que estaría allí, cerrado a cal y canto, velando armas para el día siguiente, pero ella se haría oír hasta que abriese la puerta. El problema era que seguía muy mareada a causa del oído. Verdaderamente no estaba para salir de casa, ni iba a estarlo en varios días, y se asombró de no habérselo puesto como excusa a Micaela para no viajar a Madrid. Hubiera ganado tiempo. Incluso podía haberla impresionado contándole la verdad: que un prójimo recién salido de la cárcel le había dado una paliza por defender las normas del Albergue.

Dándole vueltas a su situación, pasó la hora de cenar, llegó la medianoche, y cuando la casa se hallaba ya en profundo silencio, sor Marta Barturen se levantó de nuevo, se puso una chaqueta larga, y tomando su linterna salió de la habitación camino de la capilla. Siempre tenía miedo a hacer esa visita, porque estaba persuadida de que a ella Cristo, por alguna razón, nunca le hablaba desde una imagen, reliquia ni santuario, por muy sagrados que fuesen, es más, le parecía que querer arrancarle de semejante modo una palabra reveladora era como tentar a Dios y, por tanto, quien se aprovechaba era siempre el diablo, que se daba prisa a engañarla. Pero en aquella ocasión se sintió demasiado débil y cedió a la necesidad de oír una voz amiga. Quizá por una vez aquel feo Cristo de la capilla, que era más una maqueta que un verdadero crucifijo, le diría algo útil y claro.

No encendió ninguna luz. Estaba mareada y se sirvió únicamente de la linterna para entrar en la pequeña estancia y sentarse en un banco en la oscuridad. Cuando se recuperó un poco, proyectó el haz de luz hacia el altar, sobre el crucificado. sor Marta tenía aún buena vista. Miró hacia la imagen, demasiado pequeña y colocada muy alta para su gusto, y le clavó sus ojos como si quisiera reforzar con ellos la sujeción del cuerpo al madero. Nítidamente empezó a oír unas palabras, no con el sentido del oído, porque no las pronunciaba nadie, ni era una voz de características definidas, sino como un pensamiento autónomo y vivo que de pronto se le imponía a su conciencia:

"Tienes que cambiar, Marta, has de ser más humilde y mansa de corazón. No puedes seguir así, abandona ese personaje bravío que te has fabricado. Sacrifica esa seguridad que tienes en tus propias ideas y sométete a tus superiores, porque eso es lo que a mí más me agrada. Estás equivocadísima si crees que el reino de los cielos se impone a base de rebeldía y autoafirmación. Despójate de ti misma y haz el viaje que te ordenan a Madrid. Sólo así alcanzarás la paz en tu alma".

Pero Marta no se dejó camelar. Ese era indudablemente el pensamiento del demonio, la tentación que una vez más le salía al paso cuando intentaba la oración mental, sobre todo en recinto sagrado. Su instinto no la engañaba. No, no era sólo que ese pensamiento contrariase el principio fundamental de su ideario cristiano, el de que no se puede ser tibia, tolerante con el mal y con el error, ni se puede llamar seguidora de Cristo sin ánimo guerrero para combatir la injusticia, la opresión, el pecado; era que, si obedecía ese pensamiento, traicionaría toda una vida de fortaleza y de servicio a los débiles, a los que iba a abandonar para entregarse a los poderosos.

Lo tuvo claro y decidió que lo mejor era salir de la capilla y meditar la cuestión en la almohada. Pidió una sola cosa a Dios, lo más necesario, según pudo juzgar: que pudiera descansar aquella noche, aquella sola noche. Estaba segura de que, si lograba dormir bien unas cuantas horas, al día siguiente recobraría toda la fuerza que había perdido para cumplir lo más fielmente posible la voluntad del Señor.

Se echó en la cama y, aunque la cabeza le dolía y le daba vueltas, estaba tan fatigada que no tardó en conciliar el sueño, pero fue un sueño muy agitado, lleno de sobresaltos, de gritos y de terrores, que finalmente desembocaron en una espantosa pesadilla. Estaba diciendo misa en una gran iglesia de Madrid y no sabía hacerlo bien. Se hallaba sola en el altar, frente a un templo abarrotado de fieles, había perdido el hilo en el ofertorio y no era capaz de seguir adelante. Una gran congoja se estaba adueñando de ella porque, además, la gente comenzaba a notarlo y a protestar. Desde los bancos más próximos, se alzaba ya un murmullo de contrariedad por su torpeza. Y de repente, el murmullo se convertía en clamor de indignación cuando alguien gritó: "¡Paradla, ese cura no es hombre, es una mujer!". Ella intentó entonces huir. Dejando sobre la mesa del altar los corporales y objetos de la consagración, echaba a correr hacia la sacristía, pero la rigidez de los ropajes le impedía avanzar rápido y acababa cayendo al suelo antes de llegar a la puerta. Un grupo de individuos se echaba sobre ella y varias manos feroces como garras de leopardo comenzaban a desvestirla y a levantarle los faldones para comprobar si era cierta la acusación. Quería hablar, quería pedir perdón, pero mientras unas manos le alcanzaban ya el pubis otras manos sudorosas le oprimían la boca.

Despertó con una horrible taquicardia. Y a la primera luz de la vigilia reconoció que aquel sueño había sacado de las profundidades de su alma un sentimiento de culpa que pocas veces quería reconocer: que estaba ejerciendo una autoridad injustificada, que en realidad era una usurpadora, porque sus méritos como monja no estaban claros; que había entrado virgen en la orden para luego, en sus años de misión social por las barriadas de Madrid, descubrir el sexo como droga y como aliciente para soportar la miseria con la que hubo de vérselas; que se había prevalido siempre de su carácter fuerte y dominador y que en su orden religiosa había hermanas mucho más cualificadas que sor Marta, sólo que humildes de verdad.

Pero luego, con la reflexión, empezó a recobrar el sosiego y a levantar el ánimo. En el fondo, ella no era tan mala ni tan soberbia. Tenía algunas virtudes a las que no daba ninguna importancia. Nunca mentía, jamás quería nada para sí, ni material ni espiritual, no era farisea ni vanidosa en absoluto, y no era tan depravada que no reconociera todos y cada uno de sus defectos. Ni siquiera había deseado jamás -ni aspirado a- decir misa ni podía comprender cómo había personas católicas, incluso monjas, que eran partidarias del sacerdocio de las mujeres. ¡Como si el dedicar la propia vida al servicio de los pobres no fuera de por sí lo bastante importante para cualquier cristiano, hombre o mujer!

Al levantarse de la cama, Marta comprobó que ya no estaba mareada en absoluto. Entonces tomó la decisión de viajar a

Madrid, aunque no sacaría el billete de tren hasta el día siguiente. Hoy tendría que permanecer atenta a las noticias que se produjesen en la ciudad: curiosidad pura y simple, se dijo, porque era evidente que ese hombre ya no contaba con ella para nada.

XVIII

La mañana empezó mal para Tobías Illán. Internet no funcionaba, Mariluz avisó de que no iría por el despacho hasta la tarde, y no vio otro remedio que salir a un cibercafé porque le urgía recibir un correo electrónico de una cliente de Colindres; pero eran aún las diez menos cuarto y, pensando que quizá no encontraría ninguno abierto, decidió hacer tiempo con unas llamadas. Y la primera que se le ocurrió fue Diana Serantes. Fue así como supo que su niño por fin estaba mejorando de verdad y que ella ya había podido pasar las dos últimas noches en casa. Le dijo también que, antes de volverse a Valdecilla (adonde había ido ya su madre), tenía que hacer unas gestiones por el centro, por lo que Tobías la invitó a tomar un café en el Lago. Ella aceptó encantada, aunque dijo que sólo un minutuco.

A la hora convenida, después de pasar por el cíber, Tobías se encaminó a la cafetería. Diana aún no había llegado. Se sentó en una mesa a esperarla fumando un cigarrillo, y no habían pasado ni dos minutos cuando vio con pavor que entraban Mario Bulnes y Paco Varga y se dirigían a la barra. Le era difícil ocultarse porque la mayoría de las mesas estaban vacías, y lo que hizo fue agachar la cabeza, sacar el teléfono y fingir que estaba absorto en una conversación. Pero el efugio fue inútil. Mario Bulnes lo divisó muy pronto y se acercó a saludarlo con expresión de gran regocijo. Sin soltar el móvil, Tobías le tendió la mano libre con la esperanza de que, una vez estrechada, se diera por satisfecho y regresase a la barra, pero no sólo no lo hizo, no sólo permaneció de pie frente a él esperando que acabara la llamada, sino que también Paco Varga encaminó sus pasos a la mesa.

–Nada, voy rápido, en tres minutos estoy ahí contigo –dijo Tobías a su fingido interlocutor, esperando que así haría posible escabullirse rápidamente de los dos hombres.

–Qué tal, caballero, qué sorpresa –le saludó Bulnes.

Tobías se puso de pie y, estrechando la mano a Paco Varga, les dijo:

–Me tomaría un cafelito encantado con vosotros, pero un cliente muy apurado me requiere en el despacho. ¿Todo bien los dos?

–Casi todo –contestó Mario.

Varga pareció musitar lo contrario, "casi nada", pero su expresión era desenfadada, incluso alegre, aunque su aspecto, en contraste con el de Bulnes -elegante americana y corbata-, resultaba muy chusco: mal afeitado, pelo grasiento, cazadora enorme, como heredada de algún hermano mayor, debajo de la cual parecía no llevar sino una simple camiseta.

–Me alegro de veros, y os recuerdo que tenemos pendiente una nueva cena a mi cargo. Arsenio está en ello.

–¿Con mujeres o sin...? –dijo Varga con punta de ironía.

–Como queráis vosotros –y se preguntó qué diablos podía haber reunido a los dos hombres a aquella hora relativamente temprana de un día laboral. Pero no debía alargar ni un segundo más la conversación e hizo ademán de irse ya, aunque quedara como un grosero, cuando vio al camarero acercarse a la mesa. Tenía que desaparecer ipso facto: el peligro era inminente. Sin embargo, entendió que no debía irse del todo, que debía salir de la cafetería pero quedarse cerca de la puerta al acecho de la chiquilla.

–Llamo a Arsenio hoy mismo y concretamos –les dijo. Pero apenas había dado cuatro pasos hacia la salida cuando, surgiendo de no sabía dónde, apareció Diana, risueña aunque con cara de tener mucha prisa.

–Ay, lo siento, perdón por el retraso, se me ha hecho tarde y ya no voy a poder... ¡Hostiá!

Tobías estaba frente a ella y de espaldas a los dos hombres. Pero no tuvo tiempo de prevenirla ni manera de evitar que viese a Paco, porque ellos se movieron al instante en dirección adonde se hallaban.

Tobías observó la expresión brutalmente demudada de aquel rostro. Hasta las gafas parecieron cambiarle de color.

Paco Varga, en cambio, se alteró poco. Era evidente que la había reconocido; se detuvo frente a ella, pero se limitó a poner una sonrisa inescrutable.

–Hola... fue profe mío de inglés –dijo Diana dirigiendo la mirada a Tobías y a Mario.

–Cuánto tiempo sin vernos –dijo el profe, conservando su aplomo.

–Sí, ya lo creo... catorce meses –repuso ella.

–Qué memoria, yo hubiera dicho que mucho más. Te llamabas... el apellido era Serantes, pero tu nombre no me sale ahora...

–Diana... y tú Paco –dijo ella, con un rubor a cada instante más atroz.

–Perdóname, Diana, tengo la memoria muy desentrenada, ya no soy profesor. Te voy a presentar a estos señores. Fue una alumna mía de la academia, muy meritoria, y una gran chica. Y estos son amigos míos, grandes cabezas y caballeros. Tómate algo con nosotros, ¿tienes prisa?

–Sí, mucha, tengo que irme ya a Valdecilla. Tengo allí a un enfermito.

–¡Ah, sí? Vaya, mujer, lo siento.

–Sí, un sobrino.

–Vale, anda, vete, pero pásate algún día por la Academia Étimo. No estoy mucho por allí, pero igual me pillas...

La chica se fue disparada y sin despedirse. Un instante después, Tobías hizo lo propio. Salió tras los pasos de ella, pero era difícil alcanzarla porque iba corriendo como alma que lleva el diablo, y entonces optó por serenarse y esperar un poco; volvería a llamarla al móvil pasados unos minutos.

En la cafetería, Mario Bulnes no dejó de advertir lo discordante de la situación.

–Coño con la meritoria, qué azorada se puso al verte, la pobre, ¿quién era?

–Lo que te dije: una alumna de la academia, realmente maja.

–En sentido moral, porque en el físico... Válgame Dios, qué estafermo. Yo nunca había visto un esqueleto con gafas.

–En todos los sentidos una chavala maravillosa –dijo Paco endureciendo el gesto. Y se pidió una ginebra.

–¿No te vendría mejor un café? –dijo Mario.

Paco no contestó. De repente se había quedado absorto.

–Es que, claro, sería importante que pudieras recuperar el carnet de conducir –prosiguió Mario, regresando al asunto que les había reunido allí aquella mañana–, porque la opción de quedarte a vivir tú solo en Potes no la contemplas, evidentemente...

–¿No te fijaste que la chavala parecía conocer mucho a este Tobías? –reaccionó de pronto Paco–. No sé qué pensar.

Mario comprendió que no había nada que hacer, y desde luego era mucho mejor que ese hombre no tuviera la posibilidad de volver a conducir. Aquel posible trabajo en Potes le iba a salir muy caro.

–Yo a este Tobías lo veo un poco zascandil –le contestó–, o si quieres, intrigante. Como si siempre anduviera ocultando algo.

–No me gusta este tipo. Y que no nos líe Arsenio, que yo no vuelvo a cenar con él.

Se bebió la ginebra de dos tragos y por dos veces intentó sin éxito pagar él las consumiciones.

–¿Qué vas a hacer ahora toda la mañana, profesor? –le preguntó Mario ya saliendo del Lago–. ¿No tienes entre manos ningún libro interesante que traducir?

–Tengo recuerdos de qué ocuparme –dijo.

–Pues entonces no bebas, que se te olvidan.

Paco hizo una mueca difusa, enigmática, y Mario lo dejó irse con paso renqueante hacia la calle del Arrabal.

Cuando entró en su despacho de la Delegación del Gobierno, tenía varias llamadas anotadas. Sólo devolvió la de Susa, a su oficina, tras firmar unas cuantas notificaciones que tenía sobre la mesa. La noticia era que las hermanas Tocino estaban dispuestas a volver con ella a Múrmansk en busca de Irina, una vez recibida por correo electrónico la información de que ya no era imprescindible la presencia de él allí.

–Así te quito a ti ese trabajo –aseveró.

–Pero no seas cabezota –le repuso–, tú sabes que yo quiero ir contigo. Me apetece conocer Laponia, y sobre todo me apetece acompañarte en este viaje. ¿Qué problema hay, si tú misma reconoces que todavía me soportas?

–Lo he pensado bien, y creo que es mejor que la niña no te vea conmigo en el primer momento. Si tú no te comprometes a ser su padre, ella no debe imaginarse que ya lo eres. De verdad, Mario, lo mejor es que te vea simplemente como un amigo o un hermano de su madre.

–O sea que me conviertes en el tío de Irina, o en su padrastro. ¡Qué interesante!

–No te convierto en nada, tú no vas a ser nada de Irina. Tú y yo nos vamos a acabar separando antes o después. Nuestras divergencias nos alejan cada día más, y lo sabes perfectamente. Nuestras divergencias, y otras cosas que me callo.

–Mira, veo que lo dices tú todo, lo das todo por cerrado. Pero yo no descartaría que Irina hiciera el milagro de unirnos, de ilusionarnos, y quién sabe cómo podrían enderezarse las cosas. Te recuerdo que yo no era nada perrero y ahora me dedico más a Zorba que tú. ¿Quién sabe lo que puede pasar con esa niña?

–Qué tonterías dices, yo no creo en ningún milagro. A ti no te cambia ya nadie. Y además me parece muy indigna tu actitud. Con la niña, o te comprometes de antemano, como yo, o no tendrás derecho a ligarte a ella si luego, después, resulta que te ilusiona.

Mario colgó el teléfono muy molesto. Era verdad que él cambiaba muy poco, pero era una verdad más nefasta que ella cambiaba demasiado. Susa evolucionaba hacia una delicuescencia ideológica que en pocos años iba a hacer de ella un perfecto espécimen de devota de Acuario, o de beata *new age*. No habría supercheria espiritualoide, sobre todo de aroma oriental, que dejase de abrazar o cuando menos de acariciar. Trató de aferrarse él también a los recuerdos, a su pasado feliz con ella, pero no le serviría de mucho: Susa renegaba de aquello mismo que él podía considerar modélico, el vivir sin desparramarse, sin diluirse, sin desmentir su propia esencia. Pero tampoco quería perder más tiempo en darle vueltas al futuro de su relación con Susa. Evidentemente, ella tenía razón: eran dos seres divergentes y estaban condenados a distanciarse por toda la eternidad. Él no podría enderezar ya nunca el rumbo de su matrimonio ni congelarlo en el estado actual. La evolución, más que crear, destruía. Y, sin embargo, él no se consideraba un retrógrado ni un misoneísta, él no odiaba lo nuevo, sólo que amaba lo viejo, lo arraigado. Ni siquiera lamentaba haber llegado a aquel estadio de su vida, de hombre ya maduro, casado estérilmente con una traidora existencial. Asumía ese fracaso. Él hubiera merecido casarse con una mujer sólida, asentada en la tierra, no con una mujer líquida.

Una llamada de teléfono de la secretaria del delegado del Gobierno le interrumpió en seco la meditación. Hubo de acudir de inmediato al despacho de quien era la tercera autoridad regional, que lo recibió con gran cortesía y le presentó al hombre que se hallaba junto a él, el consejero de cultura de la comunidad autónoma. Conocía muy bien al tipo, y sin duda que el tipo a él, pero los dos se dieron el encantado como si fueran desconocidos. El delegado lo calificó ante el consejero como "un superfuncionario, de lo más competente que tenemos, y además por cierto un magnífico comentarista musical, un gran crítico". El otro fingió, con un gesto de la cabeza y la cara, que aquello constituía para él una sorpresa agradable, cuando el encuentro, a buen seguro, no era para él ninguna de las dos cosas.

–Fui... –dijo–, fui crítico, ya no lo soy. Y comentar, comento mucho, pero no por ello me considero comentarista.

–¿Dejaste de escribir? –preguntó el consejero.

–En efecto, dejé de luchar contra el caos.

–El caos te derrotó... –ironizó el consejero.

Era un tipo agudo e inteligente, pero maligno, ambicioso y, según tenía entendido, notablemente salaz.

–El caos nos ha derrotado a todos. Todo contribuye ya al desorden del mundo, me refiero a todo lo que se hace para el público. Sólo los actos privados conservan sentido. Dios no existe, y de existir, desde luego sólo le interesaría el individuo, cada individuo. La humanidad en su conjunto se la suda.

–Esto nos aboca a una conversación más que interesante –intervino el delegado, con su delicadeza característica– y yo estaría feliz de escuchar a dos personas tan cultas como vosotros, pero supongo que a ninguno nos sobra el tiempo, y tenemos que tratar rápidamente el asunto que nos ocupa en este momento.

Y le mostró a Mario el expediente sancionador incoado contra una sala de fiestas de Solares por infracciones, supuestamente muy graves, en materia de seguridad. El consejero se interesaba por el asunto porque el cierre del local dañaría, aun más gravemente, los intereses de los grupos musicales de la región. Y sobre todo dañaría, adivinó Mario, los intereses de cierta amiga nuestra, sobrina predilecta del dueño del discopub. Pero no hubo lugar a comentario alguno, porque justo en ese instante se coló una llamada para el delegado, que al punto reaccionó con una mueca iracunda. La llamada, sin embargo, resultó ser importante, a juzgar por sus exclamaciones de asombro. Colgó en seguida el auricular y dijo a los dos hombres:

–Joder qué noticia. Perdonadme, es que me dicen que el obispo de Santander ha dimitido. Y por lo visto se va dando un portazo...

Y se levantó de la mesa para ir a encender el televisor que tenía en un estante del despacho. En la pantalla aparecían en aquel instante imágenes de archivo de don Dionisio Arias en distintos actos oficiales y una voz en *off* recalcaba su fama de sencillez, de moderación, de apertura, y el prestigio intelectual que siempre lo había aureolado. Los tres hombres miraban expectantes. El canal de televisión, una emisora local, volvió en seguida a reproducir la comparecencia de don Dionisio ante los medios, que había tenido lugar minutos antes. El hombre iba vestido de seglar, traje gris oscuro y un polo azul desabotonado; hablaba sin leer, aunque sumamente despacio, como con pesadumbre:

–En el día de ayer he comunicado a la Santa Sede, es decir, a la autoridad máxima de la Iglesia Católica, mi decisión de renunciar no sólo al cargo que ostento sino a mi condición de miembro de la misma. Me aparto libremente de esta institución, me desvinculo de ella por pura convicción personal, porque tengo la seguridad de que está basada, como el resto de las iglesias y comunidades religiosas, en supuestos erróneos, en sujetos inexistentes y, aun con sus aspectos positivos, en falsedades nocivas. Pido perdón de antemano a cuantas personas pueda escandalizar con mi renuncia, y pido perdón sobre todo a cuantas personas haya causado perjuicio con mi papel en este engaño organizado que es la fe como cimiento de un sistema de poder. Sé que merezco por ello una dura condena, pero esa condena debe ser justa en el sentido de que sólo la verdad tiene derecho a imponérmela. Me voy por respeto a la verdad, y no he de admitir que sea la mentira, las mentiras viejas o las que sobre mí se fabriquen a partir de ahora, las que vengan a castigarme. Yo era un hombre encumbrado en un equívoco. Ahora ya soy, sólo quiero ser, un hombre abatido en la verdad. Sé que mi decisión suscitará muchas dudas e interrogantes, y como no me siento con fuerzas para responder a la infinita serie de preguntas que podrían hacérseme públicamente, termino mi intervención diciéndoles a ustedes, a modo de síntesis, que no hay ningún secreto personal ni asunto turbio detrás de esta renuncia. Sólo una certeza y un deseo muy grande de mi corazón de descansar al fin en ella: la certeza de que no existe más realidad que esta vida material y sensible, y de que no tenemos otro deber que procurar vivirla lo mejor posible en unión con el resto de los hombres. Me voy con las manos vacías, me retiro con la conciencia de que mis actos como autoridad religiosa han sido guiados siempre por la intención de hacer el bien a cuantos me rodeaban, en especial a los más débiles, y, una vez persuadido de mi equivocación fundamental, sólo me queda reconocerlo, deshacer públicamente la mentira e iniciar una etapa personal en el silencio más humilde y absoluto que deseo no se vea ya nunca interrumpida.

–Es asombroso, esto es de alcance mundial –fue el consejero de cultura quien hizo el primer comentario.

–Qué gran tipo, sí señor –dijo Bulnes–, quijote puro. Porque ahora se ve que también hay idealismo e hidalguía en la incredulidad.

–Por Dios, hombre, no digáis tonterías –dijo el delegado–, esto es una locura, una provocación.

Y volvieron a pasarle una llamada. Esta vez agarró el auricular sin gesticular. Era al parecer su esposa, que acababa de ver la televisión y estaba horrorizada. Mientras hablaba con ella y le prometía ponerse de inmediato a recabar más noticias para su tranquilidad, el consejero de cultura insistió en un aparte con Mario que aquel caso "nos iba a situar en el mapa".

–Tal vez un signo apocalíptico –repuso él–, el comienzo de la apostasía generalizada del que tanto se habla como preanuncio de la segunda venida de Cristo.

–Claro, y tenía que ocurrir precisamente aquí –apuntó orgulloso el consejero–, en la patria de Beato de Liébana, el autor del más famoso comentario al Apocalipsis de todos los tiempos.

El delegado reclamó de nuevo su atención para decirles que dejaba para otro día lo de aquel expediente sancionador, porque el asunto de esta noticia le requería con urgencia. Y sin pedirles excusas, abandonó su despacho dejando solos en él a los dos hombres. Éstos fueron saliendo despacio, titubeantes. El consejero habló de nuevo:

–Yo conozco mucho a este obispo. Estuve firmando un convenio con él no hará ni veinte días. Un gran personaje. Por cierto que teníamos pendiente un tema de conversación. Creo que le voy a decir a mi secretaria que lo llame luego. Ha dicho que públicamente no dirá nada más, pero quizá en privado sí quiera contarme algo.

–Ojalá que no –contestó él– porque lo estropearía todo. Una forma tan sublime de dimitir como la suya quedaría invalidada si ahora se pusiese a contar ofderrécor el trasfondo real.

–De lo que no me cabe ninguna duda es de que esto no puede ser su última palabra. Estoy pensando que este obispo se ha tomado al pie de la letra aquello de que ha llegado la hora de adorar a Dios en espíritu y en verdad. Termina el reino de la Iglesia, de esta iglesia, y comienza el reino de Dios.

–Personalmente preferiría que se quedara así, en un apóstata puro y duro, no en un apóstata de estos cursis, como Lammenais, que abandonan al Dios eterno, no vaya a ser que al final exista, y se entregan a dioses históricos, a nuestra medida, que nos hagan sentirnos importantes.

–Ya se irá viendo, Bulnes. Habrá que estar atentos. Te confío el tema del expediente ese. Démosle una salida al delegado, o el caso se volverá contra él, y contra mí mismo como consejero de cultura.

–Locos por la música, ¿no?

El consejero se limitó a sonreír como si hubiera captado el sarcasmo, cosa más que improbable, y tomó velozmente por el pasillo hacia la gran escalera de la Delegación sin haberle dado la mano.

XIX

Cuando salió del establecimiento, Michel Penagos se sintió tan horripilado como si acabara de cometer una violación y la policía estuviera a punto de emprender su busca y captura.

Era la primera vez en su vida que pisaba un *sex-shop*. Se había pasado dos horas caminando por toda la ciudad sin conseguir quitárselo de la cabeza y al final hubo de rendirse. Nada había servido de nada, ni la noche de penitencia ni la misa temprana en los franciscanos, ni el recuerdo de tantas gracias recibidas inútilmente en los últimos tiempos. Estaba cansado y sudoroso, incluso tenía ya un dolor agudo en un empeine por la rozadura del zapato, pero el monstruo seguía vivo. El monstruo había hecho presa de él y ya no le quedó más que la sumisión total. A fin de cuentas, se dijo, había cosas peores que entrar en una tienda erótica, había sitios mucho más abyectos y peligrosos en los que nunca había pisado, y con eso cesó su resistencia. El monstruo llevaba tiempo queriendo llevarlo precisamente a un *sex-shop*, el lugar más absurdo para pajearse. El monstruo era así de cruel. Era el enemigo de su alma, y no sabía cuál de los tres, si el demonio o la carne o el mundo, pero sobre todo era él mismo, su falta de humildad al no aceptar aquel nuevo fracaso, no asumir que la chica aquella en la que tanto había pensado los últimos días le hubiese desairado como tantas, aquella chica pseudoangelical de nombre tan precioso, Diana. Pero no la odiaba a ella, no, se odiaba a sí mismo y quería castigarse ensuciándose, entrando en un antro tan sórdido como aquella tienda de objetos porno de la calle Riancho. Y lo peor no fue entrar al fin, ni verle la cara al individuo grimoso que lo atendió ni pedirle una película porno de maduras, la primera a que le echó el ojo. Lo peor fue que, ya dentro de la cabina de proyección, una locura que iba más allá de toda lujuria y de toda perversión, lo llevó a dejar de lado la película y también el recuerdo de la joven mamá a la que había deseado en balde, y a poner sus garras en la estampa guardada en su cartera de Santa Gema Galgani, aquella guapa santita italiana de quien era particularmente devoto. Fue consciente de la gravedad del sacrilegio, pero nada pudo hacer por evitar los nefastos movimientos de su carne.

Eran las doce y media de la mañana, un día grisáceo en la ciudad que por fin anunciaba algo de lluvia. Michel Penagos iba caminando por el muelle en dirección a casa y, no pudiendo dar un paso más a causa de la herida en el empeine, se sentó en el primer banco que vio libre en los jardines de Pereda, aunque en él se hallaba otra persona (que le hizo sitio de buen grado), un fulano de unos sesenta años, barbudo, algo obeso y muy desaseado, acaso un vagabundo, que quizá porque llevaba gafas y estaba leyendo un libro le pareció de fiar. Durante algunos minutos, Michel había tenido la tentación de arrojarse a la bahía. Si no lo hizo fue exclusivamente por sus hijos, ya no por miedo a la condenación eterna, aquel absurdo, ni por imperativo de ningún otro orden. Estaba perdido sin remedio; había destruido su alma para siempre. Lo que acababa de hacer no tenía reparación posible, era el fin, era la muerte de toda fe en el bien, la destrucción completa de su vida espiritual.

Mientras se quitaba el zapato e iba viendo que tendría que seguir descalzo hasta casa, aún trató de hallar alguna explicación a su caída. Vinieron a su memoria palabras e ideas oídas o leídas frecuentemente sobre la fuerza del erotismo, el erotismo como corriente eléctrica o como curso de agua que, bien canalizados, resultaban de máxima utilidad y, en caso contrario, devastadores. Los santos, y más aún las santas, sabían mucho de eso. Cuántas veces no había leído él que la mística no era sino erotismo sabiamente cultivado, libido trabajada amorosamente por el Espíritu Santo. Pero él nunca había sabido hacerlo, él era un bruto, siempre lo había sido, un tipo violento y de una sexualidad peor que zafia, condenado a sucumbir antes o después a ambas pulsiones. Estaba claro: el Espíritu Santo tampoco lo elegía a él. Lo suyo no era más que un remedo infame de vida cristiana.

¿Vida cristiana, vida sobrenatural? ¿Y si todo eso no fuese más que un trampantojo? ¿Y si al cabo fuese todo vil materia, podredumbre y cieno? En definitiva, ¿había hecho él daño de verdad a alguien con su masturbación en el *sex-shop*? ¿Podía afectar en algo a aquella santa italiana muerta hacía cien años, aquella pobre huérfana tan sufridora y despreciada en vida, que hubiera pensado en ella y en su retrato coloreado para cometer aquel pecadillo tan común? No, no. Se negó a recurrir a ese tipo de excusas. Sería muy indigno apuntarse ahora a esa idea, sería una cobardía renegar de sus principios por el hecho de que él no tuviera valor para cumplirlos.

–Fea rozadura, joven –dijo de pronto el gordo con quien compartía el banco–, tenga cuidado, como se le infecte ya verá usted...

Sin contestarle, Michel volvió a ponerse el calcetín y con el zapato en la mano se levantó del banco para reanudar la marcha.

–Llevo aquí un poco de Betadine –añadió el hombre con voz extrañamente limpia–, si quiere le hago una cura...

Michel le echó entonces una mirada. En efecto, el tipo tenía junto a sí un gran bolso de viaje. Pese a su aspecto andrajoso, acaso fuera un turista que estaba haciendo tiempo cerca de la estación marítima para embarcarse aquella noche en el ferry.

–No, muchas gracias, vivo cerca y ya me curo en casa yo mismo.

–¿No se fía de mí? Pues sepa que soy médico. Si quiere le enseño el título... Lo llevo aquí, espere... –e hizo ademán de abrir el bolso.

–No, no se moleste, de verdad... no creo que esto sea tan grave.

–No se fía. Me ve como un buscavidas... Yo ya sé que mi apariencia no es muy buena, pero cierto que esa herida no me gusta un pelo.

Penagos no supo qué pensar. Miró un instante hacia el libro que el hombre tenía entre las manos, muy sobado y voluminoso, y llegó a leer el nombre del autor, Blasco Ibáñez, pero no el título.

–¿Es usted de Santander?

–Vivo aquí, sí –contestó Michel.

–No lo parece mucho. Pasaría por extranjero.

–Nací en Francia.

–Siéntese un poco, si no tiene prisa, y no le importa.

–Tengo algo de prisa –pero Michel accedió y se sentó de nuevo junto al individuo.

–Verá, yo estoy de paso, aunque he vivido mucho tiempo en esta ciudad y la conozco bien. Me llamo Delfín. Mire... –y sacó de un bolsillo su carné de identidad para mostrárselo–, ve cómo pone médico... Estoy de paso en Santander, por una circunstancia desgraciada. Acabo de salir de la cárcel... no se asuste por favor, le digo la verdad, parece usted un caballero.

Maquinalmente, Michel se corrió unos centímetros hasta el extremo del banco, pero luego contempló al individuo en silencio y con mucho detenimiento.

–Perdone, ¿desea algo de mí? –le dijo al fin.

–Deseo que me escuche un minuto, si puede. Le diré sólo verdades. ¿No le interesa saber qué delito cometí para tirarme trece años en Santoña?

–Me interesan muy pocas cosas, lo siento, yo no soy un hombre curioso.

–Maté a un hijo mío –dijo bajando la voz y acercando su boca al oído de Michel–, tuve un acceso de ira... Un caso de locura transitoria, pero no quise o no supe defenderme ante el juez.

Michel se puso en pie y volvió a mirarlo fijamente desde su altura y con gesto duro.

–Oiga, señor, si quiere algo de mí, dígamelo rápido.

–¿Qué, me tiene miedo? Los locos siempre dan miedo, pero yo no lo soy, aunque pueda parecérselo. Tampoco soy un mendigo ni un timador. Si lo fuera, le habría contado otra milonga, no la de que maté a mi hijo. Sólo soy un hombre muy colérico, en ocasiones.

–No le tengo ningún miedo, señor, y yo también soy muy colérico. Pero me va a perdonar, que tengo que ir a lo mío, aunque sea a la pata coja –y se agachó para coger el zapato.

–Si le digo que necesito mil duros ¿me los daría? Mil duros para irme de Santander y no volver más. Llevo cinco días durmiendo en la calle, menos mal que ha hecho muy bueno.

Michel se mantuvo en silencio, mirándolo.

–No tengo otra ayuda, ni quiero nada de los servicios sociales, yo no encajo en esos sitios. El dinero es para pagarme el viaje al único sitio donde podré sobrevivir. Lo necesito, pero no me gusta pedir monedillas como un pobre –y se palpó un bolso del pantalón donde tintineó la calderilla–. ¿Me cree o no me cree?

Sin responder, Michel sacó la cartera y de ella el único billete de 5.000 que tenía.

–No, no se lo cojo –dijo el tipo–, mejor acompáñeme hasta la agencia de viajes y me paga usted mismo el billete de ida a Canarias, allí tengo el único familiar dispuesto a ayudarme. Yo no quiero el dinero para vicios.

–No hace falta, le creo –dijo Michel depositando en su mano el billete–, le creo y basta. Otra cosa no puedo darle, yo no soy rico. Adiós y que tenga suerte.

Y echó a andar con el zapato en la mano, sin entender la protesta que farfullaba el hombre. Iba deprisa, mirando al suelo para no pisar algún objeto cortante, pero no se sentía bien. De hecho se había puesto aún peor. Fue consciente de que había obrado con necia impulsividad, como si hubiera querido borrar de un plumazo, con aquel acto de largueza desmesurada, el delito cometido un rato antes. Quizá lo que Dios había querido ofrecerle en el encuentro con aquel hombre era la posibilidad de conocer a alguien que tendría algo que enseñarle para el caso. Quizá se trataba precisamente de hablar con él, de escuchar bien su historia, y que luego él le ofreciese no tanto dinero como interés y cordialidad.

Al cabo de unos metros se detuvo y, aunque muy dificultosamente, decidió volver sobre sus pasos. Pero el individuo había desaparecido sin dejar rastro. Acaso estaba ya camino de alguna de las agencias de viajes que había en el paseo de Pereda. Pensó ponerse a buscarlo, pero descalzo y con el pie herido comprendió que sería una locura. Además, parecían apuntar ya las primeras chispas de lluvia. Nuevamente se sentó en el banco. Lo mejor era no hacer ya nada. Descansaría un rato allí, aunque se mojase un poco, contemplando la velada belleza de la bahía, y luego regresaría a casa para ya no salir de ella sino lo indispensable. Recordó aquella frase de Pascal, más o menos: "La desgracia del hombre le viene de su incapacidad para estarse quieto mucho tiempo en su habitación". Pidió a Dios la quietud. De ella, sólo de ella, le vendrían la contrición y el arrepentimiento, el dominio verdadero de sí mismo.

Pero supo que eso era imposible. Dios no le daría ya gracia ninguna. Ahora que estaba en poder del diablo, hasta el mismo diablo desaparecía o se transformaba en un ente anacrónico. Estaba desahuciado, y además arruinado: cinco mil pesetas era mucho dinero para él. Tendría que pasar el resto del mes apretándose aun más el cinturón, una austeridad redoblada pero sin mérito, sin poder sacarle el menor partido espiritual, de no ser el de asumir la humillación de haberse dejado engañar por un timador profesional, un granuja que por supuesto tampoco le iba a agradecer nada, porque incluso había llevado la burla hasta el extremo de farfullar contra él por su poca calidez humana.

Una vez más pensó en ir a confesarse al día siguiente al amanecer con el bueno de don Julián Bedia. Acaso por una vez pondría a prueba su benignidad al contarle aquel sacrilegio, aunque era muy probable que ni aun eso llegara a escandalizar al buen vicario. A lo sumo le pondría una penitencia algo mayor, pero le daría una absolución tan fácil como de costumbre, y él saldría reconfortado y listo para empezar un nuevo ciclo de devoción y mortificaciones con que prevenir el regreso del reptil. Y, sin embargo, antes o después, el reptil regresaría, la lujuria volvería a su cerebro como una corriente de agua que no había manera de refrenar, y fallaría de nuevo. No cabía duda de que le traería más cuenta ser un pervertido a tiempo completo, o sencillamente darle al manubrio cada vez que tuviera ganas, así, por lo menos, no se torturaría la mente. Pero tampoco valía para eso. Él estaba hecho de un material ruin, hiciese lo que hiciese jamás podría salir de aquel círculo infernal. Encima era un imbécil, y por imbécil y por mediocre las mujeres lo rechazaban una tras otra, de modo inevitable. Y, mientras la llovizna comenzaba a humedecerle el pantalón y la chaqueta, se recitó a sí mismo aquel verso antiguo inolvidable que había aprendido de memoria en el BUP, en el instituto:

"Pariome mi madre

una noche escura

cubriome de luto

faltome ventura.

Cuando yo nascí

era hora menguada

ni perro se oía

ni gallo cantaba.

Dixeron mis hados

cuando fui nascido

si damas amase

fuese aborrecido".

XX

Fue en la cola de la panadería, a primera hora de la mañana, donde Arancha tuvo noticia, por el comentario de una señora que llevaba el periódico, de la renuncia del obispo de Santander, “dimisión por razones de conciencia”, que parecía el suceso más importante ocurrido en la ciudad desde el atentado terrorista de La Albericia.

–Cómo está la Iglesia, qué no habrá visto este hombre –dijo una clienta.

–No habrá visto nada, perdió la fe, como la puede perder cualquiera –opinó otra señora más joven.

–Perdió más bien la cabeza, ¡por Dios! ¡Qué irresponsable! –repuso la que llevaba el periódico.

Arancha no pudo decir una palabra a causa de su perplejidad, y en cuanto le despacharon la baguete corrió al quiosco a comprar el diario. Ya en casa leyó la amplia información, media portada y páginas 2 y 3 completas, con varios artículos breves de expertos religiosos y un pequeño editorial. Todo ello le pareció que iba en la misma línea: conmoción, inexplicabilidad, cautela máxima en el juicio, respeto a la decisión de un prelado muy querido en la diócesis. Arancha se quedó, sobre todo, con la idea de que se trataba de un caso sin precedentes en la Iglesia española, por lo menos en el último siglo. Echó en falta alguna reacción por parte de la propia Iglesia, de la local y de la española. Nadie se pronunciaba por el momento. Aquello era muy fuerte. Y lo peor es que tenía decidido llamar esa misma mañana a don Julián Bedia para hablar por fin con él, pero entendió que hoy no era el día. Se imaginó cómo estaría el pobre hombre y cómo, inevitablemente, interpretaría ese deseo de hablar con él como un mero pretexto para sonsacarle algo sobre el escándalo. Y por nada del mundo quería parecer indiscreta o curiosa. Aquello era una fatalidad. Llamó a su marido a la clínica, pero no podían pasarle en aquel momento. Aprovechó una pausa en el estudio de Blanca para entrar en su habitación y comentar con ella la noticia; pero la pianista se limitó a encogerse de hombros, con un matiz de reproche en la mirada. No quiso discutir. Puso la radio, todo política o música irritante en cualquier frecuencia, y trató de matar el tiempo poniéndose a limpiar el baño principal, pero la asistenta llegó una hora antes de lo previsto (saldría también una hora antes: ella misma se fijaba el horario). Entonces, aprovechando que empezaba a lucir el sol, volvió a vestirse y salió de casa.

Aunque no le tocaba servicio ese día, su idea era ir hasta el Albergue de Transeúntes a hablar con sor Marta del asunto. La monja era amiguísima del obispo y con ella sí tendría confianza para preguntar por el suceso. Pero no se dirigió al Albergue de Transeúntes; de repente sintió una especie de aversión por el lugar y por la monja misma. En realidad, llevaba mucho tiempo sintiéndola, sólo que de pronto se le hacía insufrible, y hoy, probablemente, todo iba a andar muy revuelto. Hoy sor Marta estaría de un humor de perros y pudiera ocurrir que se enfrentase a otra escena non grata. De modo que se dio media vuelta y decidió dirigir sus pasos hasta la Academia Étimo. Era buena hora para hacerle una visita a Natalia, aunque a medida que se iba acercando tuvo miedo de que la mujer omitiera también hoy darle el pésame y que eso la hiriese más de la cuenta.

Natalia no había llegado todavía, le informó la empleada que tenía en la oficina, aquella morenita de preciosa nariz respingona a la que daba masajes en las cervicales cuando las dos se quedaban solas. Pero no tardaría en llegar, añadió, tenía una clase a las 12 en punto. Arancha dudó si esperarla, porque era de suponer que aparecería muy justa de tiempo y el horno no debía de estar para bollos. Tampoco tenía pretexto para andar por allí a aquella hora, y desde luego, cualquier cosa menos parecer una chismosa. Así que ya estaba a punto de irse de la academia cuando vio entrar por la puerta al marido de Natalia, con su aspecto sombrío y agitanado. Quizá lo era, como que se apellidaba Varga. En el primer instante, Arancha pensó no saludarlo, no mirarlo siquiera, le daba un poco de repelús. Conocía escasamente a ese hombre, cuñado de don Julián, apenas se habrían cruzado dos palabras en toda su vida, pero sabía mucho de él. Había dado clase en COU a Blanca, que siempre dijo que no era buen profesor, que no pronunciaba un inglés correcto, cosa sin duda cierta porque lo habían acabado despidiendo de los Escolapios. Además, al parecer, bebía. ¿Qué habría visto en él una mujer como Natalia?

Pero fue el hombre el que se dirigió a ella en la misma puerta, aunque sin pronunciar su nombre ni amagar un contacto físico:

–Hola, ¿cómo estás? Ya sé que falleció tu suegra, lo siento...

–Ah, muchas gracias –contestó con gesto enfático de sorpresa.

–Me lo dijo mi cuñado, la apreciaba mucho.

–Y ella a él... Pues sí, descansó por fin la pobre. Directa al cielo sin duda. Nada, pasaba por aquí y quise saludar un momento a Natalia. No sé si sabes que he empezado a venir a sus clases...

Él hizo ahora un gesto de total desconocimiento.

–Por cierto, acabo de leer lo de este obispo –se atrevió a entrar ya en el tema–, menuda la que ha liado...

Varga se limitó a acentuar su expresión plana, como de quien está demasiado embebido en sus propios problemas.

–Él sabrá lo que hace –dijo al fin.

La respuesta excitó a Arancha, que de pronto se sintió impelida a la mayor sinceridad.

–El hecho es muy grave, y de ser cierto lo que trae el periódico, eso de decir ahora que la fe cristiana es una engañifa, hace pensar que este hombre ha perdido la cabeza.

–Sabe Dios... –y pareció que una sonrisa apuntaba enigmática en las comisuras del hombre.

–¿Vosotros no sabéis nada? ¿No os ha contado algo Julián a Natalia y a ti del asunto, y perdón por la indiscreción?

–Yo sé que Julián se ha ido ayer a Madrid, lo han llamado de la Nunciatura. Para qué, no tengo ni idea. Igual Natalia tiene alguna información. Supongo que estará a punto de llegar, ¿no?

Y lanzó una mirada, como consultándola, hacia Mireia, que al parecer estaba atenta a la conversación entre ambos.

–Fue a hacer unas gestiones a Hacienda, no puede tardar mucho –corroboró la chica, al tiempo que entraban tres alumnas mayores en el local.

–Bueno, yo ahueco el ala –dijo Arancha enlazando con una amplia sonrisa a Mireia y al hombre–, mañana tengo clase con Natalia y espero que me cuente algo, si puede ser. Si no, pobres de nosotras, qué misterio. Muchas gracias, Paco.

–Me alegro de verte –la despidió él, con una mirada en la que de pronto parecía apuntar una viva simpatía.

Sin decir ni una palabra a Mireia, Paco Varga entró en el despacho de dirección, una pieza que en otro tiempo había sido suya, su cuarto de trabajo, pero que ahora pertenecía ya enteramente a Natalia. Comenzó a buscar el apellido Serantes en todos los ficheros y agendas que había a la vista, pero pronto se rindió a la evidencia: Natalia no era sólo muy ordenada y meticulosa sino que actualizaba constantemente su material de trabajo: no conservaba cuadernos ni fichas viejas; o bien pasaba a limpio la información, o bien la iba metiendo ya toda en la base de datos del ordenador. Natalia era una entusiasta de la informática. Tendría que recurrir a Mireia, cosa que le reventaba, pero era su única oportunidad. Salió de nuevo a la recepción, justo cuando llegaban nuevos alumnos, y un instante después apareció también Natalia por la puerta, pálida, jadeante y con aspecto malhumorado, que no pareció sorprenderse de verlo allí.

–Con las prisas me he dejado el paraguas en la cafetería Lago, ¿puedes pasar luego a recogérmelo? Es ese que tiene estampada en la tela la Torre Eiffel...

Él asintió con un leve gesto a la vez que, sin aguardar siquiera a que Natalia entrase en el aula, pedía a Mireia que le buscase un teléfono en el ordenador. La chica pareció requerir la aprobación de la jefa lanzándole una mirada, pero ésta no se dio por aludida y siguió a lo suyo. Paco aborrecía a aquella mocosa, que cada día se tomaba menos molestia en disimular el desprecio que sentía por él, un sentimiento que indudablemente no obedecía a otro motivo que al hecho de que toda su capacidad de respeto y lealtad se volcaba en Natalia, siendo evidente que su actitud hacia él sólo era el reflejo de lo que ésta misma le inducía a pensar sobre su marido. Pero no estaba lejos el día en que se iba a tomar su desquite. Cualquier mañana que no hubiera nadie en la academia la iba a poner en su sitio a aquella mosquita muerta.

La mosquita muerta no conservaba el teléfono de Diana Serantes, pero se acordaba perfectamente de ella, de su nombre de pila y hasta del instituto en que trabajaba como conserje: el de Peñacastillo. Paco tomó nota y volvió al despacho, donde marcó el número de aquél. Preguntó por Diana, la conserje. Le dijeron que estaba de baja, pero la voz se corrigió casi al instante:

–Bueno, se ha cogido unos días... tiene a su niñito enfermo, en Valdecilla.

–¿Cómo a su niñito? ¿Pero tiene un hijo?

–Oiga, no le puedo decir más... ¿Usted quién es?

–Nadie importante, gracias.

Tras colgar el teléfono, Paco permaneció casi un cuarto de hora inmóvil en el despacho. Recordaba muy bien a Diana Serantes. Recordaba que desde el primer día le había parecido una alumna extraordinaria, receptiva como ninguna otra, ingenua, candorosa, infeliz, y a la vez muy intuitiva e inteligente. Un ser a medias entre perro y ángel. Él había empezado a darle clases particulares gratis, porque tenía pocos medios y dejó pronto la academia, y además estaba la Mireia de los cojones, siempre vigilándole... Recordaba que se citaban en la cafetería El Suizo, ella progresaba enormemente en el aprendizaje, pero un día de repente todo se vino abajo. No tenía nada claro lo que había sucedido. Una mañana de lluvia se habían emborrachado juntos, quizá él había sido el inductor, y luego la había arrastrado a un hotel cerca de su casa, y allí debió de hacerle algo... Después él siguió bebiendo y ahora podía recordar vagamente cómo había acabado boca arriba en la alfombra de la habitación. Y ella, más borracha, insultándole, increpándole, pateándole... ¿O quizá lo había soñado? Lo cierto es que a partir de aquella tarde no volvieron a verse nunca y durante varios días él había vivido con la sensación de que la chiquilla lo iba a denunciar por violación, de que en cualquier momento iban a presentarse unos policías en la academia o en los Escolapios para llevarlo detenido. Pero no, todo había quedado en nada hasta ayer mismo...

Cuando salió de su ensimismamiento, Paco estaba de nuevo en la calle, caminando por Pereda en dirección a la cafetería Lago a recoger el paraguas de su mujer. Pero la mañana había quedado despejada, lucía otra vez un sol espléndido, y a mitad del camino se olvidó del paraguas. Se detuvo en una parada de autobús con intención de ir inmediatamente hasta Valdecilla.

XXI

Tamar Solano llevaba veinticuatro horas desconectada del mundo en su apartamento de Pedreña. Había estado escribiendo sin interrupción desde las doce del mediodía hasta las cuatro de la madrugada; luego se había echado a dormir, y lo había hecho profundamente, para no despertarse hasta pasadas las once y media. Brillaba el sol después del frente nuboso de la víspera. La inundaba una felicidad completa: su Mac almacenaba ya doscientos diez nuevos versos. Con ellos acababa de redondear su mejor libro, y aunque necesitaría dejarlo enfriar por lo menos una semana antes del último repaso con los lógicos retoques, estaba segura de haber escrito un poemario potente, singular, insospechado.

Sin conectar el teléfono móvil, sin ducharse siquiera, se tomó un zumo de pomelo por todo desayuno, se puso un bikini y, cubierta con el chándal y una toalla, bajó al garaje y condujo hasta la playa de Somo, totalmente solitaria. La mar estaba tranquila e inesperadamente templada. Pero apenas pudo nadar media hora, porque la preocupación por el negocio de su tío Nacho la obligó a regresar pronto al apartamento.

Tenía llamadas perdidas de los dos hombres, el consejero de cultura y el funcionario de la Delegación del Gobierno, ambas del mediodía anterior. Curiosamente, ninguna de las dos se había repetido, lo que le produjo más ira que sorpresa. Envió un mensaje al consejero. "He estado aislada escribiendo, ¿qué sabes de lo de la sala?". Al funcionario no le pudo comunicar nada porque no tenía teléfono móvil. La respuesta al SMS no tardó en sonarle ni cinco minutos: "El asunto está dificilillo. Delegado Gobierno recula y Bulnes escurre bulto. Seguiré intentándolo. Cómo tienes mañana tarde para quedar?".

Tamar se sintió indignadísima. Casi no podía creer que aquellos hombres fueran tan maulas. Mientras freía tres claras de huevo y ponía el samovar para el té, trató de impedir que el cabreo le estropease la alegría de su noche creadora, pero iba a ser complicado. Le dolía mucho no poder prestarle aquella ayuda a su tío Nacho con la necesaria celeridad. Era una enorme injusticia la sanción que querían imponerle simplemente por ser un buen empresario, por tener más ideas que la competencia, ideas y capacidad de llevarlas a efecto. Estaba claro que ésta era una tierra de mediocres. Y los mediocres unidos jamás serán vencidos. El consejero era un mierda, un político tan inútil como los demás, un oportunista que presumía de lo que carecía. Ni cultura ni leches. Jamás se atrevería a lanzarle un órdago de verdad a un pez gordo, no demasiado gordo por otra parte, como el delegado del Gobierno. Y todavía se imaginaba el muy capullo que, después de aquello, iba a estar dispuesta a seguir jugando con él a Abelardo y Eloísa. Ella no necesitaba mostrencos a su lado. Si había accedido durante un tiempo a sus pretensiones, es porque había supuesto que era un hombre que sabía jugársela por ella cuando llegaba el caso: gran equivocación. Pero el cuento se había terminado. Y si esperaba que aún querría seguir con él por el interés, iba de culo. A ella jamás le interesó ninguna relación sentimental ni de amistad por el partido que pudiera extraerle. Ella sólo apreciaba en los hombres los actos de valor, la firmeza del carácter, sin los cuales ningún talento era real, y ningún otro rasgo, atractivo.

Sonó entonces su móvil y vio que la llamada provenía de la Delegación del Gobierno. No tenía el menor deseo de hablar con Mario Bulnes. Cabía la posibilidad de que hubiera novedades positivas en el asunto de su tío, pero lo descartó. De semejante individuo no podía esperar más que ingeniosidades y chascarrillos. Le inspiraba un profundo desdén esa clase de personas que se creen superiores a las demás por tener un mayor dominio de la gramática. Pero la gramática nunca sacó a nadie de la mediocridad, y este Mario lo era en grado sumo: cobardón, rastrero, incapaz de dar un paso adelante en ningún aspecto de su vida. Presumía de agudeza crítica y sólo en apariencia entendía lo que leía. Sus juicios eran siempre tontos y superficiales. Le gustaba distinguirse, pero carecía de verdadera talla intelectual. Era un puto diletante en todo.

Dos minutos después se repitió la llamada de la Delegación. Bulnes insistía. Pensó descolgar y mandarlo a freír gárgaras en dos frases, pero prefirió no dirigirle más la palabra, ignorarlo para el resto de su vida. Bulnes era, en realidad, un tipo turbio, de intenciones impuras, alguien lleno de malos deseos y de peores pensamientos que disimulaba con gran astucia y cinismo.

Apagó el móvil antes de que la señal de llamada terminase, pero el daño infame que iban a hacerle a su tío Nacho decididamente no la dejaba tranquila. Tenía que echar el resto, recurrir a alguien serio, que no le saliera rana cuando ella lo necesitase de veras. Y, aunque sabía que en esas situaciones era mejor tomar la iniciativa que esperar a que le cayera del cielo el hombre adecuado, no tuvo necesidad de buscar y elegir entre sus contactos, porque estaba claro que su buena estrella no se había extinguido tras la brillante noche anterior. Volvió a sonar el móvil, pero esta vez el número que apareció no era el de ningún pelgar sino nada menos que el de todo un secretario de Estado...

–Manu, qué sorpresa...

–Ya ves, Tamara, me he acordado en este momento de ti, y eso que estoy en Estambul... Te explico. Ando en un tema de cooperación hispano-turca y ahora mismo iba a echar media siesta en el hotel después de comer, cuando me he puesto a dar un vistazo por Internet a las noticias de España, ¡y qué veo! ¿Qué le habéis hecho al obispo de mi tierruca que reniega de todo? Vaya un cristo.

–No tengo ni idea. No sé ni de qué me estás hablando...

–¡Pero tú en qué mundo vives! Estoy viendo la noticia en *El País* digital. El obispo de Cantabria presenta su dimisión. El prelado gallego, figura principal del sector renovador de la Iglesia española, deja su cargo al no ver credibilidad alguna en la institución dirigida por Juan Pablo II. ¿Cómo es posible que no esté Santander ya ardiendo?

–Puede que esté ardiendo y yo no lo sepa. Llevo dos días recluida en mi casa de Pedreña terminando de componer un libro, y no estoy enterada de lo que pasa ni aquí ni en ninguna parte.

–Vamos, que estás en tu torre de marfil...

–Para nada. Estoy en el abismo de mí misma y de ahí he sacado un mineral poético que soltará mucha luz, espero.

–Oye, yo también. Ganas tengo ya de leerte. Ya sabes que el anterior libro me pareció una gozada. ¿Por qué no me mandas un anticipo, un poema solo?

–Vale, pero dame unos días. Esto hay que dejarlo reposar un poco. Pero te agradezco el interés, y la llamada. De lo del obispo éste no sé qué decirte. Que dimita uno solo no creo que tenga mayor importancia. Lo bueno sería que dimitieran muchos más, que cayeran uno tras otro como un castillo de naipes.

–¿Tú crees? ¿A ti te parece que toda la Iglesia está corrompida?

–Toda la Iglesia no sé. Pero lo que es la jerarquía, y sobre todo el Vaticano, eso lo tengo clarísimo. Yo estuve en Roma hace menos de un mes, y en el Vaticano se palpa la presencia del mal.

–Puede que sea así, porque cada vez parece más claro que al anterior papa, el de la sonrisa, se lo cargaron. Pero en fin, ahora el escándalo está en Santander. Qué le habrá pasado, qué habrá descubierto este Arias para dar semejante golpe, en una ciudad tan pequeña...

–Pequeña, tú lo has dicho. Muy pequeña y muy gris. Y sobre todo amuermada. Aquí no cambia nada nunca. Ésta es una ciudad de gente que ni hace ni deja hacer. De personajillos sin épica ni lírica. De novela costumbrista únicamente. Esto no da para más.

–Bueno, pero no negarás que es bonita y se vive bien. ¿O estás pensando en volverte a París?

–De momento estoy aquí. Tengo que resolver un problema familiar...

–¿Un problema grave?

–Está relacionado con la política, como casi todo. Que eso es lo malo de las ciudades pequeñas, que todo depende de la política y de los políticos de turno, directa o indirectamente...

–Bueno, ya me contarás. Yo voy a ir por Santander un fin de semana de estos, quizá ya el próximo. Podemos vernos, si quieres, cenamos y me cuentas... a ver qué se puede hacer.

–Estupendo, Manu. Llámame en tal caso. Y dame tu dirección de email y en breve te mando lo que te dije.

–La muestra del mineral... Te lo agradeceré muchísimo, Tamara...

–Tamar, sin la a final.

–Oquey, belleza. Un besito.

XXII

El doctor Anglade tenía gran reputación como oncólogo, pero era un hombre tan callado, abreviaba tanto las explicaciones a sus pacientes y familiares, que pocos llegaba a cobrarle la menor simpatía. Arsenio Vega era uno de ellos. Emma lo odiaba, lo llamaba el autista a pesar de que en su caso particular todo les iba muy bien con él. En cambio, Arsenio estaba encantado de tratar con un médico cuyo laconismo le parecía el sello de una mente enigmática pero sabia.

Aquella tarde también les dio noticias favorables. La revisión mensual confirmó que seguía limpio, los indicadores no podían mentir, e incluso decidió retrasar la siguiente revisión un par de meses. Y aunque todo lo enunció con su invariable frialdad y concisión, Arsenio se sintió animado a hacer un comentario festivo:

–O sea que ya podría decirse que no me voy a morir de esto.

–Usted podrá morirse de cualquier cosa, incluso de esto... pero lo más probable a largo plazo.

La respuesta dejó admirado a Arsenio. Qué rigor, qué concisión, qué buen cerebro debía de tener el individuo. Era el suyo un rostro singularmente inexpresivo, casi parecía afectado por algún tipo de parálisis facial. Cierto que los ojillos gestionaban muy bien el brillo de aquel cerebro, pero el doctor Anglade tenía el típico aire de estupor y desabrimiento de un escritor toxicómano americano en trance de redimirse cultivando mucho el realismo sucio.

–Bueno, es un consuelo saber que no me voy a esfumar tan pronto –replicó Arsenio.

–¿Para qué dices bobadas? –le saltó Emma, y no porque fuera bobo lo que acababa de oír sino porque evidentemente aquella frase solo le había parecido un patético intento de sacarle alguna palabra más al autista.

–En un día como hoy –insistió Arsenio– viene muy bien saber que no estoy muy cerca del fin.

–¿En un día como hoy...?

La pregunta sorprendió a la misma Emma, que casi dio un respingo. Arsenio fue consciente de que era la primera vez que aquel médico se permitía expresar algo que fuera más allá del enunciado estricto de lo que veía en el PET o en el TAC o de las pautas del tratamiento, y se sintió animado a persistir en su intento.

–Un día en el que hemos sabido que no existe nada más que esta vida.

–Venga, Arsenio, por favor –volvió a saltar Emma.

Pero a Arsenio ya no había quien lo frenase. De pronto había estallado en él el entusiasmo por aquel hombre, la certeza de que cualquier opinión suya tenía un valor inmenso. Se arriesgaba a quedar desairado por su indiferencia y frialdad, o más probablemente a sufrir una gran decepción por su falta de ideas, pero estaba desbocado.

–Hoy mismo lo hemos sabido, sí.

–¿Que no existe el cielo? –volvió a preguntar el doctor, y Arsenio juraría que lo hizo sonriendo por las comisuras de los labios.

–Acaba de proclamarlo ayer oficialmente la autoridad religiosa –le orientó un poco más.

–¿Pero a ti qué te pasa, Arsenio, has comido lengua? ¿Desde cuándo los médicos de la sanidad pública tienen tiempo para chismorrear con los pacientes?

Pero era imposible que aquel gran oncólogo, aunque no tuviera costumbre de leer la prensa, no supiese aún nada, a las 5 y media de la tarde, del caso del obispo Arias.

–Yo eso de que no existe el cielo ya lo sabía pero siempre se agradece que la autoridad lo confirme –dijo Anglade mirando a Emma con un matiz tal vez reprobatorio.

–Yo no, yo aún tenía mis dudas –repuso Arsenio, encandilado con la ironía deliciosa de aquel martillo de cánceres–, así que ahora ya no hay más que pensar. Se acabaron las preguntas fundamentales sobre nuestro destino: solo hay esto. Cuando el corazón deja de latir se acaba todo. Supongo que en los próximos días empezarán a ir cerrando una iglesia tras otra.

–Anda, déjate de coñas marineras –dijo ella, y mirando luego al médico–, usted no le haga caso, que él mismo no se ha creído lo de ese obispo.

–Usted es profesor, ¿no? –el médico reveló al fin su incipiente curiosidad por aquel paciente.

–Profesor de filosofía, y mañana les tendré que explicar a mis alumnos que ya está resuelta la gran cuestión de la vida humana. Sartre tenía razón: Dios es sólo la soledad de los hombres. Usted, como científico serio y riguroso, siempre ha tenido esto claro, ¿no?

Anglada hizo una leve mueca algo rara, y por un momento Arsenio temió que lo tomase por loco y lo echara ya de allí sin más historias.

–Yo lo que tengo claro es un hecho: que sólo en nuestra galaxia hay trescientos mil millones de estrellas, y teniendo en cuenta que se estima que en el universo hay cien mil millones de galaxias, el número de astros sería de un uno seguido de veintidós ceros. Ante lo cual yo me inclino por no darle la menor importancia a la opinión de un obispo sobre la existencia o inexistencia de ese personaje divino del que hablan unos cuantos libros publicados hace nada de tiempo en este pequeño planeta nuestro.

–Toma del frasco, Carrasco... Yo estoy completamente de acuerdo con usted, doctor –profirió Emma, que de pronto parecía reconciliarse con aquel tipo huraño.

El comentario del oncólogo, prácticamente un discurso en toda regla, no sorprendió a Arsenio: era lo que cabía esperar de un científico estricto, de una mente inmune al efecto distorsionador de las emociones, del sentimentalismo y de los sueños. Pero algo le defraudó, o más bien le molestó, de aquellas palabras. Tal vez fuera la contundencia autosatisfecha con que las había pronunciado, que acaso trasluciera un sentimiento de odio al concepto de Dios. O tal vez es que, secretamente, él había esperado una respuesta más original, más libre de los esquemas y ataduras de las ciencias naturales.

–Vale, al lado de eso –se atrevió a replicarle– nuestra imagen de Dios, la que proviene de la Biblia, puede ser una mierdecilla, sí, pero nuestras ilusiones también forman parte de la realidad. Porque usted no negará que somos algo más que máquinas biológicas. Si la ilusión de creer que tras mi muerte me reencontraré con los seres queridos que perdí, si esa ilusión alimenta mi gusto por la vida, y si por el contrario la certeza de que no hay tal cosa, ni va a haber justicia de nada al apagarse mi cerebro, si eso me daña, me quita el gozo de estar vivo, ¿no significará que hay una verdad en las ilusiones, y tal vez la única verdad posible, la utilidad para la vida? Porque ¿qué utilidad hay en pensar que dentro de la magnitud espacio-temporal del universo no soy más que un gusano, o peor aun, un grano de arena en una gran playa? ¿Qué, usted no tiene sueños?

–Pero ya te vale, Arsenio, deja de desbarrar, ¡que te ha dicho el doctor que no te vas a morir de esta! ¡Pareces borracho!

Antes de contestarle, Anglade sonrió por fin abiertamente, aunque Arsenio no supo si era por su discurso anterior o por la exasperación de Emma.

–Sí, y es curioso. Yo no sueño mucho pero de vez en cuando tengo uno muy intenso, muy plástico. Sueño con mi ciudad, yo soy de una ciudad de La Mancha, y mi ciudad aparece mucho más bonita de lo que es, mucho más cuidada, como recién construida, y qué monumentos tiene. Se convierte en una ciudad maravillosa, la más bonita de España y casi del mundo. Cuando me despierto, me da mucha pena que no sea así, aunque aquí en Santander donde yo vivo tengo una vista extraordinaria. Y disfruto de lo que tengo. Es todo.

–¿Y nunca se plantea usted más?

Bruscamente Emma se puso ya en pie y al hacerlo golpeó con el bolso a Arsenio en la cara.

–Yo me voy, que tengo prisa. Allá tú si te empeñas en darle la chapa a este hombre.

El bolsazo aturdió un poco a Arsenio, que sin embargo también se puso en pie. Deseó que Emma le pidiese perdón, aunque evidentemente el golpe había sido sin querer, lo deseó tan solo porque el médico no pensara mal de ella. Pero el doctor Anglade se limitó a acentuar su sonrisa, que ahora tenía un matiz claramente benévolo.

–Pues nada, dentro de dos meses volveremos a vernos y a comentar las últimas noticias del universo y de mi sistema linfático –dijo Arsenio.

Prácticamente no habló más hasta que llegaron al aparcamiento y estuvieron los dos dentro del coche.

–Has estado muy borde todo el rato, no sé qué te pasa, Emma. Parece que las buenas noticias te hacen perder los papeles.

–Hijo, perdona, pero fuiste tú el que se alteró. No procedía que te pusieses tan pesado con ese médico, no venía a cuento. Hiciste el ridículo.

–Yo diría que no. Te excitas mucho, Emma, y no percibes bien. Por cierto, ¿qué llevas en ese bolso? ¿Piedras? Casi me dejas en el sitio. Delante de la gente cada vez eres menos considerada conmigo. Parece como si te sintieras en la obligación de demostrar al mundo lo difícil que es soportarme.

–A ti es que te gustaría que yo me comportase contigo como una alumna, con rendida admiración.

–No, nada de eso. A mí no me gusta que parezcas lo que no eres: una mártir de la opresión machista. Ese tipo de mujeres me resultan particularmente fastidiosas.

–Venga, no empieces ahora. Vamos a celebrar este momento maravilloso, como la película de ayer. Y hay que llamar a Coleta para decírselo. ¿Adónde quieres que te lleve?

–No sé, tira hacia el centro. Como no me voy a morir este año, igual me compro un chaquetón nuevo.

–¿Quieres dejarte ya de esa estupidez? Eso sí que resulta fastidioso. ¡No vuelvas a decir que vas a morirte ni tarde ni pronto. Cambia el disco, por favor! ¡Qué manera estúpida de hacerse el interesante!

–Bueno, vale, perdona. Acércame hasta Puertochico, si no te importa. Voy a ver a cierta persona.

–¿A quién?

–Tengo curiosidad por algo.

–¿Hombre o mujer?

–Una cuestión puramente intelectual, no te excites por favor. Y respeta mi pequeña privacidad, como yo respeto la tuya.

–No, si la verdad es que tampoco me interesa mucho. Haz lo que quieras, pero no dejes de llamar a tu hija, que no sea yo siempre tu secretaria de comunicación.

Antes de apearse, Arsenio se dejó besar por Emma en los labios.

XXIII

Hasta las siete menos cuarto de la tarde Julián no la llamó. Natalia ya no lo esperaba hasta la noche, pero estaba tan en vilo que tenía el móvil encendido a pesar de que él debía saber que a esa hora estaría indefectiblemente en la academia, donde solía desconectarlo. Se hallaba terminando la clase con el grupo de los más pequeños y esta vez no le importó la interrupción ni el regocijo que les produjo el que de pronto empezase a sonar en su bolso la musiquilla de Bach -la *Badinerie* de la Suite para flauta- que tenía puesta de avisador. "*Excuse me a moment*", les dijo yéndose a una esquina del aula para contestar.

–Qué...

–Bueno... No está siendo un día fácil...

–Pero qué. Dime algo, aunque sea en dos palabras. Qué está pasando por ahí... Qué te ha dicho el nuncio...

–El nuncio está horrorizado...

–¿Sólo está horrorizado? ¿Te ha hecho ir a Madrid sólo para decirte eso?

–No, hermana. Es largo de contar. Yo te llamaba para que estuvieras tranquila, aprovechando que tengo un minuto libre.

–No, no, tienes que contármelo todo. Será la única forma de que me esté tranquila. Mira, ahora estoy acabando la clase. Te llamo yo dentro de un cuarto de hora.

–No podrá ser. Ahora mismo me iba a ir ya a reunirme con el presidente y con el secretario de la conferencia episcopal. Seguro que la cosa será también larga.

–¿Te reúnes con Rouco Varela, nada menos? Qué fuerte, ¿no?

–Con Rouco Varela y con otras personas. Pero olvídalo. Dime una cosa: ¿cómo está el panorama en Santander?

–No sé qué decirte. En el periódico ha salido con grandes titulares, pero yo comentarios he oído pocos. Me han preguntado algunas personas, yo les he dicho que no sé absolutamente nada.

–La prensa lo está magnificando, toda la prensa nacional... Como era de esperar, por otra parte.

–Dime solo una cosa, Julián. ¿A ti te va a perjudicar mucho esto?

–Pues claro, cómo no me iba a perjudicar. Todo lo que daña a la Iglesia me daña a mí. Una herida en un cuerpo acaba afectando a todos los miembros, y esta es una herida de pronóstico grave.

–Bueno, pero yo me refiero a otro aspecto, al aspecto tuyo, a tu futuro...

–Natalia, por favor, no pienses en eso. Lo que tenga que ser, será. Con Lajos, el nuncio, he tenido conversación muy larga, pero ya comprenderás que no era el momento de tratar de mi futuro precisamente. Así que, anda, olvida todo esto que te digo por ahora, y yo te volveré a llamar a casa en cuanto pueda. Un abrazo, reza por mí, y queda con Dios.

–Y tú vete con Él. Te quiero mucho, Julián.

Cortó la llamada sin más, guardó el teléfono en el bolso y, abarcando a los ocho niños con una mirada algo ruborosa, les dijo:

–*Sorry for the interruption, class continues.*

Pero estaba tan excitada que le iba a resultar muy difícil proseguir la clase. Sentía una emoción especial. Conocía muy bien a su hermano, y estaba segura de que aquella conversación muy larga con el nuncio significaba algo bueno, muy bueno, más allá de sus reticencias.

Hubiera querido estar sola, sola con Mireia, con ella se explayaría sin límites, pero la academia se llenaba aquella tarde de gente. Hasta el pobre Michel Penagos, que últimamente esperaba a sus niños abajo, en la calle, había subido esta vez. Hablaba con Paco y con Arsenio Vega. Al verla aparecer, los tres hombres la miraron expectantes.

–¿Pero qué pasa aquí hoy? –les dijo.

–Cuéntanos algo, Natalia, si puedes, claro –contestó Arsenio.

–Que os cuente de qué...

–¿Qué ha ocurrido con el señor obispo?

Natalia sonrió con evidente coqueteo:

–¿Y yo por qué lo había de saber? ¿Quién creéis que soy yo? Bastante tengo con lo mío.

–Hombre, ya sabemos que tu hermano es muy discreto, pero seguro que algo te habrá contado ya de Madrid.

–Ya te has ido de la lengua, ¿no? –dijo Natalia a Paco, pero su mirada no era de enojo sino cada vez más risueña.

–Si un amigo me pregunta, lo poco que sé lo suelto –dijo su marido–, un desmemoriado como yo está dispensado de guardar secreto alguno.

–Sois todos unos chismosos...

–¿Qué va a hacer la Iglesia, Natalia? Tiene que dar una respuesta pronta. Las especulaciones ya circulan por la ciudad y mejor cortarlas cuanto antes. Las peores especulaciones, quiero decir.

–¿Cuáles? –preguntó Michel.

–Sexo, mentiras y cintas de vídeo... –dijo Arsenio mirando a Penagos, a quien no conocía.

–No creáis ni media –cortó Natalia–, lo de don Dionisio es algo tan simple como una crisis de fe.

–Una crisis muy rara –dijo Arsenio–, un obispo tan reverendo de repente va y anuncia al mundo que esto de la religión es todo patraña. Dé usted al menos una prueba, coño, o un argumento. No, Natalia, es difícil de creer que detrás de esta defección no haya otra cosa. Seguro que Julián, cuando pueda hablar, nos dirá algo.

–Yo, lo que pienso –dijo Villegas, que tenía junto a sí, de la mano, a sus dos niños–, es que aquí se ha metido el demonio. Siento parecer un carca, pero es la única hipótesis posible. El demonio se cuela por vías cada vez más sutiles, es el señor de este mundo. Lo dijo el papa Pablo VI en 1968: el humo de Satanás se ha infiltrado por los muros de la Iglesia. El demonio es hoy casi omnipotente.

–¡Y a mí que me cuesta más creer en el demonio que en Dios!... –repuso Arsenio.

–Y a mí –dijo Natalia.

–El caso es que para los protestantes –apuntó Paco– el demonio es precisamente el papa, los papas, o sea también Pablo VI. ¡El anticristo está en Roma! De modo que a ver en qué quedamos...

–Bueno, dejando estas disquisiciones –pidió Arsenio–, dinos algo, Natalia. ¿Qué va hacer la Iglesia ahora? ¿Van a poner a Julián de obispo, aunque sea interinamente? Eso sería lo mejor de todo.

–Huy, ni hablar. Me imagino que nombrarán administrador apostólico a un obispo de otra diócesis. Julián me llamó hace un poco. Iba a tener luego una reunión con Rouco Varela, y no os puedo contar más porque no sé más. Seguramente, la Iglesia estará preparando un comunicado para arreglar como se pueda la situación.

–¿Pero es posible que de monseñor Arias no se sepa más, que la haya armado así y ahora se esconda? –preguntó Villegas.

–Es que si no se esconde los medios de comunicación lo van a hacer pedacitos –dijo Arsenio.

–Y aunque se esconda, ya lo veréis –dijo Paco.

–Bueno, señores, me vais a perdonar. Muchas gracias por vuestro interés, como suele decirse, pero tengo otra clase ahora mismo. Vosotros tranquilos y ya os iré contando lo que Julián me transmita.

Arsenio seguía con el tono muy alto y apenas se hubo ido el tal Michel con sus críos invitó a Paco a tomar una copa en el Bárcena so pretexto de celebrar la buena noticia de su revisión médica.

–Sería un acierto que nombraran a tu cuñado, una alegría enorme...

–Qué quieres que te diga.

–¿No tienes buena opinión de Julián, o qué?

Antes de contestar, Paco escupió en la mano una almendra al parecer muy amarga que estaba masticando.

–Mi cuñado hará bien el papel, pero sólo eso. Es un tipo preparado, nada más.

–¿Pues qué le falta?

–Le falta... yo diría credibilidad, legitimidad. No tiene fuentes auténticas. Simplemente, como se dice ahora, que está muy enrollado.

Y la expresión de sus ojos era de consternación, como si le doliera mucho tener que confesar eso.

–Que me ahorquen si entiendo lo que me quieres decir.

Paco probó el primer sorbo del gin-tonic y acto seguido metió la mano en el vaso para sacar las dos piedras de hielo.

–Julián es un tío competente –dijo–, hace muy bien su trabajo. Pongamos que es un buen profesional. Pero yo tengo la seguridad de que en el fondo él no se cree ni una palabra de lo que predica.

–O sea, ¿otro como el obispo Arias? Qué panorama. Debe de haber por ahí un virus que está atacando a la jerarquía eclesiástica.

–No, mira, yo no hablo de lo que no conozco. De la jerarquía nada sé ni me importa, pero a mi cuñado lo tengo muy bien catado. Y así como te digo que es un tío capaz y que podría llegar a ser buen obispo, también te digo que no es más que un hombre que está en su rollo, que va a lo suyo, un cura al que le priva quedar bien, tener buena reputación, que lo paren en la calle y que le echen flores.

–Qué grave lo que me estás diciendo, Paco. ¿Estás seguro?

–En grado de certeza. Pero esto que quede entre tú y yo, por supuesto. De mi cuñado yo no hablo más que contigo.

–Pues no es esa la percepción que yo tengo de él. A mí precisamente me parece un hombre convencido de lo que predica, y que predica con el ejemplo... Tuvimos muchas conversaciones cuando estaba en el instituto y siempre me dio la impresión de cura fiable, sólido, nada teatrero.

–Sí, sí, lo que tú quieras. Pero en el fondo te digo yo que nada de nada. Es un pico de oro, todo apariencia. Le encanta que lo escuchen. Pasar esta vida de la manera más dulce posible. Lo suyo es la dulzura...

–Qué grave lo que me estás diciendo, qué grave. Me dejas de una pieza. Voy a tener que pedir un cigarro a esos tíos que están ahí. Uno de ellos fue alumno mío. ¿No será que tú a Julián lo miras con malos ojos porque, a lo mejor, contigo no se portó bien últimamente, en tus problemas actuales?

Paco volvió a llevarse otra almendra a la boca, e igualmente hubo de escupirla, pero ahora en el cenicero.

–Siempre he opinado lo mismo de él, amigo. Otra de sus características es que es un hombre que nunca cambia, que no evoluciona.

–Ya... ¿Y Natalia? ¿Qué opina ella de él? ¿Le has comentado alguna vez algo de esto?

Paco apuró de un lento trago el vaso de *gin*.

–Con Natalia hace tiempo que prefiero no hablar de nada importante.

Antes de responder, Arsenio optó por cambiarse de silla para aproximarse más a su amigo y dar la espalda al grupo de jóvenes que estaban intercambiando mensajes o juegos por los teléfonos móviles.

–¿Qué pasa con Natalia, hombre?

–Pasa que el diálogo no existe entre nosotros. Con Natalia no tengo nada que hacer. Natalia me odia en realidad.

–Imposible, Paco, eso sí que no me lo creo.

–Me odia desde hace mucho. Me odia y me desprecia. Bueno, primero fue el desprecio, el rechazo más o menos sutil, y luego vino el odio.

–Pero vamos a ver, ¿cómo puede despreciar una mujer como ella a un hombre como tú?

–No te equivoques, Arsenio. Tú no conoces a esta mujer. Natalia nunca me quiso, jamás. ¿Por qué entonces un día me dio el sí y se casó conmigo? Pues porque las mujeres son así. Bueno, algunas mujeres. Las de género ambicioso. Y Natalia pertenece a ese género en grado máximo. En el noviazgo me valoraba, pero al año de casados yo empecé a parecerle poca cosa, un estorbo... Y créeme, es terrible vivir con una mujer que no sólo no te ama en absoluto sino que se cree superior a ti, y encima que no puede separarse de ti. Un infierno.

–Vaya, hombre, vaya, lo siento de verdad –Arsenio se llevó las manos a las sienes, agachó la cabeza y bajó el tono de voz–, me estás dejando helado. Yo sospechaba, porque era casi evidente, que las cosas no iban como debían entre vosotros, pero de ahí al panorama que me cuentas... ¿Tú te portaste bien con ella, no reconoces tener algún tipo de culpa, aunque sea menor?

–Sí... La culpa de no ser el hombre que ella hubiera querido.

–Pero, ¿le han gustado otros hombres, te ha sido infiel alguna vez?

–No hay ningún hombre –respondió con una mueca extraña que Arsenio nunca le había observado–, no van por ahí los tiros.

–¿Por dónde van entonces?

Paco empuñó el vaso vacío, lo miró un instante y a continuación miró hacia la barra como buscando al camarero, que ahora no estaba visible.

–El problema de Natalia es más grave que una posible infidelidad, el problema es que desea mi muerte, y no sólo la desea sino que la está poniendo por obra –le contestó sin que su tono de voz ni su expresión se alterasen.

Hubo entonces una larga pausa.

–Pero, Paco, vamos a ver. ¿Tú qué cojones me estás diciendo?

–Sí, sí, lo que oyes. Mi mujer trata de envenenarme. Empecé a observarlo hace no mucho, porque algunas mañanas después de desayunar se me ponía un cuerpo pésimo. Creí que era la leche, que echaba arsénico en el cartón. Como el chico es alérgico y nunca la toma, no habría peligro de que un día lo envenenase a él. Ahora yo también he dejado de tomarla, ni café ni leche, bajo a desayunar a un bar, y parece que estoy mejor, pero seguro que volverá a la carga con cualquier otro alimento de la nevera. La conozco, no cejará en su empeño.

Arsenio levantó de nuevo la cabeza y miró profundamente a los ojos a su amigo. Eran unos ojillos oscuros, brillantes y ahora inmóviles.

–Paco, ¿eres consciente? –le dijo.

–Claro, muy consciente.

–¿Eres consciente de que bebes mucho, desde hace tiempo?

–¿No pensarás que estoy borracho? Puede que sea un semialcohólico, vale, pero nunca me ha afectado a la cabeza, jamás.

–Sí, sí te tiene que afectar. El alcoholismo crónico, el semialcoholismo si lo prefieres, produce a menudo delirios de persecución. Tú eso lo sabes, lo tienes que saber, que eres hombre instruido. Y esto que me cuentas va en esa línea. Es inconcebible que Natalia...

No pudo seguir porque un hombretón ventrudo al que Arsenio no conocía se acercó a saludar a Paco en aquel instante.

–Ilustre... Cuánto tiempo sin aparecer por aquí. ¿Qué es de su vida, caballero?

Y miraba a Paco, y también a él, con una curiosidad y un descaro que no por irónicos resultaba menos obscenos.

–Mi vida sigue igual, Eminencia. Y no hace tanto que pasé por aquí. Como dos semanas. Subí a visitar a Mancisidor.

–¡El rey del dominó! ¿Y qué tal estaba?

Arsenio ya no pudo seguir el coloquio de los dos hombres, que empezó a prolongarse fastidiosamente para él. Tenía una sensación muy mala, como si él también notase de pronto en todo su cuerpo el efecto de algún veneno que acababa de ingerir con el café. Estaba asustado. Veía la necesidad de comunicar cuanto antes con Mario Bulnes, pero también la de no dejar solo allí a aquel amigo desventurado. Se levantó con el pretexto de ir al váter para pensar un momento a solas.

XXIV

Aquella noche Lucio Pereda se quedó solo en el bufete. Tobías había tenido que ausentarse a media tarde, reclamado por un asunto del turno de oficio, y ya no había vuelto, mientras que el pasante y la secretaria acababan de terminar su jornada y tomaban un vino en alguna parte. Sonó el timbre. Eran las nueve y diez. Tras una vacilación, Lucio decidió ir a abrir, pero antes atisbó por la mirilla. Vio a una mujer pelirroja con un abultado embarazo. En seguida cayó en la cuenta: era Andrea, la sobrina mayor de Tobías, la periodista. Y sintió un gran júbilo, porque Andrea trabajaba en el obispado. Era, ni más ni menos, la acompañante de monseñor Arias en multitud de actos. Abrió y la hizo pasar con toda solicitud, sin decirle siquiera que su tío no estaba.

–Pero yo pensaba que ya habías dado a luz, cariño.

–Qué va. Se hace de rogar la criatura. Estoy fuera de cuentas. Espero que de esta semana no pase, o de lo contrario...

–¿Es niño o niña?

–No sé, lo que ella quiera...

Lucio celebró la gracieta con una risotada y le pidió que entrase en su propio despacho.

–Vendrás a hablar con tu tío, a contarle tus penas, pero no está. Se ha tenido que ir a Camargo por un asunto de drogas.

–Ay, vaya... como no me gusta llamarle al móvil...

–Pero, ya que estás aquí, no te voy a dejar escapar, cariño. Tienes que contarme algo, lo que buenamente puedas, que ya sabes que yo te lo voy a guardar como si de un secreto profesional se tratara.

La joven no sonrió. Tenía un aspecto afligido, los ojos hinchados y las mejillas rojas, congestionadas, como de haberse pasado el día llorando, pero también podía deberse exclusivamente a su estado de gestación.

–Se refiere a lo de don Dionisio, claro...

–¿A qué si no...?

Andrea muequeó y lanzó un profundo suspiro, pero tampoco era seguro que ello no fuera consecuencia de la preñez.

–A mi tío aún no le he contado nada. Esta mañana me llamó, pero le dije que en ese momento no podía hablar...

–Ya sabes que tu tío y yo somos uña y carne. O sea, lo que a él le cuentes me lo dirá luego a mí tal cual, y viceversa. No hay secretos entre los dos. Además, tu tío parece que tiene pero en realidad no tiene curiosidad por estas cosas. En el fondo le dan igual. No es de este mundo, ¿no te parece?

–Sí, la verdad, es tan bueno que se adapta a todo.

–Yo siempre tengo el miedo, cuando lo veo irse, de que nunca más vuelva. No que se vaya a morir, sino que se desvanezca en el aire, como un ser fantástico. Pero en fin, a lo que íbamos, ¿qué le ha pasado a don Dionisio? ¿Tú como ves este caso?

–Jo, no lo sé... Es un palo para la Iglesia, para todos. Nadie lo entiende. Abre una crisis muy grande.

–Pero dime, tú que has tenido que tratar tanto con él, ¿no te esperabas algo así de tu obispo? ¿Nunca viste algún síntoma de que patinaba?

–En absoluto. Era un hombre de lo más sensato y de lo más honesto. Inspiraba tanta paz... Yo veía siempre en él la espiritualidad auténtica. Parecía al margen de todos los conflictos humanos. No le gustaba discutir ni por supuesto reñir. Se llevaba bien con unos y con otros. Yo la verdad que no estuve mucho tiempo con él ni conozco los entresijos de la diócesis, pero creo que no tenía un solo enemigo, o por lo menos se había ganado a tope el respeto de todo el mundo.

–Ya, y de pronto va y da la espantada... Qué terrible, ¿no? Qué bombazo. Oye, Andrea, y ¿contigo no hablaba mucho? ¿Nunca te contó nada de sus interioridades?

–Poca cosa. Es que tampoco le gustaba hablar de sí mismo, y yo creo que era por humildad. Lo más ajeno a un hombre que se cree importante. En cambio, le gustaba hacerme preguntas sobre mí, se interesaba por mi embarazo, por mi marido. Era la delicadeza personificada. Cuando íbamos a cualquier parte o preparábamos cualquier comunicado, su mayor preocupación era siempre no herir, no inspirar a nadie el menor reproche, ningún mal sentimiento ni mala interpretación. Acoger la verdad, actitud de acoger la verdad, decía a todas horas...

–No cabe pensar sino que algo hubo de sucederle, algo vio o algo le dijeron, algo que le hizo derrumbarse de la noche a la mañana. ¿Qué pudo ser? ¿En el obispado no oíste nada? Han tenido que llegar rumores y bulos, de todo tipo, aunque fueran sin fundamento.

–No sé. Esta mañana el ambiente por allí era de hermetismo, todo el tiempo echando balones fuera, porque los periodistas de todas partes no paraban de asediar. Nos prohibieron decir una palabra ni dar la menor opinión a nadie. No sé, alguien comentó que don Dionisio podría estar sufriendo una depresión. Parece que ya de joven tuvo alguna.

–Pudiera ser, pudiera ser. Pero tendría que habérsele notado de algún modo, ¿no? Tú me has dicho que no le viste ningún síntoma de anomalía.

–Yo nunca lo vi deprimido ni bajo de ánimo, pero, claro, mi trato con él era bastante superficial. Don Lorenzo, su secretario, ha dicho que últimamente solía retirarse más a menudo a rezar o a meditar.

–Pues ahí puede estar la clave. En cierta clase de hombres la depresión no se manifiesta con los rasgos de la tristeza, el cansancio, la lentitud, sino que más bien se interioriza y se disimula. Pero acaba produciendo esas salidas patológicas que son tanto más extrañas por inesperadas.

–Sí, ojalá sea eso –dijo Andrea sacando un pañuelo para sonarse la nariz, sin que Lucio pudiera saber si era por el catarro o porque iba a echarse a llorar.

–¿A ti, a tu futuro en el obispado le puede afectar esta dimisión?

–Ahora mismo... No lo sé, no me preocupa demasiado. Lo único en que pienso es en mi criatura. Al menos en dos años no quiero trabajar en ningún sitio.

Y se tapó con el pañuelo toda la cara. Realmente estaba sollozando. Lucio la estrechó contra sí paternalmente.

–¿Quieres que llame a tu tío? Igual está ya de vuelta, con tus abuelos.

–No, déjale. Pobre... es tan bueno con todos.

–Tú también, Andrea. No pierdas la fe ni la esperanza.

–Gracias, Lucio. Parece que a veces es más fácil la fe estando lejos...

–¿Lejos de dónde?

–Lejos de los ambientes eclesiásticos.

–Ya. Y lejos de la ciudad y de este mundo moderno. Se diría que la fe cristiana necesita otro hábitat. Un mundo más pequeño, más sencillo, un mundo antiguo que ya no existe. Pero tu criaturita te hará creer en Dios, ya lo verás.

–Ojalá. Tú sí crees, ¿verdad?

–A esa pregunta yo nunca respondo, cariño. Lo que cuentan son los actos, no las palabras. Y esto lo aprendí de tu tío Tobías, ¿sabes?

XXV

Blanca se había ofrecido a acompañarla aquel mediodía al cementerio de Ciriego, pero al final Arancha prefirió ir ella sola y no esperó a su hija. Tampoco iba a llegar puntual, para variar. Había quedado de aparecer por casa sobre la una, todavía buena hora para ir al cementerio, pero a menos diez decidió prescindir de ella: sin arreglarse en absoluto, se puso unas deportivas y un plumífero largo, aunque seguía sin hacer nada de frío, y bajó al coche. Si Blanca llegaba pronto, no protestaría por verse plantada. Realmente, por mucho que dijese, no se moría de ganas de visitar a su abuela.

El día era soleado, en realidad caluroso. Conducía nerviosa, cometía continuamente pequeños fallos. Su cabeza, su espíritu más bien, parecía un cristal roto, a punto de hacerse añicos. Se sentía fatal. Iba pensando que ella, a fin de cuentas, siempre había estado así, que se había pasado toda su vida adulta combatiendo de muy diversas formas, pero siempre sin éxito, aquella conciencia estéril, aquella sensación de aburrimiento y vaciedad, y que sólo en periodos muy breves se había sentido más o menos realizada. Ahora, en cambio, la cosa iba más en serio. Aquella mañana se lo había dicho a Ajo: ahora se encontraba peor que nunca. La muerte de su suegra venía a dejar al descubierto su auténtico panorama: la de una mujer que sucumbía finalmente a la convicción de haber perdido los mejores años de su existencia, de haber perdido en realidad todo su tiempo. Ajo la había abroncado sin dejar de soltarle una nueva retahíla de ideas prácticas. Ninguna le valía para nada, como no le valieron nunca sus propias iniciativas religiosas y de caridad ni sus actividades culturales. A ella nada le había funcionado jamás establemente para sentir que su vida no era insustancial, que tenía algún valor.

Puso en el aparato del coche un CD de su compositor favorito, Chaikovski: Sinfonía número 1, el adagio. Era una de las músicas que reservaba para sus momentos de mayor melancolía, y quizá la más potente de todas. Aquella pieza le hacía soñar con un mundo en que todo era ausencia, pérdida, desolación, y, sin embargo, todo era a la vez belleza, armonía, intensidad. La nostalgia se activaba en ella y quedaba flotando durante el resto del día en un estado de dulzura en que el pasado y el futuro, fundidos, venían a revelarle esta verdad: la vida pasa, pero tu alma quedará en lo eterno y verá, oirá y gozará lo que ya nunca va a morir: el amor puro e inagotable.

Pero esta vez no. Hoy la sinfonía de Chaikovski no le provocaba ninguna ensoñación ni exaltación nostálgica sino que, al contrario, parecía incrementar su desasosiego y hasta su hastío. Y lo mismo experimentó al llegar al cementerio y apearse del coche. A ella siempre le habían gustado mucho los camposantos. Durante años, una de sus escapadas solitarias más frecuentes era al cementerio de Laredo, donde reposaban sus padres y su hermana más querida. Gozaba en esos lugares, y no sólo porque sintiera en ellos verdadera inspiración para rezar sino también porque parecía iluminársele la memoria y afinársele la sensibilidad para apreciar el valor de la vida contemplada desde sus postrimerías. Hoy en cambio sintió una extraña aversión, un asco profundísimo. Se alarmó. Algo le estaba sucediendo. Aquello no era la tristeza, el esplín o el desánimo de sus días bajos. Aquello parecía el comienzo de una depresión real y verdadera. Le repugnaban especialmente los mensajes religiosos de los epitafios, sus cándidas expresiones de esperanza en el más allá. Estuvo a punto de darse la vuelta, pero su angustia era tan viva que hizo un esfuerzo por acercarse hasta el panteón de Carlos Bello Villarías y de Amalia Lázaro Sánchez en una desesperada búsqueda de ayuda y consuelo en lo que pudiera quedarle de fe.

Pero no le quedaba nada. Se arrodilló absurdamente frente a la lápida de sus suegros e invocó el alma de aquella mujer que, al menos durante los años de su ancianidad, de los que ella fue principal testigo, había dado muestras de poseer la gracia y el don de Dios en toda circunstancia, alma que ya moraría en el cielo, presta a asumir el papel de intercesora. Impetró su ayuda, la imploró para sí y quiso hacerlo también para Blanca y para don Julián Bedia y todos los sacerdotes del mundo, pero un pensamiento letal la movió a ponerse otra vez en pie: no, ella no tenía derecho a ninguna intercesión de Amalia, porque ella nunca debió convertirse en la esposa de su hijo. Ella se había casado con él por el maldito interés, movida de su penuria económica y de su apego a lo material. Y no por pacífico y calmo su matrimonio había dejado de ser una impostura. Ahora lo comprendía mejor que nunca; si ella le hubiera dicho no en su día a Carlos, él habría hallado otra mujer con la que hubiera sido la misma clase de hombre honesto y satisfecho, mientras que ella habría llevado una existencia más auténtica y dichosa junto a alguien que la hubiera estimulado a sacar de sí misma aquello a lo que su naturaleza, o acaso el propio Dios, la tenían predestinada. Cierto que muchas mujeres habían actuado de idéntico modo, era ley de vida, y así lo reconoció siempre, pero ella no era una mujer como tantas otras, ella estaba hecha de otra pasta. Tenía talentos especiales; al optar por un matrimonio seguro y sin aventura, los había malogrado para siempre.

Terminó a duras penas de rezar las doce avemarías que se había propuesto y, sin molestarse en retirar aquellas flores que ya empezaban a marchitarse, se despidió de Amalia aun sabiendo que nunca jamás sería escuchada de ella, y salió del cementerio con el plumífero colgado de un brazo porque el calor del membrillo apretaba a esa hora. Al entrar en el coche, le pareció raro no haber recibido todavía la llamada de Blanca, con cabreo o sin él. Sacó el móvil del bolso y, en efecto, tenía una llamada perdida suya -había dejado el móvil inadvertidamente en silencio-, pero había también un mensaje, de número desconocido. Apenas empezó a leerlo, sintió un estallido de júbilo: "Arancha, soy Natalia Bedia, perdona q haya tardado en transmitiros mi condolencia. Me apenó mucho lo d la madre d tu marido. Sé q era una santa y q mi hermano y ella se querían muchísimo. Estará gozando d Dios, y yo estoy deseando darte un abrazo la tarde q vengas por aquí. He hablado c Julián y nos gustaría mucho invitaros un día a nuestra casa. Ánimo".

Aunque sólo unos instantes después comprobó que Natalia le había enviado el mensaje hacía más de una hora, antes por tanto de su llegada al cementerio, Arancha se sintió tan emocionada que, tras llevarse el móvil a los labios como si fuera un amuleto, salió del coche y emprendió sin vacilar y casi corriendo el regreso al camposanto. Tenía que hacer allí mismo, ante la tumba de Amalia, un gesto de gratitud en el que parecía irle la vida.

XXVI

El hombre esperaba desde hacía más de veinte minutos en una mesa del Templo del Café, en la Gran Vía de Madrid. Algo impaciente, había terminado de desayunar y no cesaba de quitarse y ponerse las gruesas gafas, que limpiaba y volvía a limpiar a base de aliento y pañuelo. Era hombre mayor, al parecer muy corpulento, vestido con un jersey marrón de rombos y cubierta la cabeza con una visera de pana.

No vio a la mujer hasta que ésta se halló a un metro de él y pronunció su nombre. Él intentó incorporarse, acaso para abrazarla, pero ella no se dejó. Con un gesto elocuente lo empujó con ambas manos para que siguiera sentado en el sofá, y luego ocupó una de las dos sillas frente a él. Era mujer de edad indefinida. El pelo corto era muy gris y las gafas oscuras de un modelo anticuado, pero la chaqueta larga de lana negra parecía cubrir el cuerpo de una treintañera.

–¿No pudiste elegir un sitio menos discreto que éste? –dijo ella.

–¿Qué te preocupa? Y además, de esta guisa que traigo, nadie me va a reconocer.

–Lo dirás tú. Yo te reconocí al instante, y con estas gafas que traigo que parecen de ciega. No me gusta este sitio. Creo que si estamos aquí mucho rato, no tardará en asediarnos una nube de periodistas.

–Imaginación que no falte. Ni que yo fuera Sadam Hussein.

–Tu foto ha salido en todos los periódicos de España, y en los telediarios no paran de meter cuña contigo. No te das cuenta de la que has armado. Ahora mismo eres el hombre más famoso del país.

–Siempre exagerando. Pero, aunque tuvieras razón, no va a dar tiempo a que nos cace algún paparazi. No tengo mucho rato, ya te lo dije, y has perdido ya una buena parte por tu impuntualidad.

–Perdón. Me lío siempre en Madrid, no calculo bien. Aun así, igual sería mejor que te sentaras tú en mi sitio, más de espaldas a la puerta.

–No, no me cambio. Estoy a gusto así y no merece la pena. Pero venga, vamos al grano. ¿Qué quieres que nos digamos que no nos hayamos dicho?

–Pues ante todo, ¿qué tal estás?

–Muy bien, francamente bien. Tomando Ibuprofeno para la ciática, pero del resto ni una queja.

Durante unos segundos la mujer se quitó las gafas y clavó unos ojos ardientemente azules en los algo amarillentos y miopes del hombre, que ahora depositado las suyas sobre la mesa.

–Por favor, tómame en serio –protestó ella–, ¿qué tal estás?

–Si lo que quieres es saber si tengo paz conmigo mismo, la respuesta es fácil: mucha paz. Voy por el camino que me tracé sin miedo ni congoja. En definitiva, estoy muy bien.

–No me lo creo, tú siempre disimulaste de maravilla. No me creo que puedas estar llevando toda esta situación con tranquilidad de espíritu. ¿Cómo puedes tener la conciencia apaciguada? ¿O me vas a contar que no estás hablando con nadie, que nadie te está acuciando, que estás totalmente ajeno a los medios de comunicación?

–Sin entrar en detalles: me siento liberado. Incluso yo diría que las cosas están yendo mejor de lo que esperaba, o por lo menos que no se están pasando los límites que tenía previstos. No me hagas repetirte que todo esto, este camino, fue pensado escrupulosamente y que era muy difícil que me equivocase.

–¿Ah, sí? Pues nada, enhorabuena. Qué hombre, qué cerebro el tuyo.

–Sarcasmos aparte, ya sé que mucha gente me pone bien y mucha más me maldice. Todo es lógico y normal. Lo que digan unos y otros me importa poco. Lo que importa y me duele de verdad es haber hecho daño a muchas personas, a ti entre ellas, pero ya pedí el perdón más sincero. Hice lo que hice por estricta imposibilidad de seguir como estaba.

–Qué hombre, qué cerebro el tuyo. Qué pena que...

La mujer se detuvo durante diez segundos para llorar discretamente, tal como estaba, sin mover apenas un músculo.

–¿Qué pena que qué?

–Que no tengas corazón.

–¿Tú crees que no lo tengo?

–No, hijo. Un hombre que hace lo que tú has hecho, con esa frialdad, y que encima dice lo que tú ahora me dices no puede tener corazón.

–O sea que, entonces, para ti tener corazón es tener capacidad para mentir, para fingir, para seguir mintiendo y arrastrando a otros muchos a la mentira. Asombra un poco que eso a ti te parezca digno. A menos que, como unamuniana que a lo mejor eres, estés pensando que debo hacer lo mismo que San Manuel Bueno, mártir.

–¡Dios no es la mentira! ¡Dios es Cristo! ¡Y Cristo no puede ser la mentira! –dijo la mujer sin gritar, pero con tal énfasis que pareció que los ojos se le salían de las órbitas.

–Yo tengo certeza de que lo es. Una mentira bella, y las peores mentiras son justamente las bellas.

–Dios son los pobres, los humildes, los necesitados, los sufrientes, ¡todos esos que tú traicionas!

–No, amiga, no, ésa es la peor de todas las mentiras, la más hermosa y la peor, la que más me retuvo. A los pobres y sufrientes hay que amarlos por sí mismos, porque son como nosotros, o porque son parte nuestra, porque nosotros podríamos estar, y de hecho estaremos algún día, en su lugar. Si metemos por el medio ese concepto evangélico de Dios, del Dios que nos manda amar al prójimo para ganarle a él y conquistar el cielo, nuestra intención ya no resulta tan pura y, lo que para mí es más importante, tendríamos que comprar el Evangelio entero, no solo la parte de la misericordia y el perdón, la de la ética, sino también la dogmática, todo el bloque de ideas fantásticas, algunas durísimas, que son parte esencial del mismo Evangelio, de manera que hay que ser...

–O sea –le cortó la mujer, airadamente– que acabas dando la razón a los cristianos hipócritas, a los que buscan pretextos en la propia Escritura para no entregarse sin condiciones a la misión de la caridad.

–No, déjame terminar lo que te decía. Hay que ser coherente con el mensaje cristiano. O lo tomas todo o lo dejas todo. No te puedes quedar con la mitad que te interesa. Yo he optado por dejarlo, pero... no te quito ni a ti ni a nadie de seguir en tu misión de caridad. Al contrario, yo ya ves que te he animado a ella, a no abandonar nada, ni siquiera en tu caso el monjío, porque tu obra me parece valiosísima en sí misma. Otra cosa es que a la larga se sostenga. No lo creo... quiero decir, que el monjío no tiene ningún futuro. La gente no lo quiere. Tú y algunas otras que he conocido sois una brillante excepción.

La mujer hizo ademán de replicarle con furia, pero extrañamente se contuvo y guardó silencio. Con un pañuelo de papel se secaba las lágrimas. Al camarero que se acercó en aquel instante a su mesa le indicó que no iba a tomar nada.

–La humanidad evoluciona irreversiblemente –prosiguió el hombre– en sentido contrario a las religiones de lo absoluto. Dentro de cien años, qué digo cien, dentro de veinte o treinta, nadie entenderá ya el sentido de darlo todo por un dios invisible y además personal. Nadie entenderá los sacramentos ni los votos religiosos, ni ese poder de transmitir el espíritu que se atribuye a los obispos. Por supuesto, las religiones no desaparecerán porque las mentiras son necesarias para la estabilidad de los pueblos, pero serán de otro tipo. No tienes más que observar la evolución de los jóvenes.

–No sé, no quiero discutir contigo –dijo ella al fin–, al fin y al cabo tú eras un doctor de la Iglesia y yo una simple sirvienta... Y la verdad, tampoco me interesan mucho tus vaticinios. Ni tú ni nadie le quitará a Dios de revertir la evolución de las cosas cuando le dé la gana. Nada está escrito. Sólo te digo que me estás haciendo mucho daño. Creo que nunca me ha hecho nadie tanto daño como tú en este momento.

–¿Por qué, mujer? ¿Es que tu convicción cristiana dependía de la mía? Al fin y al cabo, ¿cuánto hace que nos conocemos? Ni cinco años.

–Yo tenía que haberme ido de Santander hace ya tiempo. Por ti quise seguir allí. Cometí el error de seguir allí, grave error.

–¿Qué error, Marta?

–Nada, dejémoslo. Qué te importa ya a ti eso ahora.

–Pues me importas mucho. Y no pienso desvincularme de ti, aunque deberás entender que durante una temporada he de vivir en un aislamiento casi total. Ahora es cuando, dentro de no mucho, podríamos empezar a cultivar una amistad fecunda y verdadera.

Marta hizo una mueca de desprecio. Siguió un silencio prolongado y, al parecer, embarazoso para el hombre, que finalmente preguntó:

–Bueno, ¿qué? ¿No quieres hablar más? ¿No me preguntas nada?

–¿Qué puedo preguntarte? Sé que sólo me vas a contestar con evasivas.

–¿Qué quieres saber ahora mismo?

–Anoche no me quisiste decir adónde te vas. Pues a ver, dime al menos con quién.

–¿Qué te hace pensar que me voy con alguien?

–Intuición femenina.

–Me voy unos meses a un país extranjero, no muy lejano. Por cierto, te voy a dar mi nuevo número de móvil. El viejo dejará de servirme dentro de dos horas –y anotó en una servilleta.

–Pero no te vas solo. ¿Con quién te vas?

–Hay un familiar... Y hay también otra persona.

–¿Hombre o mujer?

–¿Te importa eso algo? Es simplemente una buena persona.

–Me importa muchísimo.

–Tengo sesenta y seis años, Marta...

–Eso es lo terrible. Pero ya está muy claro: si fuera mujer, no te importaría decírmelo.

–Recuerda lo que dice el Evangelio: en el cielo las personas ni se casan ni son dadas en matrimonio sino que son como ángeles.

–Ya. ¡Pobre Evangelio! ¡Pobre Cristo crucificado!

–Deja de crucificarte a ti misma, Marta. Dedícate a hacer el bien como lo has hecho siempre a todos los humildes que se te ofrezcan, dedícate a ello por la bondad de tu corazón, y no interpongas entre ellos y tú a figuras de un pasado remoto, por muy hermosas y atractivas que sigan siendo. La vida va hacia adelante, no hacia atrás.

La mujer entonces se puso en pie y, sin decir adiós al anciano ni llevarse la servilleta de papel donde estaba anotado su teléfono, abandonó impetuosamente la cafetería.

Fue caminando Gran Vía arriba, casi sin rumbo, y al tomar por la calle Montera para volver hacia la zona donde instintivamente situaba el centro de acogida al que debía regresar, vio de lejos a un hombre que le pareció el mismísimo Julián Bedia. Era imposible que fuera él, pero como también era imposible que ella sufriese visiones, a pesar del dolor que la atenazaba en aquella hora, decidió aproximársele, en la seguridad de que, llevando aquellas gafas de sol, el vicario de Santander nunca la reconocería, a menos que se parase a observarla.

El hombre caminaba despacio y parecía mirar dubitativo hacia los rótulos de los edificios, como quien busca una consulta. Lucía un discreto traje gris y llevaba en la mano un periódico enrollado con el que se golpeaba rítmicamente la pierna. No, no podía ser, en aquel lugar y a aquella hora, pero, cuando al fin se internó en una calle estrecha y de aroma turbio, ella decidió cerciorarse y lo fue siguiendo a unos veinte pasos de distancia. Finalmente, el hombre se detuvo ante un edificio. Permaneció de perfil sólo un instante antes de entrar en él, pero bastó para confirmar que se trataba, en efecto, de don Julián Bedia; y el lugar al que había llegado era el Oratorio del Caballero de Gracia.

Pensó que aquello desbordaba su capacidad de asombro y que en todo caso era indigno de ella el espiarlo. Por una vez en la vida, sin embargo, no pudo resistirse a la curiosidad.

Ya dentro del oratorio, apenas se fijó en ningún detalle ni en el lujo que lo adornaba. Sólo vio al cura arrodillado ya en un banco con profundo recogimiento. Había varias personas, diez o veinte, también en oración, y alguna más junto a uno de los confesonarios. Ella permaneció de pie junto a la puerta observando a don Julián, presta a esfumarse en cuanto él hiciera ademán de incorporarse. ¿Qué diablos hacía en aquel lugar? Pronto comenzó a darse cuenta, y se dijo que aquel no era un sitio de pobres, se veía bien claro, aquella era la capilla a la que iban a rezar no las ovejas sino los cabritos del Evangelio. Y hubo de refrenar el impulso de irse en el acto de allí. Pero no sólo no lo hizo sino que dirigió la vista hasta el fondo del oratorio y sintió el deseo repentino, o tal vez la obligación o el atavismo, se dijo, de acercarse hasta el sagrario. Fue caminando muy despacio por uno de los pasillos laterales -el contrario a la parte donde se encontraba don Julián- y acabó por arrodillarse en el primer banco. Miró hacia el Cristo crucificado, hasta que de pronto se vio invadida nuevamente por un llanto incontenible. Luego se dio también cuenta de que ese Cristo le hablaba, le decía "Marta, Marta, muchas cosas te han inquietado y agitado en tu vida, cuando hay necesidad de una sola, y tú no has escogido la mejor parte...".

Ella trató de taparse los oídos, pero la voz de aquel Cristo estaba dentro de su cerebro y no tuvo más remedio que dejar que aquella frase la hiriera en el alma, le quemara el corazón. Tardó sólo cinco minutos, quizá diez, en serenarse, pero cuando se incorporó y se dio la vuelta para ir hacia donde Julián con el deseo de abrazarse a él, vio que el cura ya había abandonado el oratorio.

XXVII

Julián Bedia debía haber regresado a Santander la tarde anterior, pero perdió el avión por un despiste en el aeropuerto y ya optó por quedarse en Madrid todo el día siguiente con el propósito de visitar algunos lugares, y compró billete para el último tren. Éste tuvo un viaje accidentado, se averió la catenaria en Frómista y, tras una parada de casi hora y media, obligó a realizar el resto del trayecto en autobús. Eran más de las doce de la noche cuando llegó por fin a la estación de Santander.

Julián había tenido informada a su hermana, a base de mensajes al móvil y llamadas brevísimas, de todas las peripecias vividas en sus dos días y medio en Madrid, y ella quiso ir a esperarlo a la estación con el coche, pero él prefería dar un paseo nocturno en solitario por la ciudad, por lo que exageró la tardanza del autobús para que no se molestara en salir de casa. Iría en taxi, le dijo. Luego se dio cuenta, al poner el pie en la calle, de que estaba demasiado molido para caminar hasta la calle Santa Teresa -apenas había pegado ojo ninguna de las dos noches en la residencia de la calle Fuencarral- y hubo de recurrir finalmente al taxi en contra de sus deseos.

Cuando entró en casa, a las doce y veinte, no tuvo la posibilidad de estar a solas ni un minuto. Hubiera preferido que Natalia durmiera y aplazar la conversación hasta el día siguiente, pero ella se hallaba al acecho y, en cuanto lo oyó entrar en casa, cruzó el rellano y tocó el timbre de su puerta.

Se abrazó a Julián emocionadísima y le dio la enhorabuena repitiendo la palabra varias veces.

–No te excites tanto –le pidió él–, guárdalo en tu corazón, reza y ten paciencia, que la cosa aún puede ir para largo.

–Es la mayor alegría de mi vida, desde el nacimiento de David.

–No quisiera que habláramos ahora de alegrías, Natalia. La situación en esta diócesis es para llorar. Y se trata de mi Iglesia y la tuya.

–Te he guardado los periódicos de estos dos días, ahí te los puse.

–Gracias, pero ya los he visto, los pude comprar en Madrid.

–¿Y qué te parece? ¿Se ha sabido algo nuevo hoy?

–Natalia, estoy hecho polvo. ¿Por qué no hablamos mañana? No he dormido nada las dos últimas noches. Era una cama infame y una calle con un tráfico de narices. Luego encima este viajecito... En fin.

–¿Qué te preparo de cena?

–Nada, no te molestes. Tomo algo de fruta y me acuesto.

–Te compré ayer unas uvas y unas manzanas nuevas. Te las voy limpiando mientras deshaces el equipaje. ¿Quieres que te haga también una tortilla de queso?

–No, sólo quiero dormir cuanto antes y a ver cómo afrontamos mañana el panorama.

–Lo afrontarás todo bien, de eso estoy segura.

–Natalia, siempre pecas de presunción. ¿No te das cuenta de que yo era el confesor de don Dionisio y no supe ver lo que se venía encima? Alguna responsabilidad habré de tener.

–¿Tú crees? ¿Te han preguntado eso?

–No, mujer, no se preguntan esas cosas, pero yo lo llevo en mi conciencia, y quizá para siempre. Aunque tampoco sé qué podría haber hecho, porque lo cierto es que este hombre ha obrado con una contundencia casi diría sobrehumana.

–Claro, pobrecito, ¿tú qué podías hacer?

–Haberlo adivinado antes y rezar mucho más por él. Es evidente que algo de culpa tengo. Y en otro sentido quizá la tengamos todos.

–¿En qué sentido?

–Natalia, corazón, no me hagas hablar más ahora. Dame sólo esta noche de tregua.

–Hijo, creí que después de todo un viaje en silencio de siete horas tendrías ganas de comentar algo conmigo. ¿O has venido charlando con alguien?

–He venido solo, pensando y venga a pensar, que casi es peor. Y esta mañana hice muchas tareas, muy cansadas por cierto.

–¿Qué tareas?

–Tareas de futuro prelado. Anduve muchos kilómetros, ya te contaré.

–Vale, vale, pero eres poco sensible conmigo. Te estaba esperando con un ansia enorme.

E hizo ademán de irse ya.

–Mañana, si me invitas, vengo a comer contigo, hermana. A propósito, ¿qué tal por aquí? ¿Qué tal Paco? ¿De David hay noticias? Seguro que ya le has dicho lo mío.

–A David le he mandado un *email* ayer, y está loco de contento. A Paco no le he dicho una palabra. Ya sabes que últimamente casi no hablo con él, y él sí que se podría ir de la lengua. Así que mejor que nadie sepa nada. Por cierto, ya te lo dije, todo el mundo me pregunta por ti. Quieren saber tu opinión sobre el escándalo éste.

–Pues les contestas que no tengo opinión. Que esto es un misterio que sólo Dios sabrá comprender.

–Ay, Julián, me cuesta mucho creer que tú no sepas la verdad. Pero como estará bajo secreto de confesión, es natural que no sueltes prenda. Y sé que no debo insistirte más, perdóname. Pero sí te diré que la nota que difundió ayer el vicario general me pareció débil, me pareció impropia. Eso de creer que don Dionisio, con las oraciones de todos los fieles y de las muchas personas que le querían, va a regresar al seno de la Iglesia...Yo esperaba algo más enérgico en defensa de la fe que él ha pisoteado.

–Natalia, la Iglesia no es una secta ni un partido político, y vete a dormir ya, que mañana será otro día y yo estoy muerto.

Apenas acostado, unos minutos más tarde, Julián empezó a recobrar la lucidez. Llevaba varias horas de aturdimiento y, en especial desde que había llegado a casa, se sentía como un boxeador grogui. Ahora de repente, entre las sábanas, en lugar de deslizarse hacia el sopor más profundo, como hubiera sido lógico, estaba despabilado y completamente despierto, pero sobre todo parecía estar penetrado de una tremenda claridad de juicio y de conciencia. En contra de lo que había creído desde su conversación con el nuncio Lajos Kada, hacía ya treinta y seis horas, no se sentía feliz; sí excitado pero no feliz, y era la excitación lo que le impedía descansar, y esa excitación encubría mucha angustia, acaso también pánico. Durante todo el día y la noche anteriores, incluso en la larga mañana de hoy, mientras pateaba Madrid como un peregrino anónimo, con afán de rezar en los santuarios y sitios de culto más renombrados de la capital de España, se había sentido seguro de estar en el camino correcto de su carrera eclesiástica hacia la meta que le correspondía, seguro de haber recibido una nueva llamada auténtica de Dios. Pero ahora toda seguridad había desaparecido de él. No era falta de fe pensar que Roma podía equivocarse en su llamamiento y elección, ¡cuántas veces no habría sucedido así!, pero podía ser presunción suya creerse capaz y digno de ella. Probablemente no lo fuese. Se dejaba arrastrar por la vanidad, el apego a sí mismo o la necesidad de huir de su actual ambiente doméstico. ¿Qué signos tenía él de poseer el primero y principal requisito para recibir el orden episcopal, la firmeza en la fe? Tan solo aparentaba poseerlo. Su interior era un abismo de dudas. Y de tener algún signo, sería negativo. ¿O no le había hecho mella, como a la mayoría del cabildo de la ciudad, la deserción de monseñor Arias? No dejaba de tener razón Natalia al quejarse de la nota, por débil e impropia, que había publicado don Cristóbal, con el consenso de todos. Un pastor con auténtica fe hubiera reaccionado de una forma mucho más viva, mucho más ardiente e iluminadora para los fieles. Aquel mensaje rotundo de Dionisio en su despedida, que él había visto ya tantas veces en la pantalla del televisor, eran palabras de renegado, de gran perjuro, y hubieran merecido una condena igual de ardiente y de rotunda, pero nadie la había pronunciado, y no por respeto al hombre ni por caridad o mansedumbre evangélica sino por tibieza y en el fondo miedo. Miedo a llevar latente el mismo virus que él. No podía negarlo: ahora se daba cuenta como nunca de que había un signo, un único signo, que jamás le faltaba al creyente, y tal signo él no lo tenía: era la alegría de la fe, ese gozo profundo que incluso en los largos periodos de oscuridad y noche espiritual, jamás desaparecía del todo, aun debilitado por la prueba. Pero él no, él no se sentía nada alegre, nunca alegre por confiar solo en Cristo. Al contrario, estaba lleno de tristeza, pesadumbre, una falta de paz interior, un como pánico a que el poder de la verdad llegara a desenmascarar en cualquier momento su impostura. Sólo que él no tendría el valor de don Dionisio para desnudarse un día y reconocerlo. Y lo peor de todo era que, por más que examinaba su conciencia, no veía que hubiese obrado nunca con falsedad, ni aun con tibieza, al menos desde que era vicario de pastoral en aquella diócesis. Había puesto siempre toda la carne en el asador. Pero quizá fuera esa también la prueba de su impostura: ¡que no encontraba de qué arrepentirse!

Pareció que el cansancio al fin le rendía aquella noche, pero a eso de las dos y media de la madrugada estaba otra vez completamente desvelado. Aquel era ya un problema grave de insomnio, y entonces la preocupación por su salud se adueñó tanto de él que no sólo comprendió que tendría que ir a un médico cuanto antes sino que debía hacer ya algo para pasar como fuese aquellas horas tan duras. Recordó que en el botiquín del baño le quedaban unos somníferos que le habían recetado hacía ya tiempo, con ocasión de sufrir una racha muy dura de aquel mismo mal. Se levantó a buscarlas y allí seguían. Era un hipnótico sedante que le había venido bien. Quedaban cuatro comprimidos, pero estaban caducados desde el mes de agosto. Se arriesgó a tomar dos, la dosis máxima.

XXVIII

A las ocho de la tarde pasadas, al fin Diana pudo quedarse a solas con el bebé. Danubio había vuelto a casa aquella mañana y, aunque el lunes siguiente tendrían que llevárselo al Hospital 12 de Octubre de Madrid, donde le iban a hacer un cateterismo para introducirle unos muellecitos en la aorta, intervención de indudable riesgo, toda la familia estaba esperanzada, todos querían acercarse a él y tocarlo con embeleso, decirle unas u otras palabras y todos tenían el corazón encendido.

Diana estaba deseando que se marchasen todos, había que evitar que fatigaran al niño con tantas fiestas, por más que el pobre sólo lloraba diez minutos cada tres horas, y cuando se fue el último de los primos, cuando incluso su madre y su tía salieron al súper, no pudo respirar tranquila porque, en medio de tanta felicidad, tenía un deseo muy vivo de hablar con Tobías, el abogado, pero éste, cosa rarísima, llevaba dos días que no contestaba al teléfono. Lo deseaba y necesitaba tanto que, incapaz de resignarse a su silencio, sintió la tentación de llamar directamente a P. de una vez por todas. ¿Qué mal podía haber en ello?

Miró en la agenda los teléfonos de él. Le había dado en su día el de la academia, el de su casa y hasta el de los escolapios. Era una pena que no tuviera su móvil, pero recordó que no le gustaban esos inventos. A aquella hora lo normal es que estuviese en la academia y quizá se iba a poner Mireia, la chica que todo lo controlaba. Le preguntaría de parte de quién. Le podría contestar: Diana, del instituto Peñacastillo. No sonaría raro. Pero si Mireia le pasaba la llamada, ¿qué le podría decir a P.? ¿Se atrevería a contárselo todo? Tras darle varias vueltas a la cuestión, acabó por ver la opción más correcta. Dependiendo de cómo reaccionase, de cómo fuese el tono de sus primeras palabras, le soltaría toda la verdad o sólo le mostraría interés por saber cómo le iba a él, y si la cosa pintaba bien, entonces vería de dar algún paso más.

Fue Natalia, la mujer, quien contestó a la llamada. De una forma muy amable le dijo que P. no se encontraba allí, pero al punto, y con un acento que delataba curiosidad, si no extrañeza, le preguntó de parte de quién.

–No, nada, gracias, ya llamaré en otro momento –y colgó de inmediato.

Se puso algo nerviosa, pero el tiempo apremiaba, porque su madre podía regresar de un momento a otro, y sin pausa alguna se lanzó a marcar el número de su domicilio.

Contestó un adolescente, supuso que su hijo David.

–Hola, ¿está don Francisco Varga?

–A ver un momento.

Hubo entonces una espera algo mayor de la prevista. Quizá P. estaría en el baño. Mientras tanto, imaginó que acaso estaba molesto con ella porque la mañana de su encuentro, por el susto, se había alejado de él muy bruscamente, y bien pudo pensar que era por rencor.

–Oiga, no –dijo al fin el chico–, no le veo en casa. Ha debido salir y no me di cuenta.

–Ay, vaya, ¿y sabes si volverá pronto?

–No, ni idea, cuando sale no dice...

Diana se sintió muy chafada, pero al colgar el teléfono tuvo la sensación de que aquel chico no era su hijo. Tenía un acento vasco y era escueto, mientras que David -lo recordaba muy bien- tartamudeaba siempre un poco y se enrollaba mucho. Así que debía aguantarse las ganas de hablar con P. aquella noche, porque si repetía la llamada un rato después era probable que se pusiera ya de nuevo su mujer, que siempre la había mirado de una forma desconfiada. Y lo malo es que el valor que sentía en aquel momento para llamar directamente a P. quizá se esfumaría al día siguiente. Como remate, Danubio la reclamó de pronto. Empezaba a llorar un rato antes de lo que le tocaría. Corrió adonde él y le pareció que lloraba de la misma forma que cuando empezó a ponerse malito, hacía justo dos semanas. Lo cogió en sus brazos, en la postura que le había dicho el médico que convenía para su corazoncito. No lloraba como los bebés, con rabia, como los bichitos, cerrando los ojos y abriendo su boquita desdentada, sino como los niños enfermos, muy débilmente, mirando a su madre como si comprendiera que nada podía hacerse por él.

Diana se echó a llorar también y lo abrazó más contra sí. Después de varios días de esperanza, pensó que Danubio acabaría muriéndose, que en el Hospital 12 de Octubre no podrían salvarlo, que en Valdecilla la habían engañado. Iba a morir como un ángel, era un angelito, decían todos, pero en realidad, ¿qué eran los ángeles? No lo sabía, seguramente no fuesen nada. Una idea bonita nada más, una leyenda infantil. Danubio iba a morir como un perrito triste y bueno. Los perros sí existían pero los angelitos no. Y para morir de aquella forma, mejor no haber nacido. Para sufrir tantísimo, él y sobre todo ella, mejor no haberlo tenido. Ay, debió haber hecho caso a su madre y a su hermano, que tanto le insistieron. Debió haber ido a La Cagiga.

Entonces recordó a aquel hombre de Valdecilla, aquel señor alto, de la chaqueta azul marino que parecía tan majo. ¿Quién sería aquel señor y por qué había querido que se bautizara al niño? Ay, tenía que haberlo hecho. ¿Qué hubiera perdido por probar? A lo mejor era verdad que el agua bendita hacía algún bien muy grande. Pero fue mala suerte que mamá estuviera allí, porque ella se cabreaba con esas cosas, mamá era insoportable muchas veces.

Empezó a besar al niño, empezó a mecerlo suavemente a los sones de aquel vals, *Danubio Azul.* Le habían regalado el precioso disco... Y Danubio seguía llorando, pero ahora parecía calmarse un poco. Ojalá hubiera sido una pesadilla, o a lo mejor era el silencio de la casa lo que lo había alterado.

XXIX

Después de la extraña conversación con Arsenio en el café La Catedral, Mario Bulnes se encaminó al Palacio de Festivales, con escaso entusiasmo, al recital del pianista Ivo Pogorelich. Arsenio había quedado en organizar una nueva cena fuera de casa al día siguiente y en llamar él mismo a Paco y a Natalia, porque esta vez era esencial que estuviera ella. Le apetecía muy poco el plan, pero había que hacer un sacrificio por Paco, y el mayor sacrificio para él era tener que decírselo a Susa, tener que convencerla para que no se excusase. Y conocía lo suficiente a Susa como para saber que la convencería sin remedio si le contaba la verdad, lo que Arsenio acababa de confiarle sobre Natalia y Paco, pero ese asunto le repugnaba un poco. Le fastidiaban cada vez más los problemas matrimoniales, los propios y los ajenos. Decididamente el matrimonio era una institución perversa. Razón tenían los cátaros y toda la caterva maniquea. Había que prohibir el matrimonio, o al menos había que restringirlo del modo más draconiano.

Iba caminando a paso lento por el muelle, pero le sobraba tiempo para llegar al concierto y decidió cruzar la acera para tomarse otro café en el Frypsia. Entonces le sonrió la fortuna al toparse con una mujercita más que interesante, Arancha, la madre de Blanca Lázaro. Le dio dos besos y le preguntó si no iba a escuchar a Pogorelich.

–No, hijo, estando de luto me parece que no procede.

–Ya –dijo Mario, que había estado seis días antes dándole el pésame en casa de la difunta–, aunque ir a un concierto casi podría ser una cosa menos mundana que espiritual.

–Ah, ya lo creo –dijo la mujer adoptando una expresión grave y profunda, como si algún dolor muy recóndito se celara bajo el deseo más sincero de transcendencia. Mario juzgó que, si el alma de las personas fuera cosa cuantificable, en una escala de cero a diez esta mujer ocuparía al menos un nueve.

–Arancha, tómate un café conmigo si no tienes mucha prisa.

Pareció dudarlo dos segundos, pero aceptó agradecida. Se situaron en la barra. Pequeña de estatura, era todavía una mujer muy bella, con sus arrugas y sus efélides. Tenía la nariz perfecta y conservaba un brillo extraordinario en sus ojos castaños, pero sus rasgos más notables estaban en la parte baja del rostro, en especial la mandíbula, una pieza magistral que anunciaba un carácter fuerte, aristocrático. Pero sin duda era todo lo contrario, un ser de lo más frágil.

–¿Qué tal Blanca? ¿Ella tampoco va a escuchar al colega?

–No puede, tiene clase a estas horas.

–¿Y qué fue de su amiga Tamar? No volví a verla desde aquella tarde...

–Precisamente nos llamó este mediodía. Le ha salido un viaje a no sé que sitio de Oriente Próximo o a Turquía y se va pasado mañana. Qué aventurera es esta mujer, ¿verdad?

–Ya lo creo... ni la monja Egeria –dijo él, pensando que, aunque careciese de intuición femenina en algunas cosas, por ejemplo, la intuición que le mostrase lo que había o podía haber habido entre él y Tamar, aquella mujer lo era de verdad, tenía en sí el eterno femenino. Aquella Arancha, Aránzazu (lástima de nombre), no era lo que parecía, la típica burguesa santanderina, amiga de la corrección y del primor, pero falsa, no tanto por taimada o hipócrita como por superficial, aquella mujercita melómana llevaba dentro mucho más de lo que aparentaba.

–Bueno, Tamar de monja poco –y sonrió con una benevolencia que ennoblecía aún más su bello rostro envejecido.

–Más bien diríamos comemonjas, ¿no?

–Es muy amiga de Blanca –pareció zanjar la cuestión, como si no quisiera captar la alusión a la persona de la que habían hablado aquella tarde. ¿O estaría también ella empezando a perder memoria?

–Y la familia, ¿como lo lleváis? Echaréis mucho de menos a la abuela –le dijo para mostrarse más convencional.

–Yo, particularmente –contestó ella con gran énfasis–, Amalia era una santa y se murió casi en mis brazos. Pero está en el cielo, y yo lo siento así. Desde arriba nos ayudará.

Mario Bulnes se limitó a sonreír procurando borrar todo rastro de sorna de sus facciones.

–Yo ya sé que tú no crees en estas cosas, pero yo lo siento así de verdad –recalcó.

–Y yo lo respeto, Arancha, y ya que me tiras el guante te voy a decir más: aunque yo no tenga fe, lo que sí tengo es juicio. Y ese juicio me indica que la religión católica merece ser cierta. Yo no creo que lo sea, más bien lo contrario, creo que es falsa, porque no se acomoda a la dura realidad, o sea, que no hay resurrección ni vida eterna ni nada de eso, pero es una religión con todo el sentido y la lógica del mundo. Está muy lejos de ser absurda. Dios debería existir, pero no existe y esa es la putada.

Y se detuvo un instante para observar la reacción de la mujer, que permaneció muda y sin mover un músculo de la cara.

–En cierto modo –prosiguió– el cristianismo es como don Quijote. Todo en él es genial, ideal, adorable, pero se estrella siempre contra la realidad. A menudo pienso que no ya la Biblia sino el sistema católico entero es la mejor novela de la historia, pero sólo una novela... no sé si me sigues, Arancha. Y de verdad que no quiero herirte lo más mínimo. Piensa simplemente que tú tienes fe y yo no la tengo.

–Pues la fe hay que pedirla –rompió su silencio la mujer con vehemencia repentina–, pedid y se os dará, dice el Evangelio.

–El problema es que para pedirla bien hay que tener ya algo de fe, una chispa al menos, porque, si no, es inevitable pensar que uno está tratando de autosugestionarse. La psicología nos ha enseñado la inmensa capacidad del hombre, no necesariamente patológica, de construirse un sistema de ideas falso al que aferrarse para soportar la vida.

–Yo voy a pedir por ti, y voy a hacer que Amalia también interceda para que tú recibas esa chispa inicial de fe...

Y Mario se dio cuenta de que aquel ofrecimiento era cordial, era mucho más que el gesto de una mujer católica en labores rutinarias de apostolado.

–Pues yo te lo agradezco, Arancha, como si por ti me hubiera venido ya la fe.

–Te vendrá seguro –le dijo cogiéndole la mano un instante.

–Eres una gran católica, una de las pocas católicas convincentes que conozco.

–Qué va, por Dios –contestó enrojeciendo como una chica de COU , yo soy muy mediocre, no tengo nada especial, he cuidado a mi familia, a mi marido, a mi hija, pero siempre he vivido bien. Y si he tenido talentos, no he sabido aprovecharlos.

A Mario le pareció que esas palabras tenían un tono extraordinario de sinceridad. Adivinó que esa mujer hablaba con un corazón quebrantado y humillado. Seguramente le habían imbuido desde niña el hábito saludable de aprender a compararse con los santos y las personas superiores.

–Tú eres humilde, Arancha, y si no recuerdo mal de mi época de católico, la humildad basta, no hace falta ser nadie especial, entregarse a los pobres ni pasar hambre... La humildad, cuando es auténtica, atrae y reúne el resto de las virtudes, o por lo menos hace brillar más a las que tú ya posees. En cambio, el narcisismo espiritual las corrompe todas. La humildad es el gran embellecedor del alma. Y siguiendo con mi teoría, si fuera cierto que Dios existe, se limitaría a mirar las almas: las bellas se salvarían, mientras que las almas feas irían al infierno, aunque hubieran hecho milagros.

–Qué cosas más bonitas me dices, Mario. Desde luego, nadie me habla así. Si fueses cura, te nombraría mi director espiritual.

–Pero no lo soy. Piensa más bien que soy un sofista, o eso me dicen en casa: que hablo y hablo y parece que digo verdades, pero la verdad está lejos de mí.

–Pues yo pienso que estás a un paso de ella.

–Tal vez sea un paso infinito, o que nunca podré dar, el de la fe.

–¿Y Dios por qué iba a negártela?

–Tal vez porque, al contrario que tú, yo no soy nada humilde...

Se miraron a los ojos en silencio. Arancha sonreía con emoción y perplejidad. Se trataba, sin duda alguna, de una mujer especial, precisamente muy especial, la mujer que a él le hubiera gustado tener por compañera definitiva. Pero ya era tarde. Su marido, un médico acreditado, la esperaría en casa dentro de una hora, como cada día. Su marido la amaría por dócil y eficaz, y la amaría también por su belleza ida, y la amaría sobre todo por la costumbre de amarla. Pero nunca llegaría a imaginar siquiera qué pedazo de mujer maravillosa era la suya.

Al despedirse de ella, Mario se permitió darle un abrazo. Y sintió con claridad sobre su pecho los latidos desbocados de aquel corazón solitario.

De camino hacia el concierto de Pogorelich, le pareció que jamás se había sentido tan triste de verdad como en ese momento.

XXX

El hombre entra en la iglesia-cripta del Santísimo Cristo cuando falta aún un rato para el comienzo de la primera misa. Sólo hay cuatro o cinco fieles en los bancos. Al hombre no le gusta esta iglesia, que tiene aire de catacumba, porque huele mal, a humedad, a lobreguez y a algo peor. Ha oído decir que debajo de ella yacen los cadáveres del Alfonso Pérez, el barco donde fueron baleados por los rojos más de cien prisioneros en la guerra civil, tenidos por mártires. Quizá no sea cierto, o quizá ya hayan retirado de allí tiempo atrás ese montón de carroña santa, pero el lugar a él le repugna un poco, y procura entrar lo menos posible, porque además los curas que allí ofician lo despachan siempre con desabrimiento, excepto uno muy anciano que tiene acento francés y al que lleva tiempo sin ver. Debió de haber ingresado en un asilo, y lo echa de menos porque era un sacerdote de gran bondad y delicadeza.

Pero esta mañana, esta madrugada, inesperadamente lo ve en su confesionario, y siente tal sorpresa que ha de esperar un poco, observarlo mejor para persuadirse de que no se está engañando. Cuando ya no tiene duda de que es real, se dirige a él, y está tan quieto que parece dormido, aunque con la bombilla encendida. Pero no duerme porque apaga la luz en cuanto oye al penitente arrodillarse y pronunciar el ave maría purísima. E inclina hacia él la cabeza en actitud de escucha.

–Mire, padre, yo estoy atrapado en el pecado y no creo que tenga escapatoria, por mucho que me confiese. Algo malo debo de tener dentro porque haga lo que haga siempre caigo en lo mismo. Ya sé que Dios no se cansa de perdonar, pero estoy seguro al cien por cien de que, aunque me vaya ahora de aquí bien absuelto y con la conciencia tranquila, antes de un mes o de tres meses, he de volver a pecar, y cada vez con mayor gravedad, porque ya le digo que el mal está dentro de mí, y ni siquiera logro identificarlo. Así que vengo a decirle al Señor que no quiero engañarle, que no quiero hacer propósitos que no voy a cumplir. Y que lo siento mucho. Y que merezco cualquier castigo.

El hombre calla en espera de la réplica del cura. Seguramente, le preguntará qué pecado es, o le reprochará que haya acudido con tan nula confianza en el poder del sacramento. Pero el confesor tarda un rato en hablar, tanto, que empieza a creer que el pobre viejo no le ha oído, ni siquiera escuchado. Supone que está allí por no estar en la cama del asilo dormitando moribundo.

–Pego Dios no le va a castigag... –abre al fin la boca el cura–... ¿pog qué iba a castigag a quien se aggodilla delante de él?

–Porque cometo pecados muy sucios, no me atrevo ni a decírselos. Además he perdido la confianza en la Iglesia. Soy muy pesimista. Y con esto que ha pasado últimamente mucho más. La cosa no tiene remedio, padre. Yo solo vengo aquí a pedir perdón. El resto me resulta imposible.

El anciano tarda otros diez segundos en responder.

–Pedig pegdón ya es mucho. Con eso atgae la cgacia. Espéguela con paciencia.

–También perdí la paciencia. Y además otra cosa, una duda que tengo: unos curas me dicen que mis pecados no tienen importancia, que Dios es tan misericordioso que los pasa por alto. Vamos, que no me moleste en cambiar. Y otros en cambio me dicen que mis pecados son horrendos, que todos los pecados mortales realmente son horrendos, y que Dios ha de castigarlos porque si no no sería un Dios justo. ¿Usted, padre, qué me diría?

El cura lanza un suspiro y, ahora sin demorarse apenas, responde:

–Los pecados mogtales son hogguendos, pego son de la medida humana. La medida divina es infinitamente más cgande. El podeg de pegdonag de Dios es tan enogme como él mismo, que cgeó los cielos y la tiegga.

–No sé si le entiendo muy bien. A ver: el mal existe, el mal crece y se extiende, lo estamos viendo, ¿y Dios lo deja que siga hasta que acabe con todo? ¿Eso qué sentido tiene? ¿Es que Dios, por ser tan bueno, no puede ni aplastar el mal, no tiene que odiar el mal? El mal y el malo. ¿Por qué hasta hace unos años nos decían siempre que la vida cristiana era una lucha contra el demonio, y ahora ya sólo creemos en el demonio los exorcistas y algunos bichos raros como yo? Perdone que le diga esto, padre, pero son las dudas que me atormentan. Y si le molesto me voy ya y le dejo tranquilo.

El anciano cura se mueve unos centímetros, ladea ligeramente la cabeza como queriendo mirar por fin el rostro del penitente, y al fin le dice:

–Hijo, Dios es unidad. Tenga en cuenta que en Dios no hay pagtes ni difeguencias. En Dios su justicia se confunde con su miseguicogdia. Usted vegá eso el último día. El díes ígae segá el díes amoguis, el día del amog. Sobge el pgoblema del mal sepa... es un misteguio que no nos toca a nosotgos compgendeg. Y ahoga guece tges padguenuestgos y pegsígnese con el agua bendita. Dios y Santa Gema le pegdonagán.

Al oír aquel nombre, como si hubiera recibido un mazazo en la cabeza, el hombre se va del confesonario y comienza a deambular por la cripta, hasta que se percata de que la misa ya está empezada. Entonces se arrodilla de nuevo en el último banco para rezar la breve penitencia, y luego vuelve a ponerse en pie y echa a andar hacia donde cree que se halla el cuenco lustral. Pero entonces se da cuenta de lo que ocurre: hace varios años que el cuenco de agua bendita ha sido retirado de la iglesia, y hace también muchos años que ese cura, don Miguel Bueno era su nombre, está muerto. Todo fue un sueño, qué lastima.

El hombre abandona la iglesia-cripta sin seguir ya la misa para ir a desayunar. Aún no ha amanecido del todo. El frío de la mañana le vendrá bien para despejar la mente. La falta de sueño de las últimas noches le está pasando factura. Durante el día se queda traspuesto en cuanto se sienta, a cualquier hora y en cualquier parte, y es un problema serio, porque ya no puede oír una misa ni leer ni ir al cine, ni tan siquiera escuchar una charla que lo conforte.

XXXI

Sábado. Paco Varga oyó cerrar la puerta de casa y se levantó de la cama. Natalia y Chele se habían ido al fin. El chico iba a pasar aquel puente con su tío Alejo a Bilbao. Natalia habría salido de compras y probablemente a la peluquería para ir bien guapa a la cena de aquella noche. En un día tan glorioso para ella, había aceptado quedar con los amigos de su marido y sus esposas; era algo sorprendente, o era que él ya no entendía nada de nada.

Abrió el frigorífico y sacó el cartón de leche abierto. Lo olió. Llevaba varios días haciendo lo mismo. Echó una pequeña cantidad en un vaso y volvió a oler, aunque nunca notaba otro olor que el propio de la leche esterilizada. Luego la tiraba al fregadero sin probarla. Pero esta vez la probó. Le supo mal, tan mal como de costumbre. La leche sola nunca le había gustado. Le echó una cucharada de Nescafé y azúcar para apurar el vaso entero y sintió una arcada, sólo una arcada. Fue al baño.

Mientras estaba duchándose, oyó que sonaba el teléfono fijo dos, tres veces. Sonó de nuevo cuando, ya en la habitación, empezaba a vestirse. Decidió no descolgarlo, aunque, si no contestaba, era seguro que insistirían. Vio su móvil sobre una cómoda. Estaba conectado y con batería, luego entonces aquellas llamadas no podían ser para él.

Salió de casa. Natalia no era tonta. En seguida debió de darse cuenta de que él no tomaba la leche ninguna mañana y había desistido de su propósito. Esperaría la ocasión, porque además en esos días históricos era conveniente que no sucediese nada importante en la familia, nada que hiciera ruido, aunque fuese por poco tiempo. Natalia se las sabía todas.

La mañana era muy fría y no quiso caminar hasta el Lago. Entró en el café de Pombo, pidió una copa de ginebra en la barra para arreglar el estrago de la leche, y aún no se la habían servido cuando vio a su cuñado Julián. Una señora que estaba a su derecha leía el periódico, y estaba detenida justamente en una página donde salía el nuevo obispo de Astorga: una larga entrevista y dos fotos enormes, nada menos, del que ya era monseñor Bedia. Sin miedo a molestar a la señora, se le aproximó un poco más y pudo echar un vistazo de reojo a la plana, aunque sólo alcanzaba a leer los titulares y sumarios.

"Mi designación no debe leerse como un intento de desviar el foco del caso planteado por don Dionisio Arias".

"La continuidad de la fe en la Iglesia está asegurada por el Papa y el colegio de los obispos, con la asistencia infalible del Espíritu Santo".

"Los errores y ofuscamientos humanos, por graves que sean, forman parte de nuestra realidad terrenal, hoy como ayer, pero deben servirnos de llamada a una conversión más viva y con mayor proyección hacia nuestros hermanos".

"Si tuviera que decir una palabra de aliento o un motivo para sostener la fe del cristiano de a pie en momentos de oscuridad como los actuales, citaría una frase del propio monseñor Arias cuando me encomendó dirigir la pastoral de la diócesis: Dios es relación (Santo Tomás de Aquino), sin Él el mundo sería absurdo, nada tendría relación con nada; pero es evidente que hay relación, la inmensa mayoría de los hombres creemos en el sentido de la vida y de la existencia, aunque no sepamos cuál es. Nuestra misión es enseñar a buscarlo donde verdaderamente puede estar".

La mujer pasó entonces la hoja del periódico y le miró también de reojo algo incomodada, pero siguió leyendo. Paco pagó la copa de ginebra, antes de beberla de dos tragos, y salió luego a la calle.

Echó a caminar hacia Reina Victoria decidido a llegar hasta La Magdalena y subir a la zona de peligro a conversar con el mar una vez más sobre el acantilado. En cierto modo, notaba mucho ánimo, le había puesto bien saber que aquel hermano político era un gran protagonista, pero al llegar al paseo de Castelar sintió demasiado frío, no quiso seguir caminando hasta el mar. Pensó tomarse otra ginebra, pero no llevaba suficiente dinero. El dinero era su mayor, su único problema en realidad, porque ya no podría ganar un duro el resto de su vida. Hacía un frío terrible a aquella hora de la mañana y todavía era 30 de octubre. Le esperaba un invierno interminable.

Al llegar a la cuesta del Gas, en el punto donde tres años antes él mismo había atropellado a un viejo que correteaba en pantalón corto, justo el punto donde había comenzado la ruina de su vida, decidió que le debía una a Natalia y no podía esperar más. En cierto modo, él seguía enamorado de ella, nunca llegó a sentir rechazo ni odio. De hecho, aún aquella última noche, en que durmieron juntos, había llegado a desear su cuerpo.

Y cuando vio que pasaba, muy próximo a la acera, un autobús turístico, Paco Varga se arrojó bajo sus ruedas.

XXXII

Julián tenía fijación con el viaje a Santo Toribio de Liébana. A lo largo de su vida, había ido varias veces al monasterio como peregrino en autobús, o lo habían llevado otras personas en coche, y sólo una en el suyo propio. Pero aquella madrugada fue la enésima vez que soñó lo mismo: viajaba solo al lugar del *Lignum Crucis* y, al acercarse al desfiladero de la Hermida, recogía a la misma autoestopista: Soledad. Él sabía que era ella, aunque ningún rasgo físico la definía, excepto su voz inconfundible de contralto. Porque la mujer del sueño no cesaba de hablarle, y siempre le decía palabras amargas, negativas, incluso abiertamente hostiles, enormidades que lo asustaban. Era una pesadilla recurrente que solía acabar en el instante en que, perdido el control del coche, se precipitaba con él al río Deva.

Pero esta vez Soledad no le dijo nada, sino que empezó a hacerle gestos y muecas, insinuaciones lascivas, luego le acarició ya un muslo hasta la ingle, y a él le gustaba aquello. Quiso resistirse, rechazarla, pero al fin se fue dejando hacer. Ella lo besó y, subiéndose la falda negra, le ofreció abiertamente su vulva. Él se daba cuenta del peligro e hizo un esfuerzo por quitársela de encima, pero el abrazo terminó fatal, inevitablemente, con el coche deslizándose por el barranco, igual que tantas veces.

No despertó aún. Había quedado ileso y trataba de salir del coche. A su lado yacía muerta y medio desnuda Soledad. Y entonces aparecía sor Marta Barturen, recriminándolo desde arriba, desde la carretera: "¿Ve, ve cómo acaba su doblez y su representación? Pero yo no puedo ayudarle, yo no estoy aquí para que siga usted engañando al mundo, el mundo ha de saber toda la verdad sobre la impostura religiosa". Y él le gritaba: "Eres injusta, eres muy necia...".

Cuando al fin volvió a la realidad, no se sintió tan sorprendido como dichoso. Tenía el pulso acelerado, pero lejos de notar nudo en el pecho se iba adueñando de él rápidamente una euforia grande que casi le hizo reír. Aquellas curiosas palabras de la monja afeándole su hipocresía, "doblez y representación", eran todo un hallazgo onírico. Y el torpe intento de la autoestopista por dar al traste con su castidad, aunque había llegado a producirle una eyaculación involuntaria, bien podía ser tomado como la prueba más convincente de la existencia del demonio. Porque Soledad, al menos la que él conoció en sus años universitarios, era sólida, intachable, se había acabado afiliando a la Legión de Cristo hasta su muerte, y jamás dio la menor esperanza a hombre alguno.

Pobre demonio aquel que de un modo tan burdo y tan vano trataba de pervertirlo con el sexo cuando, gracias a Dios, él ya estaba a buen recaudo de tales debilidades. Y tampoco el fantasma de sor Marta, aquella religiosa levantisca y malévola, de honestidad dudosa y de destemplanza segura, podría ya atormentarle la conciencia. Estaba bien claro que él había sido llamado por el Espíritu Santo a apuntalar la fe agrietada de un pueblo cada vez más expuesto al influjo del relativismo, y aun con todas sus limitaciones, desde su propio madero, que era la razón, en la que estaba crucificado, se sentía más libre que nunca para responder a aquella llamada, y para entregarse en cuerpo y alma a la misión que le encomendaba el Sumo Pontífice.

Incluso, a poco que reflexionó, pudo imaginar que ese sueño recurrente tenía algún significado premonitorio. Porque unos pocos días antes, durante su larga conversación con el nuncio Lajos Kada, éste le había insinuado su preocupación por el previsible avance del Islam en España a lo largo del siglo XXI, un peligro que ningún pastor de la Iglesia debía desdeñar. Y ¿qué representaba Santo Toribio de Liébana sino el lugar donde el trozo más venerado del Leño había sido puesto a buen recaudo en aquel valle, el más resguardado del norte de España, ante el asalto musulmán? ¿Y de dónde procedía el obispo Toribio que trajo el Leño y otras reliquias de Tierra Santa a Hispania sino precisamente de Astorga?

Julián se iba a levantar ya de la cama cuando oyó abrir la puerta de casa. No eran todavía las siete de la mañana y ya Natalia estaba en pie de guerra, impaciente por bajar a comprar *El Diario Montañés* para leer la entrevista. Pero tendría que esperar más de una hora a que abriesen los quioscos. Quería saber qué tal había dormido, estaba preocupada por su insomnio, había consultado ya por su cuenta con dos médicos conocidos, pero no había conseguido que él se decidiera aún a ir a ninguno. Era de creer que, pasados aquellos días de excitación, volviera a recuperar sin recurrir a pastillas un nivel de sueño aceptable.

Pero Natalia venía también a decirle que finalmente Chele se iba a pasar el puente con su tío el de Bilbao y que ella lo iba a acompañar a la estación. Y al oír aquello, Julián tuvo el presentimiento, por un instante, de que su hermana ya albergaba algún plan para devolver al chaval a su tierra vasca. Se mirase como se mirase, aquel asunto era algo feo, delicado y sin fácil solución.

–¿Y qué tal Paco? –le dijo por todo comentario a la noticia.

–Sólo haces que preguntarme por Paco. ¿Tanto te preocupa? Por cierto, esta noche Arsenio Vega nos ha invitado a cenar a todos en su casa y le haría una enorme ilusión que tú también fueras.

–Me encantaría, Arsenio es un hombre magnífico. Si tengo una mínimo posibilidad, me apunto. Pero volviendo a Paco, cómo no me va a preocupar que vivas con un hombre al que ya casi no hablas.

–Es él el que no me habla a mí.

–¿No crees que está enfermo?

–¿Enfermo de qué, de alcoholismo?

–Es una enfermedad como otra cualquiera. A mí me insistes mucho en que vaya a un neurólogo para mi insomnio, pero a él, ¿no le dices que vaya a un especialista?

–Julián, por favor, ¿tú qué crees que he hecho a lo largo de mi vida? Pues anda que no peleé yo con él.

–Puede ser, no te lo reprocho, pero el matrimonio cristiano obliga a lo que obliga.

–Julián, perdona, tú me dijiste en su día que me separara de Paco si esa era la mejor solución para mí y mi hijo, si así evitaba daños... ¿Qué pasa, que ahora que vas a ser obispo lo ves de otra manera?

–No sé, hermana. Pero mira que no cuentan sólo tus propios daños, sino también los que puedas causarle a él. Si lo echas de casa tal como está hoy, ¿qué podría ser de este hombre?

–¿Y quién ha dicho que lo voy a echar de casa? Yo sólo te diré que le empiezo a tener miedo. No veas qué manera de mirarme últimamente. Me odia. Esta noche lo he notado mientras dormía con él. Creo que el mal se le ha metido muy dentro. A veces pienso que podría hacer una locura.

–¿Pero qué locura, Natalia? ¿Qué sabes tú del mal? Lo que tienes que hacer es llevarlo a un médico ya. Y si me das permiso, voy a hablar yo con él esta misma noche.

–Habla, habla... Por cierto, ni te ha felicitado todavía... Julián, tú eres tan bueno que para ti el mal no existe.

–Falso. Ni soy tan bueno ni niego el mal. Lo que niego es que haya nada que se deba anteponer, en ninguna circunstancia, al amor al prójimo. Nunca debes dejar de amar a Paco. El amor no tiene cupo. Por mucho que te des a tu hijo, a tu sobrino, a mí, incluso a Mireia, que sé cuánto la quieres... siempre te quedará amor para ese hombre, cuanto más si es un desgraciado. Y ahora déjame ya, que tengo que ir a mis queridas Clarisas.

–Siento defraudarte, hermano mío, pero yo no puedo amar a quien me mira con tanto odio desde hace años.

Julián la vio irse roja de ira. Dio un portazo. Sin duda acababa de herirla con la mención de Mireia. Quizá no debió hacerlo, no era propio de él ese tipo de puntadas. Le fue más evidente que nunca que la Providencia había acudido en su ayuda con aquel llamamiento a la lejana diócesis de Astorga. Seguir viviendo allí junto a su hermana era ya imposible para su carrera sacerdotal, una prueba o una tentación superior a sus fuerzas.

XXXIII

Hospital 12 de Octubre. El cateterismo había salido bien, un éxito completo, resumió el doctor Arnal. Desde la una del mediodía, en que sacaron al niño del quirófano, hasta las nueve de la noche, las buenas impresiones se habían ido sucediendo sin sombra alguna. Danu estaba como si no le hubieran hecho nada. A las siete había tomado su primer biberón. No lloraba en absoluto, incluso parecía sonreír ya a la enfermera que se encargaba de limpiarle y revisarle cada poco.

Apostada en la ventana corrida desde la que podía contemplarlo todo el rato en la sala de recuperación, Diana estaba feliz y apenas se daba pausa a hablar por el móvil con su madre, con su tía y con la pila de compañeras y amigas que llamaban una tras otra. Al final, su madre no había podido viajar a Madrid por un ataque de lumbago, y sólo había ido su hermano con ella, pero en el hospital les había acompañado buena parte del día una prima carnal muy joven que vivía en Carabanchel, Yésica, que fue muy cielo y no cesó de darle ánimos, a pesar de que en la familia era tenida por una persona gafe.

Pero a eso de las nueve, cuando abandonó por un momento su puesto de observación para ir en busca de un enchufe en que recargar la batería del móvil, sonó una nueva llamada que la sorprendió mucho, porque vio en la pantallita el nombre que tal vez menos se esperaba, Tobías Illán. Y, como si ya no pudiera recibir más alegrías aquella tarde, como si su excitación ya hubiera traspasado el último límite, en lugar de contestar de inmediato, prefirió perder la llamada, porque se puso de repente muy nerviosa.

Tras una corta reflexión, sin embargo, reconoció que en realidad estaba dolida, muy dolida, con aquel hombre por su extraño silencio y desaparición de tantos días, por la cantidad de llamadas que le había hecho inútilmente sin que le devolviera ninguna. Y vencida al fin por la curiosidad y hasta por la ilusión, dio a la tecla de responder. Sonó al punto la voz suave de aquel abogado siempre tan cielo con ella:

–Diana, qué bien que te oigo.

–Y yo a ti. Qué sorpresa tu llamada.

–Oye, ¿estás bien? ¿El niño mejora? ¿Puedes hablar?

–Sí que puedo. Pero estoy en Madrid en el Hospital 12 de Octubre... Es que ahora te cuento. He traído al niño para ponerle un catéter en la aorta. Hoy se lo han hecho. ¡Y muy bien, todo perfecto! ¡Estoy encantada!

–Vaya, mujer, cuánto me alegro. No sabía nada. He estado un poco desconectado, tuve que irme fuera unos cuantos días. Pero qué buena noticia me das, qué alivio, Diana. Pensé que estarías aún en Valdecilla, no sé por qué.

–Pues no, aquí en Madrid. Esto del catéter allí no lo hacen. Y ha salido de maravilla, así que ahora me toca disfrutar, aquí con mi hermano sólo, porque mi madre tiene una lumbalgia fuerte y se quedó en Santander.

–Muy buena noticia... Me levantas el ánimo, porque hoy sinceramente no lo tengo muy bien, Diana.

–Vaya, ¿pues qué te ha ocurrido?

–Pues es una noticia que tengo que darte. Me acabo de enterar hace dos horas y estoy hecho polvo, porque se trata de algo terrible. Me has dicho que estás ahí solo con tu hermano, ¿verdad?

–Sí, pero, ¿qué ha pasado, Tobías? Me estás asustando mucho.

–Ha sido esta misma mañana. Se refiere a... ese hombre. A Paco. Me ha llamado un amigo común para decírmelo.

–Ay, por favor. Dímelo ya. ¿Que le ha pasado a Paco? Ay, Dios mío.

–Ha sufrido un atropello, en la Cuesta del Gas. Un autobús, al parecer. Lo ingresaron muy grave, y no pudo salir adelante. Creo que murió hacia las dos del mediodía.

–No, no puede ser... no puede ser... no puede ser... Pero ¿cómo... cómo... cómo va a ser eso?

–Es, Diana, es. Es así. Duro, durísimo, pero real. Una desgracia, una fatalidad. Yo estoy hundido, y este amigo mío, que era íntimo de él, ni te cuento cómo está.

–Pero ¿cómo un autobús...? Eso es que Paco se ha tirado, o que iba a borracho, o que...

–No, no se sabe muy bien lo que ha pasado. Borracho parece que no iba. Iba dando un paseo matutino como hacía a menudo. No saben, no saben exactamente, y ya casi qué más da. Ha muerto, hay que asumirlo con entereza, Diana.

–No, yo no lo asumo... Ay pobre Paco, con lo bueno que él era. Ay qué pena siento. La mayor de mi vida, qué terrible. Ay mi pobre Danu, que ya nunca conocerá a su padre. Y la ilusión que yo tenía, cuando creciese un poco. La ilusión de que viera a su padre.

Y al fin rompió a llorar amargamente.

–Lo siento mucho, Diana. Lo comprendo. Es muy, muy doloroso, yo también sé que era un gran hombre, este amigo mío ha llorado por él igual que tú. Pero tienes que pensar una cosa que es segura: Paco estaba ya muy mal. En cierto modo era un hombre acabado y tú de ningún modo podías ilusionarte con él. Eso tienes que aceptarlo.

–No, si yo no me ilusionaba... yo sólo quería... Ay Dios, qué increíble. A las dos del mediodía... En el mismo momento en que mi niño salía salvado del quirófano, su padre perdía la vida como un perro. Qué noticia, qué crueldad tan grande. Pero ¿cómo le pudo pillar un autobús?

–Le pilló, hija, qué le vamos a hacer. De verdad que lo siento en el alma. Estuve dudando si llamarte, pero creo que lo mejor era que esta noticia te la diera yo, aunque de haber sabido que estabas en Madrid, en esta situación, no te hubiera amargado la felicidad del día. Por eso te pregunté si estás acompañada. Espero que tu hermano te consuele ahí.

–Nada, mi hermano qué me va a consolar. Esto a él no se lo puedo ni decir, de mi familia a nadie. Mi familia sigue pensando que era un cerdo... Ay, Dios, Dios... Esta pena yo no me la quitaré ya nunca.

Y volvía a llorar más amargamente.

–No puedes decir eso, Diana. Tú tienes toda una vida por delante con Danubio. Os esperan muchas alegrías. Y Paco era un hombre estupendo y ahora ya está descansando donde debe descansar.

–Sí, en el cementerio. Vaya un descanso para el pobre.

–No, Diana, hay otro sitio donde descansan los hombres de bien.

–No sé qué sitio. El infierno...

–Anda, Diana, ya hablaremos cuando vuelvas, pero no desesperes y fíate de mí.

–No me puedo fiar de nadie ni de nada. Todo acaba siempre mal. Y ya me estoy quedando sin saldo en el teléfono, de tanto hablar toda la tarde.

–Adiós entonces. Te llamaré mañana por la mañana, ¿puedo?

–Sí, llámame, por favor, Tobías, no dejes de hacerlo, no tardes tanto otra vez en llamarme.

–Tranquila, no tardaré. Yo siempre contigo, Diana.

XXXIV

–Dime quién soy yo. Cómo me llamo, quién soy... y qué crees que hago aquí.

Inclinado sobre el enfermo del sillón, el hombre pronunció esas palabras con un dulce acento gallego, y acto seguido se aproximó aún más a él y comenzó a acariciarle las manos, los brazos, sin cesar de mirarle tiernamente a los ojos. Se lo había preguntado la tarde anterior al llegar a la casa, y al principio no supo responder, pero pronto, con ayuda de quienes le rodeaban, pareció ir recobrando aquella parte de la memoria.

–¿Es posible que no te acuerdes de él? –dijo la mujer que estaba de pie junto al enfermo en el salón-biblioteca de la casa. Era algo más joven que los dos hombres. Aún no habría cumplido los sesenta años. Una dama muy morena, espigada, elegante, toda vestida de verde.

–Eres Dionisio –dijo al fin el enfermo del sillón con desgana y naturalidad, como si la pregunta fuese tan obvia que le hubiera dado pereza contestar.

–Muy bien, Raúl, muy bien –replicó la mujer–, pero ahora dinos también qué hace aquí Dionisio, a qué crees que ha venido y de dónde...

El enfermo miró alternativamente a la mujer y al hombre que seguía cerca de él. Y guardó silencio, pero no tanto porque ignorase la respuesta como por existir tal vez alguna razón que le impidiera manifestarla.

–Ahora está un poco cohibido –dijo Dionisio mirando a la mujer–, pero ya verás cómo poco a poco va cogiendo confianza y rompe a hablar como un sacamuelas. Ha pasado mucho tiempo, Iria...

–¿Cuánto tiempo ha pasado, cuánto hace que no os veíais?

Dionisio se incorporó y se separó unos metros de Raúl para evocar mejor:

–Pongamos que cuarenta años –dijo al fin–, tal vez alguno más, cuarenta y dos.

–Qué maravilla, qué maravilla todo –dijo Iria, y cogiendo una mano a Dionisio se la llevó a los labios.

–Simplemente, humanidad –dijo Dionisio–, ¿qué otra cosa podía hacer mejor que ésta en mi situación? Cuidar a Raúl hasta el final, mejor dicho, no cuidarlo sino acompañarlo, ayudándote a ti y a las trabajadoras.

–Mi hermano hubiera hecho lo mismo por ti, Dionisio, ¡cómo te quería!

Asomó una lágrima en cada ojo de la mujer.

Dionisio había llegado a Guadalajara (Jalisco) la noche anterior. Iria y él estuvieron hablando largas horas, pero ella parecía no acostumbrarse todavía a la maravillosa novedad de que Dionisio lo hubiera dejado todo -ella decía mejor: se hubiera jubilado- para venir al otro lado del Atlántico a ocuparse para siempre de su amigo de adolescencia.

–A ver, Raúl, ¿sabes que Dionisio ha venido para estar contigo el resto de vuestra vida? ¿Sabes que él también te quiere mucho?

–Lo sé. Y se agradece. Yo aquí estoy –contestó con acento mexicano, lo que era sorprendente porque el hombre sólo llevaba viviendo en Jalisco tres años, desde el comienzo de su enfermedad.

–¿Sólo lo agradeces? No me digas que no es una maravilla...

–No sé si estará a gusto aquí –dijo Raúl bajando el tono de voz–, alguna enfermera es un poco especial, y yo soy ya una ruina humana.

–No eres ninguna ruina, manito –repuso Iria.

–¿Ves? Ya te dije que cuando rompiera a hablar... siempre fue muy parlanchín.

–Dionisio es tu amigo del alma, ¿a que sí, Raúl?

–Sí, pero ya no para casarse conmigo...

El hombre y la mujer estallaron entonces en carcajadas.

–Ahora ya no hace falta casarse para quererse –dijo Iria al cabo.

En aquel momento se abrió la puerta de la biblioteca, y una criada anunció la inminente llegada de Hernando, el yerno de Iria, que venía a recogerla en el coche para llevarla al aeropuerto. La mujer debía partir a México D.F. a cuidar por una larga temporada de su hija menor, a punto de dar a luz al segundo de sus gemelares.

–Bueno, pues ya está aquí. Te voy a presentar al maridito de Sofía. Es buen chamaco, pero debo advertirte que es un poco especial. Toda su familia pertenece a la Legión de Cristo, son muy cercanos al fundador.

E hizo un gesto de lamentación algo irónica.

Apenas a los diez segundos, el joven estaba en el salón-biblioteca. Era pequeño de estatura y también moreno, pero lampiño, la piel muy pálida. Vestía traje y corbata y llevaba gruesas gafas de astigmático. Antes de hacerse las presentaciones, el joven se acercó a saludar al enfermo. Y el saludo consistió en estrecharle las dos manos y luego hacerle una especie de señal con dos dedos en la frente.

–Encantado de conocerlo, monseñor. Ya sé mucho de usted. Ahora con esto de la Interné todo se embala.

–No viene a cuento lo de monseñor, mi hijo, que ya sabes que es obispo jubilado, y bien jubilado.

–Disculpe si le he ofendido, padre –dijo el joven con sincera compunción.

–No tiene importancia, Hernando –sonrió Dionisio–, acepto todo lo que se diga de mí, cuanto más si es a distancia. He optado por una forma de vivir en que sólo me quedo en sitio de paz.

–Pero no he venido a traer la paz sino la guerra –citó el legionario–, y discúlpeme otra vez, padre, pero quizá ya mi tía le ha dicho que yo soy cristiano católico.

–Sí, sí, no te preocupes. No voy a discutirte nada.

–Ni yo a hacerle el menor reproche. Sólo que sepa que mis papás y yo rezamos mucho por usted.

–Agradezco la intención, pero es perder el tiempo, joven.

–Bueno, creo que debemos salir ya –cortó Iria–, detesto ir ajustada a los aeropuertos. Y detesto también las despedidas largas. Volveremos a vernos en cuestión de días, lo has de ver. Y a llamarnos mucho mutuamente, ¿sí, no? Y aquí no te prives de nada, Dionisio, prométemelo.

La mujer besó y abrazó por igual a su hermano y al hombre que lo iba a acompañar perennemente y salió con su pequeño sobrino de la gran biblioteca.

Dionisio acercó entonces una mecedora al lado del enfermo y se sentó. Estuvo un rato contemplando los enormes anaqueles y gozando del silencio y la tranquilidad de aquella gran casa que Iria había heredado de su difunto esposo. Eran las 10,30 a.m. Aún faltaba un rato para que llegase la enfermera que venía a diario a conversar con Raúl, a ayudarle a practicar un ejercicio para frenar su pérdida cognitiva.

–Dionisio –dijo de pronto Raúl Buxán–, ¿dónde has estado todos estos años?

–Me alegra la pregunta, vamos a ver. Haz un poco de memoria.

–Ya, ya recuerdo. Te enfadaste conmigo y te fuiste al seminario, y yo te escribía muchas cartas.

–Sí, señor, muchas cartas y durante muchos años. Y luego ¿qué pasó?

–Luego ¿qué pasó? –repitió el enfermo frunciendo fuertemente los ojos.

–¿Recuerdas que fui cura?

Raúl no supo qué decir.

–¿Sabes lo que es ser cura, y luego obispo?

Raúl movió negativamente la cabeza y luego su rostro adquirió una expresión muy sombría.

–Estudiábamos, leíamos mucho, sólo recuerdo eso...

–Mira, no te preocupes. Tú estás perdiendo memoria, pero aquí estoy yo para ayudarte, ya lo sabes. Te ayudaré todo el tiempo a recordar tu vida. La parte de vida que pasamos juntos. Yo no tengo otra cosa que hacer hasta que me muera.

–¿Tú no vas perdiendo memoria?

–Qué va. De momento, no mucha. Tengo esa suerte.

–Dionisio, ¿tú no irás a morirte pronto?

–Espero que no. Y tú tampoco. Tenemos una larga vida por delante en esta bonita casa, con buenos cuidadores y tú hermana Iria pendiente de nosotros. Lo más parecido a una vida eterna, Raúl.

–Dios lo quiera, Dionisio.

–¿Dios? ¿Pero, tú sabes quién es Dios? Tú no creías en Dios en aquel tiempo, así lo recuerdo.

–Dios... –Raúl se quedó pensativo unos segundos, y luego cogió la mano de Dionisio Arias y se la acercó a la boca.

ÍNDICE